DER SCHLÜSSEL DES GEFANGENEN

GLASS AND STEELE 8

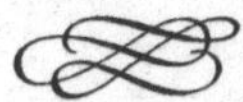

C.J. ARCHER

Übersetzt von
SIMONE HELLER

WWW.CJARCHER.COM

KAPITEL 1

LONDON, HERBST 1890

„Sag ihr, dass sie es nicht haben kann, India", drängte mich Miss Glass am Buffet, wo sie Tee einschenkte. Nein, nicht Miss Glass. Für mich war sie jetzt Tante Letitia, da ich Matts Frau war.

Matts Frau, Tante Letitia … Nach zwei Wochen war ich immer noch nicht daran gewöhnt, aber zumindest kicherte ich nicht mehr los, wenn jemand mich als Mrs. Glass bezeichnete.

Mir blieb keine Zeit, Tante Letitia eine Antwort zu geben, bevor Willie dazwischen ging: „Sag Letty, dass das nicht ihre Entscheidung ist. Dein altes Zimmer sollte an mich gehen, India."

Tante Letitia stellte die Teekanne mit einem dumpfen Geräusch auf dem Buffet ab. Sie gesellte sich beim Frühstück nur selten zu uns, aber heute war ein besonderer Anlass – der erste Tag, an dem Matt und ich zurück waren. Allerdings dämmerte es mir allmählich, dass sie sich uns nicht angeschlossen hatte, um über unsere Flitterwochen zu reden, sondern vielmehr, um sicherzustellen, dass Willie ihre Bitte nicht als Erste anbringen konnte.

Tante Letitia fuhr mit einem wilden Funkeln zu Willie herum, das den Großteil seines Effekts durch die Art einbüßte, wie geziert sie die Tasse hielt, und durch ihre allgemeine Zerbrechlichkeit. „Es sollte an dich gehen? Das sehe ich anders, genau wie India. Wende dich bloß nicht an Matthew", fügte sie an, als Willie sich zu ihm drehte.

Matthew nahm die Zeitung, die Bristow neben seinem Platz abgelegt hatte. Er grinste mich an, ehe er sein Gesicht dahinter versteckte.

„Weshalb ich und nicht Matt?", fragte ich.

„Weil du die Hausherrin bist", erwiderte Tante Letitia, während sie sich mit ihrer Teetasse hinsetzte. „Die Aufteilung der Räumlichkeiten liegt an dir."

„Ist das der Grund, weshalb ihr das nicht geklärt habt, während wir weg waren? Weil ihr euch nicht einigen könnt?"

Tante Letitia nippte an ihrem Tee. Willie stach mit ihrer Gabel auf ein Würstchen ein und deutete auf die ältere Frau ihr gegenüber. „Ich hab mein Zeug rein gebracht, und keinen Augenblick später hat sie Fossett beauftragt, es zurück zu räumen. Er hat sich geweigert, es noch einmal umzuräumen, darum habe ich trotzdem da drin geschlafen, damit sie ihren Willen nicht bekommt."

„Ich stehe im Rang über dir", sagte Tante Letitia einfach. „Natürlich hört unser Personal auf mich."

„Schweinepisse! Du bist Matts Tante, und ich bin seine Cousine. Wir sind gleichgestellt."

Tante Letitia ließ die Zunge schnalzen, dann murmelte sie „Amerikaner" in ihrer Teetasse.

Matt klappte den oberen Teil der Zeitung nach unten und schaute erst seine Tante finster an, dann Willie. „Dürfen India und ich vielleicht unser erstes gemeinsames Frühstück zu Hause genießen, ohne euch zwei beim Streiten zuzuhören?"

„Das ist nicht euer erstes Frühstück als Mann und Frau hier", sagte Willie. „Nur das erste Frühstück nach euren Flitterwochen."

Sein Blick verdüsterte sich, und ich hielt es für das Beste, einzuschreiten, bevor er gezwungen war, sich zwischen seiner Tante und seiner Cousine zu entscheiden. Außerdem hatte Tante Letitia recht, und es war nun meine Pflicht als Hausherrin, Entscheidungen über die Aufteilung der Räume zu treffen. Matt musste für das Dach über unserem Kopf bezahlen, für jedes Möbelstück darin, und genauso war er für die Gehälter der Bediensteten zuständig. Offen gesagt hatte er die leichtere Aufgabe.

„Weshalb willst du überhaupt mein altes Zimmer?", fragte ich seine Tante. „Deines ist größer."

„Ich will es nicht für mich", sagte sie mit scheinheiligem Unterton. „Es ist für Cyclops. Er teilt sich ein Zimmer mit Duke, aber nun, da dein altes Zimmer frei geworden ist, India, brauchen sie das nicht mehr."

Cyclops und Duke trafen genau in diesem Augenblick ein. Sie hatten wohl ihre Namen gehört, denn sie seufzten beide und gingen zu den abgedeckten Platten mit Essen am Buffet, die Schultern hochgezogen. Das war also eine Unstimmigkeit, die schon seit einer Weile schwelte, vielleicht die ganzen beiden Wochen, in denen wir fort gewesen waren.

„Weshalb kann Willie nicht in mein altes Zimmer ziehen, und Cyclops in ihres?", fragte ich. „Dann haben alle drei einen eigenen Raum. Siehe da, Problem gelöst."

„Nö", sagte Willie, den Mund voller Toast. „Letty sagt, Cyclops sollte das größere Zimmer haben. Er ist ihr Liebling."

Cyclops warf ihr einen selbstgefälligen Blick zu.

„Ist er nicht", entgegnete Tante Letitia. „Duke mag ich genauso gern."

Duke warf ihr ebenfalls einen selbstgefälligen Blick zu. Sie verdrehte vor beiden Männern die Augen.

„Cyclops ist der größte", fuhr Letitia fort. „Er sollte das größere Zimmer bekommen."

Willie wischte sich mit dem Handrücken das Fett von der Unterlippe, das der Speck dort hinterlassen hatte. „Sie nennt dich fett, Cyclops."

Cyclops stieß nur ein grollendes Lachen aus, zog aber ganz leicht den Bauch ein, während er zu einem Stuhl am Tisch ging.

Tante Letitia wandte sich zu mir. „Und? Was hast du beschlossen?"

„Ich … ich brauche Zeit." Ich biss in meine Scheibe Toast und kaute langsam.

Matt faltete die Zeitung und legte sie ab. Seine Lippen waren verkniffen, aber in seinen Augen stand ein Funkeln. „Noch Kaffee, India, oder möchtest du lieber fliehen?"

Ich kniff die Augen zusammen. „Du findest das erheiternd."

„Ohne Ende."

„Du solltest auf meiner Seite stehen, nun, da wir Mann und Frau sind."

„Ich stehe auf deiner Seite", sagte er, während er unsere Kaffeetassen am Buffet auffüllte. „Ich unterstütze, was immer für eine Wahl du in dieser Sache triffst, und in allen anderen."

Der scheußliche Gedanke, der in den letzten paar Wochen niemals weit von mir gewichen war, kam wieder an die Oberfläche. Würde er auch meine Entscheidung unterstützen, dass ich Lord Coyles Information benutzt hatte, um Lord Cox dazu zu erpressen, Patience Glass zu heiraten, damit es Matt freigestanden hatte, mich zu heiraten? Er hatte gewusst, dass Lord Coyle uns helfen könnte, doch hatte er sich geweigert, die angebotene Information anzunehmen, weil er gewusst hatte, dass mich das in eine Schuld bei seiner Lordschaft getrieben hätte. Er wusste nicht, dass ich genau das getan hatte. Er würde verletzt sein, wenn er es herausfand. Verletzt und wütend.

Ich versuchte, die Erinnerung an meinen Verrat wegzuschieben, doch ich scheiterte. Stattdessen versuchte ich mich an einem Lächeln.

Matt neigte den Kopf, während er mir meine Tasse zurückreichte. „Du siehst blass aus. Ist alles in Ordnung?"

Ich hatte keine Gelegenheit, ihm zu erzählen, dass es mir gut ging, denn Tante Letitia keuchte laut und ließ beinahe ihre Teetasse fallen. „Sie ist schwanger!"

Alle starrten mich an. Matt blinzelte rasch, seine Tante klatschte erfreut in die Hände, und Willie wirkte entsetzt.

„Bin ich nicht", erwiderte ich mit völliger Sicherheit. Es war ein Gerücht, das ich unterdrücken wollte, bevor ihm Beine wuchsen.

„Es ist zu früh, um es sicher zu wissen", sagte Tante Letitia, die ihre Tasse nahm.

Willie schob sich ein ganzes Stück Speck in den Mund. „Lass sie in Ruhe, Letty", brachte sie hervor.

„Wie oft habe ich dich gebeten, mit geschlossenem Mund zu kauen? Du wurdest doch nicht von Tieren aufgezogen."

„Du hast meine Ma noch nicht getroffen."

Cyclops lachte leise, nur um plötzlich innezuhalten, als ihn Tante Letitia streng anschaute.

Duke lehnte sich vor und senkte die Stimme. „Sie haben zu viel Zeit zusammen verbracht. Aber nun bist du zurück, India, und wir können den Laden renovieren. Da bekommt jeder was zu tun."

Ich hatte Catherine und Ronnie Mason gesagt, sie könnten das alte Geschäft meines Vaters beziehen, während ich weg war, aber sie hatten darauf bestanden, zu warten, bis die Papiere fertig waren. Der Mietvertrag war während unserer Abwesenheit von unserem Anwalt fertiggestellt worden, und Cyclops hatte mich darüber in Kenntnis gesetzt, dass Catherine und Ronnie bereit waren, heute mit den Aufräumarbeiten im Laden anzufangen. Überall lag zentimeterdick der Staub, und wir mussten auch alle Uhrenteile aus dem Laden mitnehmen und einlagern. Die Gilde der Uhrmacher hatte ihre Regeln geändert, um sicherzustellen, dass kein Mitglied Teile benutzen konnte, die schon ein Magier in der Hand gehabt hatte. Es gab eine Klausel, die genau dazu verfasst worden war, zu verhindern, dass Ronnie, das neueste Mitglied, von mir Teile billig übernahm. Der Gildemeister Mr. Abercrombie hatte gehofft, dadurch zu verhindern, dass sie den Laden überhaupt eröffneten, um sich an mir zu rächen, aber Matt hatte den Mason-Geschwistern stattdessen einen Kredit gewährt. Der Ausdruck auf Abercrombies Gesicht, als wir ihm das auf unserer Hochzeit mitgeteilt hatten, hatte den Tag sogar noch erinnerungswürdiger gemacht.

Matt legte mir eine Hand auf die Schulter. Ich drückte sie beruhigend, und das hatte ihn wohl besänftigt, denn er setzte sich wieder hin.

„Ich muss mich heute Nachmittag mit Fabian Charbonneau treffen", sagte ich. „Aber ich würde gern am Vormittag vorbeischauen und Catherine treffen. Lasst es mich wissen, wenn ihr aufbrecht."

„Du triffst dich tatsächlich mit diesem Franzosen?", fragte Cyclops, sein eines Auge hielt mich fest im Blick. „Ist das klug?"

„Er hat meine Fragen zu meiner Zufriedenheit beantwortet. Ich werde die Kontrolle über jegliche Zauber haben, die ich schaffe, falls ich überhaupt Zauber erschaffen kann. Das wissen wir noch nicht. Ich vertraue ihm."

„Ich schätze, er ist es nicht, um den du dir Sorgen machen musst", sagte Duke. „Es ist dein Großvater. Lass dir von Chronos keine Zauber wegnehmen, selbst wenn er sagt, es geht darum, Leben zu retten."

„Mit Chronos werde ich fertig", versicherte ich ihm.

„Er ist ihre Familie", sagte Willie. „Er wird sie nicht hintergehen. Ich sage nicht, dass der Franzose sie hintergeht, aber pass bei ihm bloß auf, India."

Tante Letitia nickte. „Willie hat recht. Mr. Charbonneau *ist* immerhin aus Frankreich. Vergiss nicht den Krieg."

„Welchen?", fragte Matt.

Tante Letitias Finger flatterten zu den grauen Locken, die kunstvoll an ihre Schläfe gelegt waren. „Ich kann mich nicht erinnern, aber ich bin mir recht sicher, in einem davon haben sie uns verraten."

Verraten. Dieses Wort war wie ein Hammer in meinem Kopf, der in einem stetigen Rhythmus klopfte. Ich schluckte meinen Kaffee und wich Matts Blick aus.

Duke hob zum Salut seine Tasse. „Es scheint, als könnten Miss Glass und Willie doch bei etwas einer Meinung sein."

Mit dieser Erinnerung an ihren Streit wandten sich Willie und Tante Letitia beide an mich und begannen gleichzeitig zu reden. Sie hörten nicht auf, bis ich mein Buttermesser gegen den Teller schlug.

„Es reicht", stieß ich hervor. „Ehrlich, wer braucht denn Kinder, wenn man euch beide hat? Cyclops, ist es dir wichtig, in welchem Zimmer du wohnst?"

„Mir ist egal, wo ich schlafe." Er schenkte Tante Letitia ein bedauerndes Schulterzucken.

„Dann kannst du Willies Zimmer haben, und sie bekommt mein altes."

Tante Letitia funkelte ihn an.

Er stand rasch auf und schnappte sich eine Scheibe Toast von seinem Teller. „Wir müssen los. Die Masons sind inzwischen bestimmt schon im Laden."

Das war das Signal, dass sich auch der Rest von uns auflöste. Matt, Willie und ich trafen uns in der Kutsche wieder und fuhren zur St. Martin's Lane, während Cyclops und Duke in einem Wagen folgten. Als wir ankamen, sahen wir Ronnie Mason auf einer Leiter stehen, wo er Farbe von der Fassade kratzte. Catherine stand in der Nähe, ein Eimer mit Putzlumpen zu ihren Füßen.

Sie warf die Arme um mich, bevor ich auch nur einen Fuß auf den Bürgersteig gesetzt hatte. „Willkommen zurück, Mr. und Mrs. Glass. Wie waren die Flitterwochen?"

„Wunderbar", sagte ich zu ihr. „Das Wetter war warm, und das Meer perfekt."

Ich konnte immer noch die Sonne auf meinem Gesicht und Matts Hand in meiner spüren, während wir am Pier von Brighton entlangspazierten. Es waren zwei Wochen voller unkomplizierter Wonne gewesen. Wir hatten uns nicht weit von London und Gabe Seaford entfernen wollen, dem Arzt, der geholfen hatte, Matts Leben zu retten, darum hatten wir uns für Brighton mit seiner kurzen Zugfahrt zurück in die Stadt entschieden.

„Ich hoffe, es macht euch nichts", sagte Ronnie, der von der Leiter herabkam. „Aber ich dachte, wir legen los, während wir auf euch warten."

Wir alle schauten auf die verbliebenen Buchstaben des ursprünglichen Schildes hinauf. Nur das Wort UHRMACHER war noch da. Der Name E. HARDACRE war weg. Eine Last wurde von meiner Brust genommen, und Tränen traten in meine Augen. Glückstränen.

Matt legte mir die Hand auf den Rücken und stellte sich ganz dicht zu mir. Ich hob den Blick, um festzustellen, dass er mich mit einer vertrauten Intensität anschaute. Er liebte mich. Es war in seinen Augen, seiner beruhigenden Berührung, der besorgten Wölbung seines Mundes.

Und ich liebte ihn. Er war alles, was ich mir in einem Ehemann jemals gewünscht oder von ihm gebraucht hatte, in einem Freund und Geliebten. Er war meine Zukunft, und ich war seine. Eddie Hardacre war eine ferne Erinnerung. Matt hatte mir geholfen, ihn aus meinem Leben zu tilgen, genauso gründlich wie das Schild über dem Laden meiner Familie gelöscht worden war.

Ich lächelte und nahm Matts andere Hand in meine.

Er zwinkerte. „Gibst du ihnen den Schlüssel?"

„Natürlich! Den hätte ich beinahe vergessen." Ich angelte den Schlüssel aus meinem Pompadour und drückte ihn Catherine in die Hand. „Das ist jetzt deiner."

Sie wippte auf die Zehenspitzen und grinste. „Komm schon, Ronnie, machen wir es zusammen."

Sie beide hielten den Schlüssel und schoben ihn in das Schloss. Ein abgestandener Geruch trieb heraus, als Ronnie die Tür öffnete. Catherine riss die Fensterläden und Fenster auf, bevor meine Augen Zeit hatten, sich an die Düsternis anzupassen. Das hellere Licht enthüllte Staub auf dem Tresen, den Vitrinen und Uhren. Wir hatten die meisten Uhren schon verpackt und sie in einem Lager untergebracht, aber die schwereren waren noch dortgeblieben. Einige waren seit Monaten nicht bewegt worden, und eine große Standuhr fand seit Jahren schon in derselben Ecke ihren Platz.

Ich drückte die Handflächen an das Gehäuse und strich über das warme Mahagoniholz. Magische Wärme. Das erkannte ich jetzt. Mein Puls wurde als Reaktion darauf schneller, und mein Blut in den Adern erhitzte sich.

Das Pendel im Gehäuse pulsierte.

Ich riss die Hände zurück und starrte mit großen Augen auf das Ziffernblatt. Seine eleganten Messingzeiger zeigten die richtige Zeit an, aber ansonsten war sie nichts Besonderes. Meine alte Taschenuhr hatte geläutet, wenn ich in Gefahr gewesen war, und mir sogar das Leben gerettet. Diese Dinge hatte sie unabhängig von mir getan. Meine neue Taschenuhr tat das nicht. Und sie pulsierte auch nicht wie diese Uhr.

Ich drückte die Hände noch einmal an den Holzkasten und spürte ein weiteres tiefes Pulsieren, das in mir widerhallte. Als ich hier gelebt hatte, hatte ich oft an dieser Uhr gearbeitet, manchmal aus reiner Langeweile, wenn ich sonst nicht viel zu tun hatte. Genauso wie ich an der Taschenuhr gearbeitet hatte, die mir meine Eltern geschenkt hatten. An meiner neuen Taschenuhr hatte ich nur ein paar Mal herumgebastelt. Ich hatte allmählich bezweifelt, dass meine Magie so mächtig war, wie alle dachten, und gedacht, dass meine alte Taschenuhr eine besondere Magie besessen hatte, die mein Vater oder meine Großmutter hineingelegt hatten. Aber nun … vielleicht, wenn ich meine neue Taschenuhr öfter in der Hand hatte, würde sie eines Tages auf mich reagieren, wie es diese Uhr tat. Sie konnte mir sogar das Leben retten.

„India?", erklang Matts Stimme leise neben meinem Ohr. „Ist alles in Ordnung?"

Ich drehte mich mit einem Lächeln zu ihm um. „Können wir die mit zu uns nach Hause nehmen?"

„Ich sehe keinen Grund, der dagegen spricht. Sie sieht schwer aus, aber Duke und Cyclops kriegen das hin."

„Sie funktionieren noch", sagte Catherine, während sie eine einfache Kaminuhr auf dem Regal bewunderte. „Sie gehen immer noch richtig."

„Bis auf diese." Ronnie hob eine schwere Marmoruhr vom gegenüberliegenden Ende des Tresens, nur um sie sofort wieder abzustellen. „Die ist schwer."

„Mit der hatten wir schon immer Schwierigkeiten", sagte ich. „Sie hat niemals die richtige Zeit angezeigt."

Willie öffnete das Glasgehäuse und fuchtelte mit den Händen. „Ha! Die große Magierin ist doch nicht so groß."

Ich schob sie zur Seite und stellte die Zeiger auf die richtige Zeit, obwohl ich wusste, dass sie vor Sonnenuntergang wieder eine ganze Minute verlieren würde. „Die nehmen wir auch mit uns nach Hause. Der Rest kann mit den anderen eingelagert werden, bis uns etwas einfällt, was wir damit anfangen können."

„Verdammte Gildenregel", murmelte Duke. „Diese ganzen Uhren und Taschenuhren sind nutzlos, und die ganzen Ersatzteile auch."

„Verdammter Abercrombie", sagte Cyclops.

„Wo wir schon bei Abercrombie sind." Ronnies blaue Augen leuchteten, sodass er seiner lebhaften Schwester stärker ähnelte. Beide Geschwister waren schlank und hatten helle Haare, und manche hätten sie albern genannt, aber ich wusste es besser.

Keiner von ihnen war albern, nur voller jugendlichem Überschwang. Dieses neue Unternehmen würde dafür sorgen, dass sie rasch reiften, aber ich hoffte, die Bürde eines eigenen Geschäfts würde ihr begeisterungsfähiges Wesen nicht unterhöhlen. „Abercrombie ist nicht mehr der Gildemeister der Uhrmacher", fuhr er fort. „Sie haben ihn zu einem Rücktritt bewegt."

„Gut", sagte ich. „Er hat es nicht verdient, Meister zu bleiben, nachdem er versucht hat, deinen Beitritt zu verhindern. Ich bin froh, dass die Assistentenkammer zur Vernunft gekommen ist und ihn hinausgeworfen hat."

„Es war nicht nur das, was er Ronnie angetan hat", sagte Matt. „Dir wollte er sich auch bei jedem Schritt in den Weg stellen."

„Daran hat sich nichts geändert", sagte Catherine. „Die Gilde will immer noch keine Magier beitreten lassen."

„Und wird es niemals tun", fügte ich an. „Das wird keine der Gilden. Es wäre der Anfang vom Ende für ihre talentfreien Mitglieder, wenn sie Mitgliedschaft und Lizenzen an Magier ausgeben. Das ist verständlich. Auf jeden Fall spielt es für mich keine Rolle. Ich werde keine Uhren verkaufen. Aber ihr beiden tut das, und wenn ihr den ganzen Tag herumsteht und redet, wird dieser Laden nächste Woche nicht in einem Zustand sein, in dem ihr Kunden empfangen könnt."

Es war befriedigender, als ich zugeben wollte, zu erfahren, dass Abercrombie seine Stellung als Gildemeister verloren hatte. Er hatte den Titel getragen wie eine Krone und seine Macht benutzt wie einen Knüppel. Hoffentlich würde die neue Riege Ronnie gegenüber weniger voreingenommen sein. Es war nicht gerecht, dass er wegen seiner Bekanntschaft mit mir befleckt sein sollte.

Am späten Vormittag hatten wir schon beträchtliche Fortschritte gemacht, und ich hatte zwei Dinge erfahren. Als erstes, dass ich es mir viel zu bequem gemacht hatte, seit ich in Mayfair lebte, wo Bedienstete jeden meiner Wünsche erfüllten. Mit tat der Rücken weh, weil ich Böden schrubbte, und ich konnte keine schweren Dinge heben. Zweitens, Cyclops und Catherine gingen einander immer noch aus dem Weg, konnten aber nicht verhindern, dass sie Blicke auf den jeweils anderen erhaschten.

Schließlich schnappte ich mir Catherine allein in der Werkstatt, wo sie Schachteln mit Ersatzteilen abwischte, bevor sie sie in eine Kiste packte. „Hat er seit dem Kuss mit dir geredet?", fragte ich.

„Kaum ein Wort. Als wir zum letzten Mal gesprochen haben, haben wir gestritten. Er sagte, der Kuss würde nichts bedeuten. Ich habe ihm gesagt, mir hätte etwas bedeutet."

Ich nahm sie an der Hand. „Das tut mir leid."

„Ist schon in Ordnung, India. Dir muss es nicht leidtun. Ich glaube ihm nicht. Es *hat* uns beiden etwas bedeutet. Ich mag jünger sein als du, aber ich bin mit Männern ziemlich erfahren. Mehr als du es warst, bevor du Matt getroffen hast."

„Sehr viel mehr", sagte ich, dann wurde mir klar, wie das klang. „Ich habe nicht gemeint, dass du ein Teufelsbraten bist. Ich war einfach nur sehr naiv, daher auch mein Fehler mit Eddie."

Sie verzog das Gesicht. „Dieses Wiesel. Auf jeden Fall ist er jetzt nicht mehr in deinem Leben."

Ich betrachtete die saubere Werkbank und den Boden, die eingepackten Teile und die Leerstellen, wo jahrelang Uhren die Flächen beansprucht hatten. Es war so leer, und trotzdem störte mich diese Leere nicht so sehr, wie es die Tatsache getan hatte, dass Eddie genau an der Werkbank gearbeitet hatte, die jahrelang mein Vater benutzt hatte. „Was willst du denn wegen Cyclops unternehmen?"

Sie seufzte. „Ich weiß es nicht. Ihm Zeit geben, schätze ich, während ich mich hier eingewöhne."

„Es wird gut sein, dich zu beschäftigen, und für ihn, nicht beschäftigt zu sein."

„Was meinst du damit?"

„Du wirst Arbeit haben, die deine Gedanken beschäftigt, aber nachdem er hier damit fertig ist, euch zu helfen, wird er nur wenig zu tun haben. Das wird ihm Zeit verschaffen, über dich nachzudenken und zu dem Schluss zu kommen, dass er dich vermisst und dich in seinem Leben will."

Sie seufzte wieder. „Das hoffe ich." Mit einer vertrauten Kopfbewegung warf sie ihre blonden Locken nach hinten und schüttelte ihre Melancholie ab, um zu lächeln. „Erzähl mir von deinen Flitterwochen. Wie war es denn?"

„Wunderbar. Die Luft war frisch, das Hotel ..."

„Das habe ich nicht gemeint, India." Sie warf einen Blick auf die Tür, dann beugte sich näher zu mir. „Wie war *es* denn? Mit einem Mann zusammen zu sein?"

„Falls du versuchst, mich zu schockieren, bist du gescheitert. Ich bin an Willie und ihre Unverfrorenheit gewöhnt. Was deine Frage angeht, sage ich nur, dass es erfreulich war, in Matts Armen aufzuwachen."

Sie gab ein enttäuschtes Geräusch von sich. „Das kannst du doch besser. Ich brauche mehr Einzelheiten." Langsam wischte sie ein bereits funkelndes Zahnrad ab, bevor sie es wiederholte. „Ohne zu spezifisch zu sein, natürlich nur. Nur Allgemeinplätze über die ..." Sie suchte nach dem richtigen Wort, bevor sie das Zahnrad hochhielt. „Die Mechanik."

Ich nahm ihr das Zahnrad ab und legte es zu den anderen in die Kiste. „Ich bin mir sicher, deine Mutter wird das mit dir besprechen, wenn es an der Zeit ist."

„Himmel, hoffentlich nicht. Außerdem wird sie es mir frühestens am Tag vor meiner Hochzeit erzählen."

„Und?"

Sie nahm die Kiste mit Einzelteilen an die Brust und schaute mich geradewegs an. „Was, wenn ich niemals heirate? Ich will nicht als alte Jungfer sterben, deren Burg niemals erobert wurde, India."

Ich starrte sie an, nicht sicher, was schlimmer war – dass sie über ihren Tod sprach, oder dass sie in Betracht zog, ihre Jungfräulichkeit an einen Mann zu verlieren, der nicht ihr Ehemann war. Ich war nicht prüde, aber Catherine war nicht die Art Mädchen, die die Normen der Gesellschaft missachtete. Andererseits hatte sie sich mit ihrem Bruder zusammengetan, um entgegen der Wünsche ihrer Eltern einen eigenen Laden zu führen, und sie wollte eine Beziehung zu einem Mann, den sie ablehnten. Es war an der Zeit, dass ich es zugab. Catherine hatte eine rebellische Art. Ich war mir nur nicht sicher, wie weit diese Art ging.

„Cyclops wird nicht einverstanden sein, deine ... Burg zu erobern, außer er heiratet dich", sagte ich. „Er ist viel zu ehrbar."

Sie reckte das Kinn vor. „Wenn du es mir nicht erzählst, frage ich Willie."

„Das tust du nicht! Willie wird dir beibringen ..."

Die Tür zur Werkstatt öffnete sich, und Matt spazierte herein. „Was bringt Willie ihr bei?"

„Nichts", sagte ich rasch, meine Wangen wurden heiß.

Catherine unterdrückte ein Lächeln, und mir wurde klar, dass ich genau in ihre Falle gelaufen war. Wenn ich ihr nichts erzählte, würde sie zu Willie gehen, und Willie würde ihr mehr zählen, als eine respektable Frau wissen musste.

„Enthalten Sie mir bereits Geheimnisse vor, Mrs. Glass?" Matt hatte es sicher leichthin gesagt, aber die Hitze wich plötzlich aus meinem Gesicht. Ich fühlte mich wieder, als würde mir übel werden.

Dieses Geheimnis würde niemandem wehtun, aber mein anderes Geheimnis schon. Jedes Mal, wenn ich daran dachte, zog sich mein Inneres fest zusammen. Gerade fühlte es sich an, als würde jemand an den Enden der Knoten ziehen, um sie festzuzurren.

„Ich sollte nach Hause zurückkehren und mich erfrischen, bevor ich mich mit Fabian treffe", sagte ich. „Matt, wirst du mich begleiten?"

„Natürlich." Er lächelte leichthin, aber ich sah seine Unsicherheit. Wir wussten beide, dass ich keinen Begleiter brauchte, und er hatte geplant, dortzubleiben, während ich mich mit Fabian traf.

Er half mir in die Kutsche und schloss die Tür. „Wenn du nicht zu diesem Treffen willst, musst du nicht."

„Das ist es nicht." Ich atmete durch, schaffte es aber nicht, meine aufgeregten Nerven zu beruhigen.

Matts Stirnrunzeln verstärkte sich. „Was ist denn los?"

„Ich muss dir etwas erzählen, und ..." Ich schluckte. „Und es wird dir nicht gefallen."

Er lehnte sich zurück, seine Schultern waren steif, seine scharfen Augen auf mich konzentriert, als könne er mir die Worte entreißen. Aber die Worte saßen fest. Ich wusste nicht, wie ich sagen sollte, was ich sagen musste. Ich wusste nicht, ob ich es sagen sollte, wusste nur, dass ich dieses elende Gefühl beenden wollte, das mich jedes Mal überkam, wenn ich an die Abmachung dachte, die ich mit Lord Coyle getroffen hatte.

Würde es mir ein besseres Gefühl geben, es Matt zu erzählen? Oder würde es die Dinge nur verschlimmern?

KAPITEL 2

„ *M* ach schon", sagte Matt. „Du bist so weit gekommen, jetzt musst du es mir erzählen."

„Ja. Richtig. Natürlich." Ich schluckte erneut. Jetzt oder nie. „Die Sache ist die … siehst du … Ich war diejenige, die Lord Cox überzeugt hat, Patience zu heiraten."

„Wie?", fragte er, in seiner Stimme lag ein stählerner Unterton.

„Du weißt, wie."

Er ließ zu, dass die Stille sich ausdehnte, während dieser Blick sich weiterhin in mich bohrte. Ich hielt ihn fest, obwohl es meine ganze Willenskraft erforderte, das zu tun. Ich konnte jetzt nicht wegschauen und ihn glauben lassen, dass ich mich für meine Taten schämte.

„Es war der einzige Weg", sagte ich schließlich. „Hätte ich Lord Coyles Information nicht genutzt, um Lord Cox zu erpressen, hätte er niemals zugestimmt, Patience zu heiraten. Du wärst mit ihr verlobt geblieben. Tatsächlich wärt ihr inzwischen verheiratet."

Er löste die Verbindung und wandte sich ab, um aus dem Fenster zu schauen. An seinem Hals über dem Halstuch pochte ein Puls. „Ich habe dich gebeten, nicht zu Coyle zu gehen."

Ich schnitt mir ein Scheibchen von ihm ab und ließ zu, dass die Stille sich ausbreitete.

15

Es funktionierte, und er sprach weiter, wenn auch in diesem angespannten, düsteren Tonfall, der mir Sorgen bereitete. „Jetzt schuldest du ihm etwas, India."

„Ich habe deutlich gemacht, dass ich niemandes Leben zusammen mit Gabe verlängern werde. Er weiß, dass ich nichts tun werde, was ich nicht tun will."

Langsam drehte er sich um, um mich anzusehen. Seine Züge wurden weicher, und er wirkte eher erschöpft als wütend. Das erleichterte meine Nervosität oder mein Gewissen nicht. „Glaubst du, es spielt eine Rolle, welche Versprechungen er dir gegeben hat? Wenn du dich weigerst, zu tun, worum er bittet, wird er dich zwingen."

„Er kann mich nicht dazu zwingen, etwas zu tun, was ich nicht tun will."

Er wandte sich zurück zum Fenster, sein Ellbogen ruhte auf dem Fensterbrett. Mit dem Finger streifte er seine Oberlippe, eine langsame, absichtsvolle Bewegung, die verlockend gewesen wäre, wäre nicht die Anspannung zwischen uns gewesen.

„Ich schätze, du fragst dich, weshalb ich gewartet habe, bis wir verheiratet sind, bevor ich es dir erzähle." Als er nicht antwortete, fuhr ich trotzdem fort. „Ich habe gewartet, weil ich dachte, wenn ich es dir vorher sage, würdest du unsere Verlobung beenden und Patience davon in Kenntnis setzen, dass Lord Cox zur Ehe mit ihr erpresst worden war, und sie dann selbst heiraten. Ich dachte, das würdest du tun, um mich davor zu retten, Coyle etwas zu schulden. Und ich wollte nicht, dass du mich rettest."

Er starrte weiter aus dem Fenster.

Ich packte meinen Pompadour fester. Ich hatte gewusst, dass ich entweder brodelnden Zorn oder kaltes Schweigen bekommen würde, darum kam seine Reaktion nicht unerwartet, aber mir wäre der Zorn lieber gewesen. Zumindest hätte er ihn dann irgendwie herausgelassen.

„Ich wollte, dass du *mich* heiratest, Matt, und die einzige Art, das zu tun, war zu warten, bis wir verheiratet waren, um dich darüber in Kenntnis zu setzen. Ich konnte nicht riskieren, dass du einen Rückzieher machst."

„Wir haben vor zwei Wochen geheiratet."

„Ich habe unsere Flitterwochen zu sehr genossen, um sie zu verderben." Tränen brannten in meinen Augen und machten mir die Kehle eng. Unser Glück war zu einem abrupten Ende gekommen, und alles nur, weil er es verabscheute, dass ich ihn hintergangen hatte. Wie lange würde es dauern, bis er mir vergeben konnte? Würde er mir jemals ganz vergeben oder mir noch einmal vertrauen?

Keiner von uns sagte auf dem Rest der Fahrt noch etwas. Als wir in der Park Street Nr. 16 ankamen, stieg Matt als erster aus und hielt mir die Tür auf, dann stieg er wieder ein. Ich kämpfte meine Enttäuschung zurück, aber die Tränen stellten sich erneut ein. Nicht, dass Matt sie gesehen hätte. Er schien sich sehr zu bemühen, mich nicht anzusehen.

Keiner von uns sagte etwas. Er konnte es vermutlich nicht ertragen, im Augenblick mit mir zu sprechen, genauso wie er es nicht ertragen konnte, mich anzusehen. Was mich betraf, dachte ich, es wäre das Beste, ihm nicht zu sagen, dass ich mich seinen Wünschen erneut widersetzen würde, falls die Alternative wäre, ihn zu verlieren.

* * *

FABIAN HATTE ein Haus nicht weit von unserem Wohnort bezogen. Seine Familie war reich, sie hatte mit ihrer Eisenmagie Wunder der industriellen Ingenieurskunst geschaffen, doch er hatte nichts mit dem Familienunternehmen zu tun. Wie mein Großvater war Fabian leidenschaftlich an den Möglichkeiten der Magie interessiert. Er wollte magische Wunder erschaffen, wie es sie seit Jahrhunderten nicht mehr gegeben hatte, und um das zu tun, musste er sein Wissen über die Sprache der Magie erweitern. Aber er war nicht mächtig genug, um das allein zu tun. Laut ihm könnte ich die nötige Macht dazu besitzen. Ich war mir da nicht so sicher, aber ich wollte es versuchen. Er hatte zugestimmt, mich entscheiden zu lassen, was mit jeglichen Zaubern passierte, die ich erschuf. Er würde sie nicht entgegen meiner Wünsche einsetzen.

Der Einzige, der von Fabians Versprechen wusste und es nicht guthieß, war mein Großvater. Chronos war ganz aus dem Häuschen gewesen, als er erfahren hatte, dass ich eine mächtige Magierin sein könnte, und hatte mich angefleht, mit Fabian zu arbeiten, aber das war gewesen, bevor ihm klar geworden war, dass er keinen Zugang zu unseren neuen Zaubern bekommen würde. Ich war erleichtert, als ich sah, dass er nicht bei Fabian zu Hause war, als ich eintraf.

Aber Lady Louisa Hollingbroke war da.

„Wie wunderbar, Sie wiederzusehen, India." Sie küsste mich auf die Wange, als wären wir alte Freundinnen, und lud mich ein, mich hinzusetzen und Tee zu trinken, als wäre sie die Hausherrin.

Ich warf einen Blick zu Fabian, doch er sah nur zu, sein Mund verkniffen, eine schmale Falte zwischen seinen Augenbrauen. Er war ein gut aussehender Gentleman mit zurückgestrichenen schwarzen Haaren und starkem Kinn, aber es war sein Selbstvertrauen, das ihn von den meisten Männern abhob. Er schien sich seiner selbst sehr sicher zu sein, ohne arrogant zu wirken, und genauso sicher war er, dass er bekommen würde, worum er bat. Ich schätzte, das war die Folge, wenn man in eine reiche Familie geboren wurde und ein Übermaß an natürlichem Charme besaß. Ganz wie Matt.

„Ich habe nicht erwartet, Sie hier zu treffen", sagte ich, als ich mich hinsetzte.

„Fabian und ich sind alte Freunde." Sie waren nicht nur Freunde, sie war auch diejenige gewesen, die Fabian von mir erzählt hatte. Es war allerdings das erste Mal, dass ich sie zusammen sah, und mich traf die Erkenntnis, wie sehr sie sich ähnelten. Nicht im Aussehen – er hatte dunkle Haare, und ihre waren hell, und er war um einiges größer – aber im Charakter. Sie strahlten beide eine mühelose Selbstsicherheit aus.

„Weshalb sind Sie heute da?", wollte ich wissen. „Ich dachte, wir wären allein."

„Genau deswegen bin ich gekommen", sagte sie. „Ihr braucht eine Anstandsdame."

„Ich bin eine verheiratete Frau."

„Verheiratete Frauen sollte man nicht allein mit einem Gentleman sehen, genauso wenig wie unverheiratete. Es wird geschwätzt."

„Mein Ehemann macht sich keine Sorgen, ansonsten wäre er hier."

„Vielleicht ist es ja nicht *Ihr* Ruf, um den ich mir Sorgen mache." Sie warf ein schwaches Lächeln auf Fabian, der erst noch mehr als ein grüßendes Wort herausbringen musste.

Sein Blick war starr auf mich gerichtet. Warum mied er es, sie anzusehen? Es ließ sich unmöglich sagen, obwohl ihm etwas Sorgen bereitete. Diese kleine Falte auf seiner Stirn hatte sich nicht gelegt.

„Louisa wird uns nicht stören", sagte er in einem melodischen französischen Akzent. „Bitte, setz dich. Ich bringe meine Papiere."

Er ging, und Louisa schenkte Tee ein. „Vielen Dank", sagte sie leise.

„Wofür?", fragte ich.

„Dass Sie nichts dagegen hatten, dass ich bleibe. Fabian sagte, er würde mir gestatten, zu bleiben, aber nur wenn Sie keine Einwände haben."

Ich wollte fragen, ob sie und Fabian einander umwarben, aber dazu hatte ich nicht das Recht, und es spielte keine Rolle für meine Anwesenheit. Sie hatte keinen Grund, eifersüchtig zu sein, und genauso wenig Matt. Er wusste das, aber ich war mir nicht sicher, ob das bei Louisa ebenso der Fall war.

„Darf ich denn Einwände haben?", fragte ich ziemlich schnippisch. „Ich hätte nicht gedacht, dass Ihnen meine Meinung wichtig ist."

Sie hob die Teetasse an die Lippen. „Fabian ist sie wichtig."

„Und er ist Ihnen wichtig."

Sie nippte.

Ich nippte auch, und der Augenblick, in dem sie hätte antworten können, verging ohne Antwort.

„Das letzte Mal, als wir einander gesehen haben, haben wir gestritten", rief ich ihr in Erinnerung.

„Meine liebe India, das war kein Streit. Nur eine leicht abweichende Meinung. Wie ich mich erinnere, fanden Sie, Mr. Hendry sollte Gerechtigkeit widerfahren, weil er diesen amerikanischen Cowboy ermordet hat, und ich fand, er könne immer noch einen wertvollen Beitrag zur Gesellschaft leisten, ohne sonst jemanden zu verletzen."

„Ich glaube immer noch, dass Hendry Gerechtigkeit hätte widerfahren sollen, aber ich weiß, dass es nicht ausreichend Beweise gibt, um ihn zu überführen. Ich weiß auch, dass Lord Coyle für Anwälte bezahlt hat, um Hendry zu helfen, weil er ein Magier ist."

„Nicht nur irgendein Magier. Er ist der Letzte aus seiner Ahnenreihe. Wenn er ohne Abkömmlinge stirbt, stirbt die Papiermagie mit ihm." Sie stellte ihre Teetasse auf den Tisch, ihre Bewegungen geziert und anmutig auf eine Art, wie es meine niemals sein würden. „Ich habe Neuigkeiten von Mr. Hendry, wie es der Zufall so will. Letzte Woche hat er geheiratet."

Ich spuckte beinahe meinen Tee aus. Sie hatte mich vorgewarnt, dass Lord Coyle Hendry eine Frau suchen würde, aber ich hatte nicht erwartet, dass das so schnell kam. Tatsächlich war ich mir nicht einmal ganz sicher gewesen, dass Hendry zustimmen würde. Er war nicht an Frauen interessiert, ganz zu schweigen von einer Ehe, nicht einmal, um sich den Regeln der Gesellschaft zu beugen. Er hatte keine Familie, die Druck auf ihn ausübte, und solange seine Liebschaften im Geheimen blieben, brach er auch keine Gesetze.

„Coyle hat ihm keine Wahl gelassen", sagte sie, als würde sie meine Gedanken lesen. „Er hat wunderbarerweise belastende Hinweise aufgespürt und hätte Scotland Yard informiert, wenn Mr. Hendry der Ehe nicht zugestimmt hätte. Wie es der Zufall so will, hat Hendry verstanden, wie wichtig es ist, seine ganz besondere magische Abstammung weiterzuführen."

„Seine Braut ist eine Magierin?"

„Ja, aber ich weiß nicht, welcher Art. Coyle wollte es uns nicht verraten."

„Uns?"

„Den anderen Mitgliedern des Sammlerclubs. Den Delanceys, Sir Charles Whittaker, und anderen."

Louisa hatte sich dem Club erst kürzlich angeschlossen, aber ich war mir nicht ganz sicher, ob sie die Art Mensch war, nach der sie suchten. Während die Mitglieder magische Gegenstände sammeln und damit handeln wollten, zum persönlichen Genuss und Profit, wollte sie die Magie ins Bewusstsein der Öffentlichkeit bringen. Es war immer noch ein Rätsel für mich, dass Lord Coyle sie in ihren inneren Kreis aufgenommen hatte. Andererseits stimmten ihre Interessen in Bezug auf Mr. Hendry überein. Niemand wollte erleben, dass die Abstammungslinie der Papiermagie endete.

Fabian kehrte zurück, eine große Ledertasche in der Hand. „Bereit, Mrs. Glass?", fragte er mit einem warmen Lächeln. „Wir werden hier arbeiten, wo es Tee gibt, und gemütliche Sessel."

„Hier ist in Ordnung, aber falls Louisa bleiben soll, würde ich gern ein paar Regeln aufstellen."

Louisa drehte sich in ihrem Stuhl herum, um mich ganz anzusehen. „Es sind keine Regeln nötig. Ich werde niemandem etwas verraten."

Ich richtete meinen Blick auf Fabian, der wieder die Stirn runzelte, diesmal vor Neugier. „Sie darf sich irgendwo hinsetzen, wo sie uns sehen kann, aber nicht hören", sagte ich. „Sie darf sich nicht unsere Notizen anschauen oder Fragen über unsere Arbeit stellen."

„Kommen Sie schon, India", sagte Louisa mit einem zarten Lachen. „Sie können mir vertrauen."

„Wenn Sie wirklich nur als Anstandsdame da sind, dann werden diese Regeln nicht unliebsam sein."

„Fabian ..."

„Zugestimmt." Fabian zog an einer Klingelschnur, um einen Diener zu rufen. „Louisa, wenn du so gut wärst und dich zum Treppenabsatz begibst. Sharp wird den Bereich für dich gemütlich gestalten."

„Zum Treppenabsatz!", rief sie.

„An dieses Zimmer schließt sich keines an." Er zuckte entschuldigend mit den Schultern, als der Diener eintrat. Fabian gab ihm Anweisung, einen Tisch und einen Sessel außerhalb des Salons aufzustellen und sich darum zu kümmern, dass Lady Louisas Bedürfnisse wahrgenommen wurden.

Louisa beobachtete die Vorgänge schweigend, ihr Missvergnügen darüber, verbannt worden zu sein, fast unverhohlen. Sie hatte allerdings keine Einwände, und als der Treppenabsatz mit einem Sessel eingerichtet war, der so gedreht war, dass sie uns im Salon sehen konnte, ging sie würdevoll.

„Du kannst ihr vertrauen", sagte Fabian zu mir, als wir uns auf dem Sofa niederließen.

Ich warf einen Blick durch die Tür, um zu sehen, wie Louisa mich kühl beobachtete. „Ich glaube nicht, dass *sie* mir mit *dir* vertraut."

Er knurrte leise. „Es ist nicht das zwischen uns, was du glaubst. Wir sind einfach befreundet."

Ich nahm an, sie wünschte sich, dass es mehr wäre. Ob Fabian das auch wollte, konnte ich nicht sagen.

Er öffnete die Ledertasche und zog etliche Blätter heraus, auf denen zwei ordentliche Spalten geschrieben standen. Die linke Spalte enthielt in jeder Zeile ein Wort in einer Sprache, die ich nicht kannte, während die rechte Spalte anscheinend eine Definition des entsprechenden Wortes lieferte. Dieser Teil war auf Englisch verfasst.

„Das ist sie?", fragte ich gehaucht. „Die Sprache der Magie?"

Er nickte, lächelte über meine Reaktion.

Ich las die linke Spalte bis nach unten, probierte die Worte aus. Als ich am Ende ankam, fragte ich: „Habe ich irgendwas davon richtig ausgesprochen?"

„Manches."

„Woher weißt du das? Kommen diese Worte aus deinem Eisenzauber?"

„Diese vier sind es." Er deutete auf die vier obersten Zeilen. „Die anderen haben mir andere Magier erzählt. Es sind einfache Worte für einfache Zauber." Er nahm das obere Blatt Papier weg, um etliche weitere Blätter zu enthüllen, alle mit handgeschriebenen Wörtern und Beschreibungen gefüllt. „Das sind die komplizierteren. Einige habe ich von Magiern gelernt, aber die meisten stammen aus Büchern, die ich in Privatbibliotheken in Europa gefunden habe. Ich bin mir nicht sicher, wie man manche davon ausspricht."

„Der Akzent spielt eine Rolle."

Er nickte, und ich schätzte, dass er das bereits gewusst hatte.

Am Ende unseres zweistündigen Treffens tat mir der Kopf weh, aber Fabian musste meine Aussprache nicht mehr korrigieren. Ich hatte mir auch einige der Bedeutungen gemerkt. Wir waren durch nicht mehr als drei Seiten gekommen. Es gab ein Dutzend mehr.

„Du bist müde", sagte Fabian.

Ich rieb mir über die Stirn. „Ein wenig."

Er reichte mir die drei Seiten. „Nimm die mit. Das sind deine Kopien. Ich prüfe dich morgen."

Ich stöhnte, und er lachte.

Der Butler trat mit einem entschlossenen Schritt und einem besorgten Ausdruck im Gesicht ein. Louisa folgte ihm, warf einen Blick über die Schulter auf den Absatz, wo sie gesessen hatte. Ich hatte vergessen, dass sie da war, so leise war sie gewesen.

„Mr. Charbonneau, Sir." Der Butler schluckte schwer. „Es sind drei Männer hier."

„Wer?", fragte Fabian.

„Sie wollten ihren Namen nicht nennen, Sir. Sie behaupten, sie arbeiten für Ihren ..." Er warf einen Blick zu mir, dann zu Louisa.

„Meinen was?", drängte Fabian. „Vor meinen Freundinnen dürfen Sie sprechen. Ich habe nichts zu verbergen."

Der Butler beugte sich vor und flüsterte: „Ihren Gläubiger."

Fabian versteifte sich. „Ich werde mit ihnen sprechen."

Die Wangen des Butlers wurden rot, und er konnte Fabian nicht in die Augen schauen. „Sie wollen nicht mit Ihnen sprechen, Sir. Sie wollen die Möbel in Besitz nehmen."

Fabian schüttelte den Kopf und murmelte etwas Unverständliches auf Französisch.

„Da liegt ein Fehler vor", fuhr Louisa den glücklosen Butler an. „Schicken Sie die inkompetenten Narren weg. Wenn sie sich weigern, nutzen Sie Gewalt."

Der Butler zögerte, wollte eindeutig eine Anweisung von seinem Arbeitgeber, war aber auch zurückhaltend damit, die Befehle der Lady direkt zu ignorieren. Das Ergebnis war Inaktivität und eine rasche Abfolge von Blinzelbewegungen.

Louisa schnalzte mit der Zunge und marschierte los. „Ich mache es selbst."

„Louisa, nein", fauchte Fabian. Zu dem Butler sagte er: „Lassen Sie die Männer nehmen, was sie nehmen müssen."

„Fabian!" Louisa stampfte beinahe mit dem Fuß auf. „Du kannst dich doch nicht so einem rücksichtslosen Vorgehen beugen. Wenn das jetzt nicht geklärt wird, wirst du es teuflisch schwer haben, deine Möbel wiederzubekommen."

„Ich glaube nicht, dass da ein Fehler vorliegt", sagte Fabian ernst.

Louisas scharfes Einatmen drang durch die Stille, aber sie hatte die Geistesgegenwart, ihn nicht weiter auszufragen. Sie warf einen Blick auf den Butler. Fabian nickte, damit er ging.

Der Butler zögerte noch immer. „Sir, wenn ich so dreist sein darf ... werden die Angestellten bezahlt?"

Fabian straffte die Schultern. „Ich werde Ihnen bezahlen, was Ihnen zusteht, aber es ist am besten, das nicht notwendige Personal gehen zu lassen."

Der Butler stutzte. „Wir sind alle notwendig."

Fabian schluckte. Er sah aus, als würde er darum kämpfen, seine Haltung zu wahren, aber ob er Zorn oder Stress unterdrückte, konnte ich nicht sicher feststellen.

„Behalten Sie den Koch, ein Dienstmädchen und Sie selbst", wies Louisa den Butler an. „Informieren Sie die anderen, dass sie ihren Lohn erhalten werden, bevor sie gehen. Das wäre dann alles."

Der Butler ging, begleitet vom Geräusch von Möbeln, die unten herumgerückt wurden.

„Ich finde selbst nach draußen", sagte ich und nahm die Papiere, die Fabian mir gegeben hatte.

„Das ist nicht gestattet." Fabian beugte den Arm für mich und lächelte mich an. „Ich begleite dich und stelle sicher, dass du unbehelligt nach draußen kommst."

Ich nahm seinen Arm, und wir gingen zusammen aus dem Salon. Louisa folgte uns.

„Sei unbesorgt, India", sagte Fabian, der mir die Hand tätschelte, während wir die Stufen hinabstiegen. „Es ist ein finanzielles Problem, das ist alles. Ich muss lernen, etwas ... wie nennt ihr das? Genüglich zu leben?"

„Genügsam."

„Finanzielles Problem?", fragte Louisa dicht hinter uns. Sie klang ziemlich verstört, mehr als Fabian. „Wie kann das sein?"

Ein weiteres elegantes Handwedeln tat ihre Frage ab. „Sorgt euch nicht, meine Lieben."

Louisa schnaubte, stellte aber keine weiteren Fragen. Ich wünschte, sie wäre hartnäckig geblieben. Ich wollte wissen, wie ein Mitglied einer der reichsten Familien in Frankreich nicht genug Geld haben konnte, um Möbel oder vollzähliges Personal zu bezahlen. Und wie konnte er sich so einfach damit abfinden, dass seine Besitztümer hinausgebracht wurden, während er seine Gäste nach draußen führte?

Fabian begrüßte den hochgewachsenen, schlaksigen Mann, der seine beiden stämmigeren Mitarbeiter beaufsichtigte, während sie einen Beistelltisch mit Marmorplatte hinaustrugen. „Bitte, lassen Sie meine Freundinnen durch", sagte er.

Der Mann trat zur Seite und berührte sich an der Hutkrempe, während Fabian mich durch die Tür geleitete. Louisa folgte uns nicht, und Fabian bat sie nicht, zu gehen.

Er half mir die Eingangsstufen hinab. „Keine Sorge, India. Ich verlasse London nicht."

War das die Absicht desjenigen oder derjenigen hinter der Inbesitznahme? Fabians Geldfluss zu stoppen, um ihn zu zwingen, London zu verlassen und unsere Bekanntschaft zu beenden? Es war ein heikles Thema und unhöflich, danach zu fragen, darum lächelte ich nur und nickte, bevor ich nach Hause ging.

* * *

„Es war recht seltsam", erklärte ich Tante Letitia, während wir uns in den Salon setzten und darauf warteten, dass die anderen vom Einkaufen zurückkamen. „Er wirkte nicht schockiert. Er hatte wohl damit gerechnet. Obwohl ich glaube, dass er verlegen war, weil seine Möbel vor seinen Gästen beschlagnahmt wurden." Ich musterte das Hemd, das ich flickte, doch die Stiche fielen mir kaum auf. Mit den Gedanken war ich immer noch bei der Szene, die sich bei Fabian abgespielt hatte. „Louisa hat sich stärker aufgeregt. Sie schien es für unmöglich zu halten, dass ihm so etwas widerfahren konnte."

„Ist seine Familie nicht reich?", fragte Tante Letitia.

„Sehr. Weshalb kann er also seine Geldgeber nicht bezahlen?"

Sie nahm mir das Hemd ab und die Nadel aus den Fingern. „Du wirst dich noch in den Daumen stechen, wenn du dich nicht konzentrierst."

„Oh. Dankeschön."

„Seine Familie hat wohl die finanzielle Unterstützung eingestellt", fuhr sie fort.

„Aber sicher hat er doch ein Einkommen aus anderen Quellen", sagte ich. „Er muss doch Investitionen haben, so wie Matt."

Sie spähte über den Rand ihrer Brille zu mir. „Wenn er sein Erwachsenenleben dem Studium der Magie gewidmet hat, dann hat er vielleicht kein Einkommen, bis auf das, was seine Familie ihm zugesteht. Ich bezweifle, dass er sich jemals Sorgen darum machen musste, wo seine nächste Mahlzeit herkommt, oder wer den Lohn für sein Personal zahlt."

Willie rauschte herein, gefolgt von Cyclops und Duke. Aber nicht Matt. „Von wem redet ihr?", fragte sie, während sie sich in einen Sessel warf.

„Steh auf!", rief Tante Letitia. „Du bist dreckig."

„Ich habe mich gewaschen." Willie streckte die Hände aus, die Handflächen nach oben. Ihre Hemdsärmel waren bis zu den Ellbogen hochgekrempelt, und sie trug kein Jackett, nur eine Weste. „Wir haben uns alle gewaschen."

Matt trat schließlich ein und ging direkt zum Büffet, um sich ein Getränk aus der Karaffe einzuschenken. Seine Tante runzelte missbilligend die Stirn, weil er vor dem Abendessen Alkohol trank, aber sie sagte nichts. Er stürzte den Inhalt auf einmal hinab und wollte sich schon ein weiteres Glas einschenken, hielt aber inne.

„Sonst noch wer?", fragte er.

Willie hob einen Finger, aber die anderen lehnten ab, mit verlegenen Blicken auf Tante Letitia. Sie nähte weiter.

Matt reichte Willie ein Glas und setzte sich hin, ohne sich noch etwas einzuschenken. Ich war erleichterter, als ich zugeben wollte. Wie er selbst eingestanden hatte, hatte Matt früher zu viel getrunken. Ich wollte nicht der Grund sein, dass er in diese alten Gewohnheiten zurückverfiel. Die Anspannung in der Luft war allerdings schrecklich, und ich griff beinahe selbst nach der Karaffe, nur um etwas zu tun zu haben.

Ich raffte meine Nerven zusammen und stellte mich ihm stattdessen. Als er meinen Blick spürte, schaute er schließlich auf. Seine Augen waren verhüllt, die Lider schwer, aber ich war erleichtert, dass er mich zumindest anschauen konnte.

„Wie war der Nachmittag bei Charbonneau?", fragte er.

„Zum größten Teil gut", erwiderte ich. „Ich habe ein paar neue Worte gelernt. Aber kurz bevor ich gegangen bin, wurden seine Möbel beschlagnahmt."

Seine Augenbrauen gingen hoch, eine stumme Bitte um weitere Informationen. Ich erzählte ihnen, was ich Tante Letitia erzählt hatte.

„Geschieht ihm recht", sagte Willie, als ich fertig war.

„Wie denn das?", fragte Duke.

„Er sollte sich nicht auf das Geld seines Pas verlassen. Er sollte sich eigenes besorgen."

Cyclops nickte zustimmend, aber Duke wirkte nicht überzeugt. „Seine Eltern leben noch, oder? Er wird nichts erben, bis sein Vater stirbt, schätze ich. Es ist nicht leicht, eigenes Geld zu verdienen, wenn man nichts zum Investieren hat."

„Er könnte arbeiten", schoss Willie zurück. „Wie wir übrigen."

„Du arbeitest nicht."

Willie sank auf ihren Sessel. „Das ist was anderes."

„Ich arbeite nicht", legte Matt dar. „Nicht auf traditionelle Art. Ich habe alles geerbt, was ich habe."

„Zu Hause hast du für die Gesetzeshüter gearbeitet", stellte sie klar. „Das haben wir alle."

„Du kannst nicht die kleine Menge, die wir verdient haben, mit dem vergleichen, was der Nachlass meines Vaters mir gibt. *Er* hat ein Vermögen angesammelt. Nicht ich."

„Warum hast du so miese Laune?"

Matt verfiel in Schweigen.

Willie runzelte die Stirn und wandte sich an mich. „India?"

„Fabians Familie hat ihm wohl den Geldhahn zugedreht", sagte ich rasch. „Wenn Fabian keine andere Geldquelle findet, kann er nicht mehr sehr viel länger in London bleiben."

Zum Glück fragte Willie mich nicht mehr, weshalb Matt unzufrieden war, aber ich schätzte, die Unterhaltung würde später wieder aufkommen.

Duke schnippte mit den Fingern. „Coyle!"

Ich keuchte, dann drückte ich mir die Finger auf die Lippen.

„Was ist mit ihm?", fragte Matt, der sich nach vorn beugte.

„Coyle wird ihm Geld leihen, wenn Charbonneau darum bittet", sagte Duke. „Er ist an Magie interessiert und will, dass India mehr darüber lernt."

Matt lehnte sich wieder zurück, schüttelte den Kopf. „Charbonneau will den Einsatz der Magie erweitern, während Coyle sie privat und exklusiv halten will. Falls es India und Fabian gelingt, weitere Zauber zu erschaffen, könnte es den Wert seiner Sammlung mindern."

„Oder es könnte ihm etwas Neues zum Sammeln geben", sagte Cyclops.

Niemand sprach, und die Stille hüllte uns ein, heiß und drückend. Matts Blick ging zum Buffet, wo sein leeres Glas stand. Dann wanderte er zu mir.

Ich schluckte schwer. „Coyles Motive sind noch nicht klar", sagte ich.

„Er ist nur daran interessiert, Leuten zu helfen, wenn er im Gegenzug etwas bekommt", ergänzte Matt.

„Das stimmt, aber wenn die Alternative ist, zu scheitern oder etwas Wertvolles zu verlieren, hält Fabian das Risiko vielleicht für angemessen."

Matt schaute weg.

Willie rümpfte die Nase. „Charbonneau muss nur nach Frankreich zurückkehren und seine Familie anbetteln, ihm sein Taschengeld zu geben. Das ist nicht so schlimm."

„Ist es nicht?", fuhr ich sie an.

Willie legte den Kopf schief. „Was ist hier los?"

Weder Matt noch ich sagten ein Wort.

Tante Letitia senkte das Hemd auf ihren Schoß. „Bist du wütend auf ihn wegen des Nachmittagstees nächste Woche?", fragte sie mich.

Ich blinzelte. „Bitte?"

„Das ist nicht Matthews Schuld. Ich habe ihn anberaumt."

„Welchen Nachmittagstee?"

„Den mit Beatrice und den Mädchen. Ich habe dir gerade davon erzählt. Ehrlich, India, du bist manchmal so vergesslich."

„Sie sind noch nicht nach London zurückgekehrt", sagte ich.

Sie nahm den Brief auf, den sie bei meiner Heimkehr vor einer Stunde gelesen hatte. „Sie treffen in zwei Tagen ein. Es ist früh für eine Rückkehr in die Stadt, aber meine Schwägerin verabscheut das Land, genauso die beiden Mädchen. Patience kommt natürlich nicht mit, nur die beiden unverheirateten."

„Tante Beatrice hat zugestimmt, mit dir einen Nachmittagstee zu nehmen?", fragte Matt.

„Hat sie. Ich bin mir sicher, es geht darum, das Kriegsbeil mit India zu begraben und frisch anzufangen. Nun, da ihr verheiratet seid, wird sie Frieden mit der zukünftigen Lady Rycroft schließen wollen. Ihre eigene Zukunft hängt davon ab."

„Hä?", fragte Willie. „Was hat denn India mit ihrer Zukunft zu tun?"

„Sie will nicht, dass ich sie wegschicke, falls ihr Mann vor ihr stirbt", sagte ich. „Nachdem Matt den Titel und das Anwesen erbt, könnte er ihr gebieten, zu gehen."

„Aber das werde ich nicht", sagte er.

Tante Letitia reichte das Hemd wieder mir, ihre Augen klar und leuchtend. „Aber Beatrice weiß das nicht, und ich sehe keinen Grund, sie in Sicherheit zu wiegen. Also siehst du, India, du solltest dir keine Sorgen wegen des Nachmittagstees machen. Du hast einen Vorteil gegenüber ihr." Sie stand auf. „Jetzt hör auf, Matthew so anzufahren, damit ich mich mit einem reinen Gewissen zum Abendessen umziehen kann. Ich schlage vor, dass ihr euch alle auch umzieht. Ihr könnt doch nicht in einem Aufzug dinieren, als hättet ihr den ganzen Tag im Hafen verbracht."

Willie sah ihr nach, beugte sich vor, bis sie außer Sicht war. Dann schlug sie mit den Händen auf die Sessellehnen. „Was ist nun wirklich zwischen euch beiden los?"

Matt schüttelte einfach den Kopf, genauso machte es ich.

„Ihr beiden seid angespannt wie Flitzebögen", fuhr sie fort. „Macht schon, erzählt es mir."

Cyclops brachte sie zum Schweigen. „Lass sie."

„Nö. Ich halte das nicht mehr aus." Sie schoss hoch und pflanzte die Hände auf die Hüften. „Wenn ihr beiden das nicht bald hinkriegt, wird es euch zerreißen. Das habe ich schon mit guten Leuten passieren sehen."

Matt stand auf. „Nichts ist los, Willie." Er hielt mir eine Hand hin. „Soll ich dir helfen, dich fürs Abendessen anzukleiden?"

Ich legte meine Hand in seine und lächelte, während er die Finger schloss. „Vielen Dank."

Wir gingen, das Abbild des perfekten Paares.

Er ließ meine Hand los, sobald sich die Schlafzimmertür hinter uns schloss, und ging zum Ankleideraum, wo er an seinem Halstuch zerrte. Ich folgte ihm.

„Wir sollten darüber reden", schlug ich vor.

„Es gibt nichts mehr zu sagen. Du hast mir deine Motive dafür genannt, zu Coyle zu gehen, und ich habe dir gesagt, weshalb ich Einwände dagegen habe. Keiner von uns wird einsehen, dass der andere recht hat." Er nahm sein Halstuch ab und widmete sich seinen Hemdknöpfen.

Ich verschränkte die Arme. „Du kannst nicht ewig wütend auf mich sein."

Er schnalzte mit der Zunge, als ein Knopf ihm Schwierigkeiten bereitete. „Verdammt", murmelte er.

Ich trat näher und nahm ihn an den Händen, zog sie weg. Langsam löste ich den Knopf. Er richtete den Blick auf eine Stelle über meinem Kopf, als hätte meine Nähe keine Wirkung auf ihn. Aber das Pochen der Ader an seinem Hals und sein plötzliches Luftholen verrieten ihn.

„Du liegst falsch, wenn du glaubst, Coyle hätte mich in Ruhe gelassen, wenn ich nicht wegen Cox zu ihm gegangen wäre", sagte ich leise. Ich war mit dem obersten Knopf fertig und ging weiter zum nächsten. „Er hätte etwas anderes gefunden, um mir eine Falle zu stellen, oder sich etwas ausgedacht."

„Das weißt du nicht."

Ein weiterer Knopf war offen, und ich öffnete das Hemd, um die Stelle mit glatter Haut über dem leichten dunklen Haar auf seiner Brust zu enthüllen. Er beugte sich näher, bis er die Hitze meines Atems spürte, und die Wölbung meiner Brüste. Sein

Adamsapfel hüpfte. Ich widerstand dem Drang, ihn dort zu küssen, machte mit dem nächsten Knopf weiter.

„Zumindest können wir uns ihm auf diese Weise zusammen stellen", murmelte ich. „Wenn ich nicht zu ihm gegangen wäre, und du Patience geheiratet hättest, stünde ich nur allein gegen ihn."

„Das hätte ich nicht gestattet."

Ich drückte ihm die Handflächen auf die Brust, um die Vibration seiner Stimme aufzunehmen. „Du hättest keine Wahl gehabt. Dein Gewissen hätte uns nicht zusammen sein lassen, nicht mal auf platonische Art."

Er schloss die Augen und atmete tief ein. „India ...", murmelte er.

Ich starrte die Ader auf seiner Kehle an, bis meine Sicht wegen der Tränen undeutlich wurde, dann drückte ich meine Lippen darauf. Der Rhythmus meines Blutes passte sich seinem an.

Er legte die Arme um mich und hielt mich fest, schob meinen Kopf unter sein Kinn. „Zusammen", sagte er. „Für immer."

* * *

ICH TRAF mich im Lauf der nächsten Woche weiter mit Fabian. Jedes Mal, wenn ich hinging, war etwas anderes weg. Erst fehlte der Diener. Das Wohnzimmer war beinahe leer, und der Teppich im Salon war verschwunden. Schließlich kam der Tee in einem ganz gewöhnlichen Service, das sehr wahrscheinlich dasjenige war, das das Personal benutzt hatte.

Eines blieb allerdings: Louisa. Sie saß bei jedem meiner Besuche am Treppenabsatz und beobachtete uns. Sie kam immer vor mir an und begrüßte mich fröhlich, lud mich ein, mich hinzusetzen und Tee zu trinken. Fabians Lächeln war an den Rändern angespannt, aber er bat sie nie, zu gehen.

Er wirkte erschöpft, was verständlich war, wenn man seine abflauende finanzielle Situation bedachte. Ich machte niemals eine Anmerkung zu den fehlenden Möbeln oder Angestellten, nicht einmal, als das Stück Kuchen, das er mir auftrug, salzig schmeckte. Der Butler versuchte sich wohl am Backen.

Das einzige Mal, als ich etwas zur Situation anmerkte, war, als Fabian gegen Ende der Woche nicht konzentriert wirkte. Ich hatte mich bereits dreimal wiederholt und keine Antwort bekommen, darum tippte ich ihm auf den Arm.

„Alles in Ordnung, Fabian?", fragte ich, als er mich anblinzelte.

„Bien sur." Er schüttelte den Kopf, als ihm klar wurde, dass er auf Französisch geantwortet hatte. „Es tut mir leid. Ja, es geht mir gut."

„Du wirkst erschöpft."

„Ich schlafe nicht gut." Er versuchte sich an einem Lächeln, aber ich war nicht beruhigt. „Bitte, setz dich, und wir beginnen."

Louisa hatte uns gerade verlassen wollen, um auf dem Absatz Platz zu nehmen, aber sie blieb stehen. „Mein armer Fabian." Sie legte den Arm um seinen und umarmte ihn. „Pass auf dich auf, mein Lieber. Ich wäre sehr verstört, wenn du krank würdest."

Mein armer Fabian? Mein Lieber? Hatte sich ihre Beziehung weiterentwickelt? Oder war ich die ganze Zeit blind dafür gewesen? Falls ja, hatte Fabian gelogen.

Er löste sich aus ihrem Griff. „Danke, Louisa. Bitte, wenn du uns jetzt in Frieden arbeiten lassen würdest."

„Natürlich." Sie berührte in einer süßen, vertrauten Geste seine Wange.

Er zuckte zurück. „Bitte, Louisa." Der Hauch Stahl war nur leicht, aber ich hörte ihn, genau wie sie.

Sie rümpfte die Nase, aber sie ging, wie sie gebeten worden war.

Am folgenden Tag erreichte mich am Vormittag eine Nachricht von Fabian, in der er mich bat, mich mit ihm bei seiner neuen Adresse in Chelsea zu treffen. Wegen der zusätzlichen Entfernung und dem Nieselregen nahm ich die Kutsche und bat den Kutscher, in zwei Stunden zurückzukehren. Ich bedauerte es, ihn weggeschickt zu haben, als niemand auf mein Klopfen antwortete.

Ich wollte mir gerade eine Mietkutsche suchen, als ich dachte, aus dem Inneren einen Schrei zu hören. Ich versuchte es mit der Tür, und als ich feststellte, dass sie nicht versperrt war, öffnete ich sie. Louisas Stimme kam von den Treppen herab, aber ich konnte sie nicht sehen.

„Hör auf, so stur zu sein!", schrie sie beinahe. „Lass dir von mir helfen. Ich kann für das andere Haus bezahlen. Dieses ist deiner nicht würdig."

„Nein, Louisa." Fabians Stimme war nicht laut, aber ich hörte sie deutlich.

„Hör mir zu, Liebling."

Ich sollte nicht ihre private Unterhaltung belauschen und ging rückwärts zur Tür, um zu gehen. Dann schalt Fabian Louisa, und ich stellte fest, dass meine Füße sich nicht bewegen wollten. Ich musste mehr hören.

„Nenn mich nicht so", sagte er. „Ich bin nicht dein Liebling. Ich bin nicht dein irgendwas."

„Das solltest du sein", fuhr sie ihn an.

„Hör auf damit. Du wirst wahnsinnig."

„Du bist der Wahnsinnige, Fabian. Denk darüber nach, was ich vorschlage."

„Das habe ich. Die Antwort lautet Nein. Das habe ich dir gesagt, als du mich zum ersten Mal gefragt hast."

„Du hast nicht richtig darüber nachgedacht. Hör zu, Fabian. Ich habe mehr Geld, als ich verschwenden kann. Ich kann uns ein Haus in Mayfair mit Dutzenden Dienern bezahlen. Du würdest niemals zu deiner Familie zurückkriechen und sie anflehen müssen, dich finanziell wieder zu unterstützen. Du kannst ihnen dein Glück unter die Nase reiben."

„Nein, Louisa. Dich zu heiraten, würde bedeuten, dass ich niemals zurück nach Frankreich kann."

Sie heiraten? Herr im Himmel, *sie* hatte *ihm* einen Antrag gemacht, und er hatte abgelehnt! Arme Louisa.

„Und?", drängte sie. „Was wartet denn in Frankreich auf dich?"

„Meine Familie", stieß er hervor.

„Die Familie, die dich kontrollieren und manipulieren will. Die Familie, die dir den Geldhahn zugedreht hat und dich zwingt, so zu leben!"

„Dieser Ort ist nicht so schrecklich." Er klang erheitert. „Es gibt Künstler und Schriftsteller in der Nähe, und meine Vermieterin ist eine gute Frau."

„Tu doch nicht so. Nicht vor mir. Du und ich ähneln uns, und ich weiß, dass ein Leben wie dieses ..."

„Wir ähneln uns *nicht*." Er knurrte etwas auf Französisch, und über mir stapften Schritte.

Ich zog mich nach draußen zurück und wollte gerade klopfen, um so zu tun, als wäre ich gerade erst angekommen, als eine Dame, die schwarz wie eine Witwe gekleidet war, sich von der Straße näherte. Sie stellte sich mir als die Vermieterin vor.

„Ich bin hier, um Mr. Charbonneau zu besuchen", sagte ich zu ihr. „Er erwartet mich."

Sie bat mich nach drinnen und schloss hinter uns laut die Tür. Fabian erschien einen Augenblick später an den Treppen.

Louisa blieb nicht zu unserem Treffen. Sie lächelte mich angespannt an, dann ging sie, ohne die Vermieterin zu beachten, die ihr die Tür öffnete.

Es dauerte ganze dreißig Minuten, bevor Fabian sich entspannte, aber sobald er das tat, war er fröhlicher, als ich ihn in der ganzen letzten Woche gesehen hatte. Louisa erwähnte er nicht, und ich fragte nicht nach ihr.

Allerdings konnte ich nicht aufhören, über sie nachzudenken. Sie hatte recht, und Fabians finanzielle Probleme wären gelöst, wenn sie ihn heiraten würde. Sie war eine reiche Frau mit eigenem Vermögen, das zu seinem werden würde, wenn sie heirateten. Weshalb sollte seine Familie sie ablehnen, wenn ihre Väter befreundet gewesen waren? Weshalb sollte Fabian sie ablehnen?

Die Antwort darauf war ganz deutlich – er liebte sie nicht. Vielleicht mochte er sie nicht einmal.

Sie jedoch schien äußerst erpicht darauf, ihn zu bekommen. Weil sie ihn liebte? Oder gab es einen anderen Grund, der mehr mit seiner Magie zu tun hatte?

KAPITEL 3

Aus dem Nachmittagstee mit Lady Rycroft und ihren beiden jüngeren Töchtern wurde ein Dinner in ihrem Domizil in London, die Gentlemen waren dabei. Ich war froh, Matt dabei zu haben, obwohl ich ohne die Anwesenheit von Lord Rycroft glücklicher gewesen wäre. Matts Onkel war ein Tyrann und ein Snob. Er mochte seine eigene Schwester nicht, ganz zu schweigen von mir. Er konnte mich nicht einmal ansehen, als er mich begrüßte. Zum Glück saßen wir nicht zusammen am Tisch.

Bei einem vertrauten Familiendinner spielte es keine Rolle, dass es mehr Frauen als Männer gab, aber Lady Rycroft beharrte darauf, dass verheiratete Paare nicht zusammensitzen konnten. Ich fand mich zwischen Tante Letitia auf einer Seite und Lady Rycroft auf der anderen wieder, während Matt gegenüber zwischen seinen beiden Cousinen eingeklemmt war.

Hope Glass, die jüngste der drei Schwestern, saß mit demütiger Würde da, die perfekte junge Lady. Als Schönheit, die erst kürzlich einundzwanzig geworden war, hatte sie von den drei Schwestern die beste Aussicht auf eine gute Heirat. Hätte Lord Cox sich nicht in Patience verliebt, und hätte ich ihn nicht gezwungen, sie zu heiraten, nachdem er von ihrem Fehltritt erfahren hatte, hätte Hope vermutlich als erste geheiratet. Sie konnte liebenswert und eine gute Gesellschaft sein – wenn sie nicht grausam war und versuchte, meine Beziehung zu Matt zu zerstören.

Die mittlere Schwester Charity war ein recht seltsames Wesen. Wie Hope konnte sie freundlich sein, wenn sie musste. Aber sobald sie den Auftritt satthatte, kam ihre rebellische Seite zum Vorschein, und diese musste mit Aufregung und Gefahr gefüttert werden.

Das Abendessen war eine Herausforderung. Ein Mensch konnte eben nur ein gewisses Maß an höflicher Unterhaltung aushalten. Wir sprachen über unsere Flitterwochen, Patiences Flitterwochen, das Anwesen, den Ackerbau, London und den zuverlässigsten Gesprächsaufhänger in England, das Wetter. Matt wirkte nicht so gelangweilt, wie ich mich fühlte, aber das könnte daran liegen, dass er besser darin war, es zu verstecken. Wie seine beiden Cousinen konnte er etwas vorspielen, wenn es nötig war. Mir fiel auf, dass er kaum ein Wort zu seinem Onkel sagte, außer, er wurde direkt angesprochen.

Am Tischende sprach Lord Rycroft kaum ein Wort zu irgendwem. Er trug nur zur Unterhaltung bei, wenn seine Frau ihn dazu drängte. Es war Lady Rycroft, die den Abend bestritt, mit der Hilfe von Tante Letitia. Es schien, als würden beide Frauen wollen, dass dieses Treffen über die Bühne ging. Tante Letitias Grund kannte ich, aber den von Lady Rycroft nicht. Vielleicht hatte sie kein weiterführendes Motiv, und ihr Grund, uns zum Abendessen einzuladen, war genau der, den sie uns geliefert hatte – sie wollte mich besser kennenlernen, nun, da wir verwandt waren.

Sie stellte mir auf jeden Fall eine Menge Fragen. Nur wenige drehten sich allerdings tatsächlich um mich. Die meisten gingen um Bekanntschaften in unserem „Kreis". Sie redete nicht von Willie, Duke oder Cyclops.

„Die Delanceys sind natürlich nicht unsere Art Leute", sagte sie, als sie ein Stück Rindfleisch von einer einzelnen, kleinen Scheibe auf ihrem Teller abschnitt. „Wie sind sie so, India?"

„Ich kenne sie kaum", sagte ich.

Matt hob eine Augenbraue von der anderen Tischseite in meine Richtung. Ich zuckte mit der Schulter. Er öffnete den Mund, um etwas zu sagen, allerdings schnitt ihm Charity das

Wort ab, die sich auf eine leise Unterhaltung mit ihm einließ, die ich nicht verstehen konnte. Sie war so leise, dass Matt den Kopf neigen musste, und Hope beugte sich auch dichter heran. Ich fragte mich, ob das Charitys Absicht gewesen war, aber Hope zischte ihrer Schwester plötzlich etwas zu und schüttelte eilig den Kopf. Mit aufgerissenen Augen griff Matt nach seinem Weinglas.

„Ich höre, du hast auch sehr oft Lady Louisa Hollingbroke getroffen", sagte Lady Rycroft zu mir. „Ich spreche nicht gern schlecht von meinen Geschlechtsgenossinnen, aber ich dachte, ich sollte dich warnen, India. Wir sind immerhin eine Familie."

„Mich vor was warnen?", fragte ich.

„Louisa ist ein ziemlicher Drachen. Wusstest du, dass sie reich ist, mit eigenem Geld? Außerordentlich in so einem jungen Alter. Weshalb es nicht für sie an einen Treuhänder gegeben wurde, bis sie verheiratet ist, werde ich nie verstehen. Mädchen wie sie, denen alles zur Verfügung steht, wissen ihr Glück zu ihrem Vorteil zu nutzen."

„Spielt sie sich damit vor allen auf?", fragte Tante Letitia.

„Sie manipuliert andere." Lady Rycroft schnitt ein weiteres kleines Stück von ihrem Rindfleisch ab, aß es aber nicht. „Erzähl mir von dem Franzosen, India."

Ich starrte sie an. Woher wusste sie von Fabian? Hatte sie mir nachspioniert? Matt runzelte die Stirn, was bewies, dass er zugehört hatte.

„Sein Name ist Charbonneau", erzählte Tante Letitia ihrer Schwägerin. Sie hatte bereits ihre Mahlzeit beendet, indem sie ihre übliche winzige Menge verspeist hatte. „Er ist mit Lady Louisa befreundet, so sagt India. Es ist nichts Ungehöriges dabei, dass India ihn besucht. Matthew erlaubt es, und Lady Louisa ist immer anwesend."

Ich konzentrierte mich auf mein Essen.

„Wohlhabend?", fragte Lady Rycroft.

„Sei nicht so vulgär", tadelte Tante Letitia.

Lady Rycroft legte Messer und Gabel ab, hatte nur sehr wenig von ihrem Rindfleisch gegessen. „Wenn eine Familie keine offene Diskussion über solche Dinge führen kann, wie sollen wir denn dann einen Charakter einschätzen?"

„Aber am Esstisch?"

„Also gut. Wir besprechen nicht die Einzelheiten. Ich weiß bereits, dass die Familie Charbonneau Industriebarone sind, und von der gibt es nur eine Sorte."

„Ach? Welche Sorte ist das?"

„Die reiche Sorte." Sie warf ihren Töchtern ein schwaches Lächeln zu. Charity schien nicht zuzuhören, doch Hope tat es vermutlich. Ihre Aufmerksamkeit lag bestimmt nicht auf Charity, die von Stierkämpfen in Spanien sprach. Genauso wenig Matts Aufmerksamkeit.

„Und ist er der älteste Sohn?", fragte Lady Rycroft.

Tante Letitia schnalzte mit der Zunge.

„Das ist keine Frage über Geld", schoss Lady Rycroft zurück. „India?"

„Er hat einen älteren Bruder", sagte ich.

Lady Rycrofts Blick begegnete dem ihres Mannes am anderen Tischende. Er prostete ihr mit seinem Weinglas zu. „Ha! Dein Plan ist dahin, meine Liebe."

„Wie schade", sagte sie leise. „Ich habe gehört, dein Mr. Charbonneau wäre ziemlich charmant."

„Er ist *Franzose*", sagte ihr Mann, als hätte Fabian eine Krankheit.

„Ist er" erwiderte ich locker. „Und ein Gentleman durch und durch. Es ist ein Wunder, dass er nicht verheiratet ist, wo er doch so viele Qualitäten hat. Vielleicht sucht er nach einer Liebesheirat."

Lord Rycroft schnaubte.

„Ich denke, India hat recht", erwiderte Tante Letitia. „Ich glaube, Lady Louisa war schon sehr häufig in seinem Haus in Mayfair. Hoffentlich erzählt ihm jemand von ihrem wahren Wesen, bevor er einen Fehler begeht."

Gütiger Gott, sie war verschlagen. Sie wusste, dass Fabian wegen seiner finanziellen Schwierigkeiten in Mayfair ausgezogen war und in einer bescheideneren Unterkunft lebte. Sie köderte ihre Schwägerin, versuchte sie zu ermutigen, eines der Mädchen Fabian vor die Füße zu werfen, nur um dann festzustellen, dass er finanzielle Schwierigkeiten hatte. Das würde zu einem peinlichen Moment für alle Beteiligten führen, und das hatte Fabian nicht verdient.

„Tatsächlich ist er inzwischen in Chelsea", sagte ich.

„Chelsea?" Lady Rycroft spukte das Wort aus, als wäre es bitter.

Aus dem Augenwinkel sah ich, wie Hope die Nase rümpfte. Matt sah es auch und lächelte in sein Weinglas. Er zwinkerte mir über den Rand hinweg zu.

Das Dinner fand schließlich ein Ende, nach einem Dessert aus Soufflé und Marmor-Götterspeise, aber die Folter wurde im Salon fortgesetzt. Matt und Lord Rycroft zogen sich zurück, um in einem weiteren Zimmer Zigarren zu rauchen und Whiskey zu trinken, während wir Damen auf sie warteten. Sowohl Matt als auch sein Onkel sahen aus, als wäre das letzte, was sie wollten, Zeit zusammen zu verbringen, aber es schien, als wäre die Konvention zu stark, und keiner fände eine Ausrede.

Ich stand an der Tür, wartete darauf, dass die anderen Platz nahmen, damit ich mich abseits hinsetzen konnte, aber leider bekam mich Charity in die Fänge. Sie zog mich zur Ecke des Wohnzimmers, sehr zum Ärger ihrer Mutter.

„Komm hierher zurück, India", rief Lady Rycroft vom Sofa. „Setz dich zu mir."

„Nur ein Augenblick, Mama", sagte Charity. „Lass mich erst mit meiner Cousine reden."

„Was könntet ihr denn da drüben bloß zu besprechen haben?"

„Das ist privat." Charity setzte mich so hin, dass ich zum Raum schaute, und sie ihre Familie im Rücken hatte. Ihre Finger bohrten sich in meinen bloßen Arm, bis ich mich losriss.

„Worum geht es hier?", fragte ich.

„Das weißt du." Sie kaute auf der Unterlippe und nahm mich wieder an den Armen. Sie schüttelte mich leicht. „Cyclops."

„Was ist mit ihm?"

„Hat er es dir nicht erzählt?" Sie kicherte. „Wir haben uns geküsst."

„Was?"

„Schhhh." Sie warf einen Blick über die Schulter. Als sie

niemanden bis auf ihre Schwester sah, die sie anfunkelte, drehte sie sich zu mir zurück.

„Wann?"

„Während du weg warst. Wir hatten ein Stelldichein in Matts Stallungen." Sie zog mich mit einem Ruck näher und flüsterte: „Es war wunderbar."

„Das glaube ich nicht." Ich hatte gerade sagen wollen, dass er so etwas nicht tun würde, aber er hatte Catherine geküsst. „Er würde so etwas nicht mit dir tun", sagte ich stattdessen.

„Hat er. Frag ihn."

„Das werde ich."

Sie leckte sich die Unterlippe, und ihr Griff verfestigte sich. „Lass dir von ihm nicht erzählen, dass es ihm nicht gefallen hat. Das hat es. Ich weiß, dass es das hat. Willst du wissen, woher ich es weiß?"

„Nein."

„Ich bin in ihn verliebt", fuhr sie fort, ohne auch nur einmal Luft zu holen. „Ich liebe alles an ihm. Seine Schultern, seine Hände, seine Haut und Fingernägel."

„Fingernägel?"

„Sie sind wunderschön. Ist dir das nie aufgefallen?"

„Nein."

„Du solltest ihn nicht ignorieren, India. Das ist nicht nett."

Entweder war das zu weit gegangen, oder sie dachte sich das alles aus. Nichts davon würde mich überraschen, wenn es um Charity ging.

Hope trat hinter ihrer Schwester heran und schlug sie auf den Arm. Charity ließ mich los. „Hör sofort damit auf", zischte Hope. „Du machst dich zum Narren."

Charity schniefte. „Du bist nur eifersüchtig, weil du nicht den Mann bekommen hast, den du wolltest, aber ich bekomme den, den ich will."

„Du hast gar niemanden bekommen!"

„Habe ich das nicht?" Sie schob sich an Hope vorbei und ließ sich auf einen Sessel in der Nähe des Fensters fallen.

„Beachte sie nicht", sagte Hope. „Ihre Schwärmerei für Matts Kutscher ist nicht von Dauer."

„Cyclops ist nicht der Kutscher", stieß ich hervor. „Sie sind

Freunde. Vielleicht ist dein Unvermögen, das zu erkennen, mit der Grund, weshalb du es nicht geschafft hast den Mann zu bekommen, den du wolltest."

Charity kicherte in ihre Hand, nur um plötzlich aufzuhören, als der eiskalte Blick ihrer Schwester sich in sie bohrte.

Ich wollte bereits gehen, als Hope mich am Arm erwischte. Ihr Griff war genauso stählern wie der ihrer Schwester.

„Wie hast du es gemacht?", flüsterte sie.

„Was gemacht?"

„Wie hast du Cox dazu gebracht, Patience zu heiraten?"

Ich riss meinen Arm los. „Patience ist ein wunderbarer Mensch. Sie ist nett und freundlich, und Lord Cox ist ein guter Mann. Er wollte sie heiraten. Ich habe ihn nur daran erinnert."

Ihr Mund verzog sich zu einer hässlichen, höhnischen Grimasse. „Unsinn. Als er herausgefunden hat, dass sie schon mit einem Mann zusammen gewesen ist, war er entsetzt. Angeekelt. Er hätte es sich nicht anders überlegt, gewiss nicht so rasch. Du hast ihn überzeugt, sie zu heiraten, und ich beziehe mich nicht darauf, von ihren vielen langweiligen Tugenden zu schwärmen. Du hast ihn gezwungen. Und ich will wissen, wie."

„Deine Schwester ist nicht langweilig, Hope. Still und verhalten, aber nicht langweilig. Darum war es leicht, ihn davon zu überzeugen, dass er einen Fehler gemacht hat, und es zu bedauern. Männer wie Lord Cox schauen über das Offensichtliche hinaus auf der Suche nach wahrer Schönheit und Wahrheit."

„Unfug." Niemals hatte sie ihrem Vater mehr geähnelt als in diesem Moment, ganz herablassend und arrogant.

„Haben sie an ihrem Hochzeitstag glücklich gewirkt? Hat er ausgesehen, wie ein Mann, der die Frau ekelerregend findet, die er heiratet?"

Ihr Schweigen war die Antwort, die ich brauchte. Sowohl Matt als auch Tante Letitia hatten gesagt, dass Lord Cox an diesem Tag glücklich gewirkt hatte. Er hatte nicht wie ein Mann gewirkt, der in eine Ecke getrieben worden war oder es bedauerte, seine Braut zu heiraten. Sein Glück hatte mein schlechtes Gewissen ein wenig beruhigt, wenn auch nicht ganz.

Ich ging davon. Ich wollte gehen, aber Matt war noch nicht

wieder aufgetaucht. Wenn er in den nächsten zwei Minuten nicht auftauchte, würde ich so tun, als wäre mir übel.

Lady Rycroft klopfte neben sich auf das Sofakissen. „Komm und setz dich zu mir, India. Ich will dich etwas fragen."

„Wenn es um Fabian Charbonneau geht, habe ich nichts mehr zu sagen."

„Vergiss ihn. Er ist jetzt nicht wichtig." Sie berührte die Brosche mit dem Amethyst an dem weißen Turban, der fest um ihren Kopf geschlungen war. Sie trug meistens einen Turban, der den Großteil, aber nicht ihr ganzes Haar bedeckte. Soweit ich es sehen konnte, waren ihre Locken stahlgrau und fest zurückgezurrt, sodass ihre Augen noch schräger wurden und die leichten Falten auf ihrer Stirn geglättet.

Ich setzte mich zwischen sie und Tante Letitia. Wollte ich so tun, als würde ich umkippen, oder einen schwachen Magen vorspielen? Bei beidem würde ihnen der Gedanke kommen, dass ich schwanger war, und ich war mir nicht sicher, ob ich diese Unterhaltung jetzt durchstehen wollte.

„Erzähl mir von Lord Coyle", sagte Lady Rycroft.

„Coyle!", stieß ich hervor. „Weshalb?"

„Ja Beatrice, weshalb?", fragte Tante Letitia. „Sicherlich schätzt du ihn nicht als Heiratskandidaten ein?"

Charitys Kopf fuhr herum, plötzlich war sie sehr an unserer Unterhaltung interessiert.

„Wer ist Lord Coyle?", fragte Hope.

„Weshalb sollten wir ihn denn nicht in Betracht ziehen?", fragte Lady Rycroft ihre Schwägerin. „Ich glaube, er hat viele Qualitäten. Ich habe ihn selbst nie getroffen, aber ..."

„Er ist uralt!", rief Tante Letitia.

„Er ist jünger als du."

Charity gab ein angeekeltes Geräusch in der Kehle von sich und wandte sich wieder zum Fenster.

„Wie alt *ist* er?", fragte Hope.

„Du hast uns genug geplagt, Kind! Davon bekomme ich Kopfschmerzen." Lady Rycroft berührte betont noch einmal den Amethyst an ihrem Turban. „Der Gestank, der Patiences Hin und Her mit Lord Cox umgibt, wird sich nicht verziehen, außer wir tun etwas. Ihre Hochzeit wurde hastig abgehalten, nachdem sie abgesagt worden war, und alle wollen wissen, warum. Sie werden weiterhin Steine umdrehen, bis sie ihr schmutziges kleines Geheimnis entdecken."

„Sicher wird es keine Rolle mehr spielen, jetzt, da sie verheiratet sind", wandte ich ein.

Lady Rycroft gab ein empörtes Geräusch von sich. „Du würdest das nicht verstehen. Deine Welt unterscheidet sich von unserer, India. Lass es mich in einfacheren Worten erklären. Der Status eines Mannes ist wie ein Schild. Eine Hochzeit mit einem mächtigen Mann wird die Nachricht schicken, dass es keine Geheimnisse gibt, die sich aufzudecken lohnen. Je besser die Ehe ist, die Hope eingehen kann, desto eher werden die Leute die Umstände vergessen, die zu Patiences Heirat geführt haben."

„Du meinst, je besser Charitys Heirat ist, nicht meine. Oder nicht?", fragte Hope mit dünner Stimme. „Sie ist die älteste unverheiratete Tochter."

„Hope, meine Liebste, Lord Coyle hat nie geheiratet. In all den Jahren war er nie versucht. Wenn ihn eine von euch jetzt locken sollte, wer, glaubst du, hätte die größten Aussichten auf Erfolg?"

Arme Charity, dass sie so zu ihren Ungunsten von ihrer eigenen Mutter mit ihrer Schwester verglichen wurde, und das auch noch in Hörweite.

Anstatt beleidigt zu wirken, wölbten sich Charitys Lippen zu einem Lächeln, und ihre Augen blitzten im Lampenlicht. „Du bist die Schönheit der Familie, Hope. Klug und intelligent, wie man sagt, und gute Gesellschaft. Ganz zu schweigen davon, dass deine Figur die Art ist, wie Männer sie begehren."

„Genug, Charity", tadelte ihre Mutter. „Hope ist ein gutes Mädchen, das die Bedürfnisse der Familie an erster Stelle sieht. Sie ist nicht selbstsüchtig, und sie hat nie etwas getan, das Anstoß erregen könnte."

Charity verdrehte die Augen. „Ich sehe, du hast es ihr erzählt", sagte sie zu ihrer Schwester. Bezog sie sich auf den Kuss mit Cyclops? Ich bezweifelte immer noch, dass es dazu gekommen war, aber die Wahrheit schien für Charity keine Rolle zu spielen.

„Wenn du das ernst meinst", sagte Tante Letitia, „dann bin

ich sicher, Matt wird eine Vorstellung bei Lord Coyle einrichten. India, vielleicht könntest du ihn einladen, mit der Familie zu dinieren. Charity kann natürlich auch kommen, falls sein Geschmack … unkonventionell ist."

„Du stimmst der Sache zu?", fragte ich.

Sie schaute mich unschuldig an. „Weshalb nicht? Er ist reich und hat einen Titel. Die Familie Glass würde von der Verbindung profitieren."

„Abgesehen von dem großen Altersunterschied gibt es auch noch das Problem seiner Verschlagenheit. Ich vertraue ihm nicht." Ich konnte die Einzelheiten dazu nicht erläutern, aber ich musste sie warnen.

„Hope ist auch verschlagen", ließ sich Charity vernehmen.

Ihre Schwester warf ihr einen vernichtenden Blick zu.

„Ich glaube nicht, dass er jemand ist, mit dem ihr bekannt werden wollt", fuhr ich fort. „Ich bitte euch sehr, euch woanders umzusehen. Es muss doch Dutzende andere infrage kommende Gentlemen geben, die nur zu gerne Hope umwerben würden – und auch Charity. Tatsächlich bin ich mir sicher, es gibt einige, die bereits in sie verliebt sind."

„Nicht von Coyles Rang", sagte Lady Rycroft.

„Oben anfangen, wie ich immer sage", erklärte Tante Letitia. „Wenn er nicht zustimmt, dann arbeiten wir uns nach unten vor."

„Er wird sie nicht abweisen." Lady Rycroft musterte Hope mit kritischem Blick, als wäre sie ein Pferd, das sie verkaufen wollte. „Wenn sie sich bemüht, ist Hope das begehrenswerteste Mädchen auf dem Ball."

Hope saß ganz reglos da, die Hände im Schoß gefaltet. Sie wirkte demütig und freundlich, völlig immun gegenüber dem zweifelhaften Kompliment ihrer Mutter. Ich konnte nicht erkennen, ob sie Lord Coyle heiraten wollte oder nicht.

„Also ist es abgemacht", sagte Lady Rycroft. „India wird eine Dinnerparty geben."

„Ja, beeilt euch", neckte Charity. „Lord Coyle muss gesichert sein, bevor meine Schwester zu Verstand kommt."

Lady Rycroft schnalzte mit der Zunge. „Wenn wir doch nur Söhne hätten."

Matt und Lord Rycroft traten ein, brachten den schwachen Geruch nach Zigarren mit sich. Rycroft hob die Augenbrauen in Richtung seiner Frau, und sie lächelte ihn an. Er nickte und ging zu dem Wagen mit Getränken, den der Butler vorhin hereingeschoben hatte.

„Sherry, die Damen?", fragte er.

Wir lehnten alle ab, doch er schenkte ein Glas ein und gab es Hope, bevor er ihr eine Hand auf die Schulter legte. Sie nahm einen großen Schluck.

Ich fing Matts Aufmerksamkeit auf, und er entschuldigte uns, sodass wir gehen konnten. Nicht einmal Tante Letitia hatte Einwände, dass es zu früh war. Sie mochte ja in Sachen Lord Coyle mit ihrer Schwägerin übereinstimmen, aber sie wollte mit ihr nicht mehr Zeit als nötig verbringen.

„Hat Beatrice mit dir über Coyle geredet?", fragte er, sobald die Kutsche ruckelnd anfuhr.

„Ja", sagte ich. „Lord Rycroft hat auch mit dir darüber gesprochen?"

Er nahm meine Hand und legte sie auf seinen Oberschenkel, ehe er seine eigene Hand darüber legte. „Ich habe ihm gesagt, dass es eine schlechte Idee ist. Er hat sich nicht anders entschieden."

„Weshalb seid ihr beide dagegen?", fragte Tante Letitia. Sie saß uns gegenüber, in einen Pelzmantel eingepackt, obwohl der Abend mild war. „Wenn man von dem Altersunterschied absieht, glaube ich, dass sie gut zusammenpassen."

„Es ist keine Sache von zehn Jahren", sagte Matt. „Schon eher vierzig."

„Näher an dreißig, glaube ich."

„Lord Coyle ist kein netter Mann", erklärte ich ihr.

„Und Hope ist kein nettes Mädchen", schoss sie zurück.

„Sie ist jung und naiv", sagte Matt.

„Sie ist manipulativ und garstig. Wenn überhaupt, sollten wir Lord Coyle vor ihr warnen. Falls sie beschließt, dass sie Lady Coyle werden will, wird nichts sie aufhalten. Wie du dargelegt hast, ist er alt, und alte Männer sterben plötzlich und hinterlassen Witwen. Stellt euch das Chaos vor, das Hope in London stiften würde, wenn sie eine reiche, fröhliche Witwe wäre. Ich erschauere bei dem Gedanken."

Ich starrte sie mit offenem Mund an. Ich war mir nicht ganz sicher, ob sie nahelegte, dass Hope ihn ermorden könnte, oder ob sie einfach nur locker daherredete.

„Ich habe meinem Onkel gesagt, dass ich Coyle nicht zum Abendessen einladen werde", sagte Matt. „Diese Entscheidung ist endgültig."

„Warum hat er dann gerade so zufrieden gewirkt?", fragte ich.

Er drückte mir die Hand. „Weil ich nicht gesagt habe, dass ich sie einander nicht vorstelle."

„Matt!"

„Ich habe ihm gesagt, das würde an Hope liegen. Wenn sie ihn treffen möchte, dann würde ich herausfinden, ob Coyle dem zugeneigt ist. Das wird sie nicht, also gibt es keinen Grund zur Sorge."

„Sie *ist* zugeneigt", sagte ich. „Matt, wir wollen ihn nicht in der Familie."

„Nein", sagte er düster. „Wollen wir nicht. Ich werde Hope vor ihm nicht erwähnen. Oder Charity."

„Du wirst dein Wort brechen?", fragte seine Tante. „Nein, Matthew, du musst es halten. Jetzt musst du sie einander vorstellen."

Sie hatte recht. Das Wort eines Gentlemans war eine unverbrüchliche Verpflichtung, besonders für einen ehrbaren Mann wie Matt. Aber ich tröstete mich mit dem Wissen, dass Hope es sich anders überlegen würde, sobald sie Coyle sah. Sein Alter mochte ja nicht das Problem sein, aber der Mann war äußerlich genauso hässlich wie innerlich. Außerdem war Coyle bestimmt nicht an einer Ehe interessiert, ansonsten hätte er geheiratet. Es war unwahrscheinlich, dass er sein Junggesellendasein auf einmal beendete.

* * *

„Ignoriere ich dich, Cyclops?", fragte ich, als wir uns am nächsten Morgen an den Frühstückstisch setzten.

Das Messer, mit dem er seinen Toast butterte, hielt inne. „Nein. Warum?"

„Mir kam erst kürzlich in den Sinn, dass du mir vielleicht nicht so sehr auffällst, wie du solltest."

Er runzelte die Stirn. „Warum sollte ich dir denn auffallen?"

„Ja, India", stieß Matt hervor, der mit dem Messer eine kleine Tomate aufspießte. „Die Antwort darauf wüsste ich auch gerne."

Cyclops beäugte die Tomate und hob ergeben die Hände. „Verwickelt mich nicht in euren Streit."

„Wir streiten nicht", sagte ich. „Matt, benutze deine Gabel. Nur weil Tante Letitia nicht hier ist, heißt das nicht, dass du auf deine Cowboy-Manieren zurückverfallen kannst." Wir drei waren allein, die anderen waren noch nicht wach. Nach einem Abend, an dem es später als üblich geworden war, würde sich Tante Letitia uns vielleicht gar nicht anschließen.

Plötzlich grinste Matt, was Cyclops wieder beruhigte. Er nahm sein Messer erneut und verteilte die Butter weiter.

„Charity findet, dass ich dir nicht genug Aufmerksamkeit schenke", sagte ich.

Seine Hand wurde reglos. „Ach."

„Darf ich deine Fingernägel sehen? Charity sagt, sie sind hübsch."

Er sah aus, als wollte er aus dem Zimmer flüchten.

„Sie sagt auch, ihr beiden hättet euch geküsst."

Matt verschluckte sich an seiner Tomate und hustete, bis seine Kehle wieder frei war. Cyclops schenkte ihm eine Tasse Tee ein.

„Wann wolltest du mir das erzählen?", fragte Matt, nachdem er einen Schluck getrunken hatte.

„Wer?", fragte Cyclops. „Ich oder India?"

„Ihr beide. Weshalb bin ich der letzte, der so etwas über meinen besten Freund erfährt?"

„Der letzte, der was erfährt?", fragte Willie, die mit Duke auf den Fersen hereinstolzierte. „Und er ist nicht dein bester Freund."

„Ich werde auf meinem Zimmer fertig frühstücken." Cyclops wollte seinen Teller nehmen, aber Duke erwischte ihn am Handgelenk.

„Du musst es uns jetzt erzählen", sagte Duke.

„Mache ich nicht."

Willie klatschte ihre Hände auf meine Schultern und massierte sie. „Das musst du, oder wir werden India zwingen. Du weißt, man kann sie knacken wie eine Walnuss."

„Kann man nicht!", rief ich. „Es tut mir leid, Cyclops. Es war nicht meine Absicht, dass sie es herausfinden. Ich hatte gehofft, wir können unter vier Augen darüber reden."

„Geht es um Catherine?", fragte Willie.

„Nein", erwiderte Cyclops mürrisch.

„Aber es geht um ein Mädchen, sonst würdest du nicht so schüchtern tun."

Cyclops funkelte sie aufs heftigste an. Eine Fremde wäre vielleicht geflohen, entsetzt, dass sie seine aufbrausende Seite geweckt hatte. Aber wir kannten ihn besser.

Willie gab nicht so leicht auf. Sie sprang zum Buffet und nahm sich einen Teller. „Wenn es nicht um Catherine geht, dann muss es wohl ein anderes Mädchen sein, das ihn umschwärmt wie eine Fliege."

Willie und Duke lächelten einander an. „Charity", sagten sie beide.

„Also, was habt ihr beiden getan?", fragte Duke, der sich Willie am Buffet anschloss.

„Gar nichts!" Cyclops wischte sich mit der Hand übers Gesicht. „Sie hat nicht mehr alle Tassen im Schrank. Ich will nichts mit ihr zu tun haben."

„Schon eher gar keine Tasse im Schrank." Willie stellte ihren Teller neben den von Cyclops und legte ihm einen Arm um die Schultern. „Sie mag ja verrückt sein, aber das heißt nicht, dass du sie nicht geküsst hast."

Ich keuchte. „Du weißt, dass sie sich geküsst haben?"

Willie lachte leise und setzte sich hin.

„*Sie* hat *mich* geküsst!", sprudelte es aus Cyclops heraus. „Das müsst ihr mir glauben."

„Ich glaube dir", versicherte ich ihm, und nicht mal Willie widersprach mir.

„Sie hat mich in den Stallungen aufgesucht", fuhr er fort. „Es war nur ein paar Tage, bevor ihr beiden aus den Flitterwochen zurückgekommen seid."

„Du bist doch selten allein in den Stallungen", sagte Duke zweifelnd.

„Sie hatte Glück, dass du allein warst. Ihr Ruf hätte ruiniert sein können, wenn euch jemand gesehen hätte", sagte ich.

„Ich glaube, sie hat mich beobachtet und darauf gewartet, dass die anderen gehen." Cyclops schob seinen Teller weg und stützte die Ellbogen auf den Tisch. Er legte den Kopf auf die Hände. „Ich habe sie gefragt, ob sie nach Miss Glass sucht, und sie sagte, sie wollte mich sehen. Dann hat sie mich rückwärts in eine der leeren Boxen gedrängt ..."

„*Sie* hat *dich* zurückgedrängt?", johlte Willie. „Sie ist kein großes Mädchen."

„Sie war unnachgiebig. Sie ist immer wieder auf mich zugekommen, hat mir gesagt, dass ..." Er räusperte sich. „Hat mir Dinge gesagt, die eine Dame nicht sagen sollte. Lass mich das nicht vor India wiederholen, Willie."

„Erzähl es mir später", erwiderte sie mit leuchtenden Augen.

Duke setzte sich an den Tisch, machte sich keine Mühe, sein Grinsen zu verbergen. „Du hättest Nein sagen können."

„Habe ich." Cyclops schaute auf seine Hände hinab. „Aber da war es schon zu spät. Sie ist wie eine ... eine Katze, erst nett, und im nächsten Augenblick hat sie schon ihre Zähne in dich geschlagen."

„Hat sich dich gebissen?" Willie brach in Gelächter aus.

„Nein!", stöhnte Cyclops. „Himmel, Willie, es war schon schlimm genug, ohne dass du es schlimmer machst. Sie hat mich geküsst, und ich habe sie weggeschoben. Ende der Geschichte." Er deutete mit der Gabel auf sie. „Wenn du auch nur ein Wort darüber ... irgendjemanden verrätst, erzähle ich Brockwell, dass du Frauen magst."

Willies Lachen erstarb. „Das würdest du nicht tun."

„Ich mache es, wenn du das jemals wieder erwähnst."

Sie zog eine Schnute. „Kann ich dich nicht mal damit ärgern?"

„Nein."

„Komm schon, Cyclops, lass mich dich ärgern. Ich werde es

nicht vor Catherine erwähnen, das schwöre ich, aber ich muss darüber hin und wieder mal einen Witz unter uns reißen. Das machen doch Freunde. Es bedeutet, dass du mir wichtig bist."

Er funkelte sie weiterhin an.

„Spielverderber", murmelte sie und knackte die Schale ihres hart gekochten Eis mit einem brutalen Schlag ihres Löffels.

„Was hast du anschließend zu ihr gesagt?", fragte ich.

„Alles, was mir einfallen wollte, um sie zu entmutigen", sagte Cyclops. „Ehrlich, India, ich habe das nicht herbeigeführt. Ich bin nur heilfroh, dass niemand es gesehen hat. Weiß irgendwer in ihrer Familie es?"

„Ich glaube, Hope."

„Das denke ich auch", sagte Matt. „Gestern Abend beim Abendessen sagte Charity, sie wolle mir etwas Wichtiges über einen meiner Angestellten erzählen. Hope hat ihr das Wort abgeschnitten, bevor sie etwas sagen konnte, und die Unterhaltung ging weiter zu anderen Dingen."

„Cyclops ist kein Angestellter", sagte Duke.

„Charity hält mich dafür." Cyclops seufzte. „Sie hat versucht, mich in Schwierigkeiten mit dir zu bringen, damit du mich wegschickst. Oder nicht?"

„Aber weshalb?", fragte ich.

„Sie ist nicht ganz richtig im Kopf." Willie tippte sich an die Stirn. „Wer weiß denn schon, warum sie irgendwas tut?"

Ich schaute zu Matt, und er hatte denselben grimmigen Ausdruck auf dem Gesicht, von dem ich auch vermutete, dass ich ihn aufhatte. Es war mehr als wahrscheinlich, dass Charity genau wusste, was sie tat, und indem sie dafür sorgte, dass Cyclops entlassen wurde, dachte sie, er würde zu ihr kommen und sie um Unterstützung bitten. Es würde ihr Macht über ihn verleihen.

Aber sie wusste nicht, dass Cyclops Matt mehr bedeutete als ein reiner Angestellter.

„Du musst dir keine Sorgen ihretwegen machen", versicherte Matt ihm. „Wenn sie sich dir wieder nähert, sag ihr, du hättest mich informiert, und dass sie einen Besuch von mir zu erwarten hat."

„Ich verstecke mich nicht hinter dir, Matt."

„Ich habe einen Vorschlag", sagte Willie, die sich den Mund mit dem Handrücken abwischte. „Erzähl ihr, dass du Männer magst."

„Nein", sagte Cyclops.

„Also gut. Erzähl ihr, dein alter Cowboy hätte eine Krankheit."

Ich wollte sie gerade schon danach fragen, als ich mir klar wurde, dass Cowboy ein Euphemismus war.

„Das wird sie nicht aufhalten." Cyclops seufzte. „Ich werde sie einfach weiterhin ignorieren. Irgendwann gibt sie auf."

Bristow trat ein, er hatte ein Blatt Papier auf einem silbernen Serviertablett dabei. Ein kleiner Zeitungsartikel war hinten angesteckt. „Eine Nachricht ist eingetroffen, von Inspektor Brockwell von Scotland Yard."

Willie streckte die Hand aus, um sie anzunehmen.

„Sie ist für Mr. Glass."

Matt nahm den Brief entgegen. „,Das könnte für Sie von Interesse sein'", las er vor. Er löste den Artikel, überflog ihn und warf mir einen Blick zu. „Es geht um Charbonneau. Er ist im Gefängnis."

KAPITEL 4

Ich las den Artikel zweimal, ehe ich ihn an Cyclops weiterreichte. „Armer Fabian", sagte ich und schüttelte den Kopf. „Wir müssen ihm helfen."
Matt nickte.
„Was hat er getan?", fragte Willie.
„Er ist bankrott erklärt worden", sagte Matt.
„Haben die Engländer noch Schuldgefängnisse?", fragte Duke. „Die meisten von unseren Staaten haben sie abgeschafft, aber manche haben noch welche."
„Hier wird man auch nicht mehr verhaftet, wenn man bankrottgeht", sagte ich. „Außer, der Schuldner wird als zahlungsfähig erachtet, tilgt die Schuld aber nicht. Unter diesen Umständen kann man immer noch ins Gefängnis kommen."
„Er ist bestimmt in einem Schuldgefängnis, oder nicht?", fragte Cyclops. „Die sind nicht so schlimm."
Ich schüttelte den Kopf. „Wir haben keine Schuldgefängnisse mehr. Wenn das Gericht glaubt, er hätte die Mittel, seine Schuld zu tilgen, weigert sich aber, das zu tun, dann ist das mehr oder weniger Diebstahl. Er kommt dann zu den gewöhnlichen Gefangenen."
„Das ist nicht richtig."
„Nichts daran ist richtig", sagte ich bedrückt. „Ich erinnere mich noch, als einer unserer Nachbarn krank wurde und seinen

Laden nicht offenhalten konnte. Er konnte die Miete nicht zahlen, darum brachte ihn der Vermieter vor Gericht. Er wurde ins Gefängnis gesteckt, wo erwartet wurde, dass er auf wundersame Weise das Geld auftat, die Schuld zu begleichen. Einige von uns gaben ihm, was wir uns leisten konnten, aber es hat nicht gereicht. Seine Gesundheit war bereits schlecht, und die Zustände im Gefängnis haben seine Krankheit verstärkt. Es war bitterkalt im Winter dieses Jahres, und er war nicht stark genug, um ihn zu überstehen. Eines Morgens haben ihn seine Gefängniswärter tot aufgefunden."

Matt legte seine Hand über meine. „Ich werde seine Schulden bezahlen."

„Vielen Dank, Matt." Ich strich ihm über die Wangen und küsste ihn. „Aber hoffentlich kommt es nicht so weit."

* * *

DAS NEWGATE-GEFÄNGNIS WAR GENAUSO EINSCHÜCHTERND, wie ich es mir vorgestellt hatte. Die Ziegelmauern, beschmutzt von Ruß und Elend, schienen sich in alle Ewigkeit zu erstrecken, was den Gefangenen wohl kein Gefühl der Hoffnung ließ. Der Wärter ließ uns durch, nachdem er unsere Besitztümer nach Waffen abgesucht hatte. Anders als ein gewöhnlicher Gefangener konnten die Schuldner den ganzen Tag lang Besucher empfangen.

Ein weiterer Wärter führte uns zu Fabians Zelle einen trostlosen Gang entlang, der von er einer Zellentür nach der anderen durchbrochen war. Unsere hallenden Schritte waren wie ein Leuchtfeuer für die Gefangenen. Ich konnte sie durch die Wände hören, wie sie um Nahrung bettelten, aber es waren die Bitten um Gesellschaft und Unterhaltung, die mich mit Verzweiflung erfüllten. Was für ein einsames Dasein.

Ich erkannte am Abstand der Türen entlang des Korridors, dass die Zellen klein sein würden, aber ich war nicht darauf vorbereitet, wie klein. In Fabians Zelle passten nur ein Bett, ein Waschbecken, ein Hocker und ein kleiner Tisch. Seine persönlichen Gegenstände, als da wären ein Teller, ein Becher und eine Bibel, standen in einem Regal, das in die Ecke gequetscht war.

Das schmale Rechteck aus herbstlichem Sonnenschein versuchte tapfer, die beengte Zelle mit den rundum gekalkten Wänden aufzuhellen, aber das vergitterte Fenster hoch oben war nicht groß genug, damit es erfolgreich sein konnte.

Der Scherz, den ich mir auf der Reise überlegt habe, erstarb auf meinen Lippen, stattdessen grüßte ich Fabian einfach mit einem ausdruckslosen: „Guten Morgen."

Als wir eintraten, schoss er hoch und wollte seine Krawatte richten. Als er feststellte, dass sie weg war, spielte er stattdessen an seinen Ärmelaufschlägen herum. Er trug seine eigenen Kleider, keine Gefangenenuniform, aber ob das daran lag, dass man ihm noch keine gegeben hatte, oder weil Schuldner keine trugen, wusste ich nicht genau.

„Wir sind gekommen, sobald wir es gehört haben", sagte Matt.

„Wir dachten, wir würden dich diesen Vormittag vor Gericht sehen, aber es war alles vorbei, als wir eintrafen", fügte ich an.

Farbe stieg in Fabians Wangen. „Vielen Dank, aber Sie hätten nicht kommen sollen. Ich werde nicht lange hier sein."

„Natürlich", sagte Matt. „Die Lage wird sich bald geklärt haben."

„Sie sind gute Freunde." Er lächelte uns an, aber es war schwach. Er wirkte müde und überhaupt nicht wie sein sonst wohlgepflegtes Erscheinungsbild. Seine Haare waren durcheinander, und auf seinem Kinn zeigte sich der Schatten von Bartstoppeln. „Bitte, India, setz dich." Er deutete auf den Holzhocker. „Ich würde dir Tee anbieten, aber ich weiß noch nicht, wie die Dinge hier funktionieren. Ich könnte den Wächter fragen …"

„Wir sind nicht hier, um Tee zu trinken", sagte ich. „Wir sind hier, um dir ein Angebot zu machen."

Er schüttelte den Kopf. „Ich weiß, was ihr sagen wollt, und ich kann eure Leihgabe nicht annehmen."

„Weshalb nicht?", fragte ich.

„Weil ein Gentleman seine Freunde nicht um Geld bittet."

„Du hast uns nicht gebeten, wir haben es angeboten."

„Und ein Gentleman *sollte* seine Freunde um Hilfe bitten", ergänzte Matt. „Seine Freunde *wollen* helfen. Nehmen Sie die

Leihgabe an, Charbonneau, und zahlen Sie es uns zurück, sobald Sie können. Ich weiß, dass das nur ein vorübergehendes Problem ist."

Fabian schaute zur Seite.

„Was ist passiert?", fragte ich sanft.

„Ich habe die erste Zahlung vor zwei Wochen versäumt, darum hat der Mann, von dem ich mir etwas geliehen habe, das weitere Vorgehen eingeleitet. Ich habe ihm unter Eid und vor Zeugen, darunter der Presse, gesagt, dass ich die Mittel nicht habe, um ihn schon zu bezahlen, und dass ich Zeit brauche."

„Sie haben dir die Zeit nicht gelassen, oder?", fragte ich.

„Nein. Und sie wissen, dass meine Familie reich ist, also behaupten sie, ich könne bezahlen." Er schüttelte traurig den Kopf. „Für mich wurde heute eine Gerichtsverhandlung angesetzt, ich wurde ins Kreuzverhör genommen, und dann bankrott erklärt, aber mit den Mitteln, meine Schulden zu tilgen. Und hier bin ich."

„Wie waren denn die Bedingungen Ihrer ursprünglichen Übereinkunft?", fragte Matt.

„Eine bescheidene Verzinsung und regelmäßige Zahlungen. Es ist wahr, dass ich ihn noch nicht bezahlen konnte, aber ich dachte nicht, dass er so schnell handeln würde." Er schnalzte mit der Zunge und murmelte etwas auf Französisch. „Ich habe nicht damit gerechnet, dass ich hier so lange ohne Einkünfte sein würde. Jeder Tag brachte eine weitere Ausgabe, einen weiteren Tag, an dem ich nichts zurückzahlen konnte."

„Wie hatten Sie denn vor, es zurückzuzahlen?", fragte Matt.

Fabian zögerte so lange, dass ich dachte, er würde nicht antworten. Er schien aus demselben Material geschnitzt wie Tante Letitia und betrachtete Geld als vulgäres Thema. Aber ich musste ihn nur ein wenig mehr überzeugen, bis er schließlich etwas sagte.

„Du hast dich auf deine familiären Zahlungen verlassen", sagte ich. „Aber deine Familie hat ihre Unterstützung gekappt, nicht wahr?"

Er nickte. „Mein Vater hat meine Unterstützung gestrichen, als ich Frankreich verlassen habe. Ich habe mich geweigert, zu tun, was meine Eltern wollten, und mein Vater wurde wütend."

Eine Last ließ sich auf meiner Brust nieder. „Weil du hierherkommen und mit mir arbeiten wolltest."

„Nein! Nein, India, das hat nichts mit dir zu tun." Er fuhr sich mit der Hand durchs Haar, zerwühlte es noch weiter. „Es liegt daran, dass ich gegangen bin, ja, aber nicht wegen meiner Studien der Magie. Sie wollten, dass ich eine Frau ihrer Wahl heirate. Eine Amerikanerin aus einer reichen Industriellen-Familie. Ich bin ihr niemals begegnet."

„Beide Familien wollten eine strategische Allianz, um ihre Geschäftsinteressen auf zwei Kontinenten zu stärken", sagte Matt mit einem wissenden Nicken. „Das ist nicht ungewöhnlich."

„Es ist sehr gewöhnlich für zwei Familien, ihre Macht erhöhen zu wollen", sagte Fabian nüchtern. „Ich werfe meinen Eltern nicht vor, dass sie das wollten. Aber ich konnte es nicht tun. Obwohl sie schön ist und eine wunderbare Frau abgeben würde, kann ich es nicht. Ich habe vor vielen Jahren geschworen, eine Frau zu heiraten, die ich wähle."

Tränen traten in meine Augen, und die Last hob sich von meiner Brust. „Es ist romantisch, dass du nur aus Liebe heiraten willst."

Fabian schüttelte den Kopf. „Du verstehst das nicht. Es ist mir gleich, ob ich aus Liebe heirate, außer die Frau, die ich liebe, ist eine Magierin."

Ich blinzelte heftig. „Eine Magierin?"

„Sie wollen die magische Ahnenreihe fortführen", sagte Matt. „Will Ihre Familie das nicht auch? Damit die Zukunft des Unternehmens in sicheren, magischen Händen liegt?"

„Das Unternehmen *ist* sicher in magischen Händen", sagte Fabian. „Mein Bruder hat ein Mädchen aus einer magischen Familie geheiratet, um die Ahnenreihe stark zu halten. Seine Frau wurde von unseren Eltern gewählt, um dem Geschäft die beste Möglichkeit zu geben, in der Zukunft zu bestehen, zu … Wie sagen Sie es? Die beste Chance, zu prosperieren? Mein Bruder hat Kinder, darum wurde es für unnötig erachtet, dass ich auch eine Magierin heirate. Deswegen haben meine Eltern eine amerikanische Erbin ausgesucht. Unsere Ehe würde bedeuten, dass ich eines Tages das Unternehmen ihres Vaters erbe, was zu einer Allianz zwischen den Unternehmen meines zukünftigen Schwiegervaters und meines Bruders führt. Es würde eine Expansion hinaus in die Welt bedeuten."

„Aber das Geschäft ist dir nicht wichtig", sagte ich. „Deine Leidenschaft ist Magie, nicht Handel. Darum bist du gekommen, um mich zu treffen, und hast den Zorn deiner Eltern riskiert."

Fabian nickte.

„Darum möchtest du eine Magierin heiraten, keine Talentfreie. Du willst die Magie in deinem Blut nicht verdünnen." Es klang berechnend, aber es war nicht anders als das, wonach seine Eltern strebten, oder tatsächlich, was viele Familien aus der gehobenen Gesellschaft wollten. Die Rycrofts wollten, dass ihre Mädchen sich Ehemänner sicherten, die ihre Stellung verbessern konnten, selbst wenn das bedeutete, einen Ehemann wie Lord Coyle zu wählen. Fabian hatte die finanzielle Allianz nur gegen eine magische getauscht.

„Haben Sie bereits eine passende magische Braut gefunden?", fragte Matt.

„Ich habe nicht gesucht, seit ..." Fabian räusperte sich. „Seit ich in London eingetroffen bin."

Ich schätzte, er hatte sagen wollen, seit er herausgefunden hatte, dass ich mit Matt verlobt war. Es war nicht höflich, finanzielle Angelegenheiten zu besprechen, aber es war sogar noch unhöflicher, einem Mann zu sagen, dass man es auf seine Frau abgesehen hatte. Man musste Fabian zugutehalten, dass er nicht ein einziges Mal versucht hatte, mich von Matt zu trennen, bevor wir verheiratet gewesen waren. Und Matt musste man zugutehalten, dass er mir gestattet hatte, eine Woche lang jeden Nachmittag Fabian zu besuchen, ohne mir eine Anstandsdame mitzugeben.

Fabian lächelte. „Ich bin noch jung. Ich habe Zeit."

„Ich fühle mich ein wenig verantwortlich dafür, dass du hier bist, weit weg von zu Hause, wo du zumindest mit deinen Eltern reden könntest", sagte ich. „Bitte gestatte uns, deine Schulden abzubezahlen, bis deine Familie deine Zahlungen wieder aufnimmt."

„Sie werden sie nicht wieder einrichten, aber es ist mir gleich. Es hat sich gelohnt, nach England zu kommen. Das ..." Er deutete auf die Zelle. „Das ist nur lästig, aber es wird nicht lange so sein."

„Wenn deine Eltern es sich nicht anders überlegen, wie erwartest du denn dann, deine Schulden zu begleichen und freigelassen zu werden?"

Er lächelte, aber es verflog, als sein Blick zu dem Eingang hinter mir gezogen wurde. „Louisa!"

„Fabian, du armer Tropf!" Louisa fegte ins Zimmer und nahm ihn an den Ellbogen. „Geht es dir gut? Ich bin gleich gekommen, als ich es gehört habe."

Er küsste sie auf beide Wangen, eine vertraute Begrüßung. „Mir geht es gut. Mach dir um mich keine Sorgen."

„Ich mache mir aber Sorgen. Dieser Ort ist schrecklich. Einfach schrecklich. India, Mr. Glass, zum Glück sind Sie auch Freunde von Fabian. Jetzt machen wir uns an die Arbeit, um ihn zu befreien." Sie nahm ein aufgerolltes Dokument aus ihrem großen Pompadour und schaute sich im Zimmer um. „Gibt es hier keinen Stift und Papier?" Mit einem Schnauben wandte sie sich an den Wärter an der Tür. „Holen Sie Schreibgeräte." Als er sich nicht bewegte, machte sie eine Geste, um ihn weiter zu scheuchen. „Los mit Ihnen."

„Du musst ihn bezahlen", sagte Fabian, der erheitert klang.

„Oh." Sie öffnete die Zugschnur ihres Pompadours, aber Fabian legte seine Hand darauf.

„Ich weiß, was das ist." Er nahm ihr das Dokument ab. „Es ist nicht notwendig." Er rollte das Dokument auf, las es, dann reichte er es ihr zurück.

Sie schob es ihm wieder an die Brust. „Leg deinen männlichen Stolz ab und fülle die Details zu deinem Geldgeber und dem geschuldeten Betrag aus. Ich lasse ihm das Geld sofort schicken."

„Ich brauche dein Geld nicht."

Louisas Blick verlagerte sich auf Matt. „Bin ich zu spät?" Hörte ich da einen Hauch Enttäuschung in ihrer Stimme?

„Ich nehme auch von Mr. Glass keine Leihgabe an", sagte Fabian.

„Wie wirst du dann deinen Geldgeber auszahlen? Wie wirst aus diesem gottverlassenen Ort entkommen?"

„Das ist nichts, was ich dir erzählen kann."

„Hat dein Vater deine Zahlungen wieder aufgenommen?"

„Non."

„Hat jemand anders deine Schulden beglichen?"

„Louisa", sagte er tadelnd. „Mach dir keine Sorgen." Er nahm ihre Hände und lächelte sanft. „Ich weiß, dass ich dir als Freund wichtig bin, aber deine Hilfe ist nicht nötig."

In ihre Augen traten Tränen, und sie blinzelte rasch. Ihr war Fabian wichtig, aber ich war mir ziemlich sicher, als mehr als nur ein Freund. Sie liebte ihn.

Und er hatte sie abgewiesen, weil sie keine Magierin war.

Er ließ sie los und trat zurück, wies sie ein weiteres Mal zurück.

„Woher wusstet ihr, dass ich hier bin?", fragte Fabian uns.

„Ein Freund von uns hat es heute Vormittag in der Zeitung gelesen", sagte Matt. „Er hat Ihren Namen erkannt."

Ich hatte Brockwell nicht von Fabian erzählt, aber Willie hatte zugegeben, dass sie ihn beiläufig erwähnt hatte.

„Und du, Louisa?", fragte Fabian.

„Unglückliche Neuigkeiten bewegen sich in unseren Kreisen schnell", sagte sie.

Er runzelte die Stirn. „Ich gehöre zu keinem Kreis hier in England."

„Doch, tust du, du weißt es nur nicht." Als er sie ausdruckslos anschaute, fügte sie an: „Es gibt eine Gemeinschaft mächtiger Menschen mit einem Interesse an Magie."

„Magier?"

„Ich weiß es nicht. Einige könnten es sein."

Nun war es an ihm, enttäuscht zu wirken. „Bist du Teil dieser Gemeinschaft, India?"

„Nein", sagte ich.

„Sie könnte es sein", sagte Louisa. „Wenn sie es wollte."

Fabian schien mit dieser Antwort zufrieden, aber ich konnte mir keinen Grund denken. Wäre ich an seiner Stelle gewesen, hätte ich wissen wollen, wer zu dieser Gemeinschaft gehörte, und welchen Zweck sie hatte. Vielleicht wollte er nicht eingebunden werden, da er nicht vorhatte, lange in London zu bleiben.

Matt und ich entschuldigten uns, sodass Fabian mit Louisa zurückblieb. Er wirkte nicht ganz unglücklich darüber, aber genauso wenig schien er aufgrund ihrer Anwesenheit völlig ins Schwärmen zu geraten.

„Sie tut mir leid", sagte ich, während wir dem Wärter durch den Gang folgten. „Das ist nichts, von dem ich dachte, dass ich es einmal über eine Frau sagen würde, die alles hat."

„Glaubst du, sie liebt ihn?", fragte Matt skeptisch.

„Ja, du nicht?"

„Ich bin mir nicht sicher, ob es Liebe ist, oder das Bedürfnis, ihn zu kontrollieren."

„Vielleicht ist das ein und dasselbe für sie, genauso, wie man ein Pendel unmöglich von einer Hemmung trennen kann."

Seine Lippen wölben sich zu einem Lächeln.

„Vielen Dank, Matt", sagte ich, als wir uns dem Ausgang näherten. „Es war schön von dir, dass du ihm eine Leihgabe angeboten hast. Es ist schade, dass er sie nicht angenommen hat, oder die von Louisa."

„Weshalb?"

„Ich mache mir Sorgen, dass sein männlicher Stolz die Oberhand hat, wie Louisa es zu glauben scheint, und er vorhat, seine Schuld im Gefängnis abzuarbeiten." Ich hielt inne. „Wir sollten ihm sagen, dass das Jahre dauern könnte, nicht Tage. Er ist vielleicht nicht damit vertraut, wie das System hier funktioniert."

„Das System ist vermutlich in Frankreich genauso. Aber ich glaube auch nicht, dass er das vorhat. Er scheint jedoch überzeugt, dass er hier nicht mehr lange sein wird." Er bot mir seinen Arm, und ich nahm ihn.

„Was bedeutet, dass er eine Leihgabe von jemand anderem angenommen hat", sagte ich.

Matt schien von meinem Schluss nicht überrascht, was bedeutete, dass er bereits zum selben Ergebnis gekommen war. Der Wärter öffnete uns die Tür, aber bevor wir nach draußen traten, fragte Matt ihn, ob Fabian noch andere Besucher außer uns und Lady Louisa empfangen hatte. Der Wächter bestätigte, dass das nicht der Fall war.

„Wie hat er dann vor, hier rauszukommen?", fragte ich, während wir in die Kutsche stiegen.

„Er hat wohl eine andere Einkommensquelle", sagte Matt. „Eine, auf die er nicht sofort zugreifen konnte. Was immer es ist, es geht uns nichts an. Wenn Charbonneau sich keine Sorgen macht, dann sollten wir das, glaube ich, auch nicht."

* * *

GEWÖHNLICH BERUHIGTE ES MEINE NERVEN, wenn ich an meiner Uhr bastelte, aber nicht nach dem Besuch in Newgate, oder am folgenden Vormittag. Fabian hatte eine Nacht in dieser Zelle verbracht. Ich konnte mir nicht annähernd vorstellen, wie es für ihn gewesen sein musste, hinter diesen Mauern festzusitzen, umgeben von echten Verbrechern. Wir mussten ihn befreien, aber wenn er Matts Leihgabe nicht annahm, konnte ich mir nicht vorstellen, wie.

Ich legte meine Taschenuhr ab und öffnete das Gehäuse der schwarzen Marmoruhr aus dem Laden meines Vaters. Nach beinahe dreißig Minuten wurde mir klar, dass keine Möglichkeit bestand, dass ich sie in meinem derzeitigen Geisteszustand reparieren konnte. Ich öffnete stattdessen mein Notizbuch, das ich bei meinen Studien mit Fabian benutzte. Heute würde es kein Treffen geben; keine Möglichkeit, mit ihm daran zu arbeiten, mein Wissen über die bekannten magischen Worte zu verbessern. Ich hatte mir beinahe alle gemerkt, von denen er wusste, wie man sie aussprach, und wir waren dabei, zu Experimenten mit den anderen voranzuschreiten, die er in seinen Jahren der Forschung entdeckt hatte. Er hoffte, dass wir beide zusammen sie aneinanderreihen konnten, um neue Zauber zu bilden.

Ich schloss das Buch allerdings wieder. Ich hatte heute keine Lust zum Lernen.

„Kann ich helfen?", fragte Matt, der ins Wohnzimmer kam. Er schloss sich mir am Schreibtisch an und warf einen Blick über meine Schulter. „Versuchst du zu lernen oder die Uhr zu reparieren?"

„Beides. Nichts." Ich seufzte. „Ich kann mich heute auf nichts konzentrieren. Was ist mit dir?"

„Anweisungen wurden an meine Bank geschickt, aber ohne

zu wissen, wie viel Charbonneau schuldet, weiß ich nicht, wie viel ich beiseitelegen soll."

„Vielleicht überlegt er es sich gar nicht anders."

Er legte mir die Hände auf die Schultern. „Das Geld wird zur Verfügung stehen, falls er es tut."

Ich legte den Kopf zurück, um ihn besser zu sehen. Er beugte sich nach unten und küsste mich auf den Mund.

„Es gibt nichts mehr, was wir tun können", sagte er. „Weshalb besuchst du nicht Catherine und Ronnie? Nimm Cyclops mit. Er könnte die Ablenkung auch brauchen."

Cyclops weigerte sich, mit mir zu gehen, aber die Ankunft von Lady Rycroft und ihren Töchtern sorgte dafür, dass er es sich anders überlegte.

„Wir waren gerade auf dem Weg nach draußen", erklärte ich ihnen. „Bristow wird Tante Letitia in Kenntnis setzen und euch in den Salon bringen."

Lady Rycroft wirkte verletzt. „Wir sind nicht hier, um sie zu sehen. Ich wollte fragen, ob du bereits mit Lord Coyle gesprochen hast."

„Noch nicht." Ich zog meine Handschuhe an. „Wenn ihr uns entschuldigen würdet, wir müssen los."

„Uns?"

Ich deutete auf Cyclops, dem es nicht gelang, in den schattigen Nischen der Eingangshalle unauffällig zu wirken.

Charity kniff die Augen zusammen. „Hat mein Cousin ihn nicht hinausgeworfen?"

„Einen Freund wirft man nicht hinaus." Ich bedeutete ihm, neben mir vorzutreten, aber er hielt sich im Hintergrund.

Die Falten um Charitys Mund herum vertieften sich, als sie finster dreinblickte.

„Hast du nicht gesagt, du hättest gehört, dass India ihn beim Dinner als Freund bezeichnet hat?", fragte Hope.

„Ich dachte, sie würde Witze machen."

„Weshalb habt ihr überhaupt über ihn gesprochen?", fragte Lady Rycroft ihre Töchter.

„Charity hat ihn vor India erwähnt", erwiderte Hope ganz süßlich. „Oder nicht, Schwester? Weshalb war das noch mal? Ich habe es vergessen."

Die strengen Augenbrauen von Lady Rycroft senkten sich. „Charity?"

„Ich ... er ..." Die Farbe wich er aus ihrem Gesicht.

„Hat er mit dir gesprochen?"

Charity saß in der Falle, und sie wusste es. Der einzige Ausweg war, zu leugnen, dass sie sich überhaupt getroffen hatten. Oder es voll in die Arme zu schließen. Sie entschloss sich für Letzteres, schmückte es aber mit einer Lüge aus. „Ja", stieß Charity hervor. „Und er war sehr ... dreist."

Lady Rycroft fasste sich an die Kehle und keuchte, keuchte noch einmal, als könne sie keine Luft bekommen. „Mir ist schwindlig", sagte sie, ihre Stimme zitterte.

Hope packte den Pompadour ihrer Mutter und riss das Zugband auf. „Hier", sagte sie und wedelte mit einem blauen Keramikfläschchen unter ihrer Nase. „Versuch zu atmen, Mama."

Lady Rycroft atmete tief ein und fächerte sich mit der Hand Luft vor die Brust. Charity nahm sie am Arm, um sie zu stützen, während Hope weiterhin das Fläschchen mit dem Riechsalz schwenkte.

Cyclops zog sich weiter in die Schatten zurück.

„Mein armes Mädchen", murmelte Lady Rycroft.

Charitys Geschichte geriet rasch außer Kontrolle, und sie wirkte nicht, als würde sie das ändern. Ihr war es gleich, was ihre Lüge für Cyclops bedeutete, solange sie nur sie unschuldig dastehen ließ. Ich konnte nicht zulassen, dass sie damit weitermachte.

„Die einzig Dreiste bist du", fuhr ich sie an.

„Ich!", schnaubte Charity. „Ich bin nur ein Mädchen."

„Du bist eine widerwärtige kleine Wespe, die gern sticht. Du warst es, die Cyclops gesucht und gewartet hat, bis er allein in den Stallungen war. Du warst es, die ihn rückwärts in eine Box bugsiert hat."

Lady Rycroft schob Hopes Hand und das Fläschchen weg. „Ich muss doch wohl bitten! Wie kannst du es wagen, so verleumderische Dinge über eines meiner Mädchen zu sagen!"

„Es ist wahr", erwiderte ich verschnupft.

Sie trat auf mich zu und fletschte die Zähne. Sie sah aus wie eine Tigerin, die ihre Jungen verteidigte, alle Spuren des anstehenden Ohnmachtsanfalls waren wie weggeblasen. „Du magst jetzt Matthews Frau sein, aber du kannst nicht so zu meinen Mädchen sprechen. Sie sind *geborene* Glasses. Bevor du den Ruf einer jungen Dame schädigst, denk nur daran, dass *du* unter Matthews Dach gewohnt hast, Monate, bevor ihr verheiratet wart."

Ich versteifte mich. „Ich möchte Charitys Ruf nicht schädigen, aber sie hat die Ehre eines lieben Freundes infrage gestellt, und ich habe das Recht, ihn in meinem eigenen Haus zu verteidigen. Cyclops hat mehr Ehre als eure ganze Familie, und etwas anderes lasse ich mir nicht erzählen."

„Wie kannst du es wagen!", spuckte Lady Rycroft, Speicheltropfen flogen zu mir. Sie sah aus, als wolle sie noch mehr sagen, aber Bristow kehrte zurück.

„Miss Glass wird Sie jetzt im Salon empfangen, meine Lady", sagte er, als hätte er nicht gerade mitgehört, wie wir stritten.

Cyclops nahm mich am Arm und lotste mich zur Tür. „Gehen wir, India."

Ich hielt allerdings an der Tür inne und warf einen Blick über die Schulter. Lady Rycroft wurde von ihren beiden Töchtern flankiert, ihr Kinn war vorgestreckt, ihr Rücken stocksteif. Sie war eine charakteristische Adlige, geboren, um Leute wie mich herumzukommandieren.

Aber ich hatte die Oberhand.

„Wenn ihr wollt, dass ich Lord Coyle einlade, um mit Hope zu Abend zu essen, werdet ihr eure Vorwürfe fallen lassen." Ich marschierte hinaus, hielt Cyclops am Arm gepackt, mein Blut hämmerte durch meine Adern.

Keiner von uns sagte etwas, bis wir in der Kutsche waren und ein gutes Stück vom Haus entfernt.

„Diese schreckliche, gemeine Frau", zischte ich. „Und ihre Tochter ist nicht besser. Ich glaube allmählich, dass Charity überhaupt nicht verrückt ist. Sie schien zu wissen, was sie tat, als sie dich beschuldigt hat."

„Danke, dass du mich verteidigt hast, India, aber das war nicht nötig", sagte Cyclops.

„Lady Rycroft hätte nicht aufgegeben, bis sie dich aus London getrieben hätte."

Er beugte sich vor, ließ die Ellbogen auf den Knien ruhen und seufzte. „Warum spielt es eine Rolle? Ich werde niemandem sagen, was Charity getan hat."

„Sie glaubt, die einzige Art, um sicherzustellen, dass die Wahrheit über Charity nicht herauskommt, ist, in Angriffsposition zu gehen und dich als Schurken hinzustellen. Wenn den Plaudertaschen etwas zu Ohren kommt, das dieser Geschichte widerspricht, wird es zu spät sein, und sie werden nicht geneigt sein, die Wahrheit zu glauben." Ich verschränkte die Arme vor der Brust. „Sie hat vielleicht Nerven, dir vorzuwerfen, du seist schuld. Sie sollte lieber hoffen, dass Matt davon nichts mitbekommt."

„Sag es ihm nicht." Er setzte sich aufrecht hin und richtete seinen warmen Blick auf mich.

„Ich enthalte ihm nicht gern Geheimnisse vor", sagte ich.

Er verschränkte die Arme auch. „Sag es ihm, wenn du musst, aber das wird ihn in eine unbehagliche Position bringen."

Er hatte recht. Matts Beziehung zu seiner Familie war schon heikel, ohne dass das noch dazukam. Außerdem war das letzte, was ich wollte, jedes Mal zu ihm zu laufen, wenn ich ein Problem hatte. „Wenn Lady Rycroft aufhört, dir Vorwürfe zu machen, sage ich es ihm nicht."

„Dann hoffen wir, dass sie wirklich will, dass Hope Coyle heiratet."

* * *

Cyclops hatte mich nicht versprechen lassen, es niemandem zu erzählen, nur Matt nicht. Auch wenn ich es Willie oder Duke nicht erzählen würde, denn ihr Zorn könnte dazu führen, dass sie etwas Törichtes taten, konnte ich mit Catherine darüber reden. Ich hätte es allerdings nicht zur Sprache gebracht, wenn ihr nicht aufgefallen wäre, dass etwas nicht stimmte.

„Diese Federn haben das nicht verdient, India", sagte sie mit einem schiefen Lächeln.

Ich schaute hinab auf die Federn, die ich aus der Kiste nahm und in eine Schublade in der Werkstatt legte. Vielleicht war *legen* nicht ganz das richtige Wort. Ich hatte sie geworfen, und als die Federn taten, was Federn eben tun, und aus der Schublade sprangen, weil ich sie zu fest geschleudert hatte, hatte ich sie auf übelste Art beschimpft.

„Tut mir leid", sagte ich. „Ich bin wütend."

„Auf Nate?"

„Nein, natürlich nicht."

Sie beäugte die Tür zum Laden, wo Cyclops und Ronnie die Uhren neu anordneten. „Es ist nur, dass er unglücklich wirkt. Ich dachte, ihr hättet euch vielleicht gestritten."

„Nichts dergleichen. Also gut, ich erzähle es dir."

Das schiefe Lächeln kehrte zurück. „Ich möchte zu Protokoll geben, dass ich dich nicht gedrängt habe."

Ich erzählte ihr von unserer Begegnung mit Lady Rycroft, was natürlich bedeutete, dass ich ihr von Charitys Begegnung mit Cyclops erzählen musste. Sie stand da wie festgenagelt, ihr Gesicht wurde mit jedem Ticken der vergoldeten Porzellan-Kaminuhr düsterer.

„Die hat ja Nerven!", rief sie, als ich fertig war. „Schreckliche, gemeine, nachtragende Kreatur!" Sie knallte eine Kiste mit Teilen auf die Arbeitsfläche, stieß dabei an eine Taschenuhr, an der Ronnie gearbeitet hatte, und ließ sie über die glatte Oberfläche der Werkbank schlittern.

Ich fing sie auf, bevor sie herunterfiel. „Lady Rycroft ist all das, aber sie ist es sicherlich nicht wert, dass man ihretwegen eine Taschenuhr zerbricht."

„Ich rede nicht von Lady Rycroft. Ihr werfe ich nicht vor, dass sie den Ruf ihrer Tochter schützt. Aber Charity glaubt, sie kann mit dem Leben eines Mannes tun, was ihr beliebt, ohne einen Gedanken an seinen Ruf und ohne Konsequenzen für sie. Ich bin so erleichtert, dass du da warst, um ihn zu verteidigen, India. Stell dir vor, du wärst das nicht gewesen."

Cyclops und Ronnie traten ein, sie trugen Kisten. Ronnie stellte seine Kiste auf der Werkbank ab, aber Cyclops zögerte. Er beäugte zuerst mich, dann Catherine. Wir packten weiter aus.

„Neulieferung", sagte Ronnie, der mit dem Finger auf die

Kiste tippte. „Stell die andere da rüber, Cyclops. Meine Schwester wird dir helfen, sie auszupacken. India, hilfst du mir draußen im Laden? Ich habe ein paar Fragen zu einer bestimmten Uhr."

Ich warf einen Blick durch den Spalt in der Tür, die sich hinter uns schloss, und ich sah Catherine und Cyclops genau dort stehen, wo wir sie gelassen hatten, keiner schaute den anderen an.

„Sie sind verliebt", sagte Ronnie mit leiser Stimme. „Schau nicht so schockiert, India. Ich weiß seit einiger Zeit, dass meine Schwester Gefühle für ihn hegt, aber ich war mir nicht sicher, wie es ihm ging, bis jetzt."

„Du hast gefragt?"

„Habe ich." Er schob eine kleine Kutschuhr aus Messing auf ein Regal hinter dem Tresen, nur um sie wieder zurückzuziehen. „Er konnte es nicht leugnen, obwohl er es wollte. Es war offensichtlich, dass er log, und das habe ich ihm auch gesagt. Er hat mir erklärt, dass er seine Gefühle nicht in die Tat umsetzen würde, dass sie verfliegen würden." Er zuckte mit den Schultern. „Und ich sagte, für Catherine würden sie nicht verfliegen. Ich habe sie noch nie so gesehen, ganz verloren, doch auch entschlossen, es mit dem Laden zu probieren."

„Und was hat er gesagt?"

„Nichts. Danach hat er kaum noch was gesagt." Er wies mit dem Daumen auf die Tür zur Werkstatt. „Sie brauchen einfach nur Zeit, um allein zu reden, ohne dass jemand zusieht. Ist dir aufgefallen, wie aufgeladen die Atmosphäre da drin war?"

„Äh, ja."

„Das ist ein gutes Zeichen, wenn du mich fragst."

Die Eingangstür öffnete sich, sodass die kleine Glocke darüber läutete. Matt marschierte herein, gefolgt von Willie und Duke. Ich erkannte an ihren grimmigen Gesichtern, dass etwas nicht stimmte.

Mein Herz schlug bis zum Hals. Sicherlich hatte Lady Rycroft sich nicht an Matt gewandt. Sie musste wissen, dass er Cyclops zur Seite springen würde.

„Du musst die ganze Geschichte hören", sagte ich, kam um den Tresen, um ihm entgegenzutreten. „Charity hat ihre Mutter angelogen und behauptet, Cyclops hätte sie in den Stallungen belästigt."

„Das bezweifle ich nicht", sagte Matt.

„Letty hat uns erzählt, was passiert ist", sagte Willie. „Sie hat den ganzen Austausch mit angehört. Hier geht es aber nicht um die kleine Glass-Hexe. Es geht um was anderes."

„Es ist Charbonneau." Matt nahm mich am Ellbogen und neigte den Kopf, um mir in die Augen zu schauen. „Brockwell hat eine Nachricht geschickt. Charbonneau ist letzte Nacht aus dem Gefängnis geflohen."

Ich keuchte. „Geflohen! Wie?"

„Die Polizei weiß es nicht. Aber das ist noch nicht alles. Es gibt ein größeres Problem. Der Mann, dem er Geld schuldet, wurde heute Vormittag tot aufgefunden. Erstochen."

Mir drehte sich der Magen um, und zwischen meinen Ohren rauschte das Blut. Ich konnte kaum meine eigene Stimme hören, als ich sagte: „Und die Polizei glaubt, Fabian hat es getan."

KAPITEL 5

„Er hat es nicht getan", sagte ich zum gefühlt tausendsten Mal. „Fabian ist kein Mörder. Er ist ein guter, freundlicher Mann."

Brockwell verschränkte die Hände über den Papieren auf seinem Schreibtisch, nur um sie wieder zu öffnen und sich an den Koteletten zu kratzen. Beiden. Die absichtliche Verzögerungstaktik würde diesmal nicht funktionieren, und ich schaffte es, weder mit dem Fuß zu tippen, noch ihn zu drängen. Es kostete mich aber eine Menge Mühe.

„Wenn er ein guter Mann ist, weshalb war er dann wegen Diebstahl im Gefängnis?", fragte Brockwell.

„Es war nicht Diebstahl, und das wissen Sie auch. Er konnte seine Schulden nicht begleichen."

„Laut der gerichtlichen Dokumente ist seine Familie extrem reich."

„Seine Familie, nicht er. Sie haben die Zahlungen an ihn eingestellt."

„Was ebenfalls in den gerichtlichen Dokumenten stand", sagte Matt. Er klang sehr viel ruhiger, als ich mich fühlte. Das war seine Taktik, wenn er mit dem unerschütterlichen Inspektor umgehen musste, und ich wünschte, ich hätte sie nachahmen können.

„Hätte das Gericht ihm geglaubt, wäre er nicht ins Gefängnis gekommen." Brockwell hob die Hände, um weitere Proteste abzuwehren. „Ich bewundere Ihre Treue, aber ich glaube, Sie sollten noch mal darüber nachdenken. Mr. Fabian Charbonneau wird des Mordes an Douglas McGuire verdächtigt." Er glättete mit der Handfläche die Akte auf seinem Schreibtisch. „Er ist unser einziger Verdächtiger."

„Darf ich den Bericht sehen?", fragte Matt.

„Nein."

„Weshalb sind wir dann hier, wenn nicht, um Ihnen zu helfen?"

„Um meine Fragen zu Fabian Charbonneau zu beantworten." Brockwell deutete auf die Sessel gegenüber seines Schreibtisches. Weder Matt noch ich hatten uns schon hingesetzt. „Ich mache es hier drin, aus Respekt vor der beträchtlichen Hilfe, die Sie mir in der Vergangenheit geleistet haben. Setzen Sie sich, Mrs. Glass." Sein Mund wölbte sich zu einem Lächeln. „Ich bin noch nicht daran gewöhnt, Sie so zu nennen."

Ich setzte mich. „Wir beantworten nur zu gerne Ihre Fragen, Inspektor. Alles, um Fabians Namen reinzuwaschen. Was wollen Sie wissen?"

„Weshalb treffen Sie sich jeden Nachmittag mit ihm?"

„Das kann ich Ihnen nicht sagen."

Brockwell schürzte die Lippen. „Hat es etwas mit Magie zu tun?"

„Ja", erwiderte Matt. „Es gibt keinen Grund, es zu verstecken", sagte er zu mir. „Er wird es niemandem verraten."

Ich seufzte. „Fabian ist ein Magier, und wir ..."

Brockwell stöhnte. „Noch einer", murmelte er. „Ich will Sie nicht beleidigen, Mrs. Glass, aber Ihre Art hat mir in den letzten Monaten Kopfschmerzen ohne Ende bereitet." Er drehte die Papiere auf seinem Schreibtisch um, bevor er das fand, was er wollte. „Laut der Zeugen hat Charbonneau McGuire am Tag vor seiner Festnahme aufgesucht."

„Vielleicht hat er eine Übereinkunft angestrebt, um die Schuld zu begleichen", sagte Matt.

„Ein Taschentuch mit Monogramm wurde am Tatort des Mordes gefunden, auf das die Initialen F.C. in blauem Faden gestickt waren. Das sind die Initialen von Fabian Charbonneau."

„Und wenn ich jemandem den Mord in die Schuhe schieben wollte, wäre das erste, was ich tun würde, etwas am Tatort des Verbrechens zu platzieren, das dieser Person gehört hat. Ist das alles, was Sie haben, Brockwell?"

„Da wäre natürlich noch die Tatsache, dass Charbonneau aus dem Gefängnis geflohen ist, genau in der Nacht, in der sein Geldgeber ermordet wurde."

Weder Matt noch ich antworteten darauf.

„Genau an dem Abend, nachdem Sie beide ihn besucht haben."

„Werfen Sie uns vor, dass wir Fabian zur Flucht verholfen haben?", fuhr ich ihn an.

Matt beugte sich vor, seine vorherige Freundlichkeit wich einem finsteren Gesicht. „Lassen Sie mich eines klarstellen, Inspektor. Weder India noch ich hatten etwas mit der Flucht von Charbonneau und dem Mord an seinem Geldgeber zu tun."

„Verzeihen Sie mir, aber ich muss neutral bleiben."

„Seien Sie neutral, aber nutzen Sie Ihre Instinkte."

„Nein, Mr. Glass, ich darf nur auf die Beweise blicken."

„Aber das ist es ja, Sie haben keinen Beweis, der India oder mich mit seiner Flucht in Verbindung bringt."

Er räusperte sich, entspannte aber die Schultern nicht, bis Matt sich zurücksetzte. „Sie waren nicht die einzigen beiden, die ihn an diesem Tag aufgesucht haben."

„Würden sie Lady Louisa von Angesicht zu Angesicht beschuldigen?", fragte ich.

„Wenn ich ausreichend Beweise hätte."

„Hatte er noch andere Besucher?", fragte Matt.

Brockwell schüttelte den Kopf. „Ich werde heute noch mit Lady Louisa Hollingbroke sprechen."

„Es gibt eine weitere Erklärung für seine Flucht", sagte ich.

„India", warnte mich Matt. Es schien, als wäre er zum selben Schluss gekommen wie ich, war aber nicht sicher, ob wir das der Polizei mitteilen sollten. Ich sah keine andere Wahl. Brockwell würde weiter drängen, bis er eine Antwort fand, und ich wollte nicht, dass er mich bedrängte.

„Sie wissen, wer ihm geholfen hat?", fragte Brockwell, der nach seinem Stift griff.

„Niemand half ihm", sagte ich. „Er hat es auf eigene Faust getan."

Er legte den Bleistift ab. „Niemand entkommt aus Newgate, Mrs. Glass. Nicht heutzutage. Es ist eine sehr sichere Anstalt. Er hat bestimmt Hilfe bekommen, entweder von einem korrupten Wächter, oder einem Freund, der ihm ein Gerät eingeschmuggelt hat, mit dem man Schlösser knacken kann."

„Oder er hat einen Schlüssel aus etwas gefertigt, das er bereits zur Hand hatte", erklärte ich.

Brockwell legte den Kopf schief, runzelte die Stirn, aber seine Verwirrung löste sich rasch. „Ach. Was ist denn sein magisches Handwerk? Schlüssel?"

„Metall", sagte ich. „Insbesondere Eisen. Er kann es mit einem Zauber formen. Er braucht lediglich ein kleines Stück, das er in das Schloss schiebt."

„Teuflisch", sagte Brockwell gehaucht. Er klang allerdings beeindruckt. Seine Skepsis von vor einigen Minuten war wie weggeblasen. Er nahm meine Erklärung ohne Frage an.

„Fällt Ihnen irgendetwas in der Zelle ein, das er nutzen konnte?", fragte ich. „Die Zinken einer Gabel?"

„Gefangene bekommen keine Messer oder Gabeln. Nur hölzerne Löffel."

Ich versuchte, mir die Gegenstände vorzustellen, die ich in Fabians Zelle gesehen hatte, aber keiner war aus Metall gewesen. „Was ist mit Bettfedern?"

Brockwell schüttelte den Kopf. „Lattenrost."

Matt schnippte mit den Fingern. „Die Stäbe auf dem Fenster. Haben welche gefehlt?"

„Ich glaube nicht, aber ich werde einen Schutzmann schicken, um es zu überprüfen."

„Es fehlt vielleicht keiner", sagte ich. „Fabian hat vielleicht gerade genug abgeschabt, um einen Schlüssel zu formen, der in das Schloss passt. Die Gitter sind hoch oben, und ein fehlendes Scheibchen würde niemandem auffallen."

Matt nickte, aber Brockwell seufzte. „Dem Commissioner wird meine Erklärung nicht gefallen. Wir werden sie nicht vor Gericht vorstellen können."

„Dann machen Sie sich besser daran, zu beweisen, dass Charbonneau den Mord *nicht* begangen hat, oder es wird herauskommen."

„Und wie mache ich das?"

„Finden Sie heraus, wer McGuire ermordet hat. Keine Sorge, Inspektor", sagte Matt hochnäsig. „Wir helfen Ihnen."

Brockwell seufzte wieder. „Ich wusste, dass Sie das sagen würden." Er raffte die Papiere auf seinem Schreibtisch zusammen und reichte sie Matt. „Ich habe diese Kopien für Sie anfertigen lassen."

Ich blinzelte ihn an. „Sie hatten die ganze Zeit vor, uns zu involvieren?"

„Das hing von Ihren Antworten ab." Brockwell verschränkte die Hände wieder auf dem Schreibtisch. „Bitte informieren Sie Miss Johnson, dass ich sie heute Abend nicht treffen kann, wie wir vereinbart haben. Ich habe eine Menge Arbeit vor mir."

„Sie wird enttäuscht sein", sagte ich neckend.

„Genauso wie ich, aber Mord geht vor Vergnügen."

Ich unterdrückte ein Lachen. „Wie Sie doch der Pflicht verschrieben sind, Inspektor. Kein Wunder, dass Willie Sie so lobt."

Um seine Lippen spielte ein Lächeln. „Das tut sie? Nun ja, danke, Mrs. Glass. Wie nett, dass Sie das sagen. Daran werde ich denken, während ich die Beweise durchgehe, die am Tatort des Verbrechens zusammengetragen wurden."

„Gut gemacht", sagte Matt, der mir seinen Arm bot, als wir Scotland Yard verließen.

„Welcher Teil? Ihm zu sagen, dass Willie ihn mag, oder ihm zu erzählen, wie Fabian geflohen ist?"

„Beides."

Er half mir in unsere wartende Kutsche und gab dem Kutscher Anweisung, zur Park Street Nr. 16 zurückzukehren. „Wir fahren nach Hause?", fragte ich.

„Ich fahre nach Hause." Er hielt die Papiere hoch. „Ich will mir das durchlesen. Ich dachte, du möchtest vielleicht gern Lady Louisa Hollingbroke befragen."

„Ich schätze, Brockwell hat nicht gesagt, dass ich das nicht tun kann. Tatsächlich könnte Louisa mir vielleicht mehr verraten als der Polizei. Ein hervorragender Gedanke, Matt, und ich werde hingehen, sobald ich herausfinde, wo sie wohnt. Mrs. Delancey wird es wissen. In was für einem Schlamassel ist Fabian da nur gelandet? Ich frage mich, ob er weiß, dass Mr. McGuire tot ist."

„Ich frage mich, wo er ist", sagte Matt.

„Hoffentlich weiß es Louisa. An wen sonst sollte er sich denn wenden, wenn nicht an eine alte Freundin der Familie?"

Matt rieb sich mit dem Finger über die Unterlippe. Er tastete sich vor, um etwas zu sagen. Etwas, das ich vermutlich nicht gerne hören würde.

„Mach schon, Matt. Raus damit."

Er hielt inne, dann sagte er: „Du weißt, dass Charbonneau niemals vorhatte, seine Schuld zu begleichen, oder nicht?"

Ich seufzte. „Das weiß ich. Das hat er uns mehr oder weniger gestern erzählt. Aber Mord? Hältst du ihn für fähig dazu?"

„Du kennst ihn besser als ich. Hältst du ihn für fähig?"

„Nein, tue ich nicht."

„Dann werden wir ihm helfen, seinen Namen reinzuwaschen."

Er drückte meine Hand an seine Lippen, und ich lehnte mich an seine Seite, wollte nicht, dass er mich sah, damit ihm meine Zweifel nicht auffielen. Ich glaubte nicht, dass Fabian ein Mörder war, aber ich hatte mich schon früher in Leuten geirrt.

* * *

MR. DELANCEYS STELLUNG bei der Bank Rotherby's bedeutete, dass er lange im Bureau arbeitete, daher war ich überrascht, zu sehen, wie Sir Charles Whittaker das Haus der Delanceys verließ. Noch überraschter war ich, als ich bemerkte, wie er in einen kleinen geschlossenen Einspänner stieg, der von einem schönen schwarzen Pferd gezogen wurde. Er fuhr ihn selbst. Ein Pferd und eine Kutsche in London zu haben, war ein Luxus, den sich nur wenige leisten konnten.

„India, was für ein unerwartetes Vergnügen." Mrs. Delancey umarmte mich mit noch größerer Begeisterung als Catherine. Sie drängte mich in den Salon und beharrte darauf, dass der Butler Tee brachte, obwohl ich abgelehnt hatte. „Sie müssen bleiben und mit mir Tee trinken. Ich verzehre mich nach angemessener Gesellschaft."

„Ach? Aber ist Ihr Mann denn nicht zu Hause?"

„Meine Liebe, Sie sind frisch verheiratet, also ist es verständlich, dass Sie diesen Fehler machen, aber wenn man so lange verheiratet ist wie Mr. Delancey und ich, kommt man zu dem Schluss, dass man angemessene Gesellschaft außerhalb des Hauses findet. Auf jeden Fall war er den ganzen Tag in der Bank."

Vielleicht hatte sie Whittaker weggeschickt, nachdem sie ihm dasselbe erzählt hatte. Aber wäre Sir Charles nicht zuerst zur Bank gefahren, da es doch ein Wochentag war?

Meine Gedanken rasten, was die Möglichkeiten hinter diesem Besuch betraf, keine davon waren sonderlich ehrbar. Aber ich schob sie zur Seite. Sir Charles' Visite konnte aus keinem anderen Grund als einfach nur einem freundschaftlichen Besuch stattgefunden haben. Bedienstete redeten, insbesondere mit Hausherren, die ihren Lohn bezahlten, und Mrs. Delancey würde nicht so töricht sein, irgendetwas Ungehöriges direkt vor ihren Nasen durchzuführen.

Sie befragte mich zu meiner Hochzeit und dem Urlaub, und ich antwortete ihr kurz angebunden. Ich war mir der Tatsache sehr bewusst, dass ich beim letzten Mal, als wir uns unterhalten hatten, wütend auf sie gewesen war, wegen ihrer Unterstützung von Mr. Hendry. Darum wurde es ein unangenehmes Treffen, und ich war froh, als der Tee kam. Daran zu nippen, gab uns beiden etwas zu tun.

„Ich weiß von Mr. Charbonneau", sagte sie nach einer besonders langen Pause in der Unterhaltung.

„Was wissen Sie über ihn?", fragte ich.

„Dass er ein Magier aus Frankreich ist, und dass er mit Ihnen arbeiten will, um sein Verständnis der Magie auszuweiten, und dass er wegen Schulden eingesperrt wurde." Die Falten um ihren Mund spannten sich an. „Erzählen Sie mir, India, wie gerät ein Mann aus einer Familie, die so reich ist, wie seine es angeblich ist, in solch widrige Umstände?"

„Ich bin nicht hier, um Gerüchte zu verbreiten", sagte ich.

Wussten all die anderen Mitglieder des Sammlerclubs von

Fabians Gefangenschaft, oder nur ein paar auserwählte aus dem inneren Kreis? Und hatte sie es von Louisa oder Coyle gehört, denn bestimmt war es einer der beiden? Coyle mochte ja kein Freund von Fabian sein wie Louisa, doch er hatte seine Spione.

„Aber Sie sind aus einem bestimmten Grund hier", sagte sie. „Sie wollen etwas von mir, und ich gebe es Ihnen, wenn Sie meine Fragen beantwortet haben." Sie lächelte freundlich. „Also, weshalb hat Mr. Charbonneaus Familie die Zahlungen eingestellt?"

„Weshalb glauben Sie denn, dass er Zahlungen erhalten hat?"

Sie neigte den Kopf und warf mir einen wissenden Blick zu. „India, meine Liebe, ich bin von Englands Reichsten umgeben. Ich weiß, wie Familien wie die Charbonneaus ihre Kinder behandeln und sich ihrer Treue versichern. Ich weiß, wenn diese Treue gebrochen wird, gibt es Folgen, für gewöhnlich finanzieller Art, wie diejenige, mit denen sich Ihr Freund konfrontiert sieht. Was hat er also getan?"

Ich stellte meine Teetasse ab und erhob mich. „Ich will seine Privatangelegenheiten nicht mit Ihnen besprechen. Einen schönen Tag, Mrs. Delancey."

„Mr. Delancey hätte ihm das Geld geliehen, wie Sie wissen."

Ich blieb stehen und ließ sie reden. Vielleicht konnte ich die Situation doch noch zu meinem Vorteil wenden.

„Aber Mr. Charbonneau kam niemals zu ihm", fuhr sie fort. „Jetzt ist es zu spät. Er ist im Gefängnis, und es ist nur eine Frage der Zeit, bis seine Familie es herausfindet. Seine arme Mutter. Sie wird sich schrecklich schämen, und natürlich auch Sorgen machen. Wenn er mein Kind wäre, würde ich alles in meiner Macht Stehende tun, um ihn zu befreien. Wirklich alles."

Also wusste sie nicht, dass er geflohen war. Das bedeutete, dass sie nicht wusste, dass er verdächtigt wurde, seinen Geldgeber ermordet zu haben.

„Vielleicht kann ich ihn überzeugen, Mr. Delancey um einen Kredit zu bitten", sagte ich.

„Ein hervorragender Gedanke! Ja, sagen Sie ihm, dass mein Mann willens ist, Magiern auf jede erdenkliche Weise zu helfen."

Ich nagte an meiner Unterlippe. „Aber wir sind erst frisch

befreundet, und er wird nicht gerne finanzielle Angelegenheiten mit mir besprechen."

„Sie haben ganz recht, aber es gibt jemanden, dem er vielleicht zuhören könnte. Seine alte Freundin Louisa." Sie zwinkerte mir zu, als hätte sie ein Geheimnis verraten. Ich fragte mich, ob sie von Louisas romantischem Interesse an Fabian wusste.

„Ja, natürlich." Ich lächelte. „Was für eine gute Idee. Ich spreche sofort mit ihr. Wo kann ich sie finden?"

Sie gab mir sehr zufrieden die Adresse und dankte mir, dass ich alles in meiner Macht stehende tat, um Fabian und Mr. Delancey zusammenzubringen.

* * *

AN DIE TÜR kam ein Butler, der etwa so alt war, wie es angeblich Louisas Großtante war. Die Tante war Louisas einzige lebende Verwandte, und nach allem, was man hörte, ließ sie ihre Nichte den Haushalt führen. Ich nannte dem gebeugten Butler meinen Namen, dann wiederholte ich ihn, als er noch einmal nachfragte und eine Hand an sein Ohr legte.

„Lady Louisa ist nicht zu Hause", sagte er in einem noch verschrobeneren Akzent, als ihn die Aristokratie nutzte. „Sie können Ihre Karte da lassen." Er nahm ein Serviertablett von einem Tisch in der Eingangshalle und wartete, dass ich meine Visitenkarte ablegte. Ich hatte keine. Jetzt, da ich verheiratet war, sollte ich mir welche anfertigen lassen.

Ich hatte ein paar von Matts Karten bei mir und legte sie auf ein Tablett neben zwei Umschläge, eine weitere Karte, und ein kleines Paket, das in braunes Papier eingeschlagen und mit einem blauen Band versehen war. Magische Wärme strich über meine Hand hinweg. Es musste starke Magie sein, denn ich spürte sie durch den Handschuh. Ich zog die Hand zurück und beäugte die Gegenstände. Sie waren alle aus Papier.

Mr. Hendry kommunizierte mit Louisa! Aber warum?

„Ich würde gern mit Louisas Tante reden, wenn ich darf", sagte ich in der Hoffnung, dass mein Plan nicht ganz so verrückt war, wie ich dachte. „Es ist wichtig. Können Sie nachsehen, ob sie zu Hause ist?"

Der Butler zögerte, dann verbeugte er sich. Ich machte mir Sorgen, dass er sich womöglich nicht wieder würde aufrichten können, aber er schaffte es mit nur einem leichten Beben. Er stellte das Serviertablett ab, dann ging er aufrecht und sehr langsam weg, aber nicht in die Richtung der Treppen. Er war unterwegs zu einer Glocke, um einen Diener herbeizurufen.

Ich hatte sehr wenig Zeit, obwohl er langsam war wie eine Schnecke. Ich streifte mit den Fingern über die Briefe und die Karte auf dem Tablett. Nichts davon strahlt direkt Hitze aus, nur die Abwärme, die ich vor ein paar Augenblicken gespürt hatte. Ich berührte das Papier, das um das Paket geschlagen war, und Hitze flammte auf.

Ich zögerte, dann entließ ich alle Zweifel an meinen Taten. Falls Mr. Hendry mit Louisa kommunizierte, mussten wir wissen, weshalb, selbst wenn das bedeutete, dass ich jemandes Post ausspionierte.

Der Butler kam an der Glocke an und zog fest an dem Seil. Er drehte sich um, die Hände im Rücken, und kam ein weiteres Mal in seinem langsamen, unsteten Tempo zu mir. Ich ließ das Paket hinter meinen Rücken gleiten und löste das Band nur durch Vortasten.

Eine Tür, die in der Holzverkleidung der gegenüberliegenden Wand versteckt war, öffnete sich, und ein Diener erschien. Der Butler gab ihm die Anweisung, zu sehen, ob Louisas Tante bereit war, Besuch zu empfangen.

Bis der Diener die Treppen hinauf verschwunden war, hatte ich das Band gelöst und das Papier aufgewickelt. Das Objekt darin war hart und lang, aber warm wie Hausschuhe, die man vors Feuer gestellt hatte. Darin war die Magie, nicht im Papier. Ich wollte wetten, dass es Eisenmagie war, aber ohne den Gegenstand zu sehen, konnte ich es nicht sagen. Da der Butler sich nun wieder mir zuwandte, konnte ich den Gegenstand nicht einmal auf das Tablett zurücklegen.

„Angenehmes Wetter, oder nicht?", sagte ich unbeholfen. Wenn ich den Gegenstand erfolgreich zurücklegen wollte, musste ich ihn ablenken, mich nicht mit ihm unterhalten.

„Ja, Ma'am. Sehr angenehm." Er warf einen Blick auf die Treppen. Der Diener, eine jüngere und lebhaftere Version des Butlers, würde bald zurück sein, mit oder ohne Louisas Tante. Ich musste mir rasch etwas einfallen lassen.

Letztlich musste ich gar nichts tun. Der Butler wurde vom Rattern von Rädern auf der Straße draußen abgelenkt, was bewies, dass sein Gehör selektiv war. Er straffte die Schultern und öffnete die Tür. Zu meiner äußersten Überraschung trat Louisa aus einer glänzenden schwarzen Kutsche, gestützt von Lord Coyle.

Ich huschte aus dem Eingang weg, bevor sie mich sahen. Mit dem Rücken zur Tür musterte ich den Gegenstand in meiner Hand. Es war ein silberner Brieföffner mit dem Wort *Claridge's*, das auf einer Seite des Griffes in einem eleganten Schriftzug eingraviert war. Auf der anderen Seite war die Nummer 24 eingeätzt. Die Zahlen waren klein und unordentlich, als wären sie schnell dort platziert worden. Sie waren auch der wärmste Teil des Brieföffners. Ein Magier hatte diese Zahl geschrieben.

Es musste Fabian sein. Er war kein Silbermagier, aber der Öffner war vermutlich nicht aus massivem Silber, sondern nur versilbert. Er hatte das Metall darunter manipuliert.

„Ich sage die Wahrheit", kam Louisas Stimme von der anderen Seite der Tür. „Und ich mag es nicht, wenn man nahelegt, ich würde lügen."

„Sie müssen es aus meinem Blickwinkel betrachten", dröhnte Lord Coyle. „Sie sind seine einzige Freundin in London, die Einzige, an die er sich wenden könnte, darum nehme ich natürlich an, dass Sie wissen, wo er ist. Sie würden zum selben Schluss kommen, wenn Sie in meiner Lage wären."

Sie hatten wohl oben an der Treppe angehalten, und es schien ihnen nichts auszumachen, dass der Butler mithörte.

„Sie irren sich", entgegnete Louisa. „Er hat hier durchaus Freunde. Es gibt Menschen in London, die eine Menge tun würden, um ihn zu schützen."

Coyle knurrte. „Ich weiß, wen Sie meinen, und ich sehe das anders. Ihr Mann würde es nicht gestatten."

„Er würde seiner Frau alles geben, solange sie darum bittet."

Redeten sie von Matt und mir?

„Nicht, wenn es ihr Leben in Gefahr bringt", sagte Coyle. „Hören Sie mir zu. Tatsache ist, er ist geflohen, und die Polizei sucht ihn. Wenn Sie wissen, wo er ist, seien Sie vorsichtig. Das ist mein Rat."

„Vielen Dank. Es ist sehr freundlich von Ihnen, sich um mich zu sorgen, aber ich kann Ihnen versichern, ich weiß nicht, wo er ist."

„Dann wünsche ich Ihnen einen guten Tag." Es gab eine Pause, lang genug, dass er ihr die Hand küssen konnte. Der Butler räusperte sich, aber er bewirkte damit nichts. Keiner achtete auf ihn.

Ich sah nach, um sicherzugehen, dass er nicht in meine Richtung schaute, und dann versteckte ich, während mir das Herz bis zum Halse schlug, den hastig wieder eingewickelten Brieföffner zwischen den Falten meines Rocks. Ich konnte nicht zulassen, dass Louisa ihn sah. Nicht, bevor ich eine Chance hatte, als erste mit Fabian zu reden. Wenn sie ihm half, würde er vielleicht in ihrer Schuld stehen, und ich bezweifelte, dass er das wollte.

„Sie haben eine Besucherin, Madam", sagte der Butler zu seiner Herrin. „Mrs. Glass."

Louisa steckte den Kopf um die Tür. „India! Wie wunderbar." Sie ging voraus nach drinnen, gefolgt von Lord Coyle.

Er beugte sich über meine Hand. Ich hielt die andere in meine Röcke gesteckt, meine Finger umklammerten den Brieföffner, falls er herausrutschen sollte.

„Ich schätze, Sie sind hergekommen, um Louisa dasselbe zu fragen wie ich", sagte Coyle. „Nach dem Aufenthaltsort von Fabian Charbonneau."

„Ja", sagte ich gehaucht.

„Ich sage Ihnen, was ich auch Lord Coyle gesagt habe", erwiderte sie. „Ich bin mir nicht bewusst, wo er sich aufhält. Ich wünschte, das wäre ich. Ich will ihm helfen. Seine Lordschaft hat mir gerade von seiner Flucht und dem Mord an seinem Geldgeber erzählt. Es ist eine sehr besorgniserregende Zeit, und ich bin schrecklich nervös."

„Genau wie ich", versicherte ich ihr. „Falls Sie von seinem Aufenthaltsort erfahren, schicken Sie bitte sofort eine Nachricht an uns. Wir haben ein starkes Interesse daran, seinen Namen reinzuwaschen."

„Das haben wir alle", sagte Lord Coyle. Er verbeugte sich vor jeder von uns nacheinander. „Ich werde die Damen nun dem Tee und dem Geschwätz überlassen."

„Tatsächlich", sagte ich und folgte ihm nach draußen, „würde ich gerne mit Ihnen reden."

Wir verabschiedeten uns beide von Louisa. Sie sah uns mit einem neugierigen Stirnrunzeln nach, das ihre Augenbrauen miteinander verband, ein angespanntes Lächeln lag auf ihren Lippen.

„Geht es dabei um Charbonneau?", fragte Coyle. „Oder um unsere Vereinbarung?"

„Es geht ums Abendessen." Ich hielt an seiner Kutsche inne. Meine eigene war ein Stück die Straße entlang geparkt. Sie war ihnen wohl bei der Ankunft nicht aufgefallen. Waren Sie zusammen aus gewesen, oder hatte er sie auf dem Weg hierher getroffen? „Matt und ich würden gerne eine Einladung aussprechen, zu einem Dinner bei uns. Sollen wir sagen, am Donnerstag?"

Seine buschigen weißen Augenbrauen gingen hoch. „Das kommt höchst unerwartet."

„Ich schätze, das kommt es. Passt acht Uhr?"

Seine knolligen Lippen waren geschürzt, während er meine Augen musterte. Auf der Suche nach meinem Motiv? Aber nach einem Augenblick knurrte er. „Acht Uhr am Donnerstag." Er berührte seine Hutkrempe und nickte seinem Diener zu, der sich im Hintergrund herumgedrückt hatte, damit er die Tür der Kutsche öffnete.

Ich ging zu meinem eigenen Gefährt, meine Hand um den Brieföffner war in meinen Röcken versteckt. „Nach Hause, Ma'am?", fragte der Kutscher.

„Nein", erwiderte ich. „Zum Hotel Claridge's."

Ich nahm den Brieföffner nicht heraus, bis ich sicher im Inneren der Kabine war, dann packte ich ihn noch einmal aus. Die Wärme drang sofort in mich ein. Sie kam auf jeden Fall von den Zahlen, nicht den Buchstaben. Das exklusive Hotel hatte wohl seinen Namen auf alle seine Brieföffner eingraviert, aber

Fabian hatte die Zimmernummer hinzugefügt. *Seine* Zimmernummer. Das musste es sein. Er wollte Louisas Hilfe, und auf diese Art schickte er nach ihr, ohne zu riskieren, seinen Namen in einer Nachricht zu nennen. Neugieriges Personal oder eine Großtante würden die Bedeutung dahinter nicht erkennen.

Eine neugierige Magierin jedoch schon.

Ich war ein wenig beleidigt, dass er die Nachricht an sie geschickt hatte, und nicht an mich, aber vielleicht war es verständlich. Sie waren alte Freunde, und wir kannten uns erst ein paar Wochen.

Ich steckte den Brieföffner in meinen Pompadour, aber er war zu groß, und das Ende ragte aus der Öffnung mit dem Zugband. Wenn ich den Pompadour einfach so hielt, konnte ich den Silbergriff in meiner Hand bergen, sodass er nicht sichtbar war.

Das Hotel Claridge's war immer noch die große alte Dame der Hotels, obwohl moderne Annehmlichkeiten wie Bäder auf den Zimmern und Aufzüge fehlten, mit denen neuere Luxushotels prahlten. Eine Handvoll Gäste verlustierten sich unter dem riesigen Kerzenleuchter im Foyer, ihr Reichtum war in ihrem Schmuck, feiner Kleidung und einer Aura der Selbstsicherheit zur Schau gestellt. Mir wurde allerdings nicht vermittelt, dass ich fehl am Platz war. Der Diener begrüßte mich mit einem freundlichen Lächeln und wies mich auf den Rezeptionstresen hin. Ein weiterer Diener bot mir Erfrischungen an, und ein Kofferträger verneigte sich, als ich an ihm vorüberging. Ich war nicht anders als ihre übrigen Gäste, wurde mir klar.

Vor ein paar Monaten, bevor ich Matt begegnet war, hatte ich praktische Kleider aus Baumwolle oder Wolle getragen. Nun trug ich die neueste Mode, die von einem von Londons beliebtesten *Modisten* kam, weiche Lederstiefel und gute Handschuhe. Ein Dienstmädchen machte mir die Haare auf eine Art, die zu mir passte, wohingegen ich sie früher fest zurückgebunden hatte, einfach aus dem Grund, dass lose Haare meiner Arbeit in den Weg gerieten. Ich hatte mich so sehr verändert, dass ich mich manchmal am Morgen im Spiegel nicht mehr wiedererkannte. Die Tatsache war weder gut noch schlecht, es war einfach so.

„Ich bin hier, um mich mit Mr. Fabian Charbonneau zu treffen", erklärte ich dem Angestellten am Rezeptionstresen. „Könnten Sie einen der Kofferträger in sein Zimmer schicken und mich ankündigen? Er ist mein Cousin", fügte ich an, damit er nicht dachte, es wäre etwas Ungebührliches dabei, dass eine Frau sich in einem Hotel nach einem Mann erkundigte.

Der Rezeptionsmitarbeiter inspizierte seinen Ordner, ließ den Finger im Handschuh über die ordentlich aufgeschriebenen Namen streichen. Er schüttelte den Kopf. „Hier ist niemand mit diesem Namen eingetragen."

Es klang schon sinnvoll, dass Fabian sich unter einem anderen Namen einschreiben sollte, damit er nicht auffiel. „Zimmer 24, glaube ich", sagte ich.

Er schaute wieder auf die Eintragungen. „Nein, Madam, in Zimmer 24 ist kein Charbonneau."

„Manchmal benutzt er einen anderen Namen", sagte ich lächelnd.

„Ich kann die Namen von Gästen nicht preisgeben." Er wirkte besorgt, dass ich vielleicht eine Szene machen würde. „Es tut mir leid."

„Das ist schon in Ordnung. Verraten Sie mir, ist der Mann in Zimmer 24 Franzose?"

„Ich weiß es nicht. Er ist Ausländer, aber das trifft auf viele unserer Gäste zu."

„Vielen Dank. Ich komme später zurück."

„Wenn Sie eine Karte hinterlegen wollen, kann ich dafür sorgen, dass er sie erhält."

Ich lehnte ab. Fabian schien nicht zu wollen, dass ich seinen Aufenthaltsort erfuhr. Wenn ich ihn überzeugen wollte, dass ich helfen konnte, musste er mir zuhören, nicht aus dem Weg gehen.

Ich setzte mich eine Stunde lang in einen der Sessel, aber Fabian kehrte nicht zurück. Der Rezeptionsmitarbeiter wurde durch einen anderen Angestellten ersetzt, und die Kofferträger gaben es auf, mich zu fragen, ob ich Hilfe brauchte. Stattdessen hörten sie auf, mich auch nur anzusehen. Als eine Gruppe aus vier Frauen das Hotel betrat und direkt zum Treppenhaus ging, reihte ich mich hinter ihnen ein. Keiner der Mitarbeiter hielt mich auf.

Ich löste mich am zweiten Stock von der Gruppe und hatte

Zimmer 24 schnell aufgespürt. Ich klopfte, aber es kam keine Antwort. Ich ging den Gang entlang, damit Fabian mich nicht sehen würde, bis ich mich entschied, mich zu zeigen.

Es dauerte weitere achtzehn Minuten, bevor er schließlich erschien.

„Fabian", sagte ich, rannte auf ihn zu.

Sein Kopf fuhr zu mir herum, aber durch den Winkel, in dem sein Hut saß, und den hochgezogenen Kragen seines Mantels konnte ich seine Miene nicht sehen. Er wandte mir den Rücken zu und bemühte sich mit dem Schlüssel im Schloss.

„Fabian, bleib kurz stehen. Ich kann helfen." Ich erwischte ihn am Arm, aber er schubste mich so gewaltsam weg, dass ich das Gleichgewicht verlor und an die gegenüberliegende Wand stolperte.

„Es tut mir leid", murmelte er, bevor er sich in das Zimmer begab. Er knallte die Tür hinter sich zu, und auf der anderen Seite ratterte das Schloss.

Weshalb sollte er das tun, ohne mir zuzuhören? Der Fabian Charbonneau, den ich kannte, war ein Gentleman und mein Freund. Er würde mich nicht schubsen. Hatten die Erfahrungen in unserem Gefängnis ihn so dramatisch verändert?

Oder hatte ich ihn völlig falsch eingeschätzt?

KAPITEL 6

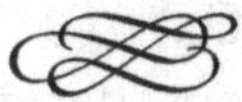

„**D**en hättest du an ihm benutzen sollen", sagte Willie, während sie den Brieföffner inspizierte. „Das hätte ihn sofort aufgehalten." Sie warf ihn in die Luft und fing ihn am Griff wieder auf.

Duke schnappte ihn ihr weg. „Ich nehm ihn dir lieber mal ab, bevor du dich noch schneidest."

Willie hatte mich bei meiner Rückkehr ins Haus gesehen und sofort gewusst, dass etwas nicht stimmte. Ich hatte sie gebeten, mir in Matts Bureau zu folgen, und sie hatte unterwegs Cyclops und Duke dazu geholt. Dort erzählte ich ihnen und Matt, wie ich den Brieföffner bei Louisa gefunden hatte und dann auf der Suche nach Fabian zu Claridge's gefahren war. Matt hatte nicht aufgehört, ein finsteres Gesicht zu ziehen, seit ich erwähnt hatte, dass Fabian mich geschubst hatte, um zu fliehen.

„Ich werde nicht auf einen Freund einstechen", erklärte ich Willie.

„Bist du sicher, dass er dein Freund ist?", schoss sie zurück. „Mir scheint es, als hätte er nicht viel von dir gehalten, wenn er dich geschubst hat."

„Da stimme ich zu", sagte Matt düster. „Wenn ich ihn in die Finger bekomme …"

„Er war verzweifelt", ging ich dazwischen. „Er weiß nicht, was er tut. Er ist verwirrt und hat Angst, und ich bin mir sicher, dass es ihm gleich danach leidgetan hat." Ich plapperte vor mich hin, eine Angewohnheit von mir, wenn ich mir Sorgen machte. Ich machte mir Sorgen um Fabians Wohlergehen, aber ich machte mir auch Sorgen wegen seines veränderten Verhaltens.

Matt nahm mich an der Hand und wies mich an, mich hinzusetzen. „Ich gehe zu Claridge's und rede mit ihm. Nicht mehr."

„Du gehst nicht ohne mich."

„Und mich", sagte Cyclops, der die Arme verschränkte und beeindruckend aussah wie immer. „Er kann dich nicht so behandeln, nach allem, was du für ihn getan hast, India."

„Wir kommen auch mit", sagte Willie. „Ich und Duke."

Ich nahm den Brieföffner wieder an mich und strich mit dem Finger über die Zahlen. „Ich kann nicht glauben, dass er den an Louisa schicken sollte, nicht an mich. Ich kann auch nicht glauben, dass er mich schubsen würde."

„Hat er überhaupt gewirkt, als täte es ihm leid?", fragte Cyclops.

„Er hat sich entschuldigt, aber sein Gesicht habe ich nicht gesehen."

„Woher wusstest du dann überhaupt, dass es Fabian war?", fragte Matt.

„Natürlich war er es." Aber noch während ich es sagte, wurde mir klar, dass er völlig richtig liegen könnte. Ich konnte mir nicht ganz sicher sein, ob es Fabian gewesen war. Ich hatte seine Nase gesehen, aber nicht den Rest seines Gesichtes. Er hatte ungefähr richtige Größe, doch Fabian war durchschnittlich groß und durchschnittlich gebaut. „Vielleicht war er es nicht", gab ich zu.

„Wer war es dann?", fragte Duke.

„Das werden wir herausfinden", sagte Matt.

„Ich glaube, ich bleibe doch zu Hause", erklärte ich ihnen. Mir war es nicht möglich gewesen, einen Fremden davon zu überzeugen, mir zu vertrauen, und ich war noch ein wenig erschüttert. Vier Leute würden bestens ausreichen, um den Kerl zu stellen.

Ich ging mit ihnen die Stufen hinab, hielt immer noch den Brieföffner in der Hand.

„Ich kann nicht glauben, dass du den gestohlen hast", sagte Willie. „Mrs. India Glass, Diebin."

„Bin ich nicht", erwiderte ich heftig.

„Wart nur, bis Letty das herausfindet."

„Wenn du es ihr verrätst, lasse ich Mrs. Potter einen Monat lang den Speck von der Speisekarte nehmen."

Sie schnaubte. „Das ist kein fairer Zug."

* * *

MATT KAM ALLEIN nach Hause zurück, nicht lange, nachdem er mit den anderen losgefahren war. „Er hat das Hotel verlassen", sagte er. „Er hatte sich unter dem Namen Robert Smith angemeldet."

„Ein Deckname", ließ sich Tante Letitia vernehmen, die auf dem Sofa Platz genommen hatte. Sie spähte Matt über den Rand ihrer Brille hinweg an. „Schau nicht so überrascht. India hat mir erzählt, wohin du unterwegs warst, und aus welchem Grund, und ich bin überhaupt nicht überrascht, dass der Kerl sich unter einem falschen Namen eingetragen hat. Er will ganz offensichtlich seinen Aufenthaltsort nicht der ganzen Welt preisgeben."

„Wo sind Willie und die Männer?", fragte ich.

„Sie sehen in anderen Hotels nach", sagte Matt. „Irgendwo muss er ja sein."

Es war allerdings unwahrscheinlich, dass der Mann denselben Decknamen wählen würde, das wussten wir alle.

„Was können wir sonst noch tun?", fragte ich.

„Ich glaube, wir sollten den einzigen anderen Menschen in London aufsuchen, der Fabian kennt."

„Chronos."

* * *

MEIN GROßVATER EMPFING uns zu Hause bei sich in Crouch End mit wild blickenden Augen und Tintenflecken an den Fingern. Er drängte uns hinein und warf die Tür zu.

„Kommt schnell herein", sagte er. „Hat euch jemand gesehen?"

87

„Es sind ein paar Leute herumgestreift", sagte Matt. „Chronos, ist alles in Ordnung?"

„Was für Leute? Wirkten sie verdächtig? Waren sie zu Fuß unterwegs oder in einer Kutsche?"

„Beides. Und nein, niemand sah verdächtig aus, aber ich habe nicht sonderlich aufgepasst."

Chronos schnalzte mit der Zunge. „Von Ihnen hätte ich besseres erwartet, Glass. Sie sind doch an klammheimliche Abenteuer gewöhnt. India ist in diesen Dingen so naiv wie ein Kind."

„Welchen Dingen?", fragte ich.

„Kommt mit." Chronos ging voraus die Stufen hinauf, nur um am Absatz stehen zu bleiben und zurück zur Diele am Eingang zu schauen. „Habe ich die Tür abgesperrt?"

„Ja", sagte Matt, der meinen Großvater am Ellbogen nahm. „Kommen Sie und setzen Sie sich."

Chronos schüttelte ihn ab. „Hört auf, mich zu behandeln, als wäre ich alt."

Er betrat vor uns den Salon. Die Vorhänge waren zugezogen, das einzige Licht kam von einer Gaslampe, die in der Ecke zischte. Es war später Nachmittag, und draußen war es immer noch hell.

„Weshalb hat deine Haushälterin die Vorhänge nicht geöffnet?", fragte ich.

„Ich habe ihr einen Tag freigegeben. Nein, India!" Er fing meinen Arm ab, als ich zu den Vorhängen unterwegs war. „Öffne sie nicht."

„Was ist denn in dich gefahren?"

„Jemand beobachtet mich." Er hatte die Zeitung vom Sofa genommen und wies uns an, uns hinzusetzen. „Ich will nicht, dass man sieht, was ich mache."

„Was machen Sie denn?", fragte Matt, während er sich setzte.

„Nichts."

„Was spielt es dann für eine Rolle, wenn jemand dich beobachtet?", wollte ich wissen.

„Ich weiß es nicht."

„Weshalb glaubst du, jemand würde dich beobachten wollen?"

„Ich weiß es nicht!" Chronos warf die Hände in die Luft und ließ sie auf die Knie fallen, während er sich in einen Sessel sinken ließ. „Hör auf, so schwierig zu sein."

„Wir sind nicht schwierig", sagte ich mit vorgerecktem Kinn. „Wir stellen nur vernünftige Fragen. Du gibst sinnlose Antworten."

Chronos wandte sich an Matt. „Sie haben mein Mitgefühl, Glass."

Ich biss mir auf die Lippe, damit ich keine Retourkutsche herausließ.

Matt räusperte sich. „Wie kommen Sie darauf, dass Sie jemand beobachtet?", fragte er.

„Manchmal sehe ich eine schwarze Kutsche dort draußen." Chronos wedelte mit der Hand in Richtung Vorhang. „Ich kann das Gesicht des Kutschers nicht erkennen."

„Vielleicht wartet er auf einen Passagier", sagte ich. „Vielleicht besucht der Passagier einen deiner Nachbarn."

„Oder vielleicht ist er in der Kutsche und beobachtet mich."

„Eine Mietkutsche?", fragte Matt.

„Ein kleiner Einspänner."

Mir schlug das Herz bis zum Hals. „Whittaker", hauchte ich.

„Er hat keine Kutsche", sagte Matt.

„Inzwischen schon. Ich habe gesehen, wie er in einem privaten Einspänner von den Delanceys abfährt. Er ist selbst gefahren. War das Pferd schwarz?", fragte ich Chronos.

Er nickte. „Er muss es sein! Wer ist er?"

„Sir Charles Whittaker ist ein Mitglied von Coyles Gruppe. Er ist mir eine Zeit lang gefolgt, bis wir ihn gewarnt haben, das nicht mehr zu tun."

„Gut gemacht, Glass." Chronos warf Matt ein zustimmendes Nicken zu. „Also warum folgt er jetzt *mir*?"

„Sehr wahrscheinlich aus demselben Grund, weshalb wir hier sind", sagte Matt. „Weil er glaubt, Sie wüssten, wo sich Fabian Charbonneau aufhält."

Chronos runzelte die Stirn. „Wird er vermisst?"

Wir erzählten ihm von Fabians Haft wegen der Schulden, seiner Flucht und dem Tod seines Geldgebers. Die Sensationsgeschichte erschütterte ihn. Bei jeder neuen Wendung sah ich, wie sein Mund etwas weiter offenstand.

„Scotland Yard glaubt, dass Charbonneau McGuire ermordet hat", schloss Matt.

„Hat er nicht!", erklärte Chronos. „Er ist kein Mörder. Sagt eurem Inspektorenfreund, dass Fabian unschuldig ist, und er an anderer Stelle nach dem Mörder suchen sollte."

„Das haben wir ihm gesagt, und das tut er", erwiderte Matt. „Aber Charbonneau muss immer noch gefunden werden. Eine Flucht aus dem Gefängnis ist ein ernsthaftes Vergehen."

„Nicht, wenn seine Schulden getilgt sind. Können Sie sie bezahlen, Glass?"

„Chronos!", rief ich. „Darum kannst du doch nicht bitten."

„Warum nicht? Ich habe ihm das Leben gerettet und ihn meine Enkelin heiraten lassen. Er schuldet mir was."

Ich warf ihm einen vernichtenden Blick zu.

In Matts Augen funkelte Erheiterung, aber ansonsten wirkte er völlig ernst. „Ich habe bereits angeboten, seine Schulden zu tilgen. Charbonneau hat abgelehnt. Ich zahle vielleicht trotzdem die Witwe des Opfers aus, wenn wir nicht bald von ihm hören."

„Ja, ja, tun Sie das." Chronos rieb sich den Kopf, sodass weiße Haarsträhnen wild abstanden. „Dann finden Sie den echten Mörder, damit Fabian sein Versteck verlassen kann, und ihr beiden eure Arbeit fortsetzen könnt, India." Er rückte nach vorne und richtete den Blick fest auf mich. „Es ist sehr wichtig, dass du mit deinen Studien fortfährst, während er weg ist. Du hast genug, um allein zu üben."

„Woher weißt du das?"

„Ihr arbeitet über eine Woche zusammen. Wenn du in dieser Zeit nichts gelernt hast, muss ich die Ausmaße deiner Bildung infrage stellen."

„Und ich stelle die Ausmaße deiner Wahrheitstreue infrage."

Sein Blick kam aus zusammengekniffenen Augen. „Wirfst du mir vor, dass ich ihm Unterschlupf biete?"

Ich zuckte mit den Schultern, wollte es nicht laut aussprechen.

„Na, hier ist er nicht", sagte er hitzig. „Du kannst nachschauen, wenn du möchtest."

„Das wird nicht nötig sein", lenkte Matt ein, der aufstand. „Ich sehe keinen Hinweis darauf, dass eine zweite Person hier wohnt. Wir werden Whittaker jetzt zur Rede stellen und ihn warnen, dass er sich fernhalten soll."

„Er wird es leugnen."

Ich war mir nicht ganz so sicher wie Matt, dass Chronos Fabian keinen Unterschlupf bot, und das sagte ich ihm auch, als wir abfuhren. „Man kann ihm nicht trauen. Er hat jahrzehntelang so getan, als wäre er tot."

„Nicht direkt von Angesicht zu Angesicht dir gegenüber", sagte er.

„Und wenn ich jemanden verstecken wollte, würde ich die Vorhänge zuziehen und es erklären, indem ich mir eine Geschichte darüber ausdenke, dass mich jemand beobachtet."

„Du liebe Zeit, Mrs. Glass, bitte erinnern Sie mich daran, dass ich niemals etwas tue, was Ihnen Anlass gibt, mir zu misstrauen."

Ich stieß schnaubend Luft aus. „Es tut mir leid, Matt, aber er nervt mich, ohne sich auch nur Mühe zu geben."

„Das sehe ich schon." Er legte mir einen Arm um die Schultern und nutzte eine scharfe Kurve aus, um mich über den Sitz zu ziehen und festzuhalten. „Würdest du dich nach einem Kuss besser fühlen?", murmelte er mir ins Ohr.

Ich versuchte, eine ausdruckslose Miene aufzubehalten, gab es aber auf, als er an der empfindlichen Stelle unter meinem Ohr knabberte. „Vielleicht, wenn es ein sehr, sehr guter Kuss ist."

Er verbrachte den Rest der Fahrt damit, dafür zu sorgen, dass ich mich besser fühlte.

* * *

DAS LETZTE MAL, als wir mit Sir Charles Whittaker gesprochen hatten, hatten wir ihm vorgeworfen, dass er mir folgte, also war es verständlich, dass er uns verhalten begrüßte und sofort in die Verteidigungshaltung überging, bevor wir auch nur mit der Begrüßung fertig waren.

„Ich bin Ihnen nicht gefolgt", sagte er und beäugte Matt dabei vorsichtig. „Ich bin seit fast einer halben Stunde zu

Hause. Fragen Sie meine Haushälterin, wenn Sie mir nicht glauben."

„Und davor?", fragte Matt.

„Ich sage Ihnen, ich bin Ihnen nicht gefolgt. Worum geht es hier?"

„Sie haben eine neue Kutsche und ein Pferd dafür."

„Und?"

„Wie kann ein Junggeselle mit bescheidenen Mitteln sich einen neuen Einspänner und ein Pferd leisten?"

Der normalerweise kühle, elegante Gentleman lockerte seine Krawatte an der Kehle und reckte unter dem Kragen den Hals. „Ich bin jüngstens zu einer Erbschaft gekommen. Was geht Sie das an?"

„Ihre Kutsche wurde vor einem Haus in Crouch End gesehen, mit Ihnen als Fahrer. Sie stand dort sehr lange und hat weder Passagiere abgesetzt noch aufgenommen."

Sir Charles schaute Matt ausdruckslos an. „Crouch End? Dort kenne ich niemanden."

„Sie lügen." Matts sorglos hingeworfene Anklage sorgte dafür, dass ich scharf Luft holte, aber Sir Charles blinzelte nicht einmal.

„Nein, Mr. Glass. Ich habe nicht in meiner Kutsche gesessen und weder in Crouch End oder sonst wo jemanden beobachtet. Einspänner sind in dieser Stadt gebräuchliche Fahrzeuge. Wenn Sie jetzt fertig sind, mein Abendessen wird bereit sein."

Er wollte die Tür schließen, aber Matt quetschte sich in die Lücke und stemmte sie wieder auf.

Ich drehte mich ein wenig, damit ich ihn über Matts Schulter immer noch sehen konnte. „Wir sind noch nicht fertig, wie es der Zufall so will", sagte ich. „Sagen Sie mir, was Sie heute Vormittag bei der Residenz der Delanceys gemacht haben."

„Meinen guten alten Freund Ferdinand Delancey besucht. Weshalb?"

„Er war nicht zu Hause. Sie hätten doch wissen sollen, dass er zu dieser Zeit bei der Arbeit ist."

„Wusste ich nicht", erwiderte er ausdruckslos. „Manchmal bricht er erst spät auf. Wenn Sie mir nicht glauben, fragen Sie

Mrs. Delancey. Ich habe sie nur kurz gesehen." Er funkelte betont Matts Arm an, der die Tür aufhielt.

„Sie wissen, dass Fabian Charbonneau vermisst wird." Matt formulierte das nicht als Frage.

Sir Charles zögerte, dann nickte er. „Ja, aber ich weiß nicht, wo er ist."

„Glauben Sie, irgendjemand anderes aus ihrem Kreis im Sammlerclub weiß von seinem Aufenthaltsort?"

„Falls es jemand weiß, ist er oder sie ein sehr guter Lügner. Soweit ich mir bewusst bin, wollen ihn alle finden."

„Weshalb?", fragte ich.

„Natürlich, um ihm zu helfen. Er ist ein Magier, und unsere Gruppe hat ein Interesse daran, jene wie ihn zu schützen. Mrs. Glass, wenn Sie ihn finden, flehe ich Sie an, ihn nicht der Polizei zu übergeben. Bringen Sie ihn zu mir, nicht zu den anderen. Ich werde ihm helfen."

„Ihm helfen, die Mordvorwürfe abzuwehren?", wich ich aus.

„Ihm helfen, das Land zu verlassen. Verstehen Sie, was ich da sage?"

„Dass Sie einem Mordverdächtigen dabei helfen wollen, sich der Gerechtigkeit zu entziehen?"

„Dass ich einem Magier seine Freiheit geben würde, ohne dass irgendwelche Bedingungen daran hängen." Er sagte nichts dazu, ob er Fabian für schuldig hielt oder nicht. Vermutlich war es ihm gleich.

„Legen Sie damit nahe, dass die anderen ihm nur helfen, damit er ihnen einen Gefallen schuldet?", fragte Matt.

Dieses vertraute flaue Gefühl stellte sich wieder in meinem Magen ein. Ich wusste nur zu gut, dass Lord Coyle Gefallen von Leuten sammelte, als wären sie Gegenstände, die er in seine magische Sammlung stellen konnte.

„Wie weit würden einige Mitglieder gehen, um dafür zu sorgen, dass Charbonneau bei ihnen in der Schuld steht?", drängte Matt.

„Was meinen Sie damit?", erwiderte Sir Charles.

„Würde jemand für ihn morden?"

Sir Charles' Brust weitete sich, als er tief und gemessen Luft holte. Eine schmale Linie trat zwischen seine Augenbrauen, sodass die glatte Fläche verunziert wurde. „Das ergibt keinen Sinn, Glass. Weshalb sollte jemand seinen Geldgeber töten, wenn das Charbonneau nur in die Bredouille bringen würde?"

„Damit man Charbonneau helfen kann und damit einen Gefallen eintreibt."

„Da machen Sie einen ziemlich großen Sprung, und es ist ein gemeiner Vorwurf. Seien Sie vorsichtig, Glass. Sie möchten bestimmt nicht den Falschen anprangern. Es gibt in diesem Club einige sehr mächtige Leute."

Matt ging aus der Tür, und Sir Charles warf sie ihm vor der Nase zu.

„Da ist schon was dran", sagte ich, während wir im trüben Dämmerlicht nach Hause fuhren. „Weshalb sollte jemand McGuire umbringen, um Fabian von seiner Schuld und aus dem Gefängnis zu befreien, wenn er dadurch letztlich des Mordes verdächtig würde?"

„Vielleicht wusste der Mörder nicht, dass Charbonneau geflohen war."

„Weshalb dann das Taschentuch am Tatort platzieren, um ihn zu beschuldigen, wenn er doch im Gefängnis sein sollte?"

„Das könnte jemand anderes getan haben, nachdem derjenige erfahren hat, dass Charbonneau geflohen ist. Jemand, der ihm die Schuld in die Schuhe schieben *wollte*. Derjenige würde dann Charbonneau anbieten, ihm zu helfen, das Land zu verlassen, und sicherstellen, dass er ihm einen Gefallen schuldet." Er schaute durch das Fenster zurück auf Whittakers Haus, während wir hinaus auf die Straße fuhren. „Aber erst einmal muss Charbonneau gefunden werden."

Auf mich wirkte das ziemlich weit hergeholt, aber es könnte nachvollziehbar sein, wenn es zwei schuldige Parteien gab, einen Mörder, und einen, der später am Tatort Beweise platziert hatte.

Matt lehnte sich mit einem Seufzen zurück. „Ich weiß, was du gerade denkst, und ich stimme zu", sagte er. „Meine Theorie ist zu kompliziert."

„Aber nicht unvernünftig."

„Meiner Erfahrung nach sollte man niemals zu den komplizierten Lösungen springen, wenn eine einfache auch genügt."

„Das Problem ist, wir haben keine einfache Theorie."

* * *

WILLIE, Cyclops und Duke blieben bis spät aus, darum unterhielten wir uns erst am folgenden Morgen beim Frühstück mit ihnen. Sie alle berichteten von einem erfolglosen Abend. Keiner unter den Namen Robert Smith oder Fabian Charbonneau wohnte in einem der erst- oder zweitklassigen Hotels der Stadt.

„Willst du, dass wir die runtergekommenen, ungemütlicheren Unterkünfte abklappern?", fragte Willie, die ihren Fuß im Stiefel auf Matts Schreibtisch stützte.

Duke schob ihn hinunter. „Wo sind denn deine Manieren?"

„Ich glaube, die habe ich irgendwo in einem Pub vergessen." Sie grinste ihn an, und er verdrehte die Augen. Sie behielt die Füße allerdings unten.

„Wir könnten zu den Hotels gehen, die weiter draußen liegen", schlug Cyclops vor.

„Wir geben die Suche vorerst auf", sagte Matt. „Ohne zu wissen, unter welchem Namen er sich eingetragen hat, werden wir ihn niemals finden."

„Was ist mit euch beiden? Wohin seid ihr gestern Nachmittag gegangen?"

„Zu Chronos' Haus", sagte ich. „Es ist möglich, dass er Fabian Zuflucht bietet, aber wir können nicht sicher sein. Er benimmt sich ziemlich verdächtig, aber das könnte daran liegen, dass ihm Sir Charles Whittaker folgt."

„Whittaker?", fragte Duke. „Warum ihm?"

„Aus demselben Grund, weshalb wir Chronos aufgesucht haben. Er glaubt, dass Fabian dort ist."

„Ich möchte, dass ihr drei Chronos in Schichten beobachtet", sagte Matt. „Haltet nach verdächtigem Verhalten oder einem Hinweis Ausschau, dass dort außer ihm noch sonst jemand wohnt."

Willie hob eine Hand. „Ich übernehme die erste Schicht."

„Versuch, dich von ihm nicht sehen zu lassen", sagte ich zu ihr. „Er kennt dich zu gut."

„Willst du, dass ich das Haus durchsuche, falls er ausgeht?"

Matt zögerte, dann schüttelte er den Kopf. „Er gehört zur Familie."

„Du bist viel zu nett", sagte ich. „Das wäre ich nicht."

Wir besprachen unsere Theorien mit ihnen, aber sie stimmten zu, dass die Annahmen darüber, was passiert sein könnte, zwar logisch waren, aber nicht sehr wahrscheinlich.

„Ich schätze, wir müssen uns McGuires Haus genauer ansehen", sagte Duke. „Mir scheint es, als hätte jemand anderes einen besseren Grund, ihn zu ermorden, als Charbonneau oder jemand aus dem Sammlerclub."

„Ich stimme zu", sagte Matt. „Aber das Problem ist Charbonneaus Taschentuch. Wenn er es selbst nicht dort fallen gelassen hat ..."

„Was nicht sehr wahrscheinlich ist", warf ich ein.

„Dann hat es jemand dort platziert, um ihn zu beschuldigen."

„Also hegte der Mörder einen Groll gegen McGuire *und* Charbonneau", schloss Willie.

„Ich möchte wetten, es ist jemand, der McGuire Geld schuldet", sagte Cyclops. „Geldverleiher in England sind vermutlich genauso verhasst wie Geldverleiher in Amerika. Findet denjenigen, der ihm das meiste Geld schuldet, und ihr habt euren Hauptverdächtigen. Dann müsst ihr nur noch herausfinden, weshalb er auch einen Groll gegen Charbonneau hegt."

Mit diesem Gedanken lösten wir uns auf. Matt und ich hatten vor, Brockwell aufzusuchen und ihn zu fragen, ob er die Namen von McGuires Klienten kannte, aber Brockwell kam zu uns, noch bevor wir aufbrachen. Er nahm seinen Hut in der Eingangshalle ab und hielt ihn in beiden Händen, während er die Treppen hinaufschaute.

„Sie ist nicht hier", sagte ich und verbiss mir ein Lächeln. „Wir sagen ihr, dass Sie zu Besuch da waren."

„Das ist sehr freundlich von Ihnen, aber machen Sie sich keine Mühe", erwiderte er.

„Das ist keine Mühe. Ich bin sicher, sie wird erfreut sein, zu wissen, dass Sie sich nach ihr erkundigt haben." Tatsächlich wusste ich nichts dergleichen. Willie hielt ihr Blatt fest an die

Brust gepresst, wenn es um ihre zweisamen Beziehungen ging, und das traf auch auf diese zu. Ich wusste nicht, ob sie in ihn verliebt war oder ob er einfach nur jemand war, mit dem sie gern einen Abend verbrachte.

Brockwell kratzte sich an den Koteletten. „Die Wahrheit ist, Mrs. Glass, mir wäre es lieber, wenn Sie ihr nicht sagen, dass ich mich nach ihr erkundigt habe."

„Sie gehen ihr aus dem Weg?"

„Was hat sie denn jetzt angestellt?", fragte Matt mit einem Seufzen.

„Nein, nein, nichts dergleichen" Brockwell lachte nervös. „Ich muss mich auf meine Arbeit konzentrieren, und sie ist eine Ablenkung."

Wir luden ihn in die Bibliothek ein, um den Fall zu besprechen. Er reichte seinen Hut Bristow und nahm den Mantel ab. „Ich bin froh, dass ich Sie nicht beim Frühstück gestört habe", sagte er nebenher. „Ich weiß, dass Ihresgleichen manchmal den Tag etwas später beginnt."

Matt hob eine Augenbraue. „Meinesgleichen?"

Brockwell fuhr sich über die Koteletten. „Entschuldigen Sie bitte. Das war nur so ein Ausdruck. War nicht beleidigend gemeint."

„Habe ich auch nicht so verstanden", murmelte Matt, während er sich in einen der tiefen Ledersessel am Kamin setzte.

„Da das Frühstück beendet ist, hätten Sie gerne Tee?", fragte ich. „Kuchen?"

Brockwell schmatzte schon fast mit den Lippen vor Freude. „Tee und Kuchen wären sehr nett. Wirklich sehr nett. Ihre Köchin ist ein Wunder, Mrs. Glass. Ich erzähle all meinen Kollegen, wie leicht und luftig ihr Biskuit ist."

„Mrs. Potter ist hervorragend." Ich nickte Bristow zu, der sich am Eingang herumdrückte. Er verbeugte sich und verließ die Bibliothek.

„Hatten Sie Glück damit, Charbonneau aufzuspüren?", fragte Matt.

„Gar nicht", sagte Brockwell. „Haben Sie Ihre magischen Bekanntschaften befragt, Mrs. Glass?"

„Ja, und wir hatten auch kein Glück", erwiderte ich. „Er ist vollständig verschwunden."

Er schnalzte mit der Zunge.

Weder Matt noch ich erwähnten den Brieföffner, den ich in Louisas Haus gefunden hatte, und auch nicht unseren Besuch bei Chronos.

„Was ist mit anderen Verdächtigen?", fragte Matt. „Haben Sie unter McGuires Bekannten jemanden gefunden?"

„Wir hören uns noch um, aber …" Er zog eine Grimasse, als hätte er uns unangenehme Neuigkeiten mitzuteilen. „Ich lege es nicht gerne nahe, doch muss ich es sagen. Ich verdächtige die Witwe."

„Weshalb?", fragte ich.

„Sie war höchst unfreigiebig mit Informationen. Sie beantwortet meine Fragen nicht und gestattete mir auch nicht, auf die Geschäftspapiere ihres Mannes zuzugreifen. Ich habe ihr erklärt, dass es notwendig ist, mich in seine Angelegenheiten einzumischen, wenn ich seinen Mörder erwischen soll. An diesem Punkt brach sie in Tränen aus. Ich bekam kein weiteres Wort mehr aus ihr heraus. Ich habe es inzwischen dreimal versucht, und jedes Mal bin ich mit leeren Händen abgezogen. Für gewöhnlich kann ich Charaktere hervorragend einschätzen, wenn ich das so sagen darf, aber Mrs. McGuire ist mir ein Rätsel. Ich bin nicht sicher, ob ich eine manipulative Mörderin vor mir habe, oder eine verängstigte Frau."

„Wovor sollte sie denn verängstigt sein?", fragte ich. „Dass der Mörder hinter ihr her ist?"

„Dessen bin ich mir auch nicht völlig sicher." Er wich meinem Blick allerdings aus, und ich vermutete, dass es noch mehr gab.

Wir wurden von Bristow unterbrochen, der einen Teewagen hereinschob. Ich schenkte den Tee ein und hielt die Zuckerschale, während Brockwell einen Würfel in seine Tasse gab und umrührte. Ich nahm mir Zeit, den Kuchen zu schneiden und Stücke auf Teller zu legen. Dann hielt ich Brockwell einen Teller hin, nur um ihn zurückzuziehen, als er danach griff.

„Wenn wir einander Dinge vorenthalten möchten…", sagte

ich mit einer hochgezogenen Augenbraue. Aus dem Augenwinkel sah ich, wie Matt in seine Teetasse grinste.

Brockwell warf einen sehnsüchtigen Blick auf den Kuchen, dann seufzte er. „Also gut. Es hängt ohnehin mit dem Grund zusammen, weswegen ich hergekommen bin, und Sie müssen es erfahren. Die Sache ist die, wir hatten vor fast einem Jahr eine Beschwerde von einer Nachbarin wegen einer Störung im Haushalt der McGuires. Sie behauptete, gehört zu haben, wie Mr. McGuire seine Frau anbrüllte, und Mrs. McGuire hätte geschrien. Die Schutzmänner haben zu dieser Zeit ermittelt, und der Sergeant bekam von Mr. McGuire mitgeteilt, dass alles in Ordnung wäre und die Nachbarin einen einfachen Ehestreit für etwas Größeres hielt. Als er darauf bestand, mit Mrs. McGuire zu sprechen, stellte sie sich ihnen vor. Sie hatte einen blauen Fleck auf der Wange, und der Sergeant vermutete, dass dieser ihr von ihrem Mann zugefügt worden war. Mrs. McGuire leugnete allerdings, dass er sie geschlagen hatte, selbst als der Sergeant allein mit ihr gesprochen hat. Sie behauptete, sie wäre in eine Tür gelaufen."

„Hat er den Mann zur weiteren Befragungen mit auf die Wache genommen?", fragte Matt.

„Nein. Da Mrs. McGuire Mr. McGuire nichts vorgeworfen hat, konnte man nichts tun."

„Also hat er sie einfach nur mit einem gewalttätigen Ehemann zurückgelassen?", fragte ich.

„Ohne ihre Anschuldigung konnte er nichts weiter unternehmen."

„Hat der Sergeant ihr mitgeteilt, wo sie Hilfe finden würde? Hat er ihr die rechtlichen Schritte vorgestellt, die folgen würden, wenn sie ihren Mann beschuldigen würde?"

„Ich fürchte, nein."

Ich reichte ihm den Kuchen, da er seine Seite des Handels eingehalten hatte, aber er stellte den Teller auf dem Tisch ab, ohne den Biskuit zu probieren. „Ich werde mich mit dem fraglichen Sergeant unterhalten und seinem Vorgesetzten gegenüber Empfehlungen aussprechen, ihren Männern die beste Möglichkeit beizubringen, Probleme häuslicher Art zu behandeln, wenn es dazu kommt. Leider kommt es nur allzu häufig dazu."

„Vielen Dank, Inspektor. Es schön, dass Sie etwas unternehmen."

„Ich schlage das nicht gern vor", sagte Matt düster, „aber Mrs. McGuire ist inzwischen sogar noch eine größere Verdächtige. Wenn ihr Ehemann sie noch einmal misshandelt hat, hat sie letztlich vielleicht die Beherrschung verloren."

„Niemand könnte ihr einen Vorwurf machen, wenn sie ihn umgebracht hat", sagte ich.

„Sehe ich auch so."

„Es ist auf jeden Fall eine Möglichkeit", meinte Brockwell. „Aber das erklärt nicht, weshalb sie sich weigert, seine Papiere an uns weiterzureichen. Das würde sie nicht beschuldigen. Tatsächlich würde es unsere Liste der Verdächtigen über sie hinaus erweitern."

„Außer, auf diese Liste steht etwas, das sie schuldig wirken lässt", sagte Matt.

Die arme Frau. Sie war wohl an ihre Grenzen getrieben worden, falls sie ihn wirklich umgebracht hatte.

„Bitte, essen Sie Ihren Kuchen, Inspektor", sagte ich. „Mrs. Potter würde nicht wollen, dass er verschwendet wird."

Er nahm einen großen Bissen. Sahne quoll zwischen den Schichten und aus seinen Mundwinkeln hervor, fiel mit einem Ploppen auf den Teller. Brockwells Augen schlossen sich flatternd vor Vergnügen.

Matt und ich aßen unsere Kuchenstücke mit mehr Würde, aber nicht weniger Begeisterung. Mrs. Potters Kuchen waren es wert, dass man sie genoss.

„Das bringt mich zu meinem Grund, weshalb ich hergekommen bin", sagte Brockwell, nachdem er sich die Finger abgeleckt hatte. „Mrs. Glass, ich brauche Ihre Hilfe mit Mrs. McGuire. Ich glaube, es braucht eine weibliche Hand, wenn man sie überzeugen will, die Besitztümer ihres Mannes herauszurücken. Wir können es natürlich unter Zwang machen, aber ich würde mir das lieber aufheben, bis wir alle anderen Möglichkeiten ausgeschöpft haben."

„Ich werde sehen, was sich tun lässt", sagte ich.

„Vielen Dank." Er stand auf, um zu gehen, aber dann fiel ihm etwas ein. „Wir haben einen Zeugen, der am Abend des Mordes eine Gestalt von Charbonneaus Wohnsitz weggehen sah, nach Mitternacht. Er ist allerdings kein zuverlässiger Zeuge." Mit der Hand machte er eine Trinkbewegung. „Wenn man ihm glauben kann, schätze ich, dass es entweder Charbonneau war, der zurückkehrte, um etwas zu holen, bevor er verschwand, oder jemand, der das Taschentuch holte, um es am Tatort des Mordes zu hinterlegen."

„Hat der Zeuge die Gestalt als Mann oder Frau identifiziert?", fragte Matt.

„Männlich, aber das heißt nicht, dass es nicht eine Frau war, die sich Männerkleidung angezogen hat." Er lachte leise. „Nun, da meine Augen für solche Dinge geöffnet sind, sehe ich es immer öfter. Miss Johnson sagt, dass sie Männerhosen gemütlich findet. Da ich selbst niemals Frauenkleider getragen habe, kann ich dazu nichts beitragen."

„Natürlich", erwiderte Matt, der ein wenig verstört klang.

„Schien irgendetwas anderes aus Fabians Wohnsitz zu fehlen?", fragte ich.

„Schwer zu sagen, ohne ein Inventar seiner Besitztümer", sagte Brockwell. „Aber nichts schien durcheinandergebracht zu sein."

„Beobachten Ihre Männer die Wohnung?", fragte Matt.

Brockwell nickte. „Charbonneau könnte zurückkehren."

Ich dachte, es wäre wahrscheinlicher, dass Willie ein Korsett trug.

* * *

WIR WOLLTEN GERADE LOS, um die Witwe von Mr. McGuire aufzusuchen, als ein Brief von Gabriel Seaford eintraf, dem magischen Arzt, der geholfen hatte, Matts Leben zu retten. Seine Magie floss durch Matts Adern, während meine Magie sie durch Matts Uhr über ihre kurze Wirkungsdauer hinaus verlängerte.

Matt brachte den Brief zu mir herein ins Wohnzimmer, wo ich mich gerade versicherte, dass Tante Letitia alles hatte, was sie brauchte, während wir weg waren. Der grimmige Ausdruck auf seinem Gesicht versetzte mich in Sorge.

„Was ist denn?", fragte ich atemlos.

Obwohl Matts unmittelbare Zukunft durch die Kombination von Gabes und meiner Magie positiv aussah, bestand immer die Gefahr, dass sie nicht halten würde und wir unsere Zauber abermals in die Uhr wirken mussten. Es war diese langfristige Zukunft, von der ich fürchtete, man würde sie uns wegnehmen, falls Gabe nicht mehr erreichbar war.

„Es ist etwas höchst Seltsames", sagte Matt. „Lady Louisa Hollingbroke hat ihn aufgesucht. Sie ist gestern auf seiner Türschwelle aufgetaucht, nachdem er im Krankenhaus fertig war. Sie hat deinen Namen zur Vorstellung genutzt, India."

Ich setzte mich heftig auf das Sofa neben Tante Letitia. „Sie weiß von seiner Magie?"

„So ist es", sagte Matt.

„Spielt es eine Rolle?", fragte Tante Letitia. „Er muss nichts zu ihrer Sammlung beitragen, wenn er es nicht wünscht."

„Sie hat ihn nicht um eine Spende gebeten." Matt reichte ihr den Brief, und sie legte ihr Buch zur Seite. „Sie hat ihn gefragt, ob er eine Verlobte hat."

„Er hat ihr gesagt, dass er das nicht hat", las Tante Letitia vor. „Weiterhin sagt er, dass sie ihn dann gefragt hat, ob er hoffen würde, eines baldigen Tages zu heiraten. Sie hat ihm mehr oder weniger einen Antrag gemacht! Was für ein dreister kleiner Wildfang! Wenn ihre Familie das wüsste, wäre sie aufs äußerste peinlich berührt. Er ist noch nicht einmal ein Baronet."

„Er ist ein guter Mann", sprang ich ihm zur Seite. „Wir schulden ihm eine Menge."

„Ich mag Mr. Seaford auch, India. Ich sage nur, dass sie dieses Vermögen einsetzen und nach Höherem streben sollte. Es muss doch irgendwo im Land einen verarmten Earl oder Marquis geben, der eine Frau braucht."

Ich achtete nicht auf ihren Snobismus. Es war nicht der richtige Zeitpunkt, um es ihr zu erklären, und ich würde nichts erreichen, wenn ich es tat. Außerdem gab es etwas sehr viel Ernsteres, um das man sich Sorgen machen musste.

„Sie will einen Magier heiraten", sagte ich zu Matt. „Fabian wollte sie nicht, darum versucht sie es mit einem weiteren Junggesellen-Magier. Gabes Magie ist selten. Das gefällt ihr wohl."

„Sie wusste, dass wir sie Gabe nicht vorstellen würden,

darum hat sie sich selbst vorgestellt", überlegte Matt. „Mir gefällt nicht, dass sie deinen Namen benutzt hat."

„Sie ist daran gewöhnt, zu bekommen, was sie will."

„Ich verstehe das nicht", sagte Tante Letitia. „Will sie die Magie zur Hand haben, damit sie sie jederzeit privat einsetzen kann? So wie elektrisches Licht oder ein Spülklosett?"

Ich lächelte über ihren Vergleich, aber es verflog rasch. „Vielleicht ist es wahrscheinlicher, dass sie einen Magier heiraten will, weil sie hofft, magische Kinder zu haben. Ich kann mir keinen anderen Grund vorstellen."

„Ich auch nicht", sagte Matt.

Tante Letitia faltete den Brief und schob ihn zurück zu Matt. „Dann müsst ihr Mr. Seaford sofort warnen, bevor er von ihrem großen Vermögen verführt wird."

KAPITEL 7

Ich ließ Matt den Warnbrief an Gabe schreiben und fuhr allein zu Mrs. McGuires Haus. Ich hatte mir vorgestellt, dass ein brutaler Ehemann und Geldverleiher in einem elenden Viertel wohnte, das für verbrecherische Aktivitäten bekannt war, wo die Häuser vollgestopft mit armen Familien waren, die Mühe hatten, ihre Miete zu bezahlen, und wo die Kinder auf den Straßen bettelten. Aber das kleine Reihenhaus in Chelsea war gut gepflegt, wenn auch von unauffälligem Aussehen, und die Nachbarschaft war ruhig.

Ich stellte mich der Haushälterin vor, die auf mein Klopfen antwortete, und bat darum, Mrs. McGuire zu sehen. Sie sagte mir, ich solle auf der Türschwelle warten.

Ein paar Minuten später kam eine kleine Frau an die Tür, ganz in schwarz gekleidet. Ein schwarzer Schleier bedeckte ihr Gesicht, sodass es schwer wurde, ihre Reaktion einzuschätzen, als ich darum bat, ihr ein paar Fragen zu ihrem Mann stellen zu dürfen. Dass sie mir die Tür vor der Nase zuknallte, ließ aber keinen Raum für Fehlinterpretationen.

„Mrs. McGuire", rief ich. „Ich bin nicht von der Polizei."

Keine Antwort.

„Ich bin eine unabhängige Ermittlerin, die angeheuert wurde, um den Mörder Ihres Mannes zu finden. Würden Sie mir bitte helfen, von einer Frau zur anderen?"

Die Tür öffnete sich nur einen Spalt breit. Ich konnte gerade noch das Auge erkennen, das mich hinter dem Schleier anblinzelte. „Gehen Sie", befahl sie in einem schottischen Akzent. „Ich habe Ihnen nichts zu sagen."

„Dann sagen Sie nichts. Sie müssen mir nur die Ordner und Verträge Ihres Mannes zeigen."

Sie kniff das Auge zusammen. „Sie sind doch von der Polizei."

„Ich versuche, meinem Freund zu helfen, einem Verdächtigen im Mord an Ihrem Mann. Er hat es nicht getan, und ich muss es beweisen, oder ..." Ich schluckte. „Ich gebe zu, dass ich mit der Polizei gesprochen habe, und man hat mir gesagt, Sie würden Mr. McGuires Dokumente nicht aushändigen. Ich sah hier meine Gelegenheit, die Dokumente selbst in Augenschein zu nehmen und Beweise zu finden, um den Namen meines Freundes reinzuwaschen. Lassen Sie mich hinein? Ich werde keine Schwierigkeiten machen."

„Wie kann ich Ihnen vertrauen?"

Ihre Frage erwischte mich auf dem falschen Fuß. Ich hatte keine Möglichkeit, zu beweisen, dass ich nicht vorhatte, ihr zu schaden, sie hereinzulegen oder entscheidende Hinweise zerstören. „Ich hoffe, mein Wort ist genug. Ich bin, wer ich sage, die besorgte Freundin eines Verdächtigen. Er hat es nicht getan. Das müssen Sie mir glauben."

Der Schleier flatterte, als sie ausatmete, dann lag er flach an ihrer Nase an. „Ich ... ich kann nicht", flüsterte sie. „Bitte, bitten Sie mich nicht darum, ihn zu hintergehen."

„Wen zu hintergehen? Mrs. McGuire, wen schützen Sie denn?"

Sie warf die Tür erneut zu.

Ich schnaubte, wollte noch nicht aufgegeben. Ich hatte kaum begonnen, ihr alles zu erzählen, was ich sagen wollte.

„Bitte, wenn Sie noch da sind", sagte ich durch die Tür, „ich möchte, dass Sie wissen, dass mir klar ist, wie er Sie behandelt hat. Er war ein Monster, und was er getan hat, war unvorstellbar. Aber ich weiß auch, dass die Polizei Sie im Stich gelassen hat, als sie ermittelt hat. Sie hätte mehr tun können, um Ihnen zu helfen. Sie haben sich bestimmt im Stich gelassen und ganz allein gefühlt, also ist es kein Wunder, dass Sie ihnen jetzt nicht helfen wollen."

Nichts. Nicht mal das Quietschen einer Diele oder Schritte, die sich zurückzogen. Das gab mir Hoffnung, dass sie noch auf der anderen Seite der Tür lauschte.

„Wenn Sie etwas falsch gemacht haben und versuchen, es jetzt zu verdecken, dann möchte ich, dass Sie wissen, ich werde mein Bestes tun, um Ihnen zu helfen. Ich kann für einen Anwalt bezahlen", fügte ich wenig überzeugend hinzu. Ich konnte keine Versprechungen machen, nicht, ohne zu lügen, und das wollte ich nicht. Falls sie ihren Mann umgebracht hatte, konnte ich nicht verhindern, dass die Polizei sie festnahm.

Noch immer kam keine Antwort von der anderen Seite der Tür.

Ich seufzte und kehrte zu meiner Kutsche zurück.

* * *

„Sie war sehr nervös", erklärte ich Matt bei meiner Rückkehr.

Er und Tante Letitia waren draußen im Park spazieren gewesen, als ich eingetroffen war, und ich hatte mich mit einem Buch im Sessel in der Bibliothek niedergelassen. Bis zu ihrer Rückkehr hatte ich nur sehr wenig gelesen. Meine Begegnung mit Mrs. McGuire beunruhigte mich viel zu sehr, um mich zu konzentrieren.

„Als ihr klar wurde, weshalb ich da war, hat sie sich völlig verschlossen", fuhr ich fort. „Sie wollte mich nicht einmal hineinlassen."

„Das ist merkwürdig." Er rückte seinen Sessel dichter an meinen und bedeutete mir, dass ich einen Fuß auf seinen Schoß legen sollte. Dann fuhr er damit fort, mir den Schuh abzunehmen, um meine Zehen zu massieren.

Ich schaute zur Tür, besorgt, dass seine Tante jeden Augenblick bei uns hereinplatzen würde. „Nicht so merkwürdig, wie du dir vorstellen möchtest", sagte ich, runzelte die Stirn über eine unerfreuliche Erinnerung. „Es könnte eine Reaktion auf ihren gewalttätigen Mann sein."

„Er kann ihr jetzt nichts mehr antun."

„Ich weiß, aber ihr Selbstvertrauen wurde gebrochen. Wenn sie über einen längeren Zeitraum hinweg misshandelt wurde und ihr niemand geholfen hat, kann ich mir vorstellen, dass es jeden Kampfgeist vernichtet hat, den sie überhaupt einmal hatte."

„Ich schätze schon", sagte er und nickte nachdenklich.

„Eine entfernte Cousine meiner Mutter hatte einen Mann, der ähnlich war wie Mr. McGuire. Sie hat niemandem erzählt, dass er sie geschlagen hat, bis nach seinem Tod, und dann auch nur ihrer Schwester. Meine Mutter sagte, ihre Cousine sei vor der Ehe ein freundliches Mädchen gewesen, wurde aber danach schüchtern und nervös. Sie hat alles Selbstvertrauen verloren."

„Weshalb hat sie es niemandem erzählt? Ihre Schwester hätte ihr sicherlich geholfen – und deine Mutter auch."

„Meine Mutter sagte, ihre Cousine hätte zu viel Angst vor ihm gehabt, um etwas zu sagen, aber sie schämte sich auch. Sie machte sich zum Vorwurf, seine Gewalttaten herausgefordert zu haben, weil sie dachte, sie hätte irgendetwas getan, das ihm missfiel."

„Hat sie ihr Selbstvertrauen nach seinem Tod wieder aufgebaut?"

„Nicht wirklich. Sie blieb nervös und unruhig bis zu ihrem eigenen Tod fast zwei Jahre später. Ich weiß noch, wie meine Mutter es mir erzählt hat, nachdem sie von seinen Misshandlungen erfahren hat, und wie sie ungläubig den Kopf schüttelte. Sie verstand nicht, weshalb ihre Cousine nicht einsah, dass man ihr keinen Vorwurf machen konnte und dass sein Tod sie befreit hatte."

Wir verfielen in Schweigen. Matt massierte mir den Fuß, aber ich konnte erkennen, dass er mit den Gedanken nicht dabei war. Er starrte in den kalten Kamin, seine Stirn lag in Falten. Wie bei mir lastete dieses Wissen schwer auf ihm, und die Ähnlichkeit zwischen Mrs. McGuire und der Cousine meiner Mutter.

„Ich könnte mich auch völlig irren", sagte ich. „Mrs. McGuire könnte versuchen, die Dokumente vor uns zu verstecken, weil sie weiß, dass sie sie oder jemanden beschuldigen, den sie schützen will. Sie erwähnte, dass sie jemanden nicht hintergehen möchte."

„Es gibt nur eine Möglichkeit, wie wir das sicher herausbringen. Wir müssen an diese Dokumente kommen, bevor sie sie vernichtet."

„Falls sie das nicht bereits getan hat. Wie kriegen wir sie?"

Ich erkannte in seinem Gesicht, dass mir die Antwort nicht gefallen würde. Und das konnte nur eines bedeuten.

„Nein. Nein, Matt. Das verbiete ich. Wir brechen nicht bei ihr zu Hause ein."

„Wir brechen nicht ein. Ich mache das, allein."

Ich verschränkte die Arme und zog meinen Fuß zurück. „Nein."

„Als du letztes Mal in ein Haus eingedrungen bist, hat man dich beinahe erwischt", sagte er. „Das riskiere ich kein zweites Mal."

„Das habe ich nicht gemeint. Ich meine, du kannst nicht zu Hause bei einer Witwe einbrechen, die Anzeichen von Nervosität zeigt. Das könnte ihre Nerven völlig blank legen, wenn sie dir über den Weg läuft."

„Dann müssen wir einfach sichergehen, dass sie mir nicht über den Weg läuft."

* * *

DA CYCLOPS CHRONOS BEOBACHTETE, nahm Matt Duke mit zum Haus von Mrs. McGuire. Willie und ich beobachteten aus der Kutsche, die weiter entfernt an der Straße stand, wie die beiden an der Tür klopften. In Arbeitskleidung und ausgestattet mit einer Kopie des *Gesetzes zum Schutz der öffentlichen Gesundheit* von 1875 und einer Kiste voller Werkzeuge schafften sie es, sich einen Weg nach drinnen zu ergaunern. Ohne Zweifel nutzte Matt seinen Charme mit vollster Wirkung, um Mrs. McGuire zu erklären, dass es Berichte gegeben hatte, aus ihrem Haus würde ein seltsamer Geruch dringen, und dass sie lüften musste, während sie investigierten. Ich erwartete, dass sie ablehnte, aber sie stellte sich pflichtergeben auf den Bürgersteig, während Matt und Duke hineingingen.

Willie und ich waren da, falls Mrs. McGuire des Wartens müde wurde, aber wir wurden nicht gebraucht. Zwölf Minuten, nachdem sie sich den Weg hinein gebahnt hatten, kamen sie heraus und redeten mit Mrs. McGuire. Sie kehrte nach drinnen zurück, schloss die Tür hinter sich und ahnte nichts. Wir fuhren los und trafen sie um die Ecke, wo sie zu uns einstiegen.

„Ich schätze, ich könnte ein echter Hygieneinspektor sein", sagte Duke. „Da ist nicht viel dabei. Man muss das Problem nicht mal reparieren, nur darüber berichten."

„Was habt ihr gesagt, bevor er weg seid?", fragte ich.

„Dass es wohl ein falscher Bericht war." Matt öffnete die Werkzeugkiste auf seinem Schoß. „Wir haben ihrem Haus ein gutes Gesundheitszeugnis ausgestellt." Er zog ein Kassenbuch heraus und reichte es mir. „Sobald wir McGuires Bureau ausgespürt haben, war es leicht, das zu finden. Er hat da drin alles aufgeschrieben, die Namen und Adressen der Männer, die ihm Geld schuldeten, die Hauptschuldner und die Zinsen, Rückzahlungen, alles."

Ich klappte das Buch auf und musterte die ersten paar Seiten, dann blätterte ich zum letzten Eintrag vor. Fabians Name erschien in Einträgen, die auf die letzten drei Wochen datiert waren, aber vorher nicht. Von den anderen Namen erkannte ich keinen.

„Schuldet ihm jemand ungewöhnlich große Geldsummen?", fragte Matt.

Ich kehrte zur Vorderseite des Buches zurück, wo jeder Kredit zusammengefasst war. „Nicht sonderlich, obwohl dieser Eintrag ein Sternchen neben dem Namen hat, und es geht um den größten Betrag."

„Vielleicht ist es ein Sternchen, *weil* es ein großer Betrag ist", sagte Willie. „Lass mich sehen." Sie nahm das Buch und schaute sich die Einzelheiten an. „Mr. Hubert Stanhope, Partner bei der Ingles Vinegar Company, South Lambeth."

„Das ist ein Industrieareal auf der anderen Flussseite", sagte ich. „Ingles ist ein Essighersteller."

„Das Geschäft mit Essig kann so gut nicht laufen, wenn Stanhope sich Geld borgen musste", meinte Duke.

„Sie stellen auch Liköre und Wein her", erklärte ich. „Mir war nicht klar, dass das Geschäft darniederliegt, obwohl sie auf jeden Fall nicht der einzige Essighersteller in London sind."

„Ich habe im Pub Flaschen mit der Prägung von Ingles gesehen", sagte Willie.

Matt nahm den Ordner zurück. „Ich schätze, das ist ein Privatkredit für Mr. Hubert Stanhope. McGuire war kein großer Geldverleiher und hätte keine Kredite an industrielle Hersteller gegeben." Wir schoben den Ordner in die Werkzeugkiste zurück. „Morgen werden wir Mr. Stanhope an seinem Geschäftssitz einen Besuch abstatten."

„Was ist mit Brockwell?", fragte ich.

„Nach unserem Besuch werden wir den Ordner Scotland Yard zusammen mit jeglicher anderen Information übergeben, die wir gesammelt haben. Ich bin mir sicher, dass Mr. Stanhope unseren Fragen gegenüber aufgeschlossener antworten wird als auf die des Inspektors."

* * *

WIR FANDEN Mr. Stanhope im zweckmäßigen braunen Ziegelgebäude des Unternehmens, das an der South Lambeth Road stand. Die Angestellten, die im Bureau arbeiteten, trugen Anzüge und hatten Stifte dabei. Sie musterten Aktenordner oder Dokumente auf den Schreibtischen vor ihnen, und sie spähten über ihre Brillen zu Matt und mir, während wir vorbeigingen. Ich erhaschte durch die Fenster einen Blick auf einen Innenhof mit Garten, der von weiteren braunen Ziegelgebäuden umgeben war, oben auf dem höchsten war ein Wassertank. Pferde zogen Wagen, die mit Kisten oder Fässern beladen waren, und aus einer Maschine, mit der Wasser von einem Brunnen heraufgepumpt wurde, stieg Dampf auf. Da draußen ging das eigentliche Geschäft vor sich, um Essig, Liköre und Wein herzustellen. Das Bureaugebäude war für die Betriebsleiter und Buchhalter, die Handelsvertreter und unzähligen weiteren Angestellten, die man brauchte, um ein mittelgroßes Fabrikationsgeschäft zu betreiben.

Man wies uns zu einem großen Raum mit einem ebenfalls großen Schreibtisch und einem hohen Buchregal, auf dem sich ordentlich links Ordner und rechts Bücher stapelten. Ein rascher Blick auf die Buchrücken zeigte, dass es zum Großteil Rechnungsbücher waren, und sie waren alphabetisch nach Autor sortiert. Etliche Gemälde von der gleichen Gebäudegruppe, die aus verschiedenen Winkeln dargestellt waren, hingen an zwei Wänden, während auf der dritten ein Fenster über den Innenhof hinausblickte.

Der Mann hinter dem Schreibtisch schloss den riesigen Ordner, den er inspiziert hatte, nahm seine Brille ab und erhob sich. „Mein Assistent sagte mir, dass Sie Privatermittler sind", sagte Mr. Stanhope, „aber er hat mir nicht erzählt, worin Sie ermitteln."

Laut des Assistenten, der uns hierhergebracht hatte, war Mr. Stanhope der leitende Buchhalter des Unternehmens, und außerdem ein Geschäftspartner von Mr. Ingles. Wie das Bureau war er ordentlich zurechtgemacht, zeigte gerade die richtige Menge Ärmelaufschlag, einen Kragen, der weder zu hoch noch zu spitz war, und eine graue Krawatte im selben Farbton wie sein Anzug. Er hatte den Ansatz einer Glatze, war ein wenig stämmig, aber nicht dick, und sah genauso aus, wie ich es von einem leitenden Buchhalter erwartet hatte.

„Ich heiße Matthew Glass, und das ist meine Frau India", sagte Matt. „Wir ermitteln im Mordfall an Mr. Douglas McGuire. Sie kannten ihn."

Mr. Stanhopes Miene erstarrte, sein freundliches Lächeln war immer noch da.

„Ist es Ihnen recht, wenn wir uns hinsetzen?", fragte Matt. „Wir haben nur ein paar Fragen. Es wird nicht lange dauern."

Mr. Stanhopes Züge lösten sich wieder. Er strich sich über den Bart, dann seine Krawatte, bevor er sich schwer niederließ. Er nickte und bedeutete uns, dass wir die Sessel gegenüber nehmen sollten.

„Ich habe von seinem Tod in der Zeitung gelesen", sagte er. „Dem Mord an ihm, sollte ich sagen. Ich habe diesen Besuch erwartet, allerdings dachte ich, die Polizei würde vorbeikommen. Für wen arbeiten Sie noch einmal?"

„Wir helfen der Polizei auf beratender Basis", sagte Matt. „Scotland Yard heuert uns von Zeit zu Zeit bei speziellen Fällen an."

„Speziellen Fällen?", wiederholte er.

„Fällen, die eine gewisse Richtung der Ermittlung erfordern."

„Das verstehe ich nicht."

Ich brauchte einen Augenblick, um zu merken, was Matt zu sagen versuchte. Er wollte Mr. Stanhope zu dem Schluss führen, dass wir der Polizei in Fällen halfen, in denen Magie involviert war, aber er war viel zu subtil. Mr. Stanhope wirkte einfach nur verwirrt. Wenn wir es ihm nicht direkt sagten, würde er Matts Andeutung nicht begreifen, und ich war nicht sicher, ob wir das Thema Magie bei einem Mann zur Sprache bringen sollten, der vielleicht nicht daran glaubte.

„Was mein Mann sagen möchte, ist, dass uns die Polizei uns dazu holt, wenn die Vorgehensweise einer Frau gefragt ist", erklärte ich.

„Und dieser Fall erfordert die Vorgehensweise einer Frau?", fragte Mr. Stanhope.

„Ja."

„Ich verstehe."

„Das freut mich. Bitte erzählen Sie uns, woher Sie das Opfer kannten."

Mr. Stanhope verschränkte die Hände über dem Rechnungsbuch und starrte es an. „Das ist ziemlich unangenehm."

„Weshalb?", fragte ich leise.

„Ich schätze, Sie wissen, weshalb, und es ist der Grund, weshalb Sie hier sind." Seine Handknöchel wurden weiß. „Ich schulde Mr. McGuire eine große Menge Geld."

„Wofür?", fragte Matt. „Das Geschäft wirkt, als würde es prosperieren, und als Partner genießen Sie doch bestimmt die Gewinne genauso wie einen guten Lohn."

„Da haben Sie in allen Dingen recht, Mr. Glass." Mr. Stanhopes Schultern sanken ein wenig herab, und er rieb sich über die Stirn. „Den Kredit nahm ich aus persönlichen Gründen auf. Gründen, von denen mir lieber wäre, wenn niemand davon erführe."

„Wenn Sie es uns nicht sagen, wird Inspektor Brockwell Sie stattdessen aufsuchen, und seine Methoden, um an Informationen zu kommen, sind nicht so gentlemanlike wie meine", sagte Matt.

Ich warf ihm einen Seitenblick zu und hoffte, Brockwell

würde niemals hören, wie er auf diese Art beschrieben wurde. Andererseits wäre er vielleicht geschmeichelt oder amüsiert.

„Also gut, aber … Es ist ziemlich erniedrigend."

„Wäre es Ihnen lieber, wenn ich das Zimmer verlasse?", fragte ich.

„Nein, nein, das ist nicht nötig." Er strich sich über die Krawatte. „Mir gefallen Pferderennen etwas zu sehr. Das Geld, das ich mir von Mr. McGuire geborgt habe, sollte eine Wettschuld begleichen. Da. Jetzt kennen Sie mein Geheimnis."

„Vielen Dank, dass Sie es uns erzählen."

„Was ich nicht verstehe, ist, weshalb ich des Mordes verdächtigt werde? Die Schuld steht immer noch aus, aber anstatt sie Mr. McGuire zu schulden, schulde ich sie nun seinen Erben. Sein Tod hat meine Schuld nicht getilgt, sie nur weitergereicht, um es so auszudrücken."

„Sie haben keine Klausel unterschrieben, die etwas anderes besagt?", fragte Matt.

„Nein, und das kann ich beweisen." Er schloss die unterste Schublade seines Schreibtisches auf und blätterte durch die Papiere, bevor er Matt eines reichte. „Das Gesetz erfordert, dass alle Schulden dem Nachlass des Geldgebers im Falle seines Todes zurückgezahlt werden."

Matt musterte das Dokument, dann reichte er es mir. Es war ein Vertrag für einen Kredit zwischen Mr. McGuire und Mr. Stanhope. Es gab keine Spezialklauseln, die bewirkt hätten, dass die Schuld unter irgendwelchen Umständen getilgt sein würde, ganz zu schweigen von McGuires Tod.

„Wissen Sie, weshalb Mr. McGuire in seinem Aktenordner ein Sternchen neben Ihren Namen setzen sollte?", fragte Matt.

Mr. Stanhope runzelte die Stirn. „Nein."

„Kennen Sie Mr. Fabian Charbonneau?", fragte ich.

„Wen?"

„Einen Franzosen."

„Ich habe nie von ihm gehört."

„Wir haben nur noch eine Frage, Mr. Stanhope", sagte Matt. „Wo waren Sie in der Nacht, in der Mr. McGuire ermordet wurde?"

„Ich bin hier um etwa neun Uhr aufgebrochen und direkt

nach Hause gegangen, wie ich es immer mache. Ich war die ganze Nacht dort. Meine Frau wird es Ihnen bestätigen."

„Neun Uhr scheint ziemlich spät, um das Bureau zu verlassen."

„Ich habe eine Menge Arbeit." Er deutete auf den Ordner. „Fragen Sie Ernest."

„Ernest?"

„Ernest Ingles", erklärte Mr. Stanhope, als hätten wir das wissen sollen. „Meinen Geschäftspartner und Leiter der Firma. Sie finden ihn zu dieser Tageszeit vermutlich im Brauhaus, aber er kommt am frühen Abend hier vorbei, um die Finanzen der Firma zu besprechen."

Mr. Stanhope geleitete uns hinaus, ging mit uns bis zur Eingangstür. Matt stellte ihm Fragen über die Herstellung des Essigs und der verwandten Produkte, und bis wir am Eingang ankamen, wusste ich, wie man Essig fertigte, Wein und Likör, und dass Ingles darüber nachdachte, sich auf die Herstellung von Gas zu erweitern.

„Es klingt kompliziert", sagte Matt gesprächig.

„Nur am Anfang", erwiderte Mr. Stanhope. „Der Prozess hat sich jahrhundertelang nicht geändert, nur die Geräte sind elaborierter geworden."

„Braucht man für den Prozess, um Essig herzustellen, irgendeine besondere Fähigkeit?"

Mr. Stanhope warf ihm einen ausdruckslosen Blick zu. „Wir stellen natürlich Chemiker ein, und Ingenieure, die sich um die Geräte und die Spezialausrüstung kümmern, aber ansonsten bestehen unsere Mitarbeiter vor allem aus ungelernten Arbeitern."

„Geht Ihre Ausrüstung jemals kaputt?"

„Natürlich, aber zum Glück nicht sonderlich oft. Falls sie das täte, würden wir in neue Ausrüstung investieren müssen, und als Buchhalter der Firma ist es meine Aufgabe, solche Kosten gering zu halten." Er lächelte. „Sie scheinen ungewöhnlich interessiert am Geschäft, Mr. Glass. Sie arbeiten doch hoffentlich nicht für ein Konkurrenzunternehmen."

„Ich kann Ihnen versichern, dass ich das nicht tue." Matt

schüttelte ihm die Hand. „Vielen Dank für Ihre Aufrichtigkeit, Mr. Stanhope."

Wir verließen das Gebäude, aber anstatt zur Kutsche zurückzukehren, folgten wir einem Wagen entlang der Gasse in den Innenhof. Der Geruch nach Essig wurde stärker und reizte meine Nase und meine Augen. Matt reichte mir sein Taschentuch.

Zwei Arbeiter luden Fässer auf einen Wagen und schickten uns zu dem Gebäude, wo dicker Rauch aus großen Kaminen aufstieg. Die Geräusche der Maschinen wurden lauter, je näher wir kamen, und der Geruch wurde intensiver.

„Möchtest du draußen warten?", fragte Matt.

Ich schüttelte den Kopf und reichte ihm sein Taschentuch zurück. „Ich gewöhne mich daran."

Im Inneren wurde ich von Hitze empfangen, und dem stechenden Geruch, der mich wieder nach Matts Taschentuch greifen ließ. Ich blinzelte mit wässrigen Augen und suchte nach jemandem, der aussah, als würde ihm die Fabrik gehören. Es gab nicht so viele Arbeiter, wie ich erwartet hatte, aber das konnte daran liegen, dass der Bereich mit etlichen riesigen Bottichen gefüllt war. Es gab nichts, was die Arbeiter tun konnten, außer abzuwarten, dass der Prozess beendet wurde. Jeder Bottich war mit Kupferrohren verbunden, die in der Decke verschwanden. Das surrende, hämmernde und mahlende Geräusch der Maschinen kam von dort oben.

Matt bat einen Arbeiter, uns zu Mr. Ingles zu führen, aber der Mann bestand darauf, dass wir warteten, während er ihn holte, und er wies uns an, nichts zu berühren, da ein Teil der Ausrüstung heiß war. Ich wagte es nicht, nachzusehen, ob es auch magische Wärme enthielt. Wenn man die Wärme des Raums bedachte, bezweifelte ich, dass es mir möglich sein würde, die unterschiedlichen Arten von Wärme überhaupt zu unterscheiden.

Ein paar Minuten später kam ein Mann in einer Weste, die Hemdsärmel bis zu den Ellbogen hochgekrempelt, die Stufen herab getrottet. Er war ungefähr im selben Alter wie Mr. Stanhope, doch wo Stanhope überall aufgeräumt und ordentlich gewesen war, wirkte dieser Mann ziemlich wild mit ungekämmten Haaren, einem langen, strähnigen Bart und schiefen

Zähnen. Er begrüßte uns mit einem fröhlichen, wenn auch unsicheren Lächeln.

„Sie suchen nach mir?", fragte er.

„Ihr Partner Mr. Stanhope sagte, wir würden Sie hier finden", sagte Matt, der die Stimme erhob, damit man sie deutlich über die Maschinen hinweg hörte. „Ich bin Matthew Glass, und das ist meine Frau India. Können wir irgendwo sprechen, wo es ruhiger ist?"

„Natürlich, natürlich. Ich vermute, Mrs. Glass würde auch lieber von dem Geruch wegkommen." Sein Lächeln wurde mitfühlend, und er bedeutete uns, dass wir mit ihm nach draußen gehen sollten. „Man gewöhnt sich daran, so sagt man es mir. Ich bin hier aufgewachsen, darum habe ich niemals wirklich frische Luft gekannt. Sie würde vermutlich für mich so unangenehm riechen wie das hier für Sie." Er lachte und wies uns zur schattigen Seite des Gebäudes.

„Das ist Ihr Familienunternehmen?", fragte Matt.

„Es wurde alles von meinem Großvater begonnen." Mr. Ingles stand da, die Hände in die Hüfte gestemmt, während er die Gebäude, Wagen und Aktivitäten musterte. „Als ich es vor über dreißig Jahren erbte, gab es Schwierigkeiten, aber wir haben das Ganze hingebogen. Jetzt sehen Sie es sich an. Wir beschäftigten über hundert Leute."

„Sie sagen, ‚wir' haben es hingebogen", erklärte Matt. „Beziehen Sie sich da auf einen Bruder oder ein Familienmitglied?"

„Ich meine Hubert Stanhope. Er ist für mich wie ein Bruder. Wir kennen einander seit über fünfzig Jahren. Sein Vater hat vor ihm hier gearbeitet, aber ohne Hubert würde dieser Ort immer noch darniederliegen. Dieser Mann ist ein Finanzgenie. Ich glaube, er schläft bei seinen Ordnern." Er wippte auf den Füßen, lachte leise in seinen Bart.

„Haben Sie ihn darum zum Partner gemacht?", fragte ich.

„Die beste Entscheidung, die ich je getroffen habe, abgesehen davon, dass ich Mrs. Ingles geheiratet habe. Hubert brachte mehr als nur Kapital in die Partnerschaft ein, er hat auch seinen Verstand mitgebracht. Ich mag ja der Einzige mit dem chemischen Wissen sein, aber das ist wertlos ohne einen vernünftigen

Sinn fürs Geschäft. Ist das genug Information für Ihren Artikel, Glass, oder möchten Sie weitere Einzelheiten?"

„Artikel?", wiederholte Matt.

„Sind Sie nicht der Kerl, der geschrieben hat, um um ein Interview zu bitten, für ein Buch über die für Fabriken von London?"

„Wir sind Privatermittler, die der Polizei helfen, einen Mörder zu fassen."

Mr. Ingles entglitten seine Züge. „Mörder?"

„An einem Geldverleiher namens Douglas McGuire."

„Ich … ich weiß nicht, wovon Sie da reden. Ich kenne keinen McGuire. Weshalb stellen Sie mir Fragen, wenn der Tod dieses Kerls nichts mit mir zu tun hat?"

„Mr. Stanhope kannte ihn", sagte Matt.

„Sie glauben, Hubert hat ihn getötet?"

„Das wollen wir nicht behaupten."

„Warum sind Sie dann überhaupt hier?"

„Wir stellen nur Fragen, Mr. Ingles. Wir haben bereits mit Mr. Stanhope gesprochen, und er hat uns hier auf Sie verwiesen."

„Also gut." Er rollte einen seiner Ärmel herab. „Stellen Sie mir jede Frage. Ich habe nichts zu verbergen, und genauso wenig Hubert."

„Wo waren Sie am Montagabend?"

„Hier bis kurz nach neun Uhr, dann bin ich nach Hause gegangen. Hubert war bei mir, wie er Ihnen mit Sicherheit bereits erzählt hat. Wir arbeiten oft am Abend zusammen, gehen die Finanzberichte durch, die er vorbereitet. Gibt es sonst noch etwas? Ich muss ins Brauhaus zurück."

„Wissen Sie, aus welchem Grund Mr. Stanhope Mr. McGuire kannte?"

Mr. Ingles rollte seinen anderen Ärmeln herab. „Ich habe niemals von einem Mann namens McGuire gehört, woher sollte ich also von einer Verbindung wissen?"

„McGuire war ein Geldverleiher", sagte Matt. „Mr. Stanhope hat sich eine große Summe von ihm geborgt."

„Das ist kein Verbrechen."

„Sie wirken nicht überrascht, dass Ihr Geschäftspartner eine große Geldsumme von einem Geldverleiher geliehen hat", sagte ich.

„Was Hubert mit seinem Geld in seiner Freizeit anstellt, geht mich nichts an. Aber ich würde gerne klarstellen, dass der Tod des Geldverleihers Hubert nicht von seiner Schuld freispricht. Ich kenne das Gesetz, und im Gesetz steht, dass er sie trotzdem noch tilgen muss. Weshalb beschuldigen Sie ihn also, wenn er gar nichts zu gewinnen hätte?"

„Wir sammeln Informationen, um einen Eindruck von Mr. McGuires Leben zu bekommen, und das bedeutet, dass wir mit seinen Bekannten sprechen. Manchmal kann ein scheinbar unbedeutender Informationsfetzen zu einem entscheidenden Hinweis werden."

„Oh. Also gut." Er holte tief Luft. „Mord ist ein entsetzliches Geschäft. Manchmal fühle ich mich von der Stadt abgeschnitten, weil ich lange hier arbeite und gleich nebenan wohne, aber wenn ich von den unangenehmen Vorgängen dort draußen höre, bin ich froh, dass ich das Grundstück nur selten verlassen muss."

„Sie sagen, Sie sind Chemiker", sagte ich. „Was macht denn ein Chemiker hier?"

„Alles, darunter das Testen des Endprodukts." Er zwinkerte und lachte leise. „Das Brauhaus ist das Herz des Unternehmens. Dort findet die Chemie statt. Ich teste die Flüssigkeiten zu verschiedenen Zeitpunkten im Prozess, passe die Luftzufuhr und Raumtemperatur entsprechend an, und füge mehr Essigmutter hinzu, wenn es nötig ist."

Ich hatte vorher noch nie von Chemie-Magie gehört, aber vor nicht allzu langer Zeit hatte ich bis auf Kindergeschichten noch von überhaupt keiner Magie gehört gehabt. Falls Mr. Ingles ein Magier war, könnte er während des Prozesses Zauber nutzen, um den Geschmack zu verfeinern und den Prozess zu beschleunigen.

„Sie haben eine Menge Ausrüstung", sagte Matt. „Wer beliefert Sie?"

„Verschiedene Firmen", sagte Mr. Ingles mit gerunzelter Stirn. „Die Bottichhersteller liefern die Bottiche und die Rohre, es gibt natürlich einen Böttcher und Zerreibmaschinen, Kessel. Die

Liste lässt sich fortsetzen. Weshalb? Was hat das mit Ihrer Ermittlung zu tun?"

„Nichts. Ich erfahre nur gern etwas über diese Dinge." Matt lächelte, Mr. Ingles lächelte ebenso, seine Sorge abgelegt. „Sind die Lieferanten englisch?"

„Sehr wahrscheinlich, aber sicher kann ich es nicht sagen. Hubert wüsste das."

Wir dankten ihm und brachen auf, keiner von uns sagte etwas, bis wir in der Kutsche ankamen. Matt gab unserem Kutscher Anweisung, zu Scotland Yard zu fahren. Der Verkehr über die Brücke verlangsamte unsere Fahrt, aber es machte keinem von uns etwas aus. Es verschaffte uns Zeit allein.

Wir hätten allerdings den Vorhang schließen sollen. Die Kutsche kam auf der Zufahrt zur Brücke völlig zum Stillstand. Eine Fußgängerin, die vorbeiging, klopfte an das Fenster und erschreckte uns.

„Sie sollten sich schämen, sich so in der Öffentlichkeit zu benehmen", tadelte sie.

Matt zog das Fenster herab. „Madam, diese Dame ist meine Frau. Wenn Sie nicht damit einverstanden sind, dass ein Mann seine Frau küsst, dann wenden Sie bitte den Blick ab und gehen rasch weiter. Sie haben es nur geschafft, die Aufmerksamkeit auf uns zu lenken. Nicht, dass es mir etwas ausmacht. Mir ist es lieber, wenn die Welt erfährt, dass ich meine Frau anbete."

Sie schnaubte und eilte mit geschürzten Lippen und roten Wangen weiter. Schließlich ging es auch für uns weiter, aber keiner von uns war in der Stimmung, den Kuss fortzuführen.

„Ingles und Stanhope haben recht", sagte Matt. „Es gibt keinen Grund, dass einer von McGuires Schuldnern ihn umbringen sollte. Ihre Schulden müssten trotzdem noch getilgt werden."

„Das spricht auch Fabian von dem Mord frei."

„Abgesehen von der Tatsache, dass sein Taschentuch am Tatort gefunden wurde."

„Wir sind wieder da, wo wir angefangen haben, ohne Verdächtige", sagte ich mit einem Seufzen.

„Bis auf Mrs. McGuire."

Ich seufzte wieder. „Ich will nicht, dass sie es ist, aber ich stimme zu, dass sie unsere Hauptverdächtige ist. Nicht nur hat ihr Mann ihr wehgetan, sie profitiert auch davon, außer in seinem Testament steht etwas anderes. Nun schulden alle Schuldner von McGuire ihr etwas. Das ist eine beträchtliche Summe."

„Sie hat zwei Motive für den Mord", sagte Matt. „Sie befreit sich von einem Tyrannen und steht finanziell gut da."

Es war ein ernüchternder und entmutigender Gedanke.

KAPITEL 8

„ *M* rs. McGuire ist eine kleine Frau", sagte Matt. „Es ist schwer vorstellbar, wie sie körperlich dazu imstande sein sollte, einen Mann zu erstechen. Er könnte sie abwehren."

„Nicht, wenn es ihm nicht klar wird, bis es zu spät ist", erwiderte ich. „Wenn sie miteinander intim waren, hätte sie das Messer verstecken und ihn überraschend erstechen können. Es gab laut der Berichte nur eine Stichverletzung."

„Ich weiß nicht, was für ein Handbuch über eheliche Pflichten du vor unserer Heirat gelesen hast, aber Intimität findet zwischen Mann und Frau gewöhnlich nicht in einer Gasse statt. Nur für den Fall, dass dir das nicht klar war."

Ich stieß ihn mit dem Ellbogen an und unterdrückte ein Lächeln. „Wir besprechen einen Mord."

„Stimmt. Tut mir leid. Ich werde mich würdevoller benehmen, damit nicht wieder so eine Besserwisserin an mein Fenster klopft."

„Wie war denn dein Eindruck von Stanhope und Ingles?", fragte ich.

„Ingles wirkte nervös", sagte er.

„Das dachte ich mir auch. Mr. Stanhope war ganz nett. Ich frage mich, ob seine Frau bestätigen würde, dass er zum Zeitpunkt des Mordes zu Hause war."

„Brockwell wird sie fragen."

Wir überreichten Mr. McGuires Ordner Kriminalinspektor Brockwell in seinem Bureau und erhielten dafür von ihm als Dankeschön ein aufrichtiges Lächeln.

„Sie haben es geschafft", sagte er. „Gut gemacht, Mrs. Glass. Ich wusste, dass es das Richtige war, für Unterstützung mit Mrs. McGuire zu Ihnen zu kommen. Sie sind eine hervorragende private Ermittlerin."

„Vielen Dank, Inspektor." Ich fühlte mich wie eine Verräterin, weil ich den ganzen Lohn einheimste, wo es doch Matt gewesen war, der den Ordner geholt hatte, aber ich konnte ihm nicht erzählen, wie wir tatsächlich in das Haus eingedrungen waren. Seine polizeiliche Ethik würde das nicht gutheißen.

„Wie haben Sie Mrs. McGuire dazu gebracht, Ihnen zu vertrauen?"

„Es hat geholfen, dass ich eine Frau bin."

„Zweifelsohne." Er öffnete den Ordner und musterte die ersten Seiten, sprang vor zu den letzten Einträgen und kehrte zu der Liste vorne zurück, genauso wie wir es gemacht haben. Er tippte mit den Fingern auf den Eintrag von Mr. Stanhope. „Der hier hat ein Sternchen."

„Wir waren so frei und haben Hubert Stanhope an seinem Geschäftssitz aufgesucht", sagte Matt. „Wir hoffen, das macht Ihnen nichts aus."

Brockwell knallte den Ordner zu. „Macht mir nichts aus! Glass, Sie hatten nicht die Berechtigung, meinen Verdächtigen zu befragen."

„Er ist nicht wirklich ein Verdächtiger", sagte Matt. „Seine Schuld wird nicht getilgt."

„Genauso wenig die von Fabian", ging ich dazwischen. „Mr. McGuires Nachlassempfänger erbt sie. Ist das seine Frau?"

Brockwell nickte. „Ich spreche mich trotzdem noch sehr deutlich gegen Ihre Einmischung aus. Ich habe Mrs. Glass gebeten, das hier von Mrs. McGuire zu holen, nicht mehr."

„Wir wollten eine Verbindung zwischen dem Mörder und Charbonneau finden", sagte Matt. „Wenn man bedenkt, dass die Menschen, die in London von ihm wissen, auch davon informiert sein dürften, dass er ein Magier ist, schien es logisch, dass der Mörder auch ein Magier ist. Mr. Stanhope ist Partner in einem erfolgreichen Geschäft zur Essigherstellung, also ist es möglich, dass Magie bei dem Vorgehen involviert ist. Alternativ könnte es die Ausrüstung sein, die Metallmagie enthält. Wenn wir beweisen können, dass die Ausrüstung von der Firma Charbonneau in Frankreich kam, hätten wir unsere Verbindung."

„Und haben Sie etwas Derartiges nachgewiesen?", fragte Brockwell, sprach jeden Konsonanten deutlich aus.

„Nein."

„Wir mussten es versuchen", sagte ich in einem Versuch, sein finsteres Gesicht zu vertreiben. „Fabian ist unser Freund."

„Sie hätten nicht mit jemandem sprechen sollen, ohne erst mich zu konsultieren", sagte Brockwell. „Haben Sie das verstanden?"

„Kommen Sie schon, Inspektor", sagte Matt aalglatt. „Nicht nur haben wir schon in der Vergangenheit mit größtem Erfolg zusammengearbeitet, Sie sind meiner Cousine sehr wichtig. Können wir einander nicht helfen?"

Brockwells Wangen wurden rosarot. „Lassen Sie Miss Johnson da raus."

Matt hob ergeben die Hände.

Brockwell öffnete den Ordner erneut und las ein paar Zeilen. „Wir haben versucht, McGuires Bewegungen in der Nacht seines Todes festzumachen. Ohne Mrs. McGuires Hilfe hatten wir keinen großen Erfolg. Ein Nachbar sah das Opfer um etwa sechs Uhr sein eigenes Haus betreten, und wir wissen, dass er von neun bis Mitternacht im örtlichen Pub getrunken hat."

„Er hätte auf seinem Heimweg von einem Tunichtgut angegriffen werden können", sagte ich. „Es könnte ein ganz zufälliger Angriff gewesen sein."

„Das ist auf jeden Fall eine Möglichkeit, aber McGuire war aus dem Pub nicht unterwegs nach Hause. Die Gasse, in der der Mord stattfand, liegt in der entgegengesetzten Richtung seines Hauses."

„Er hat sich mit jemandem getroffen", sagte Matt, der langsam nickte. „Wurde bei ihm irgendetwas gefunden, das nahelegte, dass er einen Termin hatte?"

„Nein, aber wenn er so etwas zu Hause aufbewahren sollte,

haben wir keinen Zugang dazu, bis Mrs. McGuire uns hineinlässt."

„Ich suche sie noch einmal auf", versprach ich und passte gut auf, Matt nicht anzuschauen. Ich wollte nicht, dass er sich ein zweites Mal in ihr Haus schlich. Die Verkleidung als Hygieneinspektor würde vielleicht nicht noch einmal funktionieren.

„Vielen Dank, Mrs. Glass. Sagen Sie mir, Ihrer professionellen Meinung als Magierin nach, glauben Sie, dass die Ingles Vinegar Company magische Ausstattung aus Frankreich nutzt?"

„Das lässt sich unmöglich sagen, Inspektor. Vielleicht können Sie Stanhopes Bücher prüfen, um zu sehen, ob er einen französischen Hersteller nutzt."

„Eine hervorragende Idee. Vielen Dank für den Vorschlag." Er kam um den Schreibtisch und streckte eine Hand aus, um mir aufzuhelfen. „Wie immer waren Sie sehr hilfreich. Ich bin froh, dass ich zu Ihnen gekommen bin."

In dem Augenblick, in dem wir in der Kutsche saßen und die Tür geschlossen war, drehte Matt sich zu mir um. Er wirkte ein wenig ratlos. „Ist dir aufgefallen, dass er immer noch mit dir flirtet, aber mir die kalte Schulter zeigt?"

„Sei nicht albern", sagte ich. „Er ist einfach nur höflich."

„Höflich zu dir, das Gegenteil zu mir."

Ich schmiegte mich an seine Seite. „Bist du immer noch eifersüchtig, selbst jetzt? Matt, das ist süß."

Er knurrte. „Ich würde mir mehr Sorgen um Willies Eifersucht machen, wenn ich du wäre."

* * *

Duke schlief, als wir zu Hause eintrafen, da er die Nachtschicht bei Chronos' Haus übernommen hatte. Cyclops beobachtete es jetzt gerade, und wir fanden Willie, die Tante Letitia in der Bibliothek Gesellschaft leistete. Tante Letitia saß da, vor sich einen großen Atlas geöffnet, während Willie ihn über ihre Schulter hinweg musterte.

„Siehst du!", rief Willie, die den Finger in die Seite bohrte. „Tombstone. Hab dir doch gesagt, dass es echt ist."

Tante Letitia machte ein missbilligendes Geräusch mit

gerümpfter Nase, dann klappte sie das Buch zu. „Ein lächerlicher Name." Sie winkte mir, damit ich sie an der Hand nahm und ihr aufhalf. „Sollen wir die Vorbereitungen für das Dinner heute Abend durchgehen, India?"

„Das haben wir bereits", sagte ich. „Mrs. Potter hat alles im Griff."

„Vergiss das Essen. Das ist nicht so wichtig wie das Ambiente."

„Es gibt Rosen als Tischdekoration, und das Hochzeitsporzellan kommt zum Einsatz. Mr. und Mrs. Bristow werden das Esszimmer elegant und raffiniert wirken lassen."

„Ja, ja, das ist alles schön und gut, aber bist du sicher, dass Hope neben Lord Coyle sitzt? Es ist von höchster Bedeutung, dass sie die beste Gelegenheit bekommt, zu glänzen."

Willie schnaubte. „Das Glänzen ist ja kein Problem, aber wenn man mal an der hübschen Oberfläche kratzt, sieht man das hässliche stumpfe Metall darunter."

„Wir müssen uns keine Sorgen darüber machen, dass ihr stumpfes Metall heute Abend durchscheint. Hope wird ihre Pflicht tun und ihn bezirzen. Je eher wir Coyle sichern, umso besser."

„Bevor das Gold abgerieben wird", stimmte Willie zu.

„Sehr genau beobachtet. Ich werde mir ein paar Eisbrecher einfallen lassen, nur für den Fall, dass die Unterhaltung ins Stocken gerät."

„Ich helfe dir", sagte Willie. „Im Wohnzimmer gibt's Papier."

Sie brachen zusammen auf, sodass Matt und ich ihnen nur nachstarren konnten. „Manchmal verblüffen mich die beiden mit ihren Ähnlichkeiten", sagte Matt.

„Manche dieser Ähnlichkeiten bereiten mir Sorgen", fügte ich an. „Sie sind zusammen ziemlich diabolisch. Mir tut Lord Coyle beinahe leid."

Matt knurrte. „Spar dir dein Mitleid für uns beide auf. Wir müssen dieses Abendessen gemeinsam durchstehen."

Bristow trat mit Oscar Barratt ein. Das letzte Mal, als wir den Tintenmagier und Reporter von der *Weekly Gazette* gesehen hatten, war er wütend gewesen, dass der Drucker, den er für den Druck seines im Entstehen begriffenen Buches über Magie gefunden hatte, den Vertrag aufgelöst hatte. Oscar hatte erst Matt beschuldigt, dem Drucker gedroht zu haben, ihn vor seiner Gilde bloßzustellen und dabei seine Drucklizenz in Gefahr zu bringen. Wir hatten ihm versichert, dass es nicht Matt gewesen war, aber jemand hatte ihn gewiss bedroht. Wir vermuteten Lord Coyle. Seine Lordschaft wollte nicht, dass die Magie auf so öffentliche Art zur Schau gestellt wurde, aus Angst, dass es den Wert seiner Sammlung mindern würde.

„Du wirkst glücklich", sagte ich, während wir uns auf den Sesseln niederließen.

„Ich habe Neuigkeiten", verkündete er. „Ich wollte, dass du es durch mich erfährst, India, bevor du es von sonst jemandem hörst. Das Buch wird doch noch erscheinen. Ich habe einen neuen Drucker gefunden."

Ich war mir nicht sicher, was ich denken oder empfinden sollte. Einerseits hatte ich Hoffnung, dass ein Buch über Magie der Anfang vom Ende der Verfolgung durch die Gilden sein würde. Es würde der Welt zeigen, dass man vor Magiern keine Angst haben musste.

Aber ich vermutete, dass es einen gegenteiligen Effekt haben würde und zur öffentlichen Auseinandersetzung zwischen Magiern und talentfreien Gildenmitgliedern führen würde. Ehemalige Freunde würden Feinde werden, bei einigen würde der Lebensunterhalt einbrechen, und weder Magier noch Talentfreie würden mit den Folgen völlig zufrieden sein.

„Das ... freut mich für dich", sagte ich verhalten. „Aber an meinen Befürchtungen hat sich nichts geändert. Ich glaube immer noch, dass es keine gute Idee ist. England ist nicht bereit für Magier."

Er tat meine Sorgen ab, und damit war die Sache beendet.

Nur, dass Matt nicht bereit war, die Sache auf sich beruhen zu lassen. „Nutzen Sie denselben Drucker?"

Oscar zögerte, bevor er den Kopf schüttelte. „Es ist ein anderer Kerl. Wir mussten ihm mehr Geld bieten, hatten aber das Gefühl, das wäre es wert."

„,Wir'?", fragte ich. „Meinst du Professor Nash?" Der Geschichtsprofessor hatte ein starkes Interesse an Magie und schrieb ein Kapitel im Buch über ihre Ursprünge und

Geschichte. Ich hatte ihn durch Lord Coyle und seine Freunde beim Sammlerclub kennengelernt, aber er war kein Mitglied, nur hin und wieder ein Vortragender. Anders als Coyle und seinesgleichen wollte Nash, dass die Magie einem breiteren Publikum vorgestellt wurde, aus den gleichen Gründen wie Oscar.

„Nicht Nash." Ein Lächeln spielte um Oscars Lippen, das sich nicht ganz bildete, aber auch nicht ganz verschwand. „Meine Wohltäterin ist Lady Louisa Hollingbroke. Ich glaube, ihr beiden seid befreundet, India."

„Louisa!" Ich blinzelte fest. „Wann hast du sie denn getroffen?"

„Sie kam erst gestern zur *Gazette*. Sie sagte, sie hätte meine Artikel gerne gelesen, und sie wollte mir helfen, die Botschaft von der Magie zu verbreiten. Ich erklärte ihr die mangelnde Unterstützung durch meinen Herausgeber und alle anderen Herausgeber der Stadt, dann erzählte ich ihr von meinem Buch. Sie hat mir gleich an Ort und Stelle Geld angeboten. Heute Vormittag sind wir zur Bank gegangen, um die Unterstützung abzuholen, und dann weiter zu einem Drucker, den ich kannte, um ihm eine ordentliche Vorauszahlung zu geben. Er hat zugestimmt, das Buch zu drucken, wenn es fertig ist. Es ging alles ganz schnell."

„So ist Louisa", erwiderte ich schwach. „Sie handelt schnell und gnadenlos."

„Ist das alles, was sie angeboten hat?", fragte Matt.

Oscar runzelte die Stirn. „Was meinen Sie?"

„Ist das der einzige Grund, dass du so glücklich bist?", fragte ich. „Weil du dir einen neuen Drucker gesichert hast?"

„Ja." Sein Stirnrunzeln wurde deutlicher. „Sollte ich noch einen haben?"

Ich war mir nicht ganz sicher, wie viel ich ihm sagen sollte, aber ich hatte das Gefühl, dass ich ihn warnen musste, genauso wie wir Gabe gewarnt hatten. „Pass auf bei ihr. Sie wird alles tun, um zu bekommen, was sie will."

„Solange unsere Interessen übereinstimmen, wie es bei diesem Buch der Fall ist, spielt es keine Rolle, und wenn sie skrupellos ist wie Attila der Hunne."

Matt stieß ein schnaubendes Lachen aus. „Bei Ihrem Umgang

mit Worten wird den Damen sicherlich ganz schwindelig, Barratt."

„Nach allem, was ich über Lady Louisa weiß, wüsste sie es zu schätzen, mit einem der größten Herrscher der Geschichte verglichen zu werden." Er stand auf und knöpfte sein Jackett zu. „Bitte behaltet diese Neuigkeiten für euch. Ich will nicht nur verhindern, dass die Gilden etwas über den Drucker herausfinden, sondern Lady Louisa will auch nicht, dass ihre Freunde erfahren, dass sie mit mir gemeinsame Sache macht. Aus irgendeinem Grund mögen sie mich nicht. Ich weiß gar nicht, weshalb. Ich bin charmant." Er zwinkerte.

Ich konnte nicht verhindern, dass ich lachte. Oscar und ich stimmten nicht immer überein, aber wenn er glücklich war, war er gute Gesellschaft. Seine Laune hing allerdings vom Erfolg seiner Arbeit ab, und ob er die Möglichkeit hatte, das Wissen über Magie durch Artikel und nun sein Buch zu verbreiten.

„Wir haben kein Interesse daran, es jemandem zu erzählen", versicherte ich ihm.

„Wo wir schon von Louisa reden, sie hat mir erzählt, dass sie mit Fabian Charbonneau befreundet ist. Sie sagte, er wäre nach Newgate geschickt worden, weil er eine Schuld nicht bezahlt hat, ist aber geflohen und nun verdächtig des Mordes an dem Geldverleiher, von dem er sich etwas geliehen hat. Was für eine Geschichte."

„Was hat sie Ihnen sonst noch über ihn erzählt?", fragte Matt, während wir Oscar zur Eingangstür brachten.

„Nur dass er nach London kam, um mit dir zu arbeiten, India, und ihn jetzt niemand finden kann. Sie hoffte, er würde zu ihr kommen, aber das ist er nicht. Weißt du, wo er ist?"

„Nein", knurrte Matt, bevor ich antworten konnte. „Und wir wissen es nicht zu schätzen, dass Sie hierhergekommen sind, um nach Informationen über seinen Aufenthaltsort zu angeln."

Ich wollte schon einwenden, dass das nicht fair war, und dass Oscar nichts dergleichen tat, merkte dann aber, dass er vermutlich recht hatte. Oscar brauchte nicht vorbei zu kommen, um mir von seinem Buch zu erzählen.

„Ich bin nur freundlich", sagte Oscar leichthin. „Wenn Sie

Hilfe dabei brauchen, ihn zu verstecken, lassen Sie es mich wissen. Ich habe diskrete Freunde."

„Mr. Barratt bricht gerade auf", sagte Matt zu Bristow. „Bitte kümmern Sie sich darum, dass er das tut." Er hielt mir seine Hand hin, und wir blieben nicht, um Oscar gehen zu sehen.

„Er wird nicht besser, je länger man ihn kennt", murmelte Matt, während wir die Stufen hinaufgingen. „Ich wünschte, Louisa hätte ihm einen Antrag gemacht. Sie haben einander verdient."

„Sie könnte abwarten, bis sie ihn besser kennt", sagte ich. „Oder sie könnte warten, um erst zu sehen, ob sie bei Gabe Fortschritte macht."

„Vielleicht ist Oscars Magie nicht stark genug, wie die von Fabian, oder selten genug, wie die von Gabe. Oscar kann mit seiner Tintenmagie nicht viel tun, außer er will jemanden darin ertränken."

Ich legte meinen Arm um seinen und fasste ihn fester. „Ich habe den Nachmittag frei, bevor unsere Gäste eintreffen. Ich glaube, ich besuche Louisa. Vielleicht teilt sie mir ihre Heiratspläne mit."

„Und ich glaube, ich werde einen sehr viel angenehmeren Nachmittag damit verbringen, Willie und Tante Letitia zu belauschen, wie sie jede Minute des Abends planen."

* * *

LOUISA WAR ZU HAUSE, aber ich musste darauf warten, dass ihre Besucherin ging, bevor ich mich unter vier Augen mit ihr unterhalten konnte. Sie stellte mich ihrem Gast als die zukünftige Lady Rycroft vor, was ich nicht für notwendig hielt. Das sorgte aber für eine sofortige Veränderung in der Art, wie die Dame mich betrachtete. Als einfache Mrs. Glass hatte ich nicht viel mehr als einen Seitenblick und ein leichtes Hochziehen der Oberlippe abbekommen, aber als Frau des Erben des Titels von Rycroft wurde ich angelächelt und in die Unterhaltung einbezogen.

Louisa wirkte sehr zufrieden mit sich. „Zum Glück sind Sie gerade jetzt aufgetaucht", sagte sie, nachdem ihre Besucherin gegangen war. „Sie haben mich von Londons berüchtigtster Kupplerin gerettet."

„Will sie Ihnen einen Mann suchen?"

„Sie hatte bereits einen, und er ist, wie es der Zufall so will, ihr Neffe, der diesen Sommer erwachsen wird. Sie wollte wissen, ob ich diesen Herbst und Winter in London verbringe, und falls nicht, ob ich sie auf ihrem Landsitz besuchen möchte." Sie verzog das Gesicht. „Ohne Zweifel wird ihr Neffe ganz zufällig eintreffen, während ich da bin."

„Ist das so schrecklich?"

„Schon, wenn ich doch keine Absicht habe, ihn zu heiraten."

„Weshalb nicht? Er könnte charmant und gut aussehend sein. Vielleicht sollten Sie ihn treffen."

„Er wird sein wie alle anderen", erwiderte sie.

„Haben Sie viele Verehrer, aus denen Sie aussuchen können?"

„Dutzende. Das ist nämlich der Vorteil daran, ein Vermögen zu besitzen. Ich kann mir die verfügbaren jungen Kerle aus den besten Familien aussuchen. Das Problem ist, keiner von ihnen interessiert mich."

„Weil sie keine Magier sind."

Sie lächelte ihn ihre Teetasse. „Sie kennen mich gut, India."

Es war zu spät, jetzt noch von dem Thema abzuweichen. Ich hatte mich Hals über Kopf hineingestürzt. „Sie haben Fabian einen Antrag gemacht und haben vor, dasselbe mit Gabriel Seaford zu tun."

„Fabian hat mich abgewiesen, und Dr. Seaford lässt sich alle möglichen Ausreden einfallen, um zu verhindern, mich wieder zu treffen." Ihr Tonfall war ausdruckslos, fast ohne Gefühle, aber ihre Augen blitzten. „Sie haben ihm geschrieben, ihn davor gewarnt, sich mit mir anzufreunden. Nicht wahr?"

Ich schluckte.

„Sehen Sie nicht so besorgt aus, India. Ich werde Sie nicht hinauswerfen, oder etwas auf Sie werfen. Tatsächlich habe ich vermutet, dass er sich nach Ihrer Meinung über mich erkundigen würde. Ich hatte gehofft, Sie würden einen wohlwollenden Bericht über mich abgeben, aber es scheint wohl, dass wir doch keine so guten Freundinnen sind."

Ich schluckte den Rest meines Tees hinunter und versuchte,

meine gereizten Nerven zu beruhigen. Ich war hergekommen, um sie zu konfrontieren, und dieser frostige Empfang kam nicht unerwartet, doch ich fühlte mich schlechter, als ich gedacht hätte. „Mir gefällt es nicht, dass Sie meinen Namen eingesetzt haben, um seine Freundschaft zu gewinnen. Es ist klar, dass Sie ihn heiraten wollen, nur weil er ein Magier ist. Er brauchte meine Warnung nicht, um das zu wissen. Für ihn war ganz offensichtlich, dass bei Ihrem Annäherungsversuch ... etwas gefehlt hat."

Sie lachte leise. „Ich bin nicht wirklich verärgert, dass Dr. Seaford nicht mit mir plaudern möchte. Er war nicht ganz der Richtige für mich. Er wollte nicht über seine Magie reden, und ich vermute auch stark, dass er sich weigern wird, sie wieder einzusetzen. Wie schade, denn seine Magie ist so selten, aber nicht unerwartet, wenn man die Folgen bedenkt. Ich will jemanden, der nicht nur willens ist, über seine Magie zu reden, sondern auch zusammen zu lernen, ähnlich wie das, was Sie und Fabian machen."

Ich setzte meine Teetasse ab und betrachtete sie. „Sind Sie eifersüchtig auf meine Beziehung zu Fabian?"

Sie stellte ihre Teetasse auch ab und betrachtete mich mit einem bemühten Lächeln. „Ich schätze schon. Sie wissen nicht, wie viel Glück Sie haben, India." Sie schaute weg und schnaubte, ein humorloses Lachen. „Das Lustige ist, wir können uns beide die Männer aussuchen, aber auf unterschiedliche Art. Mein Reichtum macht mich attraktiv für Junggesellen, während Ihre Magie Sie attraktiv für Magier macht. Junggesellen wollen mich heiraten, und Magier wollen, dass Sie die Lebensdauer ihrer Magie verlängern."

„Nicht alle Magier."

„Nein. Nicht Dr. Seaford. Er ist ein einzigartiger Mann." Sie schaute mich gerissen an. „Auf jeden Fall hoffe ich, dass Sie mir verzeihen, dass ich Ihren Namen eingesetzt habe, genauso wie ich Ihnen verziehen habe."

Ich wollte sie schon fragen, was sie meinte, schloss aber dann wieder den Mund. Sie bezog sich auf den Brieföffner. Ich hatte mich gefragt, wann ich die Gelegenheit bekommen würde, ihn zurückzugeben, oder ob ich ihn überhaupt zurückgeben sollte. Es hätte bedeutet, zuzugeben, dass ich ihn gestohlen hatte.

Ich nahm den Brieföffner aus dem großen Pompadour, den ich gekauft hatte, und reichte ihn ihr. „Hat Ihr Butler gemerkt, dass er weg ist?"

Sie legte ihn flach auf ihre Handfläche, hielt ihn im Gleichgewicht. „Er sagte, mit der Post wäre ein Päckchen gekommen, bevor Sie zu Besuch kamen, und es wäre weg gewesen, nachdem Sie gingen. Ich habe ihm gesagt, er soll sich nicht grämen, aber er mag es nicht, wenn man ihn veralbert."

„Ich werde mich auf dem Weg nach draußen bei ihm entschuldigen", versprach ich.

Sie drehte den Brieföffner um und musterte die Beschriftung, dann drehte sie ihn wieder, um die Zahlen zu inspizieren. „Weshalb war er wichtig?", fragte sie.

„Die Zahlen enthalten magische Wärme."

Sie lehnte sich heftig zurück und blinzelte mich aus aufgerissenen Augen an.

„Nur die Zahlen", erklärte ich. „Claridge's hat eine Seite gravieren lassen, um ihn als ihr Eigentum zu markieren, und Fabian nutzte einen Zauber, um das Metall auf der anderen Seite zu manipulieren und seine Zimmernummer zu enthüllen."

Sie schloss die Finger um den Griff. „Ich fürchte, Sie haben das ganz falsch verstanden. Das ist nicht von Fabian. Es kommt von seinem Bruder."

Ich keuchte. „Seinem Bruder? Woher wissen Sie das?"

„Weil ich ihm ein Telegramm geschickt habe, sobald ich erfahren habe, dass Fabian vermisst wurde. Er hat eins zurückgeschickt, um zu sagen, dass er sofort aufbrechen und mich wissen lassen würde, wenn er ankommt."

„Weshalb hat er Sie nicht einfach hier besucht? Weshalb schickt er das hier, anstelle einer Nachricht?"

Sie zuckte mit den Schultern. „Um zu vermeiden, dass die Polizei aufmerksam wird, schätze ich. Er kann ja nicht sonderlich gut nach seinem Bruder suchen, falls die Polizei ihn beobachtet, um zu sehen, ob er den Kontakt herstellt."

„Ich verstehe", sagte ich. „Er würde Fabian aus dem Land schmuggeln, wenn er ihn fände, ohne sich darum zu kümmern, dass es bedeuten würde, dass er den Namen seines Bruders niemals reinwäscht."

„Die Charbonneaus sind eine stolze Familie", erklärte sie. „Sie wären entrüstet von dem Skandal und beschämt, falls die Nachricht davon nach Frankreich vordringt. Maxime ist bestimmt darauf versessen, Fabian so schnell wie möglich zu finden und zu verschwinden, ohne die Aufmerksamkeit Ihres Kriminalinspektors auf sich zu ziehen. Und nun habe ich keine Möglichkeit, ihn zu finden und ihm zu helfen. Ich schätze, er ist nicht mehr bei Claridge's."

„Spielt es eine Rolle?", schoss ich zurück. „Sie können ihm nicht helfen, Fabian zu finden, da Sie nicht wissen, wo er ist. Oder?"

Sie drehte die Spitze des Brieföffners auf der Fingerspitze, während sie wieder die Zahlen musterte.

„Oder?", drängte ich.

„Weshalb sollte Fabian jetzt zu mir kommen?", fragte sie, ohne den Blick von ihrem Brieföffner abzuwenden. „Er hat meinen Heiratsantrag abgewiesen."

„Aber nicht Ihre Freundschaft."

Sie erwiderte nichts, während sie den Brieföffner wieder ablegte, und stieß trotzig das Kinn vor. Doch ihre feuchten Augen sagten etwas anderes. Vielleicht war er ihr wichtiger, als sie zugeben wollte. Vielleicht hatte sie ihn gebeten, sie zu heiraten, weil sie ihn liebte, nicht wegen seiner Magie. Sie waren einander vielleicht noch nicht begegnet, bevor er in London angekommen war, aber sie hatten sich per Brief unterhalten, und ihre Väter waren befreundet gewesen. Diese Verbindung bedeutete ihr etwas, und seine Abweisung hatte sie vielleicht tief verletzt.

Sie genug verletzt, um sich an ihm zu rächen, indem sie es aussehen ließ, als hätte er McGuire ermordet?

Je mehr ich darüber nachdachte, desto mehr kamen die Einzelteile zusammen. Louisa war in Fabians Zelle gewesen, als wir zu Besuch gekommen waren. Sie hatte gehört, wie er sagte, dass er nicht mehr lange im Gefängnis bleiben würde. Während wir gedacht hatten, das bedeutete, dass er freikommen würde, weil er seine Schulden tilgte, war ihr völlig klar geworden, dass er davon sprach, seine Magie zu nutzen, um einen Schlüssel zu erzeugen und zu flüchten. Wenn sie das angenommen hätte, hätte sie nur ein Treffen mit McGuire ansetzen und Fabians Taschentuch stehlen und es auf McGuires Leiche ablegen müssen, nachdem sie ihn erstochen hatte.

Es wirkte wie eine komplizierte und gefährliche Art, um sich zu rächen. So viele Dinge konnten falsch laufen, und es gäbe einfachere Möglichkeiten, Fabian für seine Abweisung zu bestrafen.

Vielleicht war Rache nicht das Motiv. Vielleicht hatte sie McGuire getötet und das Taschentuch platziert, um Fabian die Schuld zuzuschieben, damit sie ihm helfen konnte, das Land zu verlassen. Dazu musste sie ihn lediglich finden, bevor die Polizei es tat, bevor wir oder sein Bruder ihn aufspürten, und den Ruhm für seine Rettung selbst einheimsen. Und seine Dankbarkeit. Eine Dankbarkeit, die vielleicht dazu führte, dass er es sich anders überlegt und sie heiratete.

Es war dieselbe Theorie, die Matt und ich besprochen und dann verworfen hatten, aber diesmal war das Motiv Liebe. Sie konnte Menschen zu verrückten, verzweifelten Handlungen treiben, die sie normalerweise nicht in Erwägung gezogen hätten, und ergab mehr Sinn, als einfach nur einen Gegenstand zu wollen, der von Fabians Magie durchwirkt war.

Ich griff nach meinem Pompadour und fand hastig eine Ausrede, um zu gehen. „Ich muss eine Dinnergesellschaft vorbereiten", sagte ich, ging rückwärts zur Tür.

Sie stand auf, den Brieföffner in der Hand. Sie packte ihn so fest, dass ihre Handknöchel weiß wurden. „Natürlich. Aber India ..." Sie rannte auf mich zu, das Messer nach außen gerichtet, nicht zur Sicherheit nach unten.

Ich ging rasch rückwärts, stolperte über den Rand des Teppichs, direkt in die Arme des Butlers. Er verlor das Gleichgewicht, und wir wären gestürzt, hätte uns nicht der massive Sessel abgefangen.

„Tut mir leid", murmelte ich und zog mich hoch.

Louisa packte mich am Arm, nagelte mich fest. Ihre riesigen Augen starrten in meine, ohne zu blinzeln. Für eine Frau, die immer so beherrscht und selbstsicher wirkte, war diese Wildheit etwas Neues.

Ich riss mich los und eilte die Stufen zur Eingangstür hinab.

„India!", rief sie. „India, warten Sie!"

„Ich … ich muss gehen. So viel zu tun."

Ich erreichte die Tür und riss sie auf. Sie holte auf mich auf, als ich gerade über die Schwelle gehen wollte, und packte mich wieder am Arm. Ihre Brust hob und senkte sich, weil sie so schwer atmete, und ihr Gesicht war gerötet. Ihre Augen blickten nicht mehr ganz so wild, aber diese scharfe Aufmerksamkeit war wieder da, der Funken wilder Intelligenz und Selbstsicherheit, der nicht weniger einschüchternd wirkte.

„Sagen Sie mir, wenn Sie eine Nachricht von Fabian erhalten", forderte sie. „Haben Sie das verstanden?"

„Lassen Sie mich los", fuhr ich sie an und löste mich von ihr.

Sie blinzelte und trat einen Schritt zurück. „Es tut mir leid. Es tut mir leid, India, ich mache mir nur solche Sorgen um ihn, bitte lassen Sie mich wissen, falls Sie ihn finden. Ich will helfen."

Ich eilte zu meiner wartenden Kutsche, und ich schaute nicht aus dem Fenster, um zu sehen, ob sie mir nachsah, während ich abfuhr.

KAPITEL 9

olly Picket richtete mir die Haare und half mir beim Ankleiden für das Dinner. Tante Letitias Dienstmädchen hatte auch die Rolle meines Zimmermädchens übernommen, als ich eingezogen war, obwohl ich nur selten ihre Dienste benötigte. Mit meiner Kleidung wurde ich meistens selbst fertig, aber Tante Letitia bestand darauf, dass ich Polly für besondere Anlässe nutzte. Das eckig geschnittene Mieder heute Abend wurde hinten geschnürt, war aber ansonsten ziemlich einfach, ohne überlappende Abschnitte, die separat befestigt werden mussten.

„Du siehst wunderschön aus", sagte Matt, nachdem Polly gegangen war. Er küsste mich oberhalb des Perlenhalsbands auf die Kehle und legte mir die Hände auf die Hüfte. „Ich kann es kaum erwarten, dieses Kleid später genau unter die Lupe zu nehmen. Ganz, ganz genau."

„Du hast ein Interesse an Damenmode entwickelt?", scherzte ich.

„Nur an deiner."

Ein paar Minuten später überzeugte ich ihn, dass wir über etwas – irgendetwas – reden mussten, oder es riskierten, dass Pollys ganze Arbeit umsonst gewesen war. Ich hatte Matt nach meinem Besuch bei Louisa noch nicht unter vier Augen getroffen, darum erzählte ich ihm, was am Nachmittag vorgefallen war. Er setzte sich an die Kissen gelehnt auf das Bett, die Beine ausgestreckt und an den Knöcheln übereinandergeschlagen. Ich gab mein Bestes, mich an die Unterhaltung vom Nachmittag zu erinnern, aber es war nicht leicht. Die Kombination aus formeller Abendgarderobe und lockerer Pose war ablenkend. Ich stellte fest, dass mein Blick an ihm entlang wanderte, ohne dass ich es merkte.

Ihm fiel es auch auf, diesem Teufel, und er drängte mich scherzhaft, mich zu konzentrieren und weiter zu sprechen. Als ich schließlich die Erzählung abgeschlossen hatte, sagte er: „Liebe und Rache, zwei der beliebtesten Motive für Mord, und Louisa hatte Grund zu beidem."

„Du hältst sie für fähig, jemanden in einer Gasse zu erstechen?", fragte ich, setzte mich auf die Bettkante.

„Ich halte sie für vielerlei Dinge fähig, aber es ist möglich, dass sie jemanden bezahlt hat."

„Sie ist eine ziemlich einzigartige Frau. Sag es mir ehrlich, Matt, ist sie attraktiv?"

„Sie ist ganz hübsch."

„Ich meine, ist ihre Selbstsicherheit attraktiv? Hat sie eine Anziehungskraft, die über ihre körperlichen Eigenschaften hinausgeht?"

„Nicht auf mich."

Ich legte den Kopf schief und betrachtete ihn. „Es ist schon in Ordnung, wenn du das so siehst. Ich will eine ehrliche Antwort."

„Ich bin ehrlich. Ich finde sie nicht verführerisch."

„Weshalb nicht? Ist ihr Selbstbewusstsein zu viel?"

„Mir gefallen selbstbewusste Frauen." Er nahm mich an der Hand und fing an, an meinem Handschuh zu zupfen. „Du bist eine selbstbewusste Frau, und an dir liebe ich alles."

„Ist sie *zu* selbstbewusst? Vielleicht arrogant?"

„Vermutlich." Er klang abgelenkt, während er mir den Handschuh auszog.

„Matt, hörst du zu?"

Er hob meine Hand an seine Lippen. „Mmmm."

Ich zog die Hand weg. „Ich glaube, du hörst mich nicht. Konzentrier dich."

Er seufzte. „Wie kann ich mich denn konzentrieren, wenn ich

nur an dieses Kleid denken kann, und wie wunderbar es aussehen wird, wenn man es auf den Boden wirft?"

Ich lachte. "Ich glaube, wir sollten nach unten gehen, bevor einer von uns zu ramponiert wirkt."

* * *

DUKE UND CYCLOPS FANDEN AUSREDEN, um nicht am Abendessen teilzunehmen, aber Willie erklärte, dass sie es nicht versäumen würde. Sie begrüßte Lord und Lady Rycroft begeistert, schien ihren Ekel vor ihr zu genießen. Sie hatte sich geweigert, sich wie eine Frau zu kleiden, sehr zur Tante Letitias Entsetzen, aber sie besaß auch keine Abendgarderobe für Männer, darum trug sie die gleichen Kleider, die sie auch zur Hochzeit getragen hatte – ein an ihre Figur angepasstes Jackett, das für Reiterinnen ein Glanzpunkt moderner Mode war, und eine Hose. Die Kleidung stand ihr eigentlich richtig gut, passte aber nicht ganz zu einem formellen Dinner – ob nun bei einer Lady oder einem Gentleman.

Lady Rycroft warf Willie einen Seitenblick zu, bevor sie ihr den Rücken zuwandte, während Lord Rycroft sie offen abschätzig betrachtete. Seine Lippen wölbten sich zu etwas, das man nur als fieses Lächeln beschreiben konnte.

"Ich sehe, heute Abend haben sie einen der Affen rausgelassen", hörte ich ihn zu seiner Frau murmeln.

Zum Glück hörte Willie es nicht, oder der Abend wäre vorbei gewesen, bevor er anfing.

Lord Coyle traf als letzter ein, blieb im Eingang zum Salon stehen, während Bristow ihn ankündigte. Er musterte die Familie Rycroft und sah aus, als würde er umkehren und wieder hinausmarschieren. Er blieb allerdings und verlegte sich darauf, Matt scharfe Blicke zuzuwerfen. Matt wirkte selbstzufrieden.

"Wir hoffen, Ihnen machen die zusätzlichen Gäste nichts aus", sagte ich leise zu Lord Coyle.

Er stützte sich schwer auf seinen Gehstock. "Es macht mir nichts aus, auch wenn ich mich wundere, weshalb."

"Können Sie das nicht erraten?"

Seine wulstigen Züge sackten schwer nach unten, während er

Matts Tante, Onkel und seine Cousinen nacheinander musterte. „Sie sind eine Bande von gesellschaftlichen Aufsteigern“, beobachtete er nüchtern. „Ich sehe, dass ich die Leiter sein soll.“

„Nur, wenn Sie es wünschen.“

Er knurrte. „Weshalb sollte ich das wünschen? Um mir einen Gefallen von Ihnen zu verdienen?“ Er wandte sich an mich, seine Augen glitzerten unter den fetten Liedern. „Sie schulden mir bereits einen Gefallen, Mrs. Glass.“

Meine Brust fühlte sich beengt an. „Ich habe meine Verpflichtung ihnen gegenüber erfüllt, indem ich Sie eingeladen habe. Was als nächstes geschieht, liegt bei Ihnen.“

Ich entfernte mich und kam an Lady Rycroft vorbei, die den Blick an Lord Coyle geheftet hatte. Lord Rycroft kam aus der anderen Richtung, sodass sie zur gleichen Zeit über Coyle herfielen und ihn zwischen sich festsetzten. Ich lächelte Willie zu. Sie zwinkerte zurück.

Wir hatten viel zu viele Damen für einen gut ausgeglichenen Tisch, aber wir kamen zurecht. Hope setzte sich neben Lord Coyle, aber ich war überrascht, als Lady Rycroft darauf bestand, dass Charity den Platz mit ihr tauschte und sich auf Coyles andere Seite setzte. Ich schätzte, sie wollte einen Ersatzspieler für den Fall, dass Coyle von Hopes Charme nicht eingenommen wurde.

Charity wurde nicht benötigt. Zu meiner völligen Überraschung brauchte Lord Coyle keine Aufforderung, um die Unterhaltung mit Hope aufzunehmen. Sie unterhielten sich fast den ganzen Abend lang, manchmal nur für sich und mit leiser Stimme. Lady Rycroft sah aus, als würde sie vor Freude platzen bei dem Anblick, wie sie sich vertrugen, und Charity wirkte erleichtert. Sie verbrachte den Abend damit, so viel zu essen und zu trinken, wie sie nur konnte.

Die Mahlzeit war schließlich beendet, und ich verkündete, dass es Zeit war, dass die Damen sich in den Salon zurückzogen und die Männer in das Raucherzimmer gingen. Sie erhoben sich und warteten, dass wir aufbrachen. Willie sah nicht so aus, als würde sie sich uns anschließen wollen, aber Tante Letitia nahm sie am Ellbogen und marschierte mit ihr aus dem Esszimmer.

„Das lief gut“, sagte Lady Rycroft, während sie sich auf das

Sofa setzte. Sie strich ihren Samtrock um sich herum glatt und lächelte ihre jüngste Tochter an.

Hope ließ sich mit müheloser Anmut auf dem Sofa nieder. „So ist es", sagte sie.

„Was hat Lord Coyle gesagt? Hat er dich eingeladen, ihn zu besuchen? Habt ihr vereinbart, euch zu einem Spaziergang oder Ausritt zu verabreden? Erzähl mir alles, Hope. Ich muss es wissen."

„Ja, Hope", drängte Charity, die sich auf den Sessel fallen ließ. „Hat er dich schon und deine Hand gebeten?"

„Hör auf mit dem Geschwätz, Kind", sagte Lady Rycroft, ohne ihre mittlere Tochter anzusehen. „Nun, Hope?"

„Wir haben über wissenschaftliche Fortschritte gesprochen", setzte Hope an. „Insbesondere auf dem Feld der Medizin. Wir haben über Amerika geredet, und wie es dort sein muss, und das führte zu einer Unterhaltung über seine Reisen nach Frankreich und Italien vor einigen Jahren. Wir haben die Geschichte und Kunst dieser Länder besprochen, und wir haben auch über Politik geredet."

Lady Rycrofts Lächeln erstarrte. „Ist das alles?"

„Hältst du das nicht für genug?"

„Es ist ein Anfang, aber was ist mit persönlichen Dingen? Hat er dir erzählt, weshalb er niemals geheiratet hat?"

„Nein, und ich habe nicht danach gefragt."

„Ich habe dir ganz besonders aufgetragen, das herauszufinden! Wie stellst du dir denn vor, dass du dich dazu bringst, dich zu ehelichen, wenn du nicht weißt, weshalb er dieser Institution all die Jahre aus dem Weg gegangen ist?"

Hope seufzte. „Mutter, ich glaube, ich sollte etwas klarstellen. Lord Coyle ist an mir als Frau nicht interessiert."

Lady Rycroft schnaubte. „Er hat den ganzen Abend mit dir geredet. Natürlich ist er interessiert."

„Er hat mir am Beginn des Abends erzählt, dass er weiß, weshalb er da ist. Ich habe seinen Verdacht bestätigt."

Lady Rycrofts Kopf sank nach vorne, als wäre ihr Turban plötzlich zu schwer geworden. Sie schaute durch die Wimpern zu ihrer Tochter auf, ihre Augen dunkel und Unheil kündend.

„Du dummes Mädchen. Du hast ihm unsere Pläne verraten, und jetzt sind wir im Hintertreffen."

„Das ist kein Kampf, Mama, und er ist nicht der Feind."

Charity schnaubte, dann bekam sie einen Schluckauf.

„Konntest du kein Unwissen vortäuschen?", wimmerte Lady Rycroft.

„Nein", sagte Hope. „Das hätte er ohnehin gemerkt."

„Es stimmt", ließ ich mich vernehmen. „Das hätte er."

Tante Letitia schüttelte den Kopf ganz leicht in meine Richtung, warnte mich, mich da herauszuhalten.

Hope warf einen Blick zur Tür, als würde sie erwarten, die Männer hereinkommen zu sehen. Oder vielleicht wünschte sie sich das auch nur. „Wir haben uns verschworen, die Zeit mit einer Unterhaltung zu verbringen, um es aussehen zu lassen, als wären wir an der Gesellschaft des jeweils anderen interessiert", sagte sie.

„Weshalb?", fragte Lady Rycroft.

„Um dich und Vater zu besänftigen. Ansonsten hättet ihr versucht, den Abend zu kontrollieren und die Unterhaltung zu erzwingen. Auf diese Art haben wir über die Dinge geredet, die uns interessiert haben."

Charity keuchte. „Du *magst* ihn!" Sie zeigte uns, was sie von diesem Gedanken hielt, indem sie das Gesicht verzog.

„Sei nicht albern. Ich habe mich gern mit ihm unterhalten, aber ich will ihn nicht heiraten. Du hast mich gewarnt, dass er alt wäre, Mama, aber du hast nicht erwähnt, dass er fett und hässlich ist. Ich habe viele Hunde gesehen, die anziehender waren als er."

„Aber du hast gesagt, du würdest ihn in Erwägung ziehen", widersprach ihre Mutter.

„Das habe ich, und ich bin zu dem Schluss gekommen, dass ich nicht wünsche, ihn zu heiraten."

„Aber … aber es ist zu früh! Und du hast es versprochen, Hope."

„Ich habe versprochen, die Verbindung in *Betracht* zu ziehen."

„*Wohlüberlegt*. Ein Abend ist nicht genug Zeit, um zu einem Schluss zu kommen."

„Ich versichere dir, das ist er", sagte Hope, die wegschaute, ihre Mutter abtat.

„Schau mich an!", schrie ihre Mutter beinahe. Hope wandte sich ihr zu, ihr Gesicht war beherrscht, ihr Körper aber steif. „Du wirst das sorgfältig in Betracht ziehen. Du wirst über seine körperlichen Attribute hinausblicken."

„Oder deren Abwesenheit", murmelte Charity.

„Du wirst *alle* Vorteile einer Ehe mit einem Earl in Betracht ziehen, mit seinem großen Reichtum. Hast du das verstanden?"

Hope hielt inne, dann nickte sie. „Ich tue, worum du gebeten hast."

Lady Rycroft wirkte erleichtert. „Gutes Mädchen."

„Sabotiere es nicht", sagte Charity gerissen. „Vielleicht solltest du als Anstandsdame bei ihnen sein, Mama, um sicherzustellen, dass sie nichts tut oder sagt, um ihn zu vergraulen."

„Eine hervorragende Idee. Natürlich, wenn die Zeit kommt, werde ich euch beide diskret allein lassen."

Hope kniff die Lippen zusammen.

„Wo sind sie?", fragte Lady Rycroft, die zur Tür schaute. „Letitia, schick den Butler ins Raucherzimmer."

„Ich bin nicht diejenige, die dem Butler Befehle gibt", sagte Tante Letitia. „Nicht, wenn India da ist."

„Die Gentlemen werden kommen, wenn sie bereit sind", erwiderte ich.

Die Unterhaltung geriet ins Stocken, bis Willie ein Kartenspiel vorschlug. Hope, Tante Letitia und ich schlossen uns ihr am Kartentisch an, aber Lady Rycroft blieb auf dem Sofa, während Charity im Sessel herumhing und gelangweilt wirkte. Sie warfen beide häufig Blicke auf die Tür.

„Kennst du die Texas-Regeln?", fragte Willie Hope.

Hope blinzelte sie an. „Regeln für was?"

Willie mischte das Kartenspiel, ihre Finger geschickt und schnell, während die Karten wie eine kleine Ziehharmonika zwischen ihren Händen hin und her gingen. „Poker."

„Wir spielen kein Poker", tadelte ich. „Such etwas Angemesseneres aus."

„Poker ist angemessen für Ladys", murmelte Willie.

„Ich würde gern Poker lernen", sagte Hope. „Bringst du es mir bei?"

Willie grinste, ich fand mich mit ihrem selbstgefälligen Blick ab.

Es dauerte nicht lang, bis Lord Coyle allein eintraf. „Rycroft wollte ein paar Worte mit Glass wechseln", sagte er, während er auf uns zu watschelte und das Ende seines Gehstocks mit einem dumpfen Geräusch auf dem Boden pflanzte.

„Spielen Sie Karten, mein Lord?", fragte Lady Rycroft.

„Ich bevorzuge es, mein Geld zu behalten, nicht zu verspielen."

„Wie wäre es mit einem kleinen Spiel, nur zum Spaß?" Lady Rycroft schob den übrigen fünften Stuhl neben ihre Tochter. Ich musste meinen Stuhl wegrücken, um Platz zu machen. „Hier, sehen Sie", gurrte sie beinahe. „Also, was für Spiel spielt ihr denn?"

„Poker", sagte Willie. „Nach amerikanischen Regeln."

Lady Rycroft verzog das Gesicht. „Wir brauchen ein eleganteres Spiel, etwa Whist oder Lanterloo."

„Mir ist Poker lieber", ließ Hope sich vernehmen. „Es scheint mir ein Glücksspiel zu sein."

„Ganz im Gegenteil", sagte Lord Coyle. „Es ist ein Spiel des Urteilsvermögens, über das eigene Blatt und das des Gegners. Wenn man die Mitspieler durchschauen kann, hat man einen Vorteil."

Willie nickte, während sie gab. „Es hilft, ein guter Lügner zu sein."

„Du mogelst?", rief Lady Rycroft.

„Lügen", ging Tante Letitia dazwischen. „Nicht Mogeln. Beatrice, komm mit, und lass die jungen ..." Sie warf einen Blick auf Lord Coyle. „Lass sie in Frieden."

Coyles leises Lachen ließ die Speckrollen in seinem Nacken zittern. Hope wandte sich von ihm ab, aber ich sah den Hauch Ekel auf ihrem Gesicht.

Charity rückte herüber, während wir unsere Karten inspizierten. „Beweg dich mal, Schwester", sagte sie, zwängte sich zwischen Hope und Willie. „Mach schon, rück mit deinem Stuhl näher an Lord Coyle." Sie drängte sich an Hope, zwang sie dazu, sich wegzulehnen oder erstickt zu werden. „Nicht gucken, mein Lord. Sie dürfen erst sehen, was sie hat, wenn Sie Ihr Geld auf den Tisch gelegt haben."

„Wir spielen nicht um Geld", erwiderte Lord Coyle, ohne von seinen Karten aufzuschauen. „Wie Sie auch wissen. Bitte gehen Sie. Ich glaube nicht, dass Ihre Schwester möchte, dass Sie ihr über die Schulter schauen."

Charity lächelte auf Hope hinab. „Ist das nicht ein fescher Gentleman, der zu deiner Rettung kommt?"

„Charity", fuhr ihre Mutter sie an. „Komm und setz dich zu mir."

Lord Coyle warf einen Blick auf Hope, im selben Augenblick, in dem sie zu ihm schaute. Sie lächelte ihn schwach an. „Ich glaube, Sie beginnen, Miss Glass", sagte er.

„Vielen Dank", sagte Hope, die zwei Karten aus ihrem ursprünglichen Blatt ablegte. „Zwei Karten, bitte."

Matt und Lord Rycroft traten ein, ihre Gesichter gerötet, ihre Münder verkniffen. Matt kam, um sich an meinen Stuhl zu stellen, und legte mir eine Hand auf die Schulter. Sein Daumen streifte die bloße Haut über dem Rückenteil meines Mieders.

Lord Rycroft stellte sich an den Kamin und konzentrierte seine Aufmerksamkeit auf den Boden. Die einzige Aktivität im Raum war das Spiel. Willie gewann die meisten Spiele, aber da wir um nichts spielten, war es unmöglich, zu sagen, wer der zweite war. Ich sah eine Seite an Lord Coyle, die ich vorher noch nie erlebt hatte. Er war in der Niederlage anmutig und charmant, besonders zu Hope. Sein Blick senkte sich niemals tiefer als auf ihr Kinn, obwohl ihr Mieder ein wenig zu weit ausgeschnitten war, und er führte eine Unterhaltung mit ihr, während wir spielten. Sie erwiderte es genauso, lächelte in den angemessenen Augenblicken und ließ ihre Meinung hören, wenn er sie danach fragte, was er oft tat.

Es wirkte beinahe, als würde sie seine Gesellschaft genießen und er ihre. Wenn ich nicht vorhin gehört hätte, wie angeekelt sie von ihm sprach, hätte ich es ihr abgekauft. Entweder war sie sehr gut darin, die Rolle zu spielen, die von ihr erwartet wurde, oder sie hatte es sich bereits anders überlegt. Ich vermutete Ersteres. Sie war einer der verschlagensten Menschen, denen ich je begegnet war, und zu ziemlich überzeugenden Lügen fähig.

Aus dem hinteren Teil des Hauses ertönte ein leises Geräusch, und Charity richtete sich plötzlich auf. Sie hatte schon einige Zeit im Türrahmen gelehnt und oft gegähnt. Jetzt war sie aufmerksam, ihre Wahrnehmung war auf etwas außerhalb des Salons gerichtet.

„Entschuldigt mich, während ich ein wenig frische Luft schnappe", sagte sie, während sie sich vom Türrahmen wegschob.

Wie ein Falke, der sich auf seine Beute stürzte, lief Lady Rycroft durch das Zimmer und packte ihre Tochter am Arm. „Hier drüben ist ein Fenster, an dem du so viel frische Luft bekommst, wie du brauchst."

Charity wollte sich losmachen, aber Lady Rycroft ließ sie nicht gehen, und Charity gab mit einem enttäuschten Geräusch auf. Sie verlegte sich darauf, ihre Mutter stattdessen mit einem Mörderblick anzustarren.

Lord Coyle nutzte seinen Gehstock, um sich aus dem Sessel hochzuschieben. „Ich muss gehen. Es war ein höchst angenehmer Abend. Vielen Dank, dass Sie mich eingeladen haben, Mrs. Glass."

Er küsste mir die Hand, dann nahm er die von Hope. Dort verweilte er etwas länger als über meiner, aber nicht unangemessen lang.

Matt zog an der Klingelschnur am Kamin, um Bristow zu holen, bevor er Lord Coyle knapp zunickte. Coyle erwiderte das Nicken, und das war das Ende ihres Austauschs. Anstatt zu gehen, warf er einen Blick auf die Uhr auf dem Kaminsims. Er nahm seine Taschenuhr aus seiner Westentasche, prüfte die Zeit und passte sie an, bevor er sie wieder in die Tasche schob.

„Sie ging ein wenig nach", war alles, was er sagte.

Lord und Lady Rycroft und ihre Töchter gingen zum Glück ebenfalls. Sobald sie außer Sicht waren, spürte ich, wie sich ein Gewicht von meinen Schultern hob. Mir war bis zu diesem Zeitpunkt nicht klar gewesen, wie nervös dieser Abend mich gemacht hatte.

„Ich glaube, das lief sehr gut", sagte Tante Letitia. „Du warst eine exzellente Gastgeberin, India. Niemand hätte geahnt, dass du in der Rolle neu bist."

„Sie wussten es", erklärte Willie. „Ihre Vergangenheit ist ihnen nicht unbekannt."

Tante Letitia erhob sich. „Ich gehe ins Bett. Morgen werden wir besprechen, wie wir als nächstes weitermachen, India."

„Weitermachen?", wiederholte ich.

„In Sachen Coyle und Hope."

„Ich werde nicht weiter involviert sein. Ich habe meine Pflicht getan, und an dieser Stelle ziehe ich mich zurück. Wenn du sie wieder zusammenbringen willst, dann müssen du und Lady Rycroft es ohne mich bewerkstelligen."

„Ich helfe", ließ sich Willie vernehmen. „Die zwei gehören zusammen."

„Die *beiden*", verbesserte Letitia sie. Sie ging hinaus und zwischen Cyclops und Duke durch, die gerade eintreten wollten.

„Ist das Essen gut gelaufen?", fragte Duke.

„Es scheint so", sagte Willie, die sie an den Kartentisch winkte. „Ich schätze, er ist bereits halb in sie verliebt."

„Ich bin mir nicht so sicher", sagte ich. „Nicht von ihrer Seite."

„Sie wirkte offen dafür", sagte Matt.

„Das war nur gespielt. Sie hat es uns ganz klar gesagt, als ihr im Raucherzimmer wart. Sie findet ihn fett und hässlich."

„Und *sie* ist innerlich hässlich", sagte Willie, während sie die Karten mischte. „Also passen sie gut zusammen."

Duke lachte leise und nahm am Kartentisch Platz. „Spielst du mit, Cyclops?"

Cyclops setzte sich auch hin. „Hat er auch Charity angesehen, oder nur Hope?"

„Er hat kein Interesse an Charity gezeigt", sagte ich. „Und sie nicht an ihm."

„Wie schade."

Matt klopfte Cyclops auf die Schulter und beäugte mich über seinen Kopf hinweg. Ich nickte, und zusammen verabschiedeten wir uns für die Nacht und gingen.

„Ist alles in Ordnung?", fragte ich, während er half, mich zu entkleiden. Polly Picket half meiner Tante, sich bettfertig zu machen, aber ich wollte nicht auf sie warten. Es fühlte sich seltsam an, mich von einem Dienstmädchen entkleiden zu lassen, während mein Mann zusah oder im anderen Zimmer wartete. Ich ließ mir lieber von Matt helfen.

„Mein Onkel wollte wissen, ob ich Cyclops aus dem Haus geworfen habe", sagte er.

Ich keuchte. „Was er für Nerven hat!"

„Ich habe ihm erklärt, dass ich nicht glaube, dass Cyclops etwas getan hat, das Charitys Tugend gefährdet, und ihm von ihr sehr viel mehr Gefahr droht als ihr von ihm."

„Ich bin mir sicher, das hat ihm nicht gefallen."

„Nicht im Mindesten." Er legte meine Halskette auf den Ankleidetisch und machte damit weiter, mein Kleid aufzuschnüren. „Das Problem ist, ich kann den Hebel nicht mehr benutzen, den ich hatte. Coyle und Hope haben sich getroffen, das Abendessen ist vorbei."

„Ich sehe, worauf du hinaus willst." Ich lehnte mich an ihn zurück und griff nach oben, um eine Hand an sein Gesicht zu legen. „Machen wir uns morgen darüber Sorgen. Wie ich mich erinnere, hattest du den Wunsch, mein Kleid auf den Boden zu werfen."

Er schenkte mir sein erstes Lächeln des Abends, und es war teuflisch.

* * *

DA ES BEI der Ermittlung nichts zu tun gab, beschlossen wir, nach dem Frühstück in der Bibliothek zusammenzutragen, was wir wussten. Die Fakten zu wiederholen und Theorien zu diskutieren hatte in der Vergangenheit oft geholfen, um einen frischen Ansatz herauszukitzeln, aber ich war mir nicht so sicher, ob es diesmal funktionieren würde. Wir hatten so wenig, mit dem wir arbeiten konnten.

Cyclops, Duke und Willie waren ziemlich sicher gewesen, dass Chronos Fabian nicht versteckte, obwohl sie es nicht hundertprozentig sagen konnten. Sie waren einverstanden, weiterhin in Schichten sein Haus zu beobachten. Ich erzählte ihnen, was wir von Louisa erfahren hatten und meinen Verdacht über ihre Verwicklung in die Sache, aber auch von meinen Zweifeln.

„Die Tatsache bleibt, der Mörder wollte, dass Fabian der Mord angelastet wird", sagte Matt.

„Also ist es wohl jemand, der ihn verabscheut", erklärte ich.

„Was ist mit seinem Bruder?", fragte Cyclops. „Lady Louisa sagt, der Bruder hat ihr den Brieföffner geschickt, darum wissen wir, dass er hier in London ist. Könnten die Brüder einander so sehr verabscheuen, dass der eine den anderen für Mord hängen sehen will?"

„Fabian hat immer begeistert von seiner Familie gesprochen", sagte ich.

„Der zeitliche Ablauf stimmt nicht", fügte Matt an. „Louisa hat die Familie in Kenntnis gesetzt, nachdem Charbonneau geflohen ist und der Mord stattfand."

„Was ist mit dem sitzen gelassenen Mädchen in Amerika?", fragte Willie. „Wenn ich seine Verlobte wäre, würde ich ihm die Eingeweide rausreißen und den Schweinen zum Fraß vorwerfen."

„Ja, aber du bist ja auch verrückt", sagte Duke.

Sie gab ihm unter dem Tisch einen Tritt.

„Ich kann nicht verstehen, dass jemand einen Fremden umbringt, nur damit er es jemand anderem in die Schuhe schieben kann", sagte ich. „Verrückte Männer und Frauen mal ausgenommen."

„Du hast noch keinen verrückten abgewiesenen Amerikaner getroffen", erwiderte Willie. „Du weißt ja nichts von unserer Cousine Mary Ella, Matt. Sie hat die Stadt vor deiner Ankunft verlassen. Ihr Verlobter ist in der Kirche nicht aufgetaucht, und sie wurde so wütend, dass sie jedes Fenster im Haus zerschlagen und es dann angezündet hat. Sie hat mit einem Lächeln auf dem Gesicht zugesehen, wie es niederbrennt."

„Mein Gott", sagte ich. „Das ist wirklich rachsüchtig."

„Ihr Verlobter konnte es nicht mal auskosten, wie rachsüchtig, denn er war bereits tot. Darum ist er nie aufgetaucht. Wie es sich erwies, hat ein anderer Mann, der in Mary Ella verliebt war, ihm einen Diebstahl vorgeworfen und ihn dann zu einer Schießerei herausgefordert. Der Verlobte hat verloren. Am Ende ist es aber alles gut gegangen. Der zweite Mann hat den Platz des Verlobten eingenommen, und nach einem kurzen Werben haben sie geheiratet und sind weggezogen."

„Liebe", murmelte Duke mit einem Kopfschütteln, „ist den Ärger nicht wert."

„Amen", sagte Cyclops.

„Das glaubst du doch nicht, Cyclops", tadelte ihn Willie. „Du auch nicht, Duke. Also hört mal beide auf mit eurem Gejammer und tut etwas gegen den Mangel an Liebe in eurem Leben."

Die beiden schauten sie an, als würden sie sich Möglichkeiten einfallen lassen, um sie zum Schweigen zu bringen.

„So, wie ich das getan habe", ergänzte sie mit einem Grinsen.

„Wo wir schon von Brockwell reden", sagte ich, bevor sie uns mehr mitteilte, als ich hören wollte, „vielleicht sollten wir noch einmal mit ihm sprechen, Matt. Er könnte unsere Dienste brauchen."

„Das bezweifle ich", sagte Matt. „Er ist nur zu uns gekommen, weil die Witwe ihm nicht vertraut hat. Wir haben ihm McGuires Ordner gebracht, wie gewünscht."

„Aber Mrs. McGuire könnte ihm weitere Informationen geben. Weshalb rede ich nicht noch mal mit ihr?"

Es wurde beschlossen, dass ich es versuchen sollte.

Ich suchte sie später am Vormittag auf. Sie warf einen Blick auf mich und weigerte sich, mich einzulassen.

„Gehen Sie", sagte sie. „Ich will nichts sagen."

Das war eine seltsame Wortwahl – sie *wollte* nichts sagen, nicht, dass sie nichts zu sagen hatte. Letztes Mal hatte sie mir gesagt, dass sie ihren Mann nicht hintergehen wollte. Die Frau war eingeschüchtert, obwohl Mr. McGuire tot war. Hatte sie Angst vor der Polizei, weil sie ihren Mann ermordet hatte? Oder weil er sie so schlecht behandelt hatte, dass sie niemandem mehr vertrauen konnte?

„Gehen Sie", wiederholte sie und wollte die Tür schon schließen.

„Es ist kein Verrat an seinem Gedenken, wenn Sie mit jemandem reden, der weiß, was er Ihnen angetan hat", sagte ich rasch.

Sie hielt inne, ließ die Tür einen Spalt breit offen. Sie spähte durch den Spalt zu mir zurück, die Augen zusammengekniffen.

„Es ist kein Verrat an seinem Gedenken, wenn Sie froh sind, dass er tot ist, oder der Polizei helfen", fügte ich an.

„Er hat die Schutzmänner gehasst", erwiderte sie abwehrend. „Ihm wird es nicht gefallen, wenn ich mit Ihnen rede, selbst wenn es darum geht, seinen Mörder zu fassen."

„Aber er ist nicht hier, Mrs. McGuire, und aus dem Grab kann er Ihnen nicht wehtun."

Sie schluckte, und ich dachte, sie würde die Tür öffnen, aber stattdessen schüttelte sie den Kopf. „Ihm würde es nicht gefallen, wenn ich mit Ihnen rede", sagte sie noch einmal.

„Ich weiß, wie es Ihnen geht."

„Wissen Sie nicht." Sie schob die Tür an, um sie zu schließen.

„Meine Lage war ähnlich wie Ihre", sagte ich atemlos. Als sie zögerte, fuhr ich fort. Sie hörte zu, und das war ein Anfang. „Ich gebe nicht vor, dass ich völlig verstehe, was Sie durchmachen, aber ich weiß, wie es sich anfühlt, von jemandem hintergangen zu werden, dem man vertraut hat, jemandem, dem man sein Herz geschenkt hat. Mein ehemaliger Verlobter hat mir meinen Laden gestohlen und meinen Lebensunterhalt, dann hat er die Verlobung aufgelöst, sobald mein Vater gestorben ist. Ich habe ihn gebraucht, ihm vertraut, und er hat mir schrecklich wehgetan."

Anders als Mrs. McGuire hatte ich mich vor Eddie Hardacre niemals gefürchtet. Ich hatte ihn zur Rede gestellt und war zufrieden gewesen, als er vor Gericht gezwungen wurde, mir mein Eigentum zurückzugeben. Sie war noch nicht an diesem Punkt angelangt. Wenn er sie jahrelang misshandelt hatte, dann war es verständlich, dass es Zeit brauchen würde, bis die Angst nachließ, bis der Schaden rückgängig gemacht war, den er ihrem Selbstwertgefühl zugefügt hatte.

„*Er* hat *Sie* hintergangen, Mrs. McGuire. Er hat seine Seite der Heiratsabmachung nicht erfüllt, als er Sie verletzt hat. Sie schulden ihm nichts, ganz besonders nicht Ihre Treue."

Mrs. McGuire traten Tränen in die Augen. Sie fasste die Tür fester, blinzelte heftig, dann trat sie zurück. Sie öffnete die Tür weiter.

Sie führte mich durch den Salon und bat die Haushälterin, Tee zu machen. Wir verbrachten ein paar Minuten mit belanglosem Geplauder. Ich erzählte ihr ein wenig mehr über meine Vergangenheit mit Eddie, und wie das dazu geführt hatte, dass ich Matt getroffen hatte.

„Wunderbare Dinge sind Ihnen widerfahren", sagte sie, als der Tee eingetroffen war.

„Ja", erwiderte ich. „Matt und seine Freunde haben meinen Glauben an die Welt wiederhergestellt, und an Männer insbesondere."

„Wie Ihr Freund, der beschuldigt wird, meinen Mann umgebracht zu haben?"

Ich nickte. „Fabian hat es nicht getan."

„Ich glaube, er ist aus dem Gefängnis ausgebrochen."

„Und ich bin sicher, er wünscht sich, er wäre jetzt noch dort, denn das würde ihm ein Alibi verschaffen. Er würde niemandem wehtun, Mrs. McGuire. Ich hoffe, Sie können mir helfen, das zu beweisen."

Sie nippte an ihrem Tee.

„Werden Sie mir helfen, seine Unschuld zu beweisen?", drängte ich.

„Ich weiß nicht, wie ich das tun könnte. Ich weiß überhaupt nichts. Ich bin nutzlos."

„Überhaupt nicht. Sie sind im Besitz wichtiger Informationen, Sie wissen es nur noch nicht."

„Ich weiß nicht, wie das sein könnte. Mein Mann hat mir über seine Geschäftsangelegenheiten nichts mitgeteilt." Sie starrte in die Teetasse, die sie in beiden Händen hielt. „Er sagte, ich würde das nicht verstehen. Es wäre für mich zu kompliziert."

„Dann besprechen wir doch, was Sie wissen. Zu welcher Zeit hat er das Haus am Abend des Mordes verlassen?"

„Ungefähr um sechs", sagte sie in ihre Teetasse.

„Hatte er ein Abendessen, bevor er gegangen ist?"

Sie schüttelte den Kopf. „Ihm schmeckte nicht, was ich kochte."

Ich schätzte, dass an dieser Geschichte noch mehr war, aber es war schwer zu sagen, wenn sie mich nicht anschauen wollte.

„Wissen Sie, wohin er ging?", fragte ich.

„Nein."

„Wie wirkte er? War er wütend?"

„Nein."

„Sind Sie sicher? War er wütend auf Sie wegen Ihrer Kochkünste oder etwas, das er nicht mochte?"

Wieder schüttelte sie den Kopf. „Normalerweise wäre er das gewesen. Manchmal warf er den Teller durch das Zimmer oder brüllte mich an, dass ich eine hoffnungslose Ehefrau wäre, aber an diesem Abend ... Er schob es einfach weg, stand auf und ging."

„Und was haben Sie getan?"

„Aufgeräumt. Meine Haushälterin ist nur tagsüber da. Dann ging ich zu Bett. Ich nahm einen Schlaftrunk und habe bis zum Morgen geschlafen. Mir fiel auf, dass er nicht nach Hause gekommen war, als ich aufwachte, aber das ist schon öfter vorgekommen, und ich habe mir keine Sorgen gemacht. Dann kam die Polizei ..." Die Teetasse klapperte auf der Untertasse, weil ihre Hände zitterten.

„Sie waren bestimmt schockiert."

Sie nickte. „Ich weiß, ich hätte sie hereinlassen sollen, aber das hat sich nicht richtig angefühlt. Ihm hätte das nicht gefallen. Ihm gefällt es nicht, wenn Leute seine Dinge berühren."

„Haben Sie seine Dinge durchgesehen?", fragte ich.

„Himmel, nein."

„Er kann Ihnen jetzt nicht mehr wehtun, Mrs. McGuire."

„Ich weiß." Sie starrte auf ihre Tasse hinab. „Können wir es zusammen machen?"

Mein Herz wurde leicht. „Ja."

Sie holte einen Schlüssel aus einem Schreibpult am Fenster und ging voraus den Flur entlang. „Die Polizei hat diesen Schlüssel bei ihm gefunden und ihn mir zurückgebracht. Ich wusste, dass er für sein Bureau war. Er hat es die ganze Zeit verschlossen gehalten und es selbst aufgeräumt."

Matt hatte wohl das Schloss geknackt, als er und Duke hereingekommen waren, um das Aktenbuch zu stehlen, und dann wieder abgeschlossen.

Mrs. McGuire zögerte, dann schob sie den Schlüssel in das

Loch und öffnete die Tür. Sie schnappte nach Luft und machte einen riesigen Schritt über die Schwelle.

„Wo sollen wir anfangen?", fragte ich.

„Mit dem Schreibtisch."

McGuires Bureau war sehr viel kleiner als das von Matt. Während Matt einige Geschäftszeitschriften und Bücher auf den Regalen hatte, gab es in McGuires Bureau gar keine Regale. Außer dem Schreibtisch und einem Stuhl stand da noch ein großer Aktenschrank, dessen Schubladen verschlossen waren. Ich fragte mich, ob Matt die Schlösser geknackt und sie durchsucht hatte.

„Wissen Sie, worin das Geschäft Ihres Mannes bestanden hat?", fragte ich, während ich die Papiere auf dem Schreibtisch musterte.

„Jenen in Not Geld zu leihen." Sie ging die oberste Schublade des Schreibtisches durch. „Menschen wie Ihrem Freund."

„Mein Freund ist ein guter Mann, der in eine schwierige finanzielle Situation geriet, obwohl es nicht seine Schuld war, aber ich schätze, Ihr Mann hat vielleicht auch anderen Geld geliehen, die nicht so ehrbar waren. Ich vermute, viele waren womöglich Spieler, die mehr verloren, als sie gewonnen haben."

„Glaubt die Polizei, dass einer von denen ihn getötet hat?"

„Ich weiß nicht, was sie glauben", sagte ich. „Ich weiß, dass die Schulden durch den Tod ihres Mannes nicht als getilgt gelten."

Sie schaute auf. „Das verstehe ich nicht."

„Sie erben sie, Mrs. McGuire."

„Dann ... macht mich das zur Verdächtigen." Sie blinzelte hinab auf die Karten in ihrer Hand.

Ich nahm sie ihr ab, aber es waren nur Visitenkarten von Bankiers, Anwälten und verschiedenen Gentlemen. Eine davon ließ mich stutzen, aber ich schob sie mit den anderen zurück und öffnete die zweite Schublade. Sie enthielt einen einzelnen Schlüssel.

Ich probierte ihn in der obersten Schublade des Aktenschranks und war begeistert zu sehen, dass er passte. Bis mir klar wurde, dass Matt es genauso gemacht hätte und sich die Dokumente bereits angesehen hatte.

„Das scheinen Verträge zu sein, alphabetisch nach Nachnamen geordnet", sagte ich, schloss die oberste Schublade und musterte den Inhalt der zweiten und dritten.

Ich fand den Vertrag mit Fabian und Mr. Stanhope. Auf jedem Vertrag standen die Geldsumme für den Hauptschuldner, die Zinsrate und persönliche Einzelheiten über jeden Schuldner, darunter die Gründe, weshalb Mr. McGuire glaubte, dass sie später würden zahlen können. In Fabians Fall stand dort geschrieben, dass seine Familie reich war, und in Stanhopes Fall hatte McGuire aufgeschrieben, dass er Partner bei der Ingles Vinegar Company war. Wieder war ein Stern auf seinem Dokument, wohingegen Fabians keinen hatte.

Ich zog eine große Anzahl von Akten heraus und suchte auch auf ihnen nach Sternen. Auf keiner war einer. Ich wollte sie zurückschieben und bemerkte einen großen Umschlag, der flach unten auf dem Boden der Schublade lag. Die Akten waren schräg darüber eingeordnet gewesen, sodass er verborgen gewesen war.

Charbonneau stand vorne drauf geschrieben, gefolgt von *10. September* und *500 £*, dem genauen Betrag von Fabians Schulden. Darin war eine große Geldsumme, vermutlich fünfhundert Pfund. Fabian hatte seine Schulden getilgt.

Doch das konnte er gar nicht getan haben. Nicht am 10. September. Also war die Frage, wer war es dann gewesen?

KAPITEL 10

„Ist das in der Schrift Ihres Mannes verfasst?", fragte ich.

Mrs. McGuire nickte, dann spähte sie ins Innere des Umschlags. „Herr im Himmel", murmelte sie. „So viel."

Ich wollte ihr den Umschlag geben, doch sie weigerte sich, ihn anzunehmen.

„Am besten legen Sie ihn dorthin zurück, wo Sie ihn gefunden haben", sagte sie.

„Es ist jetzt Ihres."

„Ich weiß nicht …"

Ich kehrte zum Schreibtisch zurück und musterte die Visitenkarten. „Dieser Mann ist Anwalt. Er ist vermutlich der Anwalt Ihres Mannes und wird eine Kopie seines Testaments haben. Suchen Sie ihn auf und besprechen Sie bitte die Bedingungen im Testament ihres Mannes mit ihm. Sehr wahrscheinlich sind Sie die Erbin, also wird all das Geld, das Ihrem Mann geschuldet wird, nun Ihnen geschuldet."

Sie nahm die Karte entgegen. „Der Mann kam gestern hier vorbei. Ich habe nicht mit ihm geredet."

„Vermutlich hat er in der Zeitung von McGuires Tod gelesen und will seine Geschäfte mit Ihnen besprechen. Ich glaube, Sie sollten ihn aufsuchen."

„Das werde ich. Vielen Dank, Mrs. Glass. Vielen Dank für alles."

* * *

Ich holte Matt an der Park Street Nr. 16 ab, und zusammen fuhren wir zu Scotland Yard. Ich weigerte mich, ihm zu erzählen, was ich herausgebracht hatte, weil ich es nicht vor Brockwell noch einmal wiederholen wollte. Er verschränkte die Arme und verbrachte den Rest der Fahrt brütend.

Ich erzählte Matt und dem Inspektor von meiner Begegnung mit Mrs. McGuire, schloss mit den Einzelheiten, die auf dem Umschlag voller Geld gestanden hatten.

„Das ist der Tag, an dem McGuire gestorben ist", sagte Matt.

„Der Vortag", erklärte ich. „Sein Tod ereignete sich in den frühen Stunden des folgenden Morgens."

„Hat Mrs. McGuire mitbekommen, dass ihr Mann am Abend zurückgekehrt und noch einmal ausgegangen ist?", fragte Brockwell.

„Sie hat um etwa elf Uhr einen Schlaftrunk genommen, darum kann man nicht sicher sagen, ob er zurückgekehrt ist. Er könnte nach Hause gekommen sein, den Umschlag in den Aktenschrank gelegt haben und wieder ausgegangen sein. Das Entscheidende ist, dass Fabians Schuld getilgt wurde, *bevor* McGuire gestorben ist. Ich schätze, McGuire wollte seinen Ordner später auf den neuesten Stand bringen, aber sein Tod hat verhindert, dass er dazu kommt, und deshalb wird in dem Ordner, den Sie haben, Inspektor, seine Schuld immer noch als ausstehend gelistet."

„Der zeitliche Ablauf ist interessant", sagte Matt nachdenklich. „Wir wissen, dass McGuire zu einem frühen Abendessen zu Hause war, also hat er den Umschlag entweder dann mit nach Hause gebracht und ging wieder aus, oder er ging nach dem Abendessen aus, hat sich mit jemandem getroffen, der ihn bezahlt hat, kehrte dann zurück, nachdem seine Frau schon im Bett war, bevor er ein zweites Mal in den Pub ging. Jedenfalls hat India recht. Fabian hätte es nicht zurückzahlen können. Das

Datum auf dem Umschlag der 10., und Fabian war am 10. im Gefängnis, zumindest bis spät nachts."

Brockwell klappte sein Notizbuch auf und strich mit dem Finger über die Seite. „Der letzte Durchgang der Wärter war um zehn Uhr. Ein Zeuge sagte, McGuire wäre von neun bis Mitternacht im Pub gewesen, und er hätte dort niemanden getroffen."

„Wer also hat Fabians Schuld getilgt?", fragte ich.

„Spielt es eine Rolle?", entgegnete Brockwell. „Wer immer sie bezahlt hat, ist nicht der Mörder, denn McGuire lebte noch, als er das Geld zurück ins Haus gebracht hat."

„Es spielt keine Rolle, was den Mord betrifft, aber für uns ist es wichtig, Inspektor. Fabian wird nun jemandem einen Gefallen dafür schulden, seine Schuld beglichen zu haben, und ich wüsste gern, wem."

„Finden Sie ihn und fragen Sie ihn."

„Ja, vielen Dank, Inspektor", erwiderte ich trocken.

Matt hatte während unseres Austauschs nicht aufgepasst, aber jetzt wurde er hellhörig. „Wie wirkte denn Mrs. McGuire? War sie nervös?"

„Ein wenig", wich ich aus, wollte sie nicht ganz herzlos klingen lassen. „Ich gehe davon aus, dass sie immer noch nicht richtig daran geglaubt hat, und irgendwie unter dem Bann ihres Mannes steht, sogar jetzt noch. Sie konnte mir nicht in die Augen schauen, wenn sie schlecht von ihm redete."

„Oder konnte sie dir nicht in die Augen schauen, weil sie log?"

„Und *sie* ihn ermordet hat", schloss Brockwell. „Vielen Dank für Ihre Einblicke, Mrs. Glass."

„Ich glaube nicht, dass sie es getan hat", sagte ich zu ihnen.

Er tippte sich an die Stirn. „Ich habe mir Ihre Meinung gemerkt."

Ich funkelte ihn an, war mir nicht sicher, ob er mir nicht einfach nur einen Gefallen tat. „Noch eines", sagte ich. „Mrs. McGuire fand, ihr Mann wäre beim Abendessen abgelenkt gewesen. Es könnte nichts sein, oder es könnte sein, dass er abgelenkt war, weil in dieser Nacht ein Treffen mit dem Mörder vor ihm lag."

„Vielen Dank noch einmal, Mrs. Glass. Ihre Einsichten und ermittlerischen Fähigkeiten sind ein Wunder."

„Gern geschehen, Inspektor. Oh, und ich vergaß beinahe. Ich habe Mr. Delanceys Karte in der Schreibtischschublade von McGuire gefunden."

„Wessen Karte?", fragte Brockwell.

„Er ist bei der Bank Rotherby's, und manchmal verleiht er Geld als Privatkredit an Magier. Es könnte nichts sein, aber ich würde ihm gerne ein paar Fragen über seine Verbindung zu McGuire stellen."

„Ich werde heute Nachmittag mit ihm reden."

„Eigentlich würde ich ihn gern aufsuchen, nur Matt und ich. Wenn seine Verbindung zu McGuire irgendetwas mit Magie zu tun hat, könnte er mit mir reden, aber ich bezweifle, dass er es Ihnen verrät."

Brockwell betastete seine Koteletten. „Mir gefällt das nicht. Es ist gegen die übliche Vorgehensweise."

„Bei Magie muss man sehr sensible Fragen stellen. Er wird mit Ihnen nicht reden, Inspektor, aber mir vertraut er. Stellen Sie ihn sich als eine weitere Mrs. McGuire vor. Sie haben mich gebeten, mit ihr zu reden."

„Also gut. Ich werde es gestatten. Glass, passen Sie auf. Lassen Sie Ihrer Frau nichts zustoßen."

„Ich werde mein Bestes tun." Matts Unterton triefte vor Sarkasmus, was Brockwell völlig zu entgehen schien.

* * *

Mr. Delancey war nicht in seinem Bureau bei der Bank Rotherby's. Da es Mittag war, trafen wir ihn zu Hause an, wo er ein Mittagsmahl mit seiner Frau einnahm.

„Schließen Sie uns zum Kaffee und Nachtisch an", sagte Mrs. Delancey, die uns in ihr Esszimmer einlud. „Was für eine schöne Überraschung das ist, India. Und Mr. Glass natürlich auch."

„Womit haben wir denn das Vergnügen verdient?", fragte Mr. Delancey, der sich an die Stirnseite des polierten Tisches setzte.

Seine Frau nahm ihren Platz am gegenüberliegenden Ende wieder ein, während Matt und ich uns einen Platz in der Mitte suchten. Der Diener trug zwei weitere Gedecke auf und brachte einen Nachtisch aus Zitronengötterspeise, Apfeltarte und Pudding, und späte Erdbeeren mit Sahne.

„Ich entschuldige mich für die Einfachheit dieser Naschereien", sagte Mrs. Delancey. „Wenn nur wir beide zu Mittag essen, nehmen wir am liebsten etwas Leichtes."

Wenn dieser Dessertgang als leicht betrachtet wurde, aßen die Diener wohl gut von den Überresten. Es war zu viel für vier, ganz zu schweigen von zwei.

„Sie waren bei Ihrem letzten Besuch hier sehr unartig, India", scherzte Mrs. Delancey. „Sie wussten, dass Mr. Charbonneau aus dem Gefängnis entkommen war, und doch haben Sie nichts gesagt."

„Ich tratsche nicht gern unnötigerweise."

„Tratsch ist immer nötig, meine Liebe. Manchmal ist er eine wertvollere Währung als Geld."

„Einspruch", rief Mr. Delancey mit einem fröhlichen Lachen. „Das glaubt nicht einmal Coyle."

„India und Mr. Glass sind wegen Informationen hier, werter Gatte, nicht wegen Geld."

„Woher weißt du das?"

„Weil sie hier zum Haus gekommen sind, nicht in dein Bureau."

Einer Unterhaltung mit den Delanceys zu folgen, war, als würde man sich ein Tennisspiel ansehen, mein Kopf ging von rechts nach links, während jeder abwechselnd Anmerkungen über den Tisch warf.

„Tatsächlich waren wir im Bureau", sagte Matt. „Man hat uns dort darüber in Kenntnis gesetzt, dass Mr. Delancey zu einem Mittagessen nach Hause zurückgekehrt ist."

Mr. Delancey nahm einen Löffel Götterspeise und hob ihn, um seiner Frau zu salutieren, bevor er ihn aß.

„Worüber wollen Sie denn mit ihm reden?", fragte Mrs. Delancey. „Betrifft es Mr. Charbonneau? Haben Sie ihn schon gefunden? Ist er schuldig, diesen Abschaum ermordet zu haben, wie es die Zeitung nahelegt?"

„Achte auf deine Sprache, meine Liebe! Das ist am Tisch unnötig."

„Ich entschuldige mich", sagte sie zu uns. „Aber solche Leute machen mich wütend. Sie haben es meist auf die Verzweifelten und Schwachen abgesehen."

Ich war mir nicht sicher, was McGuire groß von Delancey unterschied. Sie waren beide Geldverleiher, nur dass einer bei einem großen Institut angestellt war, während der andere allein arbeitete.

„Ihre Visitenkarte wurde bei den Besitztümern des Opfers gefunden", erklärte Matt Mr. Delancey. „Wie könnte das sein? Sind Sie ihm begegnet?"

Mr. Delancey leckte sich über die Lippen, dann tupfte er sie mit der Serviette ab. „Das bin ich, wie es der Zufall so will."

„Weshalb hast du mir das nicht erzählt?", stieß seine Frau hervor.

„Ich hielt es nicht für wichtig."

„Nicht einmal, nachdem du seinen Namen in der Zeitung in Verbindung mit Mr. Charbonneau gesehen hast? Wir haben den Artikel zusammen gelesen", sagte sie mit einem trotzigen Unterton. „Du hättest das erwähnen sollen."

„Meine demütigste Entschuldigung, meine Liebe. Du hast recht, ich hätte es erwähnen sollen, als ich mir schließlich wieder ins Gedächtnis rief, wo ich den Namen McGuire schon mal gehört habe. Zu dem Zeitpunkt, als ich den Artikel gelesen habe, war es mir noch nicht bewusst, aber einige Zeit später fiel der Groschen schließlich." Er schnippte mit den Fingern. „McGuire kam zur Bank und wurde an mich verwiesen, wegen der großen Geldsumme, die er sich leihen wollte."

„Gewöhnlich kümmern sich Mr. Delanceys Lakaien um die einfachen Leute, während er seine Aufmerksamkeit den besseren Kunden zuwendet", erklärte Mrs. Delancey.

„Haben Sie ihm Geld geliehen?", fragte Matt.

„Ich habe seinen Antrag abgewiesen", sagte Mr. Delancey. „Er hatte keine Mittel, um eine so große Summe zurückzahlen zu können, also konnte ich den Kredit natürlich nicht gewähren. Erst als er gestorben ist, habe ich von seinem eigenen Geldverleiher-Geschäft gehört. Bei unserem Treffen hat er das mir gegenüber nicht erwähnt."

„Ich frage mich, weshalb", sagte seine Frau.

„Weil er dann die Namen seiner Schuldner hätte nennen müssen", erklärte ihr Mr. Delancey. „Ich möchte wetten, viele von ihnen wollten nicht, dass bekannt wird, dass sie einem dahergelaufenen Geldverleiher etwas schulden."

Sie keuchte. „Meinst du, es sind Verbrecher?"

„Einige könnten es sicherlich sein."

„Nicht Mr. Charbonneau."

„Weshalb nicht Charbonneau?"

„Weil … weil … India sagt, dass er ein guter Mann ist." Sie nahm ihr Weinglas. „Und ich vertraue ihrer Meinung."

„Fabian ist ein guter Mann", bestätigte ich. „Er hat sich Geld von McGuire aus demselben Grund geborgt, weshalb es andere tun. Er konnte nicht zu einer Bank gehen, da er nichts hatte, was bewiesen hätte, dass er es zurückzahlen kann. Er hoffte vermutlich, dass seine Familie seine Zahlungen wieder aufnehmen würde, aber liege ich richtig, dass die Bank das nicht akzeptiert hätte?"

Mr. Delancey nickte mir zu. „Ganz genau, Mrs. Glass."

„Sie haben nicht daran gedacht, der Polizei von Ihrem Treffen mit McGuire zu berichten?", fragte Matt.

„Ich habe keine Relevanz den Mord betreffend gesehen."

„Es zeigt, dass er jemandem Geld schuldete. Sehr wahrscheinlich hat sein Kreditgeber darum gebeten, dass es zurückgezahlt wird."

Darum hatte er verlangt, dass Fabian ihn ausbezahlte – die Banken wollten ihm nichts leihen, deshalb hatte er seine eigenen Schulden eingetrieben. Vielleicht hatte er auch seine anderen Schuldner gebeten, die Schulden zu tilgen.

„Hat er gesagt, weshalb er das Geld brauchte?", fragte ich.

„Um eine Geschäftsgelegenheit zu nutzen, über die er gestolpert ist. Ich glaubte das allerdings nicht. Er weigerte sich, mir Einzelheiten über die Unternehmung zu verraten, und schien während des ganzen Treffens recht nervös. Ich dachte, er brauchte das Geld, um eine Schuld zu begleichen, genau wie Sie sagen, Glass."

„Können Sie uns sonst noch etwas über das Treffen erzählen?", fragte Matt. „Irgendetwas?"

Mr. Delancey schüttelte den Kopf und stürzte sich auf seine Götterspeise.

„Würde die Information Mr. Charbonneau helfen?", fragte Mrs. Delancey.

„Wenn wir herausfinden können, wer Mr. McGuire umgebracht hat, dann kann Fabian sein Versteck verlassen", sagte ich.

„Dann *müssen* wir helfen." Sie wandte sich an ihren Mann. „Ferdinand, bist du sicher, dass es nichts mehr gibt, was du uns erzählen kannst?"

Mr. Delancey hatte den Mund voll, schüttelte aber den Kopf.

„Sie kennen etliche von Londons führenden Geschäftsleuten?", fragte Matt.

Mr. Delancey schluckte, dann nahm er einen weiteren Löffel. „Gewiss. Weshalb?"

„Wenn ich Ihnen die Namen der Männer sage, die McGuire etwas geschuldet haben, können Sie mir Ihre Meinung zu ihnen sagen?"

Mr. Delancey wedelte mit dem Löffel vor und zurück. „Ich fürchte, nein. Professionelle Schweigepflicht und so weiter."

„Ich verstehe", sagte Matt mit kaum verschleierter Ungeduld, „aber das könnte helfen, seinen Mörder zu finden und Charbonneaus Unschuld zu beweisen."

„Die Antwort lautet Nein, Glass. Es tut mir leid."

„Überlege es dir noch einmal", sagte Mrs. Delancey zu ihrem Mann. „Um Mr. Charbonneaus willen. Wenn seine Unschuld nicht bewiesen wird, würde er für Mord gehängt, und die Welt kann es sich nur schwer leisten, einen Magier seines Kalibers zu verlieren."

„Meine Liebe, du erbittest zu viel von mir. Meine Verschwiegenheit ist für die Bank sehr wichtig. Außerdem bin ich sicher, Mr. und Mrs. Glass werden den Mörder auch ohne meine Hilfe finden. Sie sind ein exzellentes Detektivgespann."

Sie seufzte. „Bitte versuchen Sie, ihn zu überzeugen, India."

Ich war mir nicht sicher, wie, bis die Uhr auf dem Kaminsims einmal läutete. „Mr. Charbonneau wird ein Stück magisches Eisen für Ihre Sammlung spenden. Wenn Ihre Hilfe zu seiner Freiheit führt, ist es das mindeste, was er tun kann."

„Oh, ja!" Mrs. Delancey klatschte in die Hände. „Nimm an, Ferdinand."

Mr. Delancey legte seinen Löffel ab und wischte sich den Mund mit der Serviette ab. „Ein Metallgegenstand meiner Wahl?"

„Ich bin sicher, er wird zustimmen, solange es keine Brücke ist", sagte ich.

Er lachte leise. „Also gut. Aber es muss klar sein, dass jegliche Information, die ich verrate, nicht auf mich zurückzuführen ist. Wenn Sie die Polizei in Kenntnis setzen, halten Sie meinen Namen heraus."

„Einverstanden", sagte Matt.

„Dann nennen Sie mir einen Namen. Wer war der größte Schuldner von McGuire?"

„Mr. Stanhope, Geschäftspartner von Mr. Ingles von der Ingles Vinegar Company."

„Ich kenne die Firma, aber den Kerl habe ich nie getroffen. Sie tätigen keine Geschäfte bei uns." Er schaute zur Seite und musterte sein Weinglas.

„Was wissen Sie dann über die Firma?", stocherte Matt weiter.

„Sie stellen Essig und Wein her, glaube ich."

„Sie waren doch einverstanden", warnte Matt ihn.

„Ferdinand", keifte Mrs. Delancey. „Antworte ihm."

Mr. Delancey leerte sein Weinglas und setzte es sehr betont ab. „Ich weiß, dass ich zugestimmt habe, meine Meinung zu sagen, aber was ich über das Geschäft weiß, kam von anderen. Ich will keine meiner Kollegen in Schwierigkeiten bringen. Wir sollen diese Informationen nicht teilen, verstehst du?"

„Wer ist denn das ‚wir', auf das Sie sich hier beziehen?", fragte ich.

„Bankiers, Mrs. Glass. Bankiers von verschiedenen Banken reden miteinander, in Gentlemen's Clubs und so weiter." Mr. Delancey hob die Hände. „Bevor Sie mir jetzt sagen, dass das unethisch ist, möchte ich nur erklären, dass es natürlich ist, dass Leute miteinander tratschen. Die Information wird nicht auf professionelle Weise genutzt."

Das glaubte ich nicht, aber wir konnten ihn nicht verurteilen, wenn wir erwarteten, dass er diese Informationen mit uns teilte. „Wenn Sie die magische Eisenarbeit möchten, müssen Sie es uns sagen. Wir werden die Information für uns behalten, das verspreche ich."

Er seufzte. „Die Ingles Vinegar Company macht schwierige Zeiten durch. Sie sind mit großen Rückzahlungen für einen Kredit in Verzug geraten, der vor ein paar Jahren bei einer anderen Bank getätigt wurde."

Matt lehnte sich vor. „Das ist nicht der Eindruck, den wir bekommen haben, als wir die Fabrik aufgesucht haben. Sie schien zu prosperieren. Mr. Ingles insbesondere war erfreut über die Kapazitäten des Unternehmens."

„Sie sind jetzt gerade nicht flüssig. Ich habe den Mann nie getroffen, und ich kenne den Aufbau des Geschäfts nicht, aber vielleicht ist er sich nicht allem bewusst, was vorgeht. Das ist oft der Fall. Manchmal, wenn ein Unternehmen größer wird, wird ein Geschäftsführer ernannt und bekommt zu viele Sonderrechte. Er teilt den Besitzern vielleicht nicht mit, wenn die Firma in Schwierigkeiten gerät, besonders, wenn das Scheitern an ihm liegt. Vielleicht hat er eine größere Leihgabe entnommen oder versucht, zu schnell zu erweitern, vielleicht zu viel für neue Ausstattung ausgegeben, ohne erst eine anständige Analyse durchzuführen. Es gibt viele Gründe, weshalb er das Scheitern des Geschäfts für sich behalten sollte, aber ich kann Ihnen versichern, es geht alles auf ihn zurück, und dass er sich schützen möchte. Finden Sie heraus, wer an den Geldhähnen bei Ingles sitzt, und Sie haben die Quelle Ihrer finanziellen Probleme."

Stanhope.

Wir dankten den Delanceys und wollten gehen, nur dass Mrs. Delancey protestierte, dass es zu früh war. „Sie haben fast nichts gegessen, India."

„Es war köstlich, aber wir müssen los", sagte ich. „Vielen Dank für Ihre Gastfreundschaft."

„Wir müssen die beiden zum Essen einladen, oder nicht, Mr. Delancey?"

Ihr Mann stimmte begeistert zu. „Wir laden alle unsere Freunde ein, und Ihren Mr. Charbonneau auch, wenn das alles vorüber ist. Alle wollen ihn treffen."

„Er kann unsere magische Eisenarbeit mitbringen. Worum sollen wir bitten?"

„Eine Skulptur würde diese leere Ecke im Salon füllen, wo früher die Vase stand, bevor das Dienstmädchen sie zerbrochen hat", sagte er.

Mrs. Delancey klatschte erfreut in die Hände. „Führt er Bronzearbeiten aus?", fragte sie mich.

„Eisen und Bronze sind zwei unterschiedliche Metalle", sagte ihr Mann mit einem Kopfschütteln. „Kennen Sie einen Bronzemagier, Mrs. Glass?"

„Nein", erwiderte ich.

„Schade", murmelte Mrs. Delancey. Sie zog an der Schnur, um nach dem Butler zu läuten. „Ich schicke Einladungen, wenn das alles vorbei ist. Sagen Sie Mr. Charbonneau, wenn Sie ihn finden, dass er in Zukunft zu uns kommen soll, falls er Geld braucht. Wir würden ihm nur zu gerne helfen."

„Wenn weitere magische Gegenstände in Aussicht stehen?", fragte ich.

Sie tätschelte sich den Spitzenkragen an ihre Kehle. „So vulgär wären wir nicht, Mrs. Glass. Es wäre nur aufgrund der Güte unserer Herzen."

Matt und ich machten bei einem Gasthaus zu einem lockeren Mittagessen Halt, obwohl ich gar nicht so hungrig war, nachdem ich bereits Dessert gegessen hatte. Im Lauf der Mahlzeit besprachen wir unser Vorgehen und beschlossen, zuerst mit Mr. Ingles zu reden, obwohl wir glaubten, dass Mr. Stanhope für jegliche finanzielle Schwierigkeiten verantwortlich war, denen sich das Unternehmen womöglich gegenübersah. Wir wollten erfahren, wie viel Mr. Ingles wusste.

Wir gingen direkt zum Brauhaus, als wir in der Fabrik in South Lambert eintrafen. Durch den Lärm der Maschinen hörte uns niemand, und wir konnten uns an den Arbeitern vorbeischleichen, als sie uns den Rücken zugekehrten. Wir fanden Mr. Ingles oben, wo er einen durchsichtigen Becher mit einer Flüssigkeit darin betrachtete, indem er ihn ins Licht hielt, das durch eines der großen Bogenfenster fiel. Das Surren und Hämmern der Maschinen kam von riesigen Metallbottichen und Kesseln.

Hier war mehr los als auf der Ebene darunter, und man sah

uns rasch. Mr. Ingles begrüßte uns nicht gleich, als sein Arbeiter ihn auf unsere Anwesenheit hinwies. Er musterte weiterhin den Inhalt des Bechers, wirbelte die dunkle, goldene Flüssigkeit an der Seite herum und roch daran.

Matt und ich näherten uns ihm. „Dürfen wir mit Ihnen allein sprechen?", fragte Matt über den Lärm der Maschinen hinweg.

Mr. Ingles entließ seine Mitarbeiter und goss die Flüssigkeit durch einen Trichter, der aus einer Seite herausragte, in einen Bottich. Der Bottich vibrierte wegen einer Maschine im Inneren, die entweder den Inhalt umrührte oder zerkleinerte. „Ich habe Ihnen alles gesagt. Was wollen Sie denn noch von mir?"

„Wir haben ein paar weitere Fragen", erwiderte Matt.

„Zu Huberts Verhalten? Ich habe Ihnen gesagt, er war hier mit mir, bis etwa neun. Er ist nicht in den Mord an diesem Mann verwickelt, Mr. Glass. Er ist ein aufrechter Kerl. Ich kann für seinen Charakter bürgen."

„Es sind nur Routinefragen", versicherte ihm Matt. „Es gibt nichts, worum man sich Sorgen machen müsste. Wenn überhaupt, dann werden sie Mr. Stanhopes Unschuld beweisen, da Sie ja sicher sind, dass er unschuldig ist."

„Ist er."

„Dann haben Sie nichts, worüber Sie sich Sorgen machen müssten", ergänzte ich, passte mich an Matts sanften, beruhigenden Tonfall an.

Mr. Ingles nutzte das Tuch, das ihm über der Schulter hing, um den Becher auszuwischen, der, wie mir klar wurde, eigentlich ein Kolben war, wie man ihn in wissenschaftlichen Laboratorien nutzte. „Also gut. Wie kann ich Ihnen helfen?"

„Sie haben uns erzählt, dass Mr. Stanhope der Buchhalter der Firma ist", sagte Matt. „Er kontrolliert alle Finanzen, nickt Käufe ab und wendet sich wegen Krediten an die Bank, oder nicht?"

„Er kann keinen Kredit ohne meine Zustimmung aufnehmen, aber er führt Buch für das Unternehmen. Er hat Angestellte, die ihm helfen, aber alle größeren finanziellen Transaktionen gehen über ihn. Warum? Worum geht es hier?"

„Sind Sie sich im Klaren, dass das Unternehmen bei einer erheblichen Kreditrückzahlung kürzlich zahlungsunfähig war?"

„W...was?", stieß er stotternd hervor. „Nein, nein, das

stimmt nicht. Ich kenne den Kredit, von dem Sie da reden. Er wurde vor Jahren aufgenommen, als wir erweitert haben. Wir hatten niemals Probleme, unsere regelmäßigen Rückzahlungen zu leisten. Niemals. Wer verbreitet denn diese Gerüchte?"

„Es stimmt, Mr. Ingles", sagte ich. „Wir sagen es Ihnen nur ungern, aber falls Mr. Stanhope allein für die Finanzen des Unternehmens verantwortlich ist, dann hat er Ihnen nichts von den finanziellen Schwierigkeiten erzählt, mit denen es Ihre Firma zu tun hat."

„Das kann nicht sein. Das Geschäft läuft. Wir haben mehr Bestellungen als je zuvor, wegen unserer Liköre. Wir sind kurz davor, der drittgrößte Produzent von Essig und verwandten Produkten im Land zu werden. Was Sie da nahelegen, ist einfach nicht möglich."

Mr. Ingles fuhr sich mit einer verschmierten Hand übers Gesicht. Als er sie wegnahm, wirkte er wie ein müder alter Mann. Er starrte auf die Bottiche, schüttelte immer wieder den Kopf.

„Das war wohl ein Schock", sagte ich und berührte ihn am Arm.

Er schüttelte mich ab. „Ich werde mit ihm reden und der Sache auf den Grund gehen. Offensichtlich lag da ein Fehler vor."

Er wollte gehen, aber Matt erwischte ihn am Ellbogen. „Das kann ich Sie nicht tun lassen. Im Auftrag von Scotland Yard müssen wir zuerst mit Stanhope reden."

Matt schaute mir nicht in die Augen. Das war vermutlich auch gut so, ansonsten hätte ich es für Mr. Ingles viel zu offensichtlich machen können, dass ein solcher Auftrag nicht existierte.

„Sie haben uns gesagt, Sie wären am Abend des Mordes bis neun Uhr mit Mr. Stanhope zusammen gewesen", sagte Matt. „Im Angesicht dessen, was Sie nun über den Betrug Ihres Partners wissen, stehen Sie dazu noch?"

Mr. Ingles blinzelte. „Falls Ihr Vorwurf der finanziellen Misswirtschaft stimmt, was hätte das mit dem Mord zu tun?"

„Es würde erklären, weshalb er zu Mr. McGuire ging, um einen Kredit zu erhalten."

„Aber es erklärt nicht, weshalb Hubert ihn ermorden sollte, da er den Erben des Mannes immer noch das Geld schuldet. Außerdem habe ich den Zeitungsartikel über den Mord nach Ihrem letzten Besuch noch einmal gelesen, und der Mann ist in den frühen Morgenstunden gestorben. Ob ich Sie darüber angelogen habe, dass er bis neun Uhr bei mir war, ist nicht relevant."

„Also haben Sie gelogen?", drängte ich.

„Ja, ich habe gelogen." Er wischte sich die Hände an dem Tuch ab, wirkte wieder wie ein starker und rüstiger Mann in den Sechzigern, und nicht wie jemand, den man lieber zu Bett bringen sollte. „Hubert hat mich darum gebeten. Er hat gesagt, die Polizei würde ihn wegen des Mordes befragen, weil er diesem Kerl Geld schuldete. Ich habe ihm nur zu gerne ein Alibi gegeben, wie Sie Ermittler das nennen, denn ich wusste, dass er unschuldig war. Er ist ein anständiger Mann. Aber ich habe ihm sowieso kein Alibi gegeben, denn der Mord fand sehr viel später statt. Hubert hat wohl gedacht, dazu wäre es früher gekommen."

Er marschierte los, unterwegs zu den Treppen. Er wirkte nicht mehr verletzlich, sondern wütend. Ich war mir nicht sicher, ob er auf uns wegen unserer Fragen wütend war, oder auf Mr. Stanhope, weil er das Geschäft um Geld betrogen hatte, um seine persönlichen Schulden zu bezahlen.

Matt nahm mich am Arm und senkte den Kopf. „Es passt zusammen", war alles, was er sagte.

Er musste nicht mehr sagen. Wir hatten schon vorher die Frage des zeitlichen Ablaufs besprochen. Mr. McGuire hatte das Haus ungefähr um sechs Uhr verlassen. Sehr wahrscheinlich hatte er sich mit demjenigen getroffen, der Fabians Schuld getilgt hatte, und vielleicht anderen auf seiner Liste seiner Schuldner. Einer von ihnen könnte Mr. Stanhope gewesen sein, aber nicht, wenn er immer noch hier gewesen war, wie Mr. Ingles ursprünglich nahegelegt hatte. Es war Matts Theorie, dass Ingles für seinen Freund gelogen hatte. Er war an dem Tag, an dem wir ihn deswegen befragt hatten, nervös gewesen und hatte unbehaglich gewirkt. Wenn Mr. Stanhope die Fabrik wirklich früher verlassen hatte, könnte er sich mit McGuire getroffen haben, der dann Stanhope aufgetragen hatte, das Geld zurückzuzahlen. In seiner

Panik hatte sich Stanhope später noch einmal mit ihm getroffen und ihn getötet, um zu vermeiden, es ihm zurückzahlen zu müssen.

Es gab bei unserer Theorie allerdings zwei Probleme. Erstens, weshalb sollte er Fabian die Schuld in die Schuhe schieben? Tatsächlich, wie konnte er Fabian beschuldigen, wenn er nicht einmal wusste, dass Fabian geflohen war? Und zweitens, er hatte behauptet, zum Zeitpunkt des Mordes zu Hause bei seiner Frau im Bett gewesen zu sein. Wir mussten noch mit ihr sprechen und entscheiden, ob sie für ihren Mann lügen würde, wie es Ingles getan hatte.

Wir folgten Mr. Ingles, der über den Hof marschierte. Er nahm keinen der Arbeiter zur Kenntnis, die ihn grüßten, sodass sie mit verwirrtem Stirnrunzeln zurückblieben, während sie ihm nachschauten. Dieser Mann, den ich mir nur als liebenswerten und anspruchslosen Gentleman vorgestellt hatte, hatte sich in einen Löwen verwandelt, der sein Revier wild verteidigte. Und sein Revier war sein Unternehmen.

Er schob die Tür zu Mr. Stanhopes Bureau auf, ohne anzuklopfen. „Was hast du getan, Hubert?"

Mr. Stanhope sah von seinen Papieren auf, zeigte eine ähnliche Miene wie die restlichen Mitarbeiter. „Ernest? Was ist los? Was machen *die* denn hier?"

„Mich über deine Veruntreuung in Kenntnis setzen", sagte Mr. Ingles durch zusammengebissene Zähne.

Mr. Stanhope erhob sich halb, dann sank er zurück auf seinen Sessel. Aus seiner Kehle drang ein leises Protestgeräusch. „Was immer du gehört hast, es stimmt nicht. Ich weiß nicht, was …"

„Lüg mich nicht an!" Mr. Ingles ließ die Faust auf den Schreibtisch knallen. Ein Federhalter, der auf einer Ablage ruhte, fiel heraus und rollte weg.

Mr. Stanhope schluckte, als er ihn aufhob. „Das muss ein Irrtum sein. Sag mir, was los ist, und wir besprechen es in Ruhe. Aber diese beiden müssen gehen."

„Sie müssen bleiben", stieß Ingles hervor. „Polizeiliche Anordnung."

Zum Glück kaufte uns Mr. Stanhope unsere Lüge ab. „Was immer sie dir erzählt haben, es ist nicht wahr. Komm schon,

Ernest. Ich bin kein Lügner oder Betrüger, und das weißt du auch. Ich würde niemals das Geschäft aufs Spiel setzen, indem ich Gewinne veruntreue."

Mr. Ingles verschränkte die Arme, ihm war ein wenig der Wind aus den Segeln genommen. „Dem Unternehmen geht es hervorragend. Weshalb konnten wir den Bankkredit nicht zurückzahlen? Wo sind die Gewinne hin, wenn nicht in deine Tasche?"

Mr. Stanhope zerrte an seinen Ärmelaufschlägen. „Es ist kompliziert. Verluste werden von einem Jahr ins nächste übertragen, und dann gibt es Lieferanten, die nach abweichenden Terminplänen bezahlt werden, und unsere eigenen Kunden zahlen nicht immer rechtzeitig. Was auf dem Papier nach einem Gewinn aussieht, ist in Wahrheit nicht immer einer."

Das schien Mr. Ingles ein wenig zu besänftigen, aber nicht Matt. „Reichen Sie mir Ihre Ordner, und ich prüfe sie. Wenn das, was Sie sagen, stimmt, weiß ich es in nur wenigen Stunden."

„Es ist viel zu kompliziert, als dass jemand ohne eine hinreichende Expertise in geschäftlicher Buchhaltung es verstehen könnte."

„Ich habe meine eigenen internationalen Geschäftsinteressen. Die Polizei zahlt nicht genug, damit wir in Mayfair wohnen können."

Mr. Stanhope wurde blass.

„Uns wurde versichert, dass Sie bei den Kreditrückzahlungen des Unternehmens zahlungsunfähig waren", fuhr Matt fort.

„Wer hat Ihnen das erzählt?"

„Ein Informant bei der Bank."

„Unsinn! Die Bank würde so eine Information niemals an Sie beide weitergeben."

„Wir haben Beweise."

Ich räusperte mich. „Es wäre das Beste, wenn Sie es einfach zugeben, Mr. Stanhope." Ich nickte in Mr. Ingles' Richtung. „Besser auf lange Sicht."

Mr. Stanhope strich sich über seinen Schnurrbart und Bart, sein Blick ging zwischen uns hin und her. Aber erst als Mr.

Ingles wieder mit der Faust auf den Tisch pochte, gestand Mr. Stanhope es ein.

„Ich habe mir etwas Geld vom Unternehmen geborgt, aber ich habe es zurückgezahlt. Es war nur eine vorübergehende Leihgabe, aber es hat unsere Rückzahlungen an die Bank betroffen. Jetzt ist alles in Ordnung, und es wird nicht wieder vorkommen. Es tut mir leid, Ernest."

Mr. Ingles fegte mit dem Arm über den Schreibtisch, schob die Papiere, Stifte und Tinte zur Seite, was den ganzen Haufen mit einem klirrenden Geräusch auf den Boden regnen ließ. „Das ist immer noch mein Geschäft! Ich bin der größte Teilhaber. Ich stecke Stunde um Stunde in das Geschäft, dort draußen im Brauhaus. Wie kannst es wagen, mich zu betrügen!"

„Ich … ich habe dich nicht betrogen." Mr. Stanhope stand auf und drückte sich eine Hand aufs Herz. „Ich habe das Geld zurückgezahlt. Es ist alles da, und unsere Rückzahlungen sind auf dem neuesten Stand. Erkundige dich bei der Bank."

„Wie haben Sie es zurückgezahlt?", fragte Matt. „Indem Sie sich etwas bei Mr. McGuire geliehen haben?"

„Ja."

„Also haben Sie stattdessen ihm etwas geschuldet, eine Schuld gegen die andere getauscht."

Mr. Stanhope presste die Lippen aufeinander.

„Sag doch etwas!", rief Mr. Ingles.

„Wie haben Sie erwartet, McGuire auszuzahlen?", fragte Matt.

„Durch harte Arbeit", erwiderte Mr. Stanhope, sein Blick huschte zu Ingles. „Langsam, im Lauf der Zeit, aus meinem eigenen Lohn. Ich werde niemals wieder das Geld des Unternehmens einsetzen. Niemals."

„Aber er hat Sie gebeten, das Geld schneller zurückzuzahlen, als Sie erwartet haben", sagte ich, nutzte einen beruhigenderen Tonfall als die Männer. „Sie brachen in Panik aus und haben ihn umgebracht, ohne dass Ihnen klar war, dass Ihre Schuld nicht getilgt sein würde, oder weil Sie vielleicht hofften, dass McGuires Erben zu einem regelmäßigen, langfristigeren Tilgungsplan zurückkehren würden."

„Ich habe ihn nicht getötet! Ich bin kein Mörder, das müssen Sie mir glauben."

„Weshalb baten Sie dann Mr. Ingles darum, für Sie zu lügen und zu sagen, dass Sie bis neun Uhr hier waren?"

„Ich wusste, dass die Polizei kommen und Fragen stellen würde. Ich wusste, dass ich verdächtig sein würde, aus diesem Grund habe ich Ernest gebeten, für mich zu bürgen."

„Wann haben Sie das Bureau verlassen?"

„Etwa um halb sieben."

„Sind Sie direkt nach Hause gegangen?"

„Ich ging spazieren. Ich bezweifle, dass jemand mich gesehen hat. Deshalb habe ich Ernest gebeten, zu sagen, ich wäre hier. Fand der Mord nicht ohnehin später statt? Da war ich dann schon zu Hause, bei meiner Frau. Die Polizei hat sie bereits gefragt, und sie hat ihnen gesagt, dass ich da war, die ganze Nacht neben ihr geschlafen habe. Ich versichere Ihnen, ich habe niemanden getötet." Mr. Stanhopes Augen füllten sich mit Tränen. „Sie müssen mir glauben."

Wir drehten uns um, um zu gehen, aber im Eingang blieb Matt stehen. „Das Unternehmen hätte den Bankkredit bezahlen können, wenn Sie nicht die Finanzen veruntreut hätten. Weshalb haben Sie das Geld gebraucht? Wozu war es?"

„Wettschulden", sagte er mit einem Stöhnen. „Pferde. Ernest, es tut mir leid. Es tut mir so leid."

Mr. Ingles stand sehr still, seine Fäuste hatte er an den Seiten geballt, die Knöchel waren weiß. In seinen Augen flackerte Zorn. „Nimm dein Zeug und geh."

„Gehen? Ich kann nicht gehen." Mr. Stanhope lachte mit erstickter Stimme. „Wir sind Partner."

„Ich will keinen Betrüger als Partner. Ich werde heute Nachmittag mit meinem Anwalt sprechen, um unsere Partnerschaft wegen Veruntreuung aufzulösen."

„Ernest ..."

„Rede nicht mit mir. Ich will deine Stimme nie wieder hören." Er riss die Tür auf und stapfte weg.

„Aber Ernest, das kannst du mir nicht antun! Bitte. Ich flehe dich an. Dieses Unternehmen ist mein Leben. Es bedeutet mir alles."

Mr. Ingles fuhr herum, die Zähne zu einem Fauchen gefletscht. „Es bedeutet *mir* alles", spuckte er aus. „Es ist mein Familienunternehmen. Mein Name steht vorne auf dem Gebäude. Hinaus mit dir, bevor ich die Schutzmänner rufe und dich wegen widerrechtlichen Betretens festnehmen lasse." Er stürmte weg, beobachtet von den offen starrenden Angestellten.

Mr. Stanhope setzte sich schwer auf seinen Sessel und vergrub das Gesicht in den Händen. „Was soll ich tun? Wohin werde ich gehen? Mein Ruf wird ruiniert sein." Seine Schultern bebten, und er klang, als würde er gleich weinen. „Ich kann nicht glauben, dass das passiert. Ich kann es einfach nicht glauben."

Ich war mir nicht sicher, ob wir gehen sollten, aber Matt hielt es für das Beste.

„Sehen Sie zu, dass mit ihm alles in Ordnung ist", sagte er zu einem Angestellten, während wir durch den Flur gingen. „Jemand sollte ihn nach Hause bringen."

Ich fühlte mich etwas wacklig, während wir uns hinaus zur Kutsche begaben. Hatten wir gerade Mr. Stanhopes Leben zerstört? Es war unmöglich, nicht das Gefühl zu haben, es wäre unsere Schuld, dass Mr. Ingles die Geschäftspartnerschaft auflösen wollte.

Matt wies den Kutscher an, uns zu Scotland Yard zu fahren. Im Inneren der Kutsche nahm er mich an der Hand und rieb mit dem Daumen über meinen. „Diese Begegnung hat dich verstört", sagte er.

„Ich fühle mich furchtbar. Der arme Mr. Stanhope."

„Man kann uns nicht für das verantwortlich machen, was er getan hat. Er hat sein eigenes Bett gemacht."

„Aber er hat die Gelder des Unternehmens zurückgezahlt. Mr. Ingles hätte ohne uns vielleicht niemals herausgefunden, dass es passiert ist."

„Bis zum nächsten Mal, wenn Stanhope Gelder veruntreut. Mr. Ingles hatte ein Recht, das zu erfahren. Wenn ich in seiner Position wäre, würde ich es wissen wollen. Vielleicht würde ich wie du empfinden, wenn ich glauben würde, dass Stanhope keine Schuld an dem Mord hat."

Ich keuchte und fuhr zu ihm herum. „Du denkst, er hat es getan? Auf mich wirkt er nicht wie der Typ dazu."

„Hendry wirkte auch nicht wie der Typ."

Da hatte er recht, aber ich war nicht überzeugt. „Dass man jemandem Geld schuldet, wirkt nicht wie ein ausreichend überzeugender Grund, um jemanden zu ermorden. Und was war mit der Verbindung zu Fabian? Weshalb sollte Stanhope es so darstellen, dass es aussieht, als hätte er es getan? Es besteht keine Verbindung zwischen ihnen."

Matt blieb still. Ich ließ mich neben ihm nieder. So dicht bei ihm zu sein und das Pochen seines Pulses zu spürten, sorgte dafür, dass ich mich ein wenig besser fühlte.

Brockwell war nicht da, darum hinterließen wir ihm eine Nachricht, dass er uns dringend aufsuchen sollte. Als wir zu Hause ankamen, erfuhren wir, dass Willie Chronos' Haus unter Beobachtung hatte, und Cyclops zu einem Spaziergang im Hyde Park mit Tante Letitia aufgebrochen war. Matt nahm die Briefe, die Bristow ihm reichte, mit in die Bibliothek, und ich folgte ihm. Ich bastelte an der schwarzen Marmoruhr aus dem Laden, versuchte erneut, zu sehen, wie es sein konnte, dass sie nachging.

Ein paar Minuten später gesellte sich Duke zu uns und schloss die Tür. Falls das kein Zeichen war, dass etwas nicht stimmte, dann auf jeden Fall der besorgte Ausdruck auf seinem Gesicht.

„Können wir reden?", fragte er.

Matt senkte den Brief, den er gelesen hatte. „Was ist denn los?"

„Es ist Cyclops. Er wird nicht wollen, dass ich dir das erzähle."

Ich legte das Werkzeug ab, mit dem ich an der Gangsymmetrie gearbeitet hatte, und schenkte Duke meine ganze Aufmerksamkeit. „Wir verraten es ihm nicht."

Er warf einen Blick auf die geschlossene Tür. „Rycroft hat ihn heute aufgesucht und ihn bedroht."

KAPITEL 11

„Fang lieber mal von vorne an", sagte Matt.

„Duke warf einen neuerlichen Blick zur Tür. „Cyclops war heute Vormittag in den Stallungen, als Rycroft aufgetaucht ist."

„Du meinst Rycrofts Bediensteter", stellte ich klar.

„Nein, seine Lordschaft selbst. Er hat wohl herausgefunden, dass Cyclops dort war. Er hat dem Stalljungen befohlen, sich zurückzuziehen, hatte aber seine eigenen Männer bei sich. Ich war nicht da und habe sie nicht gesehen, aber ich schätze, es waren keine schnieken Kerle, die im Inneren des Hauses dienen."

Ich drückte mir eine Hand aufs Herz, denn mir gefiel nicht, in welche Richtung das ging.

Matt wurde reglos. „Haben sie Cyclops verprügelt?"

„Ihn bedroht", erwiderte Duke.

Ich stieß angehaltene Luft aus. „Was hat Lord Rycroft gesagt?"

„Er hat Cyclops Geld geboten, um London zu verlassen. Cyclops hat Rycroft gesagt, dass er Charity nichts getan hat und dass er das Geld nicht nehmen würde. Da hat Rycroft gedroht, mit seinem Freund zu reden, dem Innenminister."

„Dem Innenminister!", rief ich. „Glaubst du, er kennt ihn wirklich?"

„Vermutlich gehen sie in denselben Club", sagte Matt trocken.

„Was, meinst du denn, will er vom Innenminister?", fragte Duke.

„Das Innenministerium ist für die Polizei verantwortlich", sagte ich. „Vielleicht will er, dass die Polizei ermittelt."

„Und riskiert damit, dass die Öffentlichkeit die Wahrheit herausfindet?" Matt schüttelte den Kopf. „Das bezweifle ich. Er wird nicht wollen, dass Charitys Ruf ruiniert wird. Ich schätze, er möchte, dass man Cyclops deportiert."

Duke fluchte. „Kann der Innenminister das tun, wenn Cyclops nichts falsch gemacht hat?"

Darauf kannten wir alle die Antwort. Der Innenminister würde sich nicht darum scheren, ob Cyclops unschuldig war. Wenn er einem Freund einen Gefallen tun und jemanden deportieren wollte, der kein Staatsbürger war, konnte er das. Er würde keinen Beweis eines stattgefundenen Verbrechens brauchen. Er konnte sich ein kleines Vergehen einfallen lassen.

Aber er würde nicht erwarten, dass Cyclops einen mächtigen Freund hatte, der gegen den Deportationsbefehl vorging.

Duke und ich schauten beide zu Matt.

Er erhob sich. „Ich werde sofort an den Innenmister schreiben und ihn morgen aufsuchen. Du hast das Richtige getan, indem du zu mir gekommen bist, Duke."

* * *

Die Nachricht von Rycrofts Drohung hing über mir wie eine dunkle Wolke. Ich fand es schwer, vor Cyclops so zu tun, als wüsste ich von nichts, und stürzte mich auf den Versuch, die schwarze Marmoruhr zu reparieren. Meine Laune pendelte zwischen Sorge und Wut, bis mich allmählich meine Arbeit zu beruhigen begann.

Dann stellten sich die Ideen ein. Ich war mir des Gesetzes nicht sicher, aber vielleicht konnte man Cyclops nicht deportieren, wenn er englischer Staatsbürger wurde. Wie lange würde dieser Prozess dauern? Würde es schneller gehen, wenn er ein englisches Mädchen heiratete? Ich stellte mir sogar die ganze

Diskussion mit Catherine vor, in der ich sie darum bat, ihm einen Antrag zu machen. Sie würde es tun, wenn das bedeutete, ihn zu retten. Das Problem war, Cyclops dazu zu bringen, zuzustimmen. Er war ehrenhafter, als gut für ihn war.

Ablenkung traf in der Gestalt von Louisa und dem Mann ein, den sie dabei hatte. Mir wurde sofort klar, dass das wohl Fabians Bruder war. Sie waren ähnlich groß und ähnlich gebaut, mit der gleichen dunklen Haarfarbe, aber sein Kinn war weicher, und er war nicht ganz so attraktiv.

„Ich muss mich entschuldigen", sagte Maxime Charbonneau, als wir uns im Salon niederließen. „Ich hätte Sie in diesem Hotel nicht schubsen sollen, Mrs. Glass. Ich fühle mich wegen meines Verhaltens schrecklich."

„Es ist schon in Ordnung", sagte ich.

„Weshalb haben Sie sie geschubst?", fragte Matt, seine Stimme hatte einen stählernen Unterton. Er war eindeutig nicht so rasch im Vergeben wie ich.

„Ich bin in Panik geraten", sagte Mr. Charbonneau. „Ich wollte nicht, dass jemand erfährt, dass ich in London bin."

„Bis auf mich natürlich", fügte Louisa an. Sie saß aufrecht und königlich auf dem Sofa neben mir in einem eleganten meergrünen Kleid mit Spitzeneinsätzen, auch am Saum und den Ärmeln. Der passende Hut war nach vorne gerückt, sodass man von hinten ihre elegante Frisur bewundern konnte. Ich war beeindruckt von ihrem Selbstvertrauen, ihrer Eleganz und ihrer direkten Art, und doch bescherten mir genau diese Eigenschaften auch ein unbehagliches Gefühl. Vielleicht lag es daran, dass ich noch nie zuvor einer Frau wie ihr begegnet war. Sie war ganz anders als alle, die ich kannte, sogar Catherine.

„Ich hatte Angst, dass die Polizei durch mich Fabian finden würde", fuhr Mr. Charbonneau fort. „Zu diesem Zeitpunkt wusste ich nicht, dass Louisa ihn nicht versteckt. Ich dachte, er wäre bei ihr, und wenn die Polizei sehen würde, wie ich zu ihr gehe, würde Sie ihn finden."

„Das ist völlig verständlich", sagte ich. „Jetzt weiß ich, dass Sie es waren, der den Brieföffner an Louisa geschickt hat."

„Sie sagt, sie hätten angenommen, er käme von meinem Bruder", sagte Mr. Charbonneau.

„Ich habe die magische Wärme in den eingravierten Zahlen gespürt. Mir kam der Gedanke nicht, dass Sie ihn geschickt haben könnten. Es tut mir leid, dass ich ihn genommen habe."

„Weshalb haben Sie es getan, wenn Sie dachten, dass er von Fabian kommt?", fragte Louisa, ihre Stimme war leicht und locker, doch ihr Blick scharf. „Weshalb hätten Sie mir Nachrichten von ihm vorenthalten?"

„Ich wollte einfach zuerst mit ihm reden."

„Aber ich bin seine Freundin. Ich kann ihm genauso gut helfen, wie Sie es könnten, India." Mir gefiel ihr süßlicher Unterton nicht, das Lächeln auf ihren Lippen. „Vertrauen Sie mir nicht?"

„Ihnen vertrauen?", wiederholte ich. Wenn ich sie hinhielt, würde mir vielleicht etwas einfallen. Etwas, das mich aus dem Loch holen würde, das ich mir anscheinend gegraben hatte.

„Wir vertrauen Ihnen nicht", sagte Matt.

Ich erstickte beinahe an meinem Keuchen, konnte nicht ganz glauben, was ich da hörte. Doch ich hätte nicht überrascht sein sollen. Matt hatte nicht die Angewohnheit, sich manipulieren zu lassen.

„Weshalb ist das so?", fragte Louisa, die Leichtigkeit in ihrer Stimme war verflogen.

„Im Angesicht Ihres gescheiterten Heiratsantrages an Fabian bestehen Zweifel daran, dass Sie ihm wegen der Güte Ihres Herzen helfen wollen."

Ihre Nasenflügel blähten sich. „Was hat das denn mit irgendwas zu tun?"

„Sie könnten ihn retten und dann fordern, dass er Sie zum Dank heiratet."

Die Finger in ihrem Schoß schlangen sich umeinander, aber ihr Lächeln blieb. „Das ist lächerlich."

„Du hast ihn gebeten, dich zu heiraten?", fragte Mr. Charbonneau. „Weshalb hast du das nicht gesagt, Louisa?"

Sie lachte, ein plätscherndes, melodiöses Geräusch, so elegant, wie ich es von einer solchen Frau erwartet hätte. „Es war aus einer Laune heraus. Es ist jetzt nicht mehr wichtig."

Das Stirnrunzeln von Mr. Charbonneau vertiefte sich. „Es tut mir leid, dir das zu sagen, aber er wird eine andere heiraten."

Sie wedelte mit der Hand. „Keine Sorge. Meine Gefühle sind ein wenig angeschlagen, aber ich werde mich erholen."

„Sie haben sich bereits erholt", stellte ich klar. „Sie haben sich Dr. Seaford vorgestellt, mit der Aussicht, auch ihm einen Antrag zu machen. Er ist ein Freund von uns", erzählte ich dem verblüfften Mr. Charbonneau. „Ein Magier und Freund. Er hat sie durchschaut und sich nun von ihr distanziert."

Sie kniff die Augen zusammen. „Sind Sie nun damit fertig, meinen Charakter herabzusetzen?"

„Also bist du nicht in Fabian verliebt?", fragte Mr. Charbonneau.

Louisa straffte die Schultern. „Ich glaube, ich könnte es sein. Ich weiß es nicht. Was ich aber weiß, ist, dass ich in Hinblick auf Dr. Seaford einen Fehler gemacht habe. Ich war verstört von Fabians Abweisung und hoffte, ein anderer Mann würde mich weniger elend fühlen lassen."

Ich verdrehte die Augen. Ich glaubte ihr keinen Augenblick lang.

„Inwiefern ist irgendwas davon für Fabians Verschwinden relevant?", drängte sie. „Sind Sie näher daran, ihn zu finden?"

„Fabian wird nur aus seinem Versteck kommen, sobald er sich sicher fühlt", sagte ich.

Mr. Charbonneau nickte. „Wir können nicht jedes Haus in London durchsuchen."

„Die einzige Art, ihm ein sicheres Gefühl zu geben, wäre es, den echten Mörder zu erwischen."

„Und seine Schuld zu begleichen", fügte Mr. Charbonneau an.

„Sie wurde getilgt", sagte Matt. Sowohl Louisa als auch Mr. Charbonneau wirkten überrascht.

„Von Ihnen?", fragte Mr. Charbonneau.

„Nein. Wir nahmen an, es wäre einer von Ihnen gewesen." Sie schauten einander an und schüttelten beide den Kopf.

Damit blieb nur noch ein wahrscheinlicher Wohltäter. Coyle.

„Falls mein Bruder Sie zuerst kontaktiert", sagte Mr. Charbonneau, „sagen Sie ihm bitte, dass ich mit ihm zu sprechen wünsche."

„Erwähnen Sie auf jeden Fall, dass Maxime möchte, dass er

nach Hause kommt und das Schöpfen neuer Zauber vergisst", fügte Louisa mit einem bitteren Zug um den Mund an.

Mr. Charbonneau empörte sich. „Die Familie hat ihm lange genug nachgegeben. Wie nennt man diese Dinge? Seinen Launen? Es ist Zeit, sich niederzulassen, eine gute Frau zu heiraten und Kinder zu bekommen."

„Er ist nicht am Familiengeschäft interessiert", sagte Louisa hitzig. „Er will die Welt der Magie erkunden, neue Zauber erfinden, und nicht mehr Geld für Leute verdienen, die bereits reich sind."

Mr. Charbonneau strich sich übers Kinn und presste die Lippen aufeinander, als würde er Worte zurückhalten, die unbedingt heraus wollten. Es schien, als hätten sie diese Diskussion bereits geführt, und dass er zu ihr schon alles gesagt hatte, was er in dieser Sache sagen wollte.

„Vergeben Sie uns, Mrs. Glass", sagte er zu mir. „Wie Sie sehen, stimmen Louisa und ich nicht darin überein, was die beste Zukunft für meinen Bruder ist."

„Er ist talentiert, erfinderisch und hat bereits jahrelange Forschungen durchgeführt", sagte Louisa. „Es wäre ein Verbrechen, das alles vor die Hunde gehen zu lassen."

„Vielleicht sollte Fabian das selbst entscheiden", schlug ich vor.

Sie schauten mich beide an, als wäre ich verrückt.

Ich war erleichtert, als sie gingen. Obwohl sie zusammen eingetroffen waren, sagte Mr. Charbonneau zu Louisa, dass er lieber zu Fuß zum Hotel zurückkehren würde, und Louisa fuhr allein in ihrer Kutsche ab. Sie verabschiedeten sich nicht, und er warf ihr nicht einmal ein Nicken zu.

Später, als wir Willie und Cyclops von dem Treffen erzählten, sagte Willie: „Wenn ich Fabian wäre, würde ich nach Neuseeland ziehen. Diese beiden werden ihn zwischen sich noch aufreiben."

„Er hat sich gegen seine Familie gestellt, indem er nach London kam", sagte Matt.

„Und er hat seine Position Louisa gegenüber klargemacht, als sie ihn gebeten hat, sie zu heiraten. Ich glaube, er kommt zurecht, selbst wenn er nicht auf die andere Seite der Welt zieht."

„Ich höre, Neuseeland soll verflixt hübsch sein", sagte Cyclops, ohne seinen Blick vom Kamin zu nehmen.

„Du ziehst nicht nach Neuseeland", erklärte ihm Willie. „Du bleibst genau hier, bei mir."

„Soll das ein Heiratsantrag sein, Willie?"

„Nein, es ist eine Drohung."

Er lachte leise, wurde rasch nüchtern und wandte sich zurück zum Kamin. „Ich wünschte, ich könnte für immer in London bleiben."

Matt und ich wechselten Blicke. Ich wollte Cyclops beruhigen, aber es war zu früh. Wenn er erfuhr, dass Matt sich um seinetwillen einmischte, könnte sein Stolz ihn dazu treiben, London trotzdem zu verlassen.

„Weil Catherine hier ist?", fragte Willie verschlagen.

„Nein, weil du und Duke hier seid." Cyclops zwinkerte ihr zu. „Du weißt, dass du mein liebstes Mädchen bist."

Sie stieß ein johlendes Lachen aus. „Lügner."

Er lachte leise, aber abermals hielt es nicht, und er starrte weiter in den Kamin.

Willie runzelte die Stirn. Sie vermutete, dass noch etwas nicht stimmte, aber zum Glück hatte sie nicht die Gelegenheit, danach zu fragen. Bristow betrat die Bibliothek und kündigte den Inspektor an.

Willie setzte sich etwas aufrechter und berührte die Haare in ihrem Nacken. Ihr Zerren und Tätscheln machte die lockere Frisur nur noch unordentlicher. „Du musst mir sagen, wenn du herkommst, Jasper. Eine Frau sollte doch für ihren Kerl bestmöglich aussehen."

„Ich … äh … stimmt." Brockwells Gesicht wurde rot. „Nächstes Mal schicke ich erst eine Nachricht."

„Es war ein Witz", sagte sie grinsend. „Ich weiß, dass du hier bist, um Matt und India wegen der Ermittlung zu treffen."

„Das bin ich."

Sie stand auf und stellte sich vor ihn, die Füße leicht auseinander, die Hände auf den Hüften. Sie sah aus, als würde sie ihn gleich zu einem Duell auffordern. „Das bedeutet nicht, dass ich danach nicht etwas Spaß mit dir haben kann."

„Ich – äh, ich …"

„Komm schon, Jasper, heraus damit. Oder willst du mich einfach nur küssen? Das ist in Ordnung, wenn es so ist. Ich bin nicht prüde. Du kannst mich auch gleich hier küssen."

„Erspart es uns", murmelte Cyclops.

Brockwell räusperte sich. Sein Gesicht war so rot geworden, es war überraschend, dass ihm kein Dampf aus Nase und Ohren stieg. „Ich würde lieber warten, bis wir allein sind, wenn das in Ordnung für Sie ist … Miss Johnson."

„Miss Johnson!", wiederholte Willie. „Du musst doch nicht so formell sein, Jasper. Du und ich kennen einander so gut, wie zwei Leute sich nur kennen können. Komm, setz dich und sag, was du sagen musst."

„Nach Ihnen, Miss Johnson."

Sie verdrehte die Augen. „Ihr Engländer und eure Manieren. Wenn auf einem Rettungsboot nur noch ein Platz wäre, würdet ihr immer noch sagen ‚nach Ihnen'."

Sie drehte sich um, um sich wieder hinzusetzen. Brockwells Blick wanderte nach unten, er bewunderte ihre Rückansicht in der Hose. Hätte Willie gewusst, dass Männer sie so anschauten, würde sie dann Kleider tragen?

„Sie haben unsere Nachricht bekommen", sagte Matt.

„Das stimmt, und ich weiß, was Sie mir sagen wollten", sagte Brockwell. „Ich habe die Ingles Vinegar Company, wie es der Zufall so will, nicht lange nach Ihnen noch einmal aufgesucht. Mr. Stanhope ist gerade gegangen, nachdem Mr. Ingles ihn hinausgeworfen hat, und Mr. Ingles war in furchterregender Laune wegen Stanhopes Veruntreuung. Ich hatte eine teuflisch schwere Zeit, zu versuchen, ihn zu beruhigen und ihm zu erzählen, was passiert ist. Es scheint, als hätten Sie beide einen Bienenstock umgeworfen."

„Nur um den fauligen Unterbau offenzulegen", sagte Matt. „Es war notwendig."

„Weshalb?"

„Um Stanhope bloßzustellen und an seinem Käfig zu rütteln."

„Mein Gatte glaubt, dass Mr. Stanhope des Mordes schuldig ist", sagte ich.

„Und Sie, Mrs. Glass?"

„Ich bin mir nicht sicher. Es gibt zu viele Fragen, die unbeantwortet sind, als dass ich schon eine feste Entscheidung treffen könnte."

„Meine Frau bevorzugt solide Beweise, bevor sie Entscheidungen fällt", sagte Matt.

Brockwell nickte mir zu. „Sie ist eine Frau mit ähnlichen Befindlichkeiten wie ich."

Matt zog ein finsteres Gesicht. Zum Glück schien Willie nicht von Brockwells Anmerkung betroffen. Ihr Blick war viel zu sehr damit beschäftigt, über sein Gesicht zu wandern, dann bis ganz nach unten und wieder nach oben.

„Ich habe Mr. Stanhope zu Hause aufgesucht, nachdem ich die Fabrik verlassen habe", fuhr Brockwell fort. „Er war in einem ziemlichen Zustand, das kann ich Ihnen sagen. Ich bekam kaum ein vernünftiges Wort aus ihm heraus, und seine Frau macht sich Sorgen."

Meine Schuldgefühle kamen wieder an die Oberfläche. Wir hätten umsichtiger sein und Mr. Ingles nichts von der Veruntreuung erzählen sollen. Wir hatten Mr. Stanhopes Leben ruiniert, und ich war mir nicht sicher, ob er das verdiente. „Glauben Sie, er wird etwas Schreckliches tun?"

„Schwer zu sagen. Mrs. Stanhope wirkt wie eine gute Frau. Sie wird ihr Bestes tun, um sich darum zu kümmern, dass er sich von diesem Schlag erholt."

Das erleichterte mich, aber ich beneidete sie nicht um ihre Aufgabe.

„Haben Sie Mrs. Stanhope wegen des Alibis ihres Mannes für die Zeit des Mordes befragt?", fragte Matt.

„Sie sagt, sie hätte geschlafen, mit ihrem Mann neben sich. Sie ist ziemlich sicher, dass sie aufgewacht wäre, wenn er aufgestanden wäre."

„Für mich ist das gut genug", sagte ich.

„Ehefrauen haben immer wieder für ihre Männer gelogen, Mrs. Glass. Ich schätze, selbst Sie würden mich anlügen, wenn ich Mr. Glass einen Mord vorwerfen würde."

Da hatte er schon recht.

„Es scheint, Sie und ich wären einer Meinung, Inspektor", sagte Matt. „Obwohl ich gewissermaßen schon Sympathien für

Stanhope hege. Falls es sich erweist, dass er am Mord unschuldig ist, werde ich persönlich alles in meiner Macht Stehende tun, um Ingles zu überzeugen, ihn zurück in die Fabrik zu holen."

Ich lächelte ihn an und sagte tonlos: „Vielen Dank."

„Irgendwelche Neuigkeiten von Charbonneau?", fragte Brockwell.

„Noch nicht", sagte Matt.

Brockwell wartete auf mehr, aber Matt verriet nichts.

„Wo haben Sie gesucht?", drängte der Inspektor.

„Wir haben die größten Hotels der Stadt überprüft. Meine Freunde überwachen nun in Schichten ein verdächtiges Haus."

„Darf ich erfahren, welches Haus?"

„Es ist unter Kontrolle."

„Welches Haus, Glass?"

Matt weigerte sich, zu antworten, und ich hoffte, Brockwell würde stattdessen nicht mich bedrängen. Ich war nicht so stark wie Matt, aber ich wollte nicht, dass die Polizei bei Chronos anklopfte. Wenn er sich schuldig gemacht hatte, weil er einen Flüchtigen versteckte, würde er in riesige Schwierigkeiten geraten.

„Mir scheint es, als würden Sie nicht wollen, dass ich ihn finde", sagte der Inspektor.

„Wenn wir ihn sehen, werden wir kommen und es dir sagen", ließ Willie sich vernehmen. „Vertrau uns, Jasper."

Brockwell zögerte, dann nickte er. „Vielen Dank, Miss Johnson. Das ist alles, was Sie sagen mussten, Glass."

Willie lächelte Matt überlegen an.

Trotz seiner Aussage bezweifelte ich, dass Brockwell Matts Zusicherung genauso leicht akzeptiert hätte wie die von Willie.

Der Inspektor entschuldigte sich, um zu gehen, und Willie bot ihm an, ihn zur Eingangstür zu bringen. „Das ist sehr nett von Ihnen, Miss Johnson. Ich nehme an."

„Du musst mich hier nicht so nennen", tadelte sie ihn. „Sie wissen, was wir tun."

Brockwell räusperte sich. „Ich bin in meiner professionellen Funktion hier."

Sie hakte sich bei ihm unter und marschierte mit ihm zur Tür. „Dieser Teil des Besuches ist jetzt vorbei. Küss mich, Jasper."

Er warf einen Blick über die Schulter auf uns. „Das wäre nicht angemessen."

„Prüde."

„Professionell", hörte ich ihn sagen, bevor sie durch die Tür waren.

Cyclops lachte leise. „Ich hoffe, er weiß, was er da mit ihr vor sich hat."

„Ich glaube, sie passen ganz gut zusammen", sagte ich. „Sie wiegen die Extreme des jeweils anderen auf. Er dämpft ihre Exzesse, und sie gibt seinem ansonsten zurückhaltenden Wesen etwas Feuer."

„Feuer können außer Kontrolle geraten."

Matt grinste. „Und manche explodieren."

„Nur, wenn man Schwarzpulver hinzufügt", schoss ich zurück. „Niemand würde dem Inspektor vorwerfen, er wäre von Natur aus explosiv."

Ein Geräusch aus der Eingangshalle zog meine Aufmerksamkeit auf sich, und ich spähte durch die Tür. Zum Glück bedeckte ich den Mund, bevor mein Keuchen Brockwell und Willie darauf aufmerksam machen konnte, dass ich sie beim Küssen sah. Es war nicht nur ein gewöhnlicher Abschiedskuss. Es war die Art Kuss, in dem sich die Beteiligten völlig verloren, nicht nur mit den Mündern, sondern auch den Händen. Ihre waren in seinem Haar, auf seinem Gesicht, dann packten sie ihn an den Schultern, während seine den Bereich ihres Körpers umfasst hielten, den er vorhin bewundert hatte.

„Ich glaube, Brockwell hat sein Schwarzpulver die ganze Zeit über versteckt", murmelte Matt hinter mir.

* * *

WÄHREND MATT am folgenden Morgen den Innenminister aufsuchte, um jeglichen Schaden zu kontern, den Lord Rycroft womöglich angerichtet hatte, musste ich mich mit den anderen Mitgliedern seiner Familie herumschlagen. Hope und Charity baten darum, mich zu treffen, nicht Matt oder Tante Letitia, und ich sagte Bristow, er solle sie in den Salon bringen.

„Dabei geht es bestimmt um Lord Coyle", sagte Tante Letitia, während sie sich in einem Sessel niederließ, um sie zu empfangen. Die Mädchen hatten nicht darum gebeten, mich allein zu treffen, also sah ich keinen Grund, dass sie gehen sollte.

Ich trug allerdings Bristow auf, dass er Cyclops eine Nachricht überbringen sollte, sich weit fernzuhalten, falls er zufällig von seiner Schicht zurückkehrte, bei der er Chronos' Haus beobachtete. „Und Willie auch", fügte ich nach kurzem Überlegen hinzu. Es gab keine Garantie, dass sie sich benehmen würde, wenn sie im selben Zimmer war wie Charity.

Von dem Augenblick an, in dem sie eintraten, war ziemlich offensichtlich, dass Charity bloß mitgekommen war, weil sie hoffte, einen Blick auf Cyclops erhaschen zu können. Sie konnte nicht aufhören, zur Tür zu starren.

„Er ist nicht da", erklärte ich ihr.

Sie blinzelte mich unschuldig an. „Wer?"

„Spiel keine Spielchen. Du wirst nicht wieder in seine Nähe kommen, also kannst du aufhören, dich nach ihm umzuschauen. Er weiß von deinen Tricks. Wir alle kennen sie."

Sie zog eine Schnute. „Du bist grausam. Ich habe es meinem Vater nur erzählt, weil ich hoffte, er würde Cyclops dazu zwingen, sich ehrenhaft zu benehmen."

„Du magst ihn doch gar nicht", stieß Tante Letitia hervor, bevor ich mich auch nur von meinem Schock erholen konnte. „Du bist eine gemeine kleine Wespe, mein Mädchen. Aber man hat dich erwischt, und dein Stich wird wirkungslos bleiben. Wenn du dich jemals wieder Cyclops näherst oder mit dieser Lüge weitermachst, werde ich dir diesen Stachel höchstselbst herausreißen."

Ich starrte sie mit offenem Mund an.

Charity schniefte. „Verrückte alte Fuchtel."

„Sei still", fuhr Hope sie an. „Ehrlich, Charity, du machst alles schlimmer, indem du einfach nur da bist. Hör auf. Hör einfach auf, verstehst du?" Sie schloss die Augen und drückte sich die Finger auf den Nasenrücken. Nachdem sie tief durchgeatmet hatte, öffnete sie die Augen wieder und schien ein wenig gefasster. „Die Taten meiner Schwester bedaure ich. Das tue ich wirklich. Sie ist eine Schande für die Familie, und ich zumindest werde froh sein, sie zurückzulassen, sobald ich eine gute Ehe finde."

Charity schniefte auf dem Platz, den sie am Fenster einnahm, die Arme verschränkt.

„Hat Lord Coyle ein Angebot gemacht?", fragte Tante Letitia.

Hope biss sich auf die Lippen und nickte schwach.

„So bald schon", sagte ich. „Ich gratuliere."

„Du missverstehst das. Er hat seine Absichten mir gegenüber klargemacht, bevor er meinen Vater um meine Hand gebeten hat, aber ich habe ihn abgewiesen. Ich kann ihn nicht heiraten."

„Aber was ist denn mit deiner hübschen Ansprache von gerade eben", fragte Tante Letitia.

„Ich habe von einer *guten* Ehe gesprochen."

„Nicht mit einem fetten, alten Schwein", warf Charity ein. Sie lächelte ihre Schwester ausdruckslos an.

Hope seufzte, widersprach aber nicht.

„Ich weiß nicht, was meine Schwester gegen ihn hat", fuhr Charity fort. „Sie sind einander ähnlich. Beide sind begierig auf Unabhängigkeit, sagen gerne anderen, was sie tun sollen, und setzen den eigenen Kopf durch. Das könnte eine feurige Ehe ergeben, aber ich glaube, Hope mag dramatische Spektakel ziemlich, so sehr sie auch vorspielt, eine fügsame Tochter zu sein."

„Sei doch still", fuhr Hope sie an.

„Siehst du? Tante Letitia, du wusstest die ganze Zeit über, wie sie war. Du hast immer ihr Schauspiel durchschaut. Mutter und Vater haben das nie."

Hope sank zusammen, ihr Kampfgeist verflog. Das war keine Seite, die ich erwartet hätte, bei der jüngsten, lebhaftesten der Glass-Schwestern zu sehen.

„Weshalb seid ihr beiden hier?", fragte Tante Letitia. Ich konnte mir nicht sicher sein, ob sie Hope ihr jammerndes Gehabe nicht abkaufte oder ob es ihr einfach gleich war.

„Lord Coyle sagt, er wird mir etwas Zeit geben, zur Vernunft zu kommen, wie er es formuliert hat", sagte Hope. „Aber ich will, dass India ihren Einfluss bei ihm nutzt und ihn bittet, sich anderswo nach einer Frau umzusehen."

„Ich?", fragte ich dumpf. „Ich habe keinen Einfluss auf ihn."

Sie beugte sich plötzlich nach vorn. „Kannst du es nicht versuchen? Bitte, ich flehe dich an. Ich will ihn nicht heiraten, aber ich glaube nicht, dass ihn oder meine Eltern kümmert, was ich will."

Weshalb sollte Lord Coyle lebenslang Junggeselle bleiben, nur um dann ein Mädchen heiraten zu wollen, das jung genug war, um seine Enkelin zu sein? Bei seinem Vermögen und Einfluss hatten bestimmt viele Frauen versucht, im Lauf der Jahre sein Junggesellendasein zu beenden, weshalb sollte er sich also entscheiden, dem nun mit Hope ein Ende zu setzen? Hatte er sich wirklich so rasch in sie verliebt? Sie hatten gewiss gewirkt, als wäre ihnen die Gesellschaft des anderen behaglich, und die Unterhaltung war mühelos gelaufen. Viele verheiratete Paare teilten nicht einmal das.

„Die zusätzliche Zeit wird euch beiden guttun", erklärte ich ziemlich dümmlich.

„India wird dir nicht helfen", sagte Tante Letitia abschließend. „Du hast dein Bett gemacht, und jetzt musst du dich hineinlegen."

„Welches Bett?", fragte Hope.

„Du hast beim Abendessen mit ihm geflirtet."

„Genau das habe ich gesagt!", rief Charity.

Hope funkelte ihre Schwester an. „Ich habe nur getan, was alle Damen guter Abstammung tun, wenn sie neben einem Gentleman sitzen. Na ja, die meisten Damen von guter Abstammung. Zumindest flirte ich nicht mit dem Personal."

Charity setzte nur wieder ihr ausdrucksloses Lächeln auf und wandte sich zurück zum Fenster.

„Darauf zu beharren, Cyclops Personal zu nennen, steht dir nicht gut zu Gesicht", entgegnete Tante Letitia. „India wird niemandem helfen, der ihren Freund auf eine solche Art herabsetzt."

Klugerweise blieb Hope still.

„Tante Letitia hat recht", sagte ich. „Du sprichst von Cyclops, als wäre er nichts. Du hast versucht, meine Beziehung zu Matt zu sabotieren, und du hast versucht, zu verhindern, dass deine eigene Schwester mit Lord Cox glücklich wird. Weshalb sollte ich dir helfen?"

Hope drückte sich eine Hand auf den Bauch, als hätte ich einen heftigen Schlag gelandet. „Ich ... es tut mir leid, India. Das tut es wirklich. Ich hatte meine Gründe, all das zu tun, selbst in Hinblick auf Cyclops. Wenn er wirklich ein Freund ist, dann ist die Lage für ihn schlimmer, als wäre er Personal. Als Kutscher hätte mein Vater ihn als unter Charitys Würde betrachtet, und würde alles tun, um sie auseinanderzuhalten. Aber wenn Matt ihn als Ebenbürtigen behandelt, könnte mein Vater vielleicht auf den Gedanken kommen, dass er gut genug für seine seltsame, schwierige Tochter ist. Glaubt mir, es gibt nur wenige Gentlemen, die sie mit Wohlwollen betrachten, und jene, die es tun, sind selbst ziemlich verrückt. Meine Eltern wollen, dass sie verheiratet wird. Inzwischen ist es ihnen nicht sonderlich wichtig, an wen."

Charity klatschte. „Gut gemacht, Schwester. Was für ein Auftritt. Du solltest auf die Bühne."

Hopes Kehle bewegte sich, als sie schluckte, aber ansonsten war sie reglos.

„India mag ja glauben, dass mein Bruder vielleicht versucht, eine Vereinigung von Cyclops und Charity zu erzwingen", sagte Tante Letitia, „aber ich nicht. Ich kenne meinen Bruder länger als du, Hope, und ich bin mir sicher, dass er das nicht billigen würde. Lieber würde er Charity in eine Anstalt schicken."

Charity schoss hoch. „Anstalt?"

Hopes Lippen krümmten sich ganz leicht. „Wenn wir beschließen, nichts zu tun, werden wir herausfinden, wer von uns beiden recht hat, oder nicht?"

Charity verschränkte wieder die Arme, aber diesmal war es schon eher eine Umarmung als eine Trotzhaltung. Sie wandte sich zurück zum Fenster.

„Wir werden es nicht herausfinden", sagte ich zu ihnen allen. „Denn Lord Rycroft wird Cyclops in Ruhe lassen."

„Ich verstehe das nicht", sagte Tante Letitia. „Ist Matthew heute Vormittag dorthin gegangen? Um Richard zur Rede zu stellen und zu verlangen, dass er diesen Unfug beendet?"

Wir hatten weder ihr noch Willie erzählt, dass Matt heute losgegangen war, um sich mit dem Innenminister zu treffen, und wir hatten auf gar keinen Fall Cyclops darüber in Kenntnis gesetzt. Cyclops hätte das Gefühl, dass Duke sein Vertrauen verraten hatte, und Willie und Tante Letitia könnten unabsichtlich Öl ins Feuer gießen, wenn sie wüssten, dass Lord Rycroft forderte, dass Cyclops deportiert werden sollte. Es schien, dass Hope und Charity ebenfalls im Dunkeln tappten.

Es war an der Zeit, die Anwesenden aufzuklären.

Sobald ich damit fertig war, es ihnen zu erzählen, musste ich Tante Letitias Hand nehmen und sie davon abhalten, aus dem Salon zu marschieren, direkt zum Haus ihres Bruders.

„Es gibt eine andere Möglichkeit, damit umzugehen", sagte ich leise zu ihr. „Bitte, setz dich, sonst bekommst noch einen deiner Anfälle."

„Bekomme ich nicht", fuhr sie mich an. „Meine Gedanken sind heute sehr klar. Wirklich äußerst klar." Sie setzte sich zum Glück trotzdem hin.

„Ich werde um deinetwillen mit Lord Coyle reden", sagte ich zu Hope. „Ich werde ihm mitteilen, was für eine schreckliche Verbindung es wäre, und ich werde mein Bestes tun, so überzeugend wie möglich zu sein."

Sie atmete tief durch. „Vielen Dank, India. Vielen Dank."

„Im Gegenzug dafür wird Charity deinen Eltern erzählen, dass sie sich in den Stallungen auf Cyclops gestürzt hat, und nicht umgekehrt."

Ein wildes Lachen trat auf Charitys Lippen. „Weshalb sollte ich das tun?"

„Das ist nicht mein Problem." Ich wandte mich an Hope. „Es ist deines."

„Meines!", rief Hope. „Wie kann ich sie denn überzeugen? Ich bin ihr doch völlig gleich."

„Stimmt", sagte Charity, die mit der Schulter zuckte.

„Dir wird schon etwas einfallen", sagte ich zu Hope. „Wenn du möchtest, dass ich um deinetwillen bei Coyle einschreite, muss es das. Wenn du scheiterst, erzähle ich ihm vielleicht, dass du nicht zu begierig erscheinen wolltest, seinen Antrag anzunehmen, und dass er nicht so leicht aufgeben sollte."

Hope keuchte. „Das würdest du nicht tun."

„Würde ich nicht? Mir ist Cyclops wichtiger als du." Ich lächelte gelassen. „Genießt den Rest eures Tages. Wenn es euch nichts ausmacht, Tante Letitia und ich sind sehr beschäftigt."

Charity rauschte an uns vorbei, wirkte nicht ganz so siegreich, wie ich es von ihr erwartet hätte. Vielleicht machte sie sich Sorgen, wie ihre Schwester Lord Rycroft überzeugen würde, Cyclops in Ruhe zu lassen. Ich erwartete, dass Hope eine Menge Asse im Ärmel hatte, von denen einige das Breittreten lang gehegter schwesterlicher Geheimnisse umfassten. Für Hope war nichts heilig, insbesondere, wenn sie in eine Ecke gedrängt wurde.

Sie und Lord Coyle hatten mehr gemeinsam, als ihnen beiden klar war.

„Gut gemacht, India", sagte Letitia noch, nachdem sie gegangen waren. „Das war meisterhaft. Ich wünschte, Matthew wäre hier gewesen, um es zu sehen."

„Gratuliere mir noch nicht. Es wird Hope nicht leicht fallen, Charity zu überzeugen, ihre Täuschung aufzugeben und dann ihren Vater zu überzeugen, Cyclops nicht mehr nachzustellen."

„Würdest du wirklich Lord Coyle sagen, dass sie ihn heiraten will, falls sie scheitert?"

Ich seufzte. „Ich wünschte, ich wäre mutig genug, meine Drohung wahr zu machen, aber ich fürchte, ich würde einbrechen. So sehr mir Hope auch missfällt, sie zu einer Ehe mit einem Mann wie Coyle zu verdammen, wäre etwas Schreckliches. Ich werde versuchen, sie da herauszubringen."

„Ich schätze schon. Aber es besteht kein Grund zur Eile, oder? Überhaupt kein Grund."

KAPITEL 12

M att schaffte es nicht, den Innenminister zu treffen, ganz zu schweigen davon, ihn zu überzeugen, dass man Cyclops nicht deportieren sollte. „Er war zu beschäftigt", stieß er hervor. „Ich glaube, mein Onkel hat ihm empfohlen, mir aus dem Weg zu gehen."

„Das würde mich nicht überraschen", sagte ich, während ich einen Teller mit Sandwiches für ihn füllte.

„Mach dir nicht zu viele Sorgen", sagte Tante Letitia, während sie ihm eine Tasse Tee einschenkte. „India hat ihre eigenen Pläne in Stellung gebracht, um Cyclops zu retten, und ich glaube, das wird funktionieren. Es ist ziemlich klug."

Wir erzählten ihm von unserem Treffen mit den Schwestern, Hopes Bitte, dass ich sie vor einer Ehe mit Lord Coyle rettete, und der Bedingung, an die ich meine Unterstützung geknüpft hatte. Am Ende lächelte Matt.

„Meine kluge kleine Braut. Ich muss wohl aufpassen, wenn ich es mit dir zu tun habe."

„Unsinn", sagte ich, während ich ihm den Teller reichte.

„Du würdest niemals eine solche Erpressung bei mir einsetzen?"

„Nein, ich meine, ich bin nicht klein." Ich ließ den Teller lächelnd los.

Wir beschlossen, Lord Coyle nach dem Mittagessen aufzusuchen, aber nicht, um mit ihm über Hope zu reden. Ihr Name war allerdings das erste, was ihm über die Lippen kam.

„Ihre Cousine ist eine Freude, Glass", sagte er, während er uns zu der kleinen Bibliothek führte. Es war das Zimmer, in dem er Besucher empfing, und es war dasjenige mit der verborgenen Tür, die weiter zu seiner magischen Sammlung führte. Anders als die Delanceys hielt er seine magischen Gegenstände geheim, erlaubte nur ein paar Auserwählten, sie zu sehen. Soweit ich es wusste, hatten sie nur die anderen Mitglieder des Sammlerclubs in Augenschein genommen, bis auf Matt und mich.

„Hope ist eine einzigartige junge Frau", sagte Matt.

„Wirklich einzigartig. Ich bin nie einer anderen Dame wie ihr begegnet, nicht in all meinen Jahren. Sie ist klug und schlau, schön und wohlerzogen. Sie war mir bei jedem Thema ebenbürtig, und wir haben in unserer kurzen Bekanntschaft viele, viele Dinge besprochen. Ich habe das Gefühl, dass ich sie bereits sehr gut kenne."

„Ich würde Ihnen raten, es langsam anzugehen, mein Lord", sagte ich. „Sie hat viele Seiten, und ich möchte wetten, die haben Sie noch nicht alle gesehen." Ich war mir nicht sicher, ob diese Warnung zu ihrem oder zu seinem Wohl war.

„Wenn ich nicht handle, wird sie sich ein anderer schnappen. Ich bin kein Narr, Mrs. Glass, genauso wenig blind. Ich weiß, weshalb Sie mich warnen; ich bin zu alt für sie. Aber das ist mir gleich."

Matt spannte sich an. „Ist es *ihr* gleich?"

Lord Coyles Schnurrbart hob sich, als er lächelte. „Was immer für Vorbehalte sie noch hat, sie werden mit der Zeit verfliegen. Wir passen gut zusammen. Sie weiß es bereits, das kann ich erkennen, und sie wird schon einsehen, dass ich ihr alles geben kann, was sie will."

Ein leichter Schauder glitt mein Rückgrat hinauf.

„Wir sind nicht hier, um über meine Cousine zu reden", sagte Matt, als er den Sessel ablehnte, den Coyle ihm anbot. „Wir wollen wissen, ob Sie Fabian Charbonneaus Schuld beglichen haben."

„Diejenige, die ihn ins Gefängnis gebracht hat?" Lord Coyle ließ sich brummend auf einen der Sessel nieder. „Weshalb sollte ich das tun?"

„Damit Fabian Ihnen einen Gefallen schuldet", sagte ich. „Sie sammeln Sie gerne, besonders von Magiern."

„Bitte setzen Sie sich, Mrs. Glass. Sie stören meinen Gentleman-Ehrenkodex, indem Sie stehen bleiben. Wenn Sie sich nicht hinsetzen, muss ich mich wieder erheben, und meine Knie werden sehr stark protestieren."

„Das wird nicht lange dauern. Bitte stehen Sie nicht für mich auf. Ich bestehe darauf."

Er deutete mit dem Ende seines Gehstocks auf den Sessel gegenüber. „Kommen Sie schon, benehmen wir uns wie Freunde. Setzen Sie sich."

Matt schnappte ihm den Gehstock weg. „Sie will sich nicht hinsetzen", knurrte er. „Antworten Sie uns ehrlich. Haben Sie Charbonneaus Schuld getilgt oder nicht?"

Coyle sank in seinen Sessel, füllte ihn aus. „Habe ich."

„Woher wussten Sie, von wem er sich etwas geborgt hat?"

„Ich habe ihn gefragt."

„Sie haben ihn im Gefängnis aufgesucht?"

„Es war, kurz nachdem Sie beide da waren, glaube ich."

„Nicht laut der polizeilichen Ermittlungen", sagte ich. „Er hatte nach uns und Louisa keine Besucher mehr."

Coyles Lächeln war schlüpfrig. „Sie sehen sicher ein, dass Wärter nicht sonderlich gut bezahlt werden, Mrs. Glass. Sie sagen alles, wenn man ihnen ein paar Schilling hinschiebt."

„Weshalb ist Charbonneau nicht aus seinem Versteck gekommen und hat der Polizei mitgeteilt, dass die Schuld getilgt ist und er keinen Grund hätte, den Mord zu begehen?", fragte Matt.

„Weil er nicht wusste, dass ich den Geldverleiher bezahlen würde. Ich habe Mr. Charbonneau nichts von meinem Plan erzählt. Das wäre aufdringlich gewesen."

„Unsinn", spuckte ich aus. „Sie haben ihm die Information absichtlich vorenthalten. Weshalb?"

Coyle zog die Schultern zu einem Schulterzucken hoch.

„Weil er entweder wusste oder vermutete, dass Charbonneau seine Magie einsetzen würde, um einen Schlüssel zu erschaffen und zu fliehen", sagte Matt. „Vielleicht hat Charbonneau angedeutet, dass er nicht mehr sehr viel länger im Gefängnis bleiben würde, und Sie haben den Grund erraten. Nun lassen Sie sich einfach Zeit, warten ab, bis er von dem Mord freigesprochen wird und aus seinem Versteck kommt. Dann werden Sie ihm sagen, dass sie seine Schuld getilgt haben und dass er nun Ihnen etwas schuldet. Hoffen Sie, dass er Ihnen im Gegenzug den Schlüssel überlässt? Oder werden Sie sich etwas mehr von ihm erbitten?"

„Etwa einen Gefallen, den Sie zu einem späteren Zeitpunkt einfordern können?", fügte ich bitter an.

Lord Coyles Lächeln zerrte an meinen Nervenenden. „Ich schulde Ihnen keine Erklärung."

„Die Polizei hätte davon erfahren sollen", sagte Matt.

„Weshalb? Es ist nicht relevant. Sein Name wird nicht reingewaschen, denn er wusste nicht, dass ich seine Schuld beglichen habe."

„Wo und wann haben Sie McGuire getroffen?", fragte ich.

„Um sechs Uhr fünfundvierzig am Abend in einer Gasse. Nicht der gleichen Gasse, in der er später starb."

„Sie sind in eine Gasse gegangen, um sich mit einem Geldverleiher zu treffen?", schnaubte ich. „So töricht sind Sie doch nicht."

„Ich habe in der Kutsche gewartet, während mein Diener ihn geholt hat. McGuire kam dann zu mir. Ich glaube, Gassen waren seine liebsten Orte, um sein Geschäft durchzuführen. Dort hat Charbonneau ihn ursprünglich getroffen. Ziemlich unprofessionell, wenn Sie mich fragen, aber wenn man seine Angelegenheiten insgeheim durchführen will, dann schätze ich, leisten sie gute Dienste."

„Wie hat er gewirkt?", fragte Matt. „Nervös?"

„Er war überrascht, dass ich da war, um die Schuld zu begleichen. Ihm war nicht klar, dass ich Charbonneau kenne."

Matt hob eine Augenbraue. „Das legt nahe, dass Sie und McGuire einander bereits vor diesem Abend kannten."

Lord Coyles Finger spannten sich um den silbernen Knauf seines Gehstocks an.

„Woher kennen sie ihn?", fragte Matt.

„Ich habe nicht gesagt, dass ich das tue. Das haben Sie gesagt."

„Wir haben Grund zu der Annahme, dass McGuire jemandem Geld schuldete, und derjenige wollte dringend ausbezahlt werden. Deshalb hat er seine Schulden so dringlich eingetrieben. Er hat Sie nicht aus dem Nichts heraus nach Charbonneau gefragt, oder?"

„Ich frage mich, ob er deswegen so nervös war", überlegte Lord Coyle. „Vielleicht war er wegen seines Geldgebers besorgt. Ein paar Geldverleiher in dieser Stadt sind gefährlich, Glass. Sie halten sich am besten von ihnen fern. Man sollte ihnen nicht in die Quere kommen."

„Waren Sie es, Coyle?", drängte Matt. „Hat er Ihnen Geld geschuldet?"

Seine Lordschaft schaute Matt gleichmütig an, keiner wandte den Blick ab. Die Luft in dem kleinen Raum wurde drückend vor Anspannung, belastete meine bereits in Mitleidenschaft gezogenen Nerven.

„Ich bin McGuire vor diesem Abend niemals begegnet", sagte Coyle schließlich. Er lehnte sich auf seinem Gehstock nach vorne. „Es gibt etwas, das Sie an diesem Abend interessieren könnte. Er versuchte, unser Treffen zu beschleunigen. Als ich ihn nach dem Grund fragte, setzte er mich in Kenntnis, dass er auf ein weiteres Treffen musste, von dem er erwartete, dass dort ein weiterer Schuldner seine Schuld tilgen würde. Er schien darüber erleichtert."

„Weshalb, schätzen Sie, war das so?", fragte Matt.

„Vielleicht würde es ihm helfen, die Schuld zu begleichen, von der Sie sicher zu sein scheinen, dass er sie hatte. Wie ich sagte, manche Geldgeber sind gefährlich. Falls McGuire einem von ihnen eine beträchtliche Menge schuldete, hatte er allen Grund, sich zu fürchten, wenn er es nicht zurückzahlen konnte."

„Kennen Sie welche, die zu einem Mord fähig wären?", fragte ich.

„Jemanden zu ermorden, der einem Geld schuldet, ist nicht

gut fürs Geschäft, Mrs. Glass. Wenn ich einer dieser Geldgeber wäre, würde ich McGuire auf andere Weise bedrohen, etwa, seiner Familie zu schaden oder sein Geschäft oder seinen Ruf zu ruinieren. Wenn ich vielleicht etwas über ihn wüsste, etwas Illegales oder Amoralisches, das er getan hat, würde ich drohen, das zu enthüllen. Aber doch keinen Mord begehen."

Wieder lief es mir kalt den Rücken hinunter. Dieser Mann wusste, wie man drohte und Informationen nutzte, um zu bekommen, was er wollte. Ich hatte keinen Zweifel, dass er schon solche Drohungen ausgesprochen hatte. „India", sagte Matt, der mir eine Hand hinhielt. „Wenn du keine weiteren Fragen an Lord Coyle hast, sollten wir gehen."

Ich nahm seine Hand und dankte Coyle. Matt sagte kein Wort, bis wir im Inneren unserer Kutsche waren, und auf dem Weg nach Scotland Yard. Er konnte seine Aufregung kaum für sich behalten.

„Du wirkst wie ein Junge, der auf dem Jahrmarkt einen Preis gewonnen hat", sagte ich. „Was ist es denn?"

„Coyle hat mir eine Idee für das Motiv gegeben."

„Du glaubst, *er* hat McGuire getötet?"

„Nein, aber ich weiß, weshalb einer von McGuires Schuldnern das tun sollte. Daran sind wir gescheitert. Wir haben das Motiv für den Mord nicht festgelegt. Nicht für Charbonneau, Stanhope oder einen der anderen Schuldner von McGuire. Immerhin werden ihre Schulden durch seinen Tod nicht getilgt."

„Liegt es daran, dass sie, falls sie es nicht schnell zurückzahlen konnten, hofften, die Erben würden zum ursprünglichen Tilgungsplan zurückkehren, was ihnen dann mehr Zeit verschafft?"

„Das ist eine Möglichkeit, aber nun habe ich eine andere Theorie, dank Coyle. Vielleicht wurde McGuire wegen der Informationen getötet, die er drohte, über einen der Schuldner zu verraten, falls die Schuld nicht beglichen würde."

„Du glaubst, er hat eine solche Drohung ausgesprochen, und sein Mörder hat ihn ermordet, um sicherzugehen, dass das Geheimnis niemals ans Licht kommt?" Das war eine gute Theorie, und ich erwärmte mich dafür, je mehr Zeit verstrich. „Was, wenn sich McGuire mit seinem Mörder getroffen hat, nachdem er

Lord Coyle in der Gasse begegnet ist? Falls der Mörder McGuire bei diesem Treffen gesagt hat, dass er nicht zahlen könne, hat McGuire dann vielleicht gedroht, sein Geheimnis zu enthüllen."

„Und wen kennen wir mit einem großen Geheimnis, das sein Leben ruinieren könnte, wenn es an die Öffentlichkeit käme?"

„Stanhope", hauchte ich.

Es klang sinnvoll. Er kannte seinen Geschäftspartner sehr gut, und er wusste, wenn seine Veruntreuung ans Licht kam, würde Mr. Ingles ihn nicht nur verabscheuen, sondern auch zur Tat schreiten und ihn aus dem Unternehmen werfen. Für einen Mann wie Mr. Stanhope, der seine Arbeit liebte, war das eine schreckliche Konsequenz. Er hätte alles getan, um die Veruntreuung geheim zu halten.

Vielleicht sogar einen Mord begangen.

Einem Teil von mir tat er sehr leid. Er war in eine Ecke gedrängt worden; er war verzweifelt. Er wirkte nicht wie ein schlechter Mann, nur wie jemand, der seine Leidenschaft fürs Wetten nicht unter Kontrolle hatte, und das hatte zu finanziellen Schwierigkeiten geführt.

„Wir wissen immer noch nicht, weshalb er Fabian beschuldigt hat", sagte ich, „oder wie es ihm möglich war, nachts von seiner Frau wegzuschleichen."

„Sie hätte für ihn lügen können."

„Sie muss schon eine sehr gute Schauspielerin sein, dass Brockwell darauf hereinfällt. Er ist kein Narr."

„Einige Frauen bezirzen den Inspektor", sagte Matt. „Sowohl du als auch Willie haben ihn um den Finger gewickelt, weshalb nicht auch Mrs. Stanhope?"

Ich würde sie treffen müssen, um das sicher zu wissen. Brockwell mochte ja nicht so immun wie Matt gegenüber dem Charme manipulativer Frauen sein, aber er war kein Kriminalinspektor geworden, indem er sich von jeder Frau mit einem hübschen Gesicht Sand in die Augen streuen ließ.

„Was denkst du über Coyle?", fragte Matt. „Glaubst du, er lügt, wenn er sagt, dass er McGuire vor diesem Abend niemals getroffen hat, und dass er nicht derjenige war, der ihm Geld geliehen hat, nur um es dann einzutreiben?"

Ich seufzte. „Ich weiß es nicht. Es würde mich nicht überraschen, wenn er uns ins Gesicht gelogen hätte. Genauso wenig würde es mich überraschen, wenn er die Finger im Spiel hat, was den Geldverleiher-Kuchen in dieser Stadt angeht."

„Es klingt schon sinnvoll, dass ein kleiner Geldverleiher wie McGuire bei einem reichen Mann wie Coyle in der Schuld stehen sollte. McGuire muss flüssig sein, und Coyle könnte ihm dazu verhelfen."

„Für einen gewissen Preis."

„In der Tat."

Wir trafen uns mit Brockwell in seinem Bureau, umgeben von Fotografien der Mordszene, die auf seinem Schreibtisch ausgebreitet lagen. Er sammelte sie rasch auf und steckte sie unter seinen Papieren weg.

„Ich entschuldige mich, Mrs. Glass", sagte er. „Das hätten Sie nicht sehen sollen."

Ich tat seine Bedenken ab und kam gleich zur Sache. „Wir wissen, weshalb Stanhope McGuire getötet hat."

Er hörte sich unsere ganze Erklärung an, nur um dann den Kopf zu schütteln. „Mir gefällt das Motiv, Glass. Auf jeden Fall. Aber es ist ein Motiv, das auf die meisten von McGuires Schuldnern zutreffen könnte. Ich bin sicher, Stanhope war nicht der einzige mit einem Geheimnis. Und es gibt auch noch die Sache mit dem Alibi und seiner Verbindung zu Charbonneau. Bisher haben wir es nicht geschafft, eine zu finden. Auf jeden Fall ist es auch möglich, dass McGuire Charbonneau mit etwas bedroht hat."

„Wie etwa?", wollte ich wissen.

Brockwell zuckte mit den Schultern. „Etwas Magischem? Die Gilde in Kenntnis setzen, dass er ein Magier ist?"

„Ich weiß nicht, ob das eine Bedrohung für die Charbonneaus wäre."

„Ihr Geschäft ist so erfolgreich, sie brauchen die Zustimmung der Gilde nicht", fügte Matt an. „Sie können direkt zu ihrer Regierung gehen und eine Lizenz erhalten. Ich glaube, diese Familie ist mit wichtigen Leuten befreundet; Leuten, die sehr viel höher im Rang stehen als der Gildemeister."

„Also etwas anderes. Etwas, das Charbonneau ruinieren könnte."

Oder etwas vernichten, das er wollte, hätte ich vielleicht gesagt, tat es aber nicht. Fabian waren nur seine magische Forschung und das Schöpfen neuer Zauber wichtig. Was, wenn McGuire gedroht hatte, ihm das wegzunehmen?

Nein, es würde keine Rolle spielen. Fabian würde niemanden ermorden. Nicht einmal dafür. Ich war mir dessen sicher. „Fabian ist kein Mörder", sagte ich. „Darauf gebe ich Ihnen mein Wort, Inspektor."

Matt tippte mit dem Finger auf seinen Oberschenkel, seine Stirn lag in Falten. „Es ist Stanhope. Da bin ich mir sicher. Ich konnte nicht herausfinden, weshalb er Ingles gebeten hat, für ihn zu lügen und zu sagen, dass er bis um neun Uhr in der Fabrik war. Der Mord geschah ein gutes Stück nach neun. Die ungefähre Todeszeit stand am Folgetag in allen Zeitungen, und Stanhope gab zu, sie gelesen zu haben. Weshalb hatte er also Ingles gebeten, zu lügen? Damals ergab es keinen Sinn, aber jetzt tut es das. Coyle hat uns den Hinweis geliefert."

„Stanhopes Treffen mit McGuire", sagte ich, erkannte, worauf er hinaus wollte.

Brockwell wackelte mit dem Finger in Matts Richtung. „Stanhope traf sich mit McGuire früher am Abend. Es war vermutlich bei diesem Treffen, als er McGuire sagte, dass er nicht bezahlen konnte, und McGuire hat ihn informiert, dass er Ingles über die Veruntreuung aufklären würde. Stanhope fasste seinen Mordplan genau dann und dort, aber er wollte nicht, dass wir erfahren, dass er McGuire überhaupt getroffen hat."

„Deswegen hat er Ingles überredet, wegen der Zeit zu lügen, zu der er die Arbeit verlassen hat", fügte ich an. „Glaubst du, Stanhope war der Mann, den McGuire gleich nach Coyle in der Gasse getroffen hat?"

„Es ist wahrscheinlich", sagte Matt.

Matt und ich nickten zustimmend, aber Brockwell schüttelte den Kopf. „Es ist auch möglich, dass Stanhope Ingles gebeten hat, wegen der Zeit zu lügen, zu der er die Fabrik verlassen hat, weil er fürchtete, dass wir genau zu diesem Schluss springen würden. Dass wir, falls wir erfuhren, dass er McGuire früher am

Abend getroffen hat, auch annehmen würden, dass er ihn später getötet hat."

„Weshalb verteidigen Sie ihn?", fragte Matt.

„Weil ich seiner Frau begegnet bin, und ich mir sicher bin, sie würde mich nicht anlügen. Außerdem erklärt es genauso wenig, weshalb Charbonneaus Taschentuch am Tatort des Verbrechens platziert wurde. Nehmen wir, um es durchzuspielen, einmal an, dass McGuire Stanhope von einem französischen Kerl erzählte, der ihm auch Geld schuldete. Nehmen wir außerdem an, dass Stanhope wusste, dass der Franzose im Gefängnis war, und herausfand, wo er wohnte, und sogar, dass er dort hinging, um das Taschentuch zu stehlen. Wie erfuhr er, dass Charbonneau eine Flucht plante? Oder tatsächlich, dass er es getan hatte? Es ist ein Rätsel, nicht wahr?"

„Dann sollten Sie besser Ihren Hut aufsetzen und es lösen, Inspektor." Matt erhob sich abrupt. „India und ich werden weiterhin tun, was wir können. Ich schlage vor, dass wir Mrs. Stanhope aufsuchen."

„Nein!"

„Wir warten, bis ihr Mann ausgegangen …"

„Auf gar keinen Fall!" Brockwell schlug beide Hände auf den Tisch, eine höchst untypische Darbietung von Gefühlen. „Mrs. Stanhope ist eine gute Frau und sollte nicht weiter belästigt werden, als sie bereits wurde."

„Sie sind viel zu ritterlich für diese Aufgabe, Brockwell."

„Das ist keine Ritterlichkeit, Glass, es ist gesunder Menschenverstand. Ich habe sie gründlich befragt, und sie hat sich an ihre Geschichte gehalten. Ich habe darin keine Unstimmigkeiten gefunden, keinen Zweifel in ihrem Verstand. Wenn wir keine neuen, *harten* Fakten finden, werde ich sie nicht wieder befragen. Und auch keiner von Ihnen tut das. Haben Sie das verstanden?"

Ich nahm Matts Arm und bohrte meine Finger fest hinein. „Es ist ganz klar, Inspektor. Wir machen uns am besten auf den Weg."

Ich wusste nicht, wer wen aus dem Gebäude bugsierte, aber wir waren beide froh, in der Kutsche zu sein und nach Hause zu fahren.

„Du wolltest mich dort hinausbringen, weil du planst, dass wir mit Mrs. Stanhope reden", sagte Matt. „Oder nicht?"

„Nein, Matt, das habe ich nicht vor. Ich stimme Brockwell zu. Wenn sie ihn angelogen hat, wird sie uns auch anlügen. Anders als du glaube ich nicht, dass er von einer Frau getäuscht werden kann. Falls er ihre Geschichte glaubt, dann sagt sie entweder die Wahrheit, oder sie ist eine so gute Lügnerin, dass es uns auch nicht möglich sein wird, ihre Lügen zu entlarven. Wenn wir sie also befragen wollen, brauchen wir Beweise."

„Also gut. Wie schlägst du vor, dass wir die bekommen?"

Das war das Problem. Ich hatte keine Ahnung.

* * *

ICH HOFFTE, wenn ich meinen Verstand beschäftigte, würde das meinen inneren Gedanken gestatten, eine Lösung zu finden, aber es schien, als wäre die Arbeit an der Sprache der Magie zu viel Beschäftigung für meinen Verstand. Nach einer Stunde legte ich meine Notizen zur Seite und ließ mich an meinem Schreibtisch nieder, meine Uhrmacherwerkzeuge in der Hand. Diese Aktivität wäre beruhigender.

Als erstes arbeitete ich an meiner Taschenuhr, nahm sie einfach auseinander und setzte sie wieder zusammen. Dann wandte ich mich der schwarzen Marmoruhr zu. Sie ging zwei Minuten und zwanzig Sekunden nach. Das war nicht hinnehmbar.

Ich nutzte einen der Zauber, den Chronos mir beigebracht hatte, während ich ihr Innenleben wieder an den richtigen Platz brachte und dann die Zeiger richtig stellte. Es war das erste Mal, dass ich an dieser Uhr einen Zauber eingesetzt hatte. Tatsächlich war es das erste Mal, dass ich den Zauber überhaupt einsetzte, außer zum Üben. Alle anderen Uhren und Taschenuhren schienen einfach zu funktionieren, wenn ich fertig an ihnen gebastelt hatte. Diese Uhr hatte sich als widerspenstig erwiesen. Vielleicht würde der Zauber sie reparieren. Morgen würde ich es wissen.

Peter kam an und setzte mich darüber in Kenntnis, dass Catherine im Salon wartete. Ich packte meine Werkzeuge weg und ging die Stufen hinab, aber ich hielt vor der Tür zum Salon inne. Sie stand offen, und Cyclops' dröhnende Stimme war deutlich zu hören.

„Ich brauche deine Hilfe nicht", sagte er.

„Du *willst* meine Hilfe nicht, Nate", sagte Catherine. „Aber du brauchst sie. Da gibt es einen Unterschied."

Er knurrte. „Ich werde nicht zulassen, dass du in diesen Schlamassel hineingezogen wirst. Lord Rycroft ist gefährlich."

Ich spähte um die Ecke und sah sie ganz dicht beisammen in der Nähe des Kamins stehen. Dichter als nur Freunde.

Catherine sah mit gerunzelter Stirn zu ihm auf, kaute auf ihrer Unterlippe. „Gewiss gibt es etwas, das ich tun kann. Mit Charity reden vielleicht?"

„Sie wird nicht für Vernunft zugänglich sein", sagte er. „India und Miss Glass haben es bereits versucht."

„Aber ich muss etwas tun!"

Cyclops nahm Catherines Hand, und sie legte sofort ihre andere darüber. „Hör mir zu." Cyclops' Stimme war wie warmer Honig. Ich hatte schon gesehen, wie er denselben Tonfall bei verängstigten Pferden anschlug, und es schien auch bei Catherine zu funktionieren. „Meine größte Angst war, dass du mir nicht glauben würdest, dass ich unschuldig bin. Zu wissen, dass du das tust, ist alles, was ich von dir brauche. Das ist alles, was ich will."

Catherines Lippen bebten. „Natürlich glaube ich dir. Daran bestand niemals ein Zweifel."

Er küsste sie auf die Stirn, dann nahm er die Hand weg.

Aber Catherine war noch nicht bereit, ihn ganz loszulassen. Sie verstellte ihm den Weg, als er gehen wollte. Ihr Augenblick der Schwäche war verflogen, und das Feuer, von dem ich wusste, dass es tief in ihr brannte, war wieder da. „Warum?", fragte sie.

„Nicht", knurrte er zurück.

„Warum sagst du so wunderbar süße Sachen zu mir, um mich dann wegzuschieben?"

„Du weißt, warum." Er marschierte an ihr vorbei zur Tür, wo er mich sah. Es war zu spät für mich, um so zu tun, als hätte ich sie nicht gehört.

Sie drehte sich zu uns, die Hände an den Seiten zu Fäusten geballt. „Du bist ein Feigling, Nate."

„India", sagte er grüßend, während er an mir vorbeiging. Aber er hielt nicht an und schaute nicht zurück.

Catherine warf die Hände in die Luft. „Wie kann er solche Sachen sagen, und dann tut er so, als würde er nichts für mich empfinden?"

„Zumindest geben dir seine Worte Hoffnung", sagte ich und trat zu ihr. „Es zeigt, dass du ihm wichtig bist."

„Es ist nervtötend."

„Gib ihm Zeit."

„Ich habe ihm Zeit gegeben, India." Sie stieß abgehackt angehaltene Luft aus und gestattete es mir, sie neben mich auf das Sofa hinabzuziehen. „Ich habe ihm Zeit und Raum gegeben, weil ich hoffte, dass er zur Vernunft kommt und zugibt, dass zwischen uns etwas ist, etwas, das sich lohnt, weiter zu erkunden, aber er ist zu stur. Was kann ich sonst tun?"

„Verstehen, weshalb er dich auf einer Armeslänge Abstand hält."

„Ich verstehe es. Ich stimme nur nicht mit seiner Begründung überein oder mag sie."

„Er tut es für dich, Catherine. Er macht sich Sorgen, dass ein Zusammensein mit ihm dich von deiner Familie entfremden wird, von der Gesellschaft. Das ist nicht das Leben, das er für dich oder eure Kinder will. Wenn das kein Zeichen von Liebe ist, dann weiß ich auch nicht."

Meine Worte richteten nichts gegen die Anspannung in ihren zarten Zügen aus. „Ronnie würde mich nicht im Stich lassen, und genauso wenig du oder Matt, Duke oder Willie. Sogar Miss Glass würde uns unterstützen. Wir haben mehr Freunde als die meisten. Und was irgendwelche zukünftigen Kinder angeht, sie werden zwei Eltern haben, die sie lieben, und eine größere Familie in euch allen ebenfalls. Das ist viel mehr, als viele arme Kinder in dieser Stadt haben."

Ich seufzte. Es war unmöglich, etwas dagegen zu sagen, wenn sie doch recht hatte.

Catherine blieb nicht lang. Obwohl sie sagte, dass sie gekommen war, um mich zu einer freundschaftlichen Unterhaltung zu treffen, vermutete ich, dass sie eigentlich da war, um Cyclops zu sehen. Nachdem sie das erreicht hatte, kehrte sie in die Wohnung über der Werkstatt zurück, in der sie zusammen mit ihrem Bruder lebte.

Sie wurde jedoch durch einen anderen Besucher ersetzt. Dieser war nicht so willkommen, insbesondere, da er mich nicht begrüßte, bevor er mich anschrie.

KAPITEL 13

„Sag deinem Mann, er soll seine Hunde abberufen, India", fuhr Chronos mich an, bevor er auch nur einen Fuß nach drinnen gesetzt hatte. „Mach es jetzt. Ich habe es satt, beobachtet zu werden. Ich komme mir vor wie ein Verbrecher."

Bristow trat zwischen Chronos und mich, verstellte mir die Sicht. „Vielleicht würde Mr. Steele lieber draußen warten, bis Mr. Glass eintrifft. Fossett", sagte er zu Peter, der in der Nähe stand, „Hol Mr. Glass aus seinem Bureau. Sag ihm, dass Mr. Steele sich gerne unterhalten würde."

„Das ist das Haus meiner Enkelin", rief Chronos. „Lassen Sie mich rein."

„Erst, wenn Sie sich beruhigen, Sir."

„India!"

„Ist schon in Ordnung, Bristow", sagte ich. „Draußen wird Chronos mehr Schwierigkeiten machen als drinnen. Unsere Nachbarn bekommen durch uns schon genug Aufregung."

Bristow trat zur Seite, und Chronos ging an ihm vorbei in den Eingangsbereich. Er klatschte dem Butler seinen Hut an die Brust. „Hängen Sie den auf, und dann laufen Sie schon und holen mir was zu trinken. Etwas Starkes aus dem Alkoholschrank von Glass. Und zwar das gute Zeug. Das habe ich nach den letzten paar Tagen verdient."

„Chronos!", rief ich. „Sei nicht kindisch. Bristow, decken Sie einen weiteren Platz zum Abendessen. Es ist zu früh für Alkohol."

Chronos knurrte, während er zusah, wie der Butler mit seinem Hut davonging.

„Also hast du Duke entdeckt", sagte ich, weil ich wusste, dass er derjenige war, der das Haus beobachtete.

„Nicht nur ihn", erwiderte Chronos, während er mir in den Salon folgte. „Sie alle drei. Es geht schon seit Tagen so. Sag deinem Mann, dass Charbonneau nicht bei mir ist, und dass er die Überwachung einstellen soll."

„Es ist nicht Matts Schuld. Es war eine gemeinsame Entscheidung von uns allen."

„Nimm ihm nicht die Schuld ab."

„Nichts, was ich sage, wird dafür sorgen, dass du es dir anders überlegst, wenn du also nicht still sein willst, darfst du gehen."

„Vor dem Abendessen?" Er knurrte wieder. „Ich glaube, ich bleibe."

Matt trat ein, gefolgt von Duke.

Chronos wies mit dem Kinn in Dukes Richtung. „Also ist Ihr Spion mir hierher gefolgt. Ich hätte es wissen sollen."

Duke verdrehte die Augen. „Ich bin Ihnen nicht gefolgt. Willie hat übernommen."

„Wir sind nicht an Ihren Bewegungen interessiert, Chronos", sagte Matt mit einer Ruhe, die ich ihm neidete. „Wir sind an der Person interessiert, die Sie in Ihrem Haus verstecken."

„In meinem Haus ist niemand außer mir!"

Matt zog sein Hosenbein hoch und setzte sich hin. Er hielt mir seine Hand mit einem Lächeln hin, und ich setzte mich neben ihn. Seine entspannte Haltung schien Chronos nur anzustacheln. Er schnaubte, schnalzte mit der Zunge und schüttelte den Kopf, während er sich weigerte, sich zu setzen.

Es war Duke, der schließlich etwas sagte. „Jemand anders ist dort drin. Ich habe die Vorhänge flattern sehen, als Sie heute Vormittag nicht zu Hause waren."

Chronos wählte schließlich einen Sessel und ließ sich darauf nieder. „Zugluft."

„Hat sich für Zugluft zu viel bewegt."

„Meine Haushälterin also. Sie macht manchmal sauber, wenn ich ausgegangen bin."

„Sie war auch ausgegangen. Es war jemand anderes in Ihrem Haus. Jemand, der weiß, dass ich es beobachtete."

„Jeder weiß, dass ihr mein Haus beobachtet! Die ganze Nachbarschaft redet davon. Keiner von euch beherrscht die Kunst, unauffällig zu sein. Es ist ihre amerikanische Art", sagte er zu mir. „Cowboys in London sind eine Merkwürdigkeit. Ganz zu schweigen von Mädchen, die als Cowboy verkleidet sind, und riesigen Piraten."

Ich biss mir auf die Lippe, damit ich verhinderte, dass sich ein Lächeln ausbreitete. Chronos hatte die Unterhaltung gerade von erhitzt zu aberwitzig weitergeführt. Es war eine passende Erinnerung daran, dass er sich nur aufplusterte und nichts dahinter steckte. Matt hatte es die ganze Zeit gewusst, darum war er auch völlig ruhig geblieben.

Chronos sah mich finster an. „Weshalb lächelst du?"

„Tue ich nicht."

„Das ist nicht erheiternd." Er schniefte. „Es ist ein Eindringen in meine Privatsphäre."

„Ein Eindringen in deine Privatsphäre wäre es, wenn wir nach drinnen gestürmt und dein Haus durchsucht hätten. Wenn du uns drängst, tun wir es vielleicht sogar."

Er schniefte wieder.

„Wohnt Fabian bei dir?", fragte ich. „Antworte mir, oder du bist nicht eingeladen, zum Abendessen zu bleiben."

„Glaubst du, man kann mich mit einer Mahlzeit kaufen?"

„Wohnt Fabian in deinem Haus?"

Er erhob sich. „Ich muss mir diese Vorwürfe nicht anhören."

„Es ist kein Vorwurf, es ist eine Frage."

Er marschierte weg, nur um am Eingang in Bristow zu laufen, der Chronos' Filzhut in der Hand hatte.

„Gehen Sie nicht ohne Ihren Hut, Mr. Steele."

Chronos schnappte ihn Bristow weg. „Er ist feucht."

„Er ist in einen Wassereimer gefallen."

„Wie?"

„Ich erinnere mich nicht."

„Er wird seine Form schon behalten", sagte ich zu Chronos, bevor seine Laune explodierte. „Er ist von guter Qualität."

„Ich kann ihn jetzt nicht auf dem Heimweg tragen, oder? Ich setze mir doch keinen feuchten Hut auf." Mit einem Schnauben schob er sich an Bristow vorbei.

„Grüßen Sie Charbonneau von uns", rief Matt ihm nach. „Sagen Sie ihm, er soll nicht wieder aus dem Fenster spähen, bis wir seinen Namen reinwaschen können."

Chronos' einzige Reaktion war, die Eingangstür zuzuschlagen.

Ich rieb mir über die Stirn und seufzte. „Er mag ja ein alter Mann sein, aber das gibt ihm nicht das Recht, unhöflich zu den Angestellten zu sein. Oder zu uns."

Matt rieb mir über die Schulter und küsste mich auf die Schläfe. „Er steht unter einigem Druck."

„Du musst ihn nicht verteidigen", sagte ich. „Er ist nur zu fähig, das selbst zu übernehmen."

„Ich kann nicht glauben, dass er vor dem Abendessen gegangen ist", murmelte Duke. „Wenn ich er wäre, hätte ich mir das Leugnen bis nach dem Nachtisch aufgehoben."

* * *

EIN BRIEF von Mrs. McGuire traf am folgenden Vormittag ein, in dem sie mich um Hilfe bat, um den Rest der Geschäftspapiere ihres Mannes mit ihr durchzugehen. Sie wollte jemanden, der seine Angelegenheiten verstand, um ihr die Verträge zu erklären, aber sie wollte nicht die Hilfe eines Mannes. Sie wollte, dass ich allein kam.

Es fiel mir teuflisch schwer, Cyclops und Duke zu überzeugen, dass es in Ordnung wäre, als ich ihnen und Matt die Nachricht im Wohnzimmer vorlas.

„Sie könnte die Mörderin sein", sagte Duke.

„Ich glaube nicht, dass sie das ist", sagte Matt.

Cyclops stimmte Duke zu. „Man kann es nicht ausschließen. India sollte nicht allein gehen."

„Sie hat Angst vor Männern", erklärte ich ihnen. „Vielleicht redet sie gar nicht mit mir, wenn ich mit euch beiden im Schlepptau ankomme."

„Dann nimm Willie mit", sagte Cyclops.

„Sie ist nicht da und ist gestern Nacht nicht nach Hause gekommen."

„Sie ist wohl bei Brockwell."

„Da bin ich nicht sicher", erwiderte Duke. „Er scheint keine Ablenkung während einer großen Ermittlung zu wollen. Sie hat vermutlich ein anderes Bett gefunden, in dem sie schlafen kann."

„Duke!", rief ich. „Willie mag ja eine Menge Dinge sein, aber sie würde doch keine Liaison mit jemand anderem führen, während sie mit dem Inspektor zusammen ist."

Cyclops und Duke wechselten Blicke.

„Mir gefällt es nicht sonderlich", sagte Matt. „Aber ich stimme dir zu, India. Du solltest allein gehen. Lass aber Mrs. McGuire wissen, dass sie meinen Zorn zu spüren bekommt, wenn dir etwas zustößt."

„Ich werde sicherstellen, dass ich diese Worte in die Konversation einfließen lasse."

Ich lächelte ihn an, aber er schaute nur finster zurück. „Das ist mein Ernst", murmelte er.

Ich küsste ihn oben auf den Kopf. „Ich treffe euch alle später."

* * *

Mrs. McGuire wirkte anders, aber ich konnte den Grund nicht ganz benennen. Sie trug dasselbe schwarze Trauerkleid aus Krepp, in dem ich sie schon zweimal gesehen hatte, zusammen mit einem langen schwarzen Schleier, der an eine Haube gesteckt war und über ihren Rücken fiel.

Erst, als sie zu sprechen begann, wurde mir klar, was sich verändert hatte. Sie richtete ihren Blick auf mich, anstatt ihn zu senken, und sie sprach mit einer ruhigen, starken Stimme, keiner bebenden. Mrs. McGuires Selbstvertrauen war wieder da, oder es hatte zumindest einen Anfang genommen. Ihr Grobian von einem Mann hatte es nicht ganz zerstört.

Wir gingen direkt ins Bureau ihres Mannes, wo Tee und

Plätzchen auf den Schreibtisch gestellt waren. Es gab keine Spur von der Haushälterin, aber ich hörte irgendwo im Haus den Knall einer zuschlagenden Tür.

„Ich habe gehofft, dass Sie kommen würden", sagte Mrs. McGuire, die Tee einschenkte. „Ich weiß, dass es voreilig von mir war, aber ich habe den Tee gemacht und alles hingestellt, in der Hoffnung, Sie würden auftauchen."

„Hat nicht Ihre Haushälterin den Tee gemacht?", fragte ich.

Wenn sie das für eine seltsame Frage hielt, zeigte sie es nicht. „Ich habe ihr den Tag freigegeben, damit wir nicht gestört werden. Sie ist vor einiger Zeit gegangen."

Ich nahm die Tasse und die Untertasse an, nur um sie wieder abzustellen. Ich wollte nicht, dass sie meine bebenden Hände bemerkte. „Sind wir hier allein?"

Sie blinzelte mich an. „Ja. Warum?"

„Ich habe nur vor ein paar Augenblicken eine Tür gehört, die zuging."

„Oh. Ich habe nichts gehört." Sie lächelte. „Vielleicht ist Mrs. Roston gerade erst gegangen. Das würde ihr ähnlich sehen, auf Ihre Ankunft zu warten. Sie macht sich Sorgen, wenn ich allein bin, seit Mr. McGuires Tod."

„Vor seinem Tod hat sie sich keine Sorgen um Sie gemacht?"

Sie hob den Blick über ihre Teetasse hinweg zu meinem. „Sie hatte nicht den Mut, sich Sorgen zu machen. Nicht wegen der Art, wie mein Mann eben war."

„Ja. Natürlich."

Wir nippten beide.

„Sollen wir anfangen?", fragte ich, stellte die Tasse ab. „Mein Mann will nicht, dass ich zu lange weg bin. Er wird eine Such-mannschaft schicken, wenn ich nicht zu einer vernünftigen Zeit wieder auftauche." Ich lachte, aber sie wirkte entsetzt.

„Was ist eine vernünftige Zeit?", fragte sie.

Ich tat ihre Frage ab. „Das hängt davon ab, wie der Wind weht."

„Dann müssen wir uns beeilen. Ich will nicht, dass Ihr Mann sich … sorgt." Sie stellte ihre Tasse ab und nahm das oberste Dokument vom Stapel auf dem Schreibtisch. „Die habe ich aus den Aktenschränken meines Mannes geholt. Es scheinen Verträge mit seinen Kunden zu sein. Ich habe gehofft, Sie könnten mir einige der Bedingungen erklären. Es ist alles so kompliziert."

„Ich versuche es", sagte ich und nahm das Dokument entgegen.

Sie setzte sich neben mich, und ich erklärte ihr, was einige der Formulierungen bedeuteten. Es war nicht zu kompliziert. Die Bedingungen waren klar und nicht durch schwierigen juristischen Jargon verkompliziert. Mrs. McGuire hätte das meiste selbst herausbringen können sollen.

„Ich weiß, dass Sie mich für dumm halten", sagte sie, als ich eine bestimmte Klausel zum zweiten Mal erklärte.

„Überhaupt nicht", erwiderte ich.

Sie hob eine Hand, und ich zuckte zurück, aber sie berührte sich nur an der Stirn, bevor sie sie wieder in den Schoß legte. Zum Glück war ihr meine Reaktion nicht aufgefallen.

„Ich habe keine Bildung erhalten", sagte sie mir. „Als ich heiratete, konnte ich ein bisschen lesen, gerade genug, um einen Haushalt mit der Hilfe einer Haushälterin zu führen. Mr. McGuire hat mir nichts über seine Geschäftsangelegenheiten erzählt. Er sagte, das würde ich nicht verstehen." Sie hob wieder die Hand, diesmal strich sie damit über ihr Kinn, als würde sie den Geist eines blauen Flecks berühren.

Ich schenkte ihr ein tröstendes Lächeln. „Eine fehlende Bildung heißt nicht, dass Sie dumm sind. Sie haben einfach nicht die Gelegenheit erhalten, Ihr Wissen zu erweitern, und ich bin mir sicher, Ihr Mann hat Sie nicht ermutigt, etwas zu lernen."

In ihren Augen standen Tränen. „Er sagte, ich müsse nichts wissen, nur, wie man eine gute Frau ist. Aber darin bin ich in seinen Augen auch gescheitert. Wir hatten niemals Kinder", fügte sie an.

Ich hielt es nur für gut, dass ein grausamer Mann wie Mr. McGuire niemals Kinder gezeugt hatte, aber es wäre nicht sonderlich freundlich gewesen, das zu seiner kinderlosen Witwe zu sagen, darum wechselte ich das Thema.

„Waren Sie bei dem Anwalt, dessen Name auf der Karte stand, die wir gefunden haben?"

Sie nickte. „Er war der Anwalt meines Mannes. Er sagt, ich

bin die Erbin im Testament meines Mannes. Alles geht jetzt an mich. Dieses Haus, seine Besitztümer, und all das Geld, das die Leute ihm schulden."

„Genauso wie jegliche Schulden, die er anderen gegenüber hat."

„Das hat der Anwalt erwähnt, aber er wusste von keiner Schuld. Ich hoffte, die Einzelheiten dazu in seinen Papieren zu finden, falls überhaupt eine Schuld existiert."

„Unsere Ermittlungen legen nahe, dass es eine gibt, und sie wurde plötzlich eingefordert"

Sie musterte die Papiere. „Dann finden wir es besser heraus, ob sie getilgt wurde oder nicht."

Bis wir mit den Dokumenten aus dem Aktenschrank fertig waren, vergaß ich meine Vorbehalte gegenüber Mrs. McGuire. Sie wirkte ehrlich, als würde sie meine Hilfe brauchen, um ihr die Bedingungen der Verträge zu erklären und ihre neue finanzielle Stellung zu verstehen. Falls die Haushälterin noch im Haus gewesen war, als ich eingetroffen war, war ich ziemlich sicher, dass sie gegangen war, als ich gehört hatte, wie die Tür sich schloss. Mrs. McGuire hatte sehr wahrscheinlich die Wahrheit gesagt, als sie erwähnt hatte, dass die Haushälterin geblieben war, bis sie wusste, dass ihre Arbeitgeberin bei mir in Sicherheit war. Wenn man bedachte, was die Witwe durchgemacht hatte, war das verständlich.

„Das ist alles", sagte ich, legte den letzten Vertrag auf den Stapel. „Sind Sie sicher, dass es keine weiteren Dokumente im Aktenschrank gibt?"

„Ziemlich sicher, aber Sie können selbst nachsehen."

Ich wühlte mich durch jede Schublade, während Mrs. McGuire vom Eingang des Bureaus aus zusah. Es gab keine weiteren Dokumente. Dann öffnete ich die Schreibtischschubladen, fand aber nichts. Ich wippte auf dem Boden zurück auf die Fersen und schaute mich im Zimmer um.

„Wenn ich etwas geheim halten wollte, würde ich es verstecken", sagte ich. „Ihr Mann war in einem gefährlichen Geschäft tätig, Mrs. McGuire. Es ist möglich, dass der Mann, dem er etwas geschuldet hat, skrupellos war, und einige der Männer, die ihm

Geld geschuldet haben, sind auch von fragwürdigem Charakter."

„Spieler", sagte sie mit einem Nicken zu dem Stapel hin.

„Er muss wohl entweder hier oder woanders ein Versteck haben. Gab es einen anderen Raum im Haus, in den er ging, und von dem er nicht wollte, dass ihm jemand folgte?"

Sie schüttelte den Kopf. „Das war sein Heiligtum. Er war hier die ganze Zeit drin, wenn er zu Hause war, außer er aß oder schlief."

„Was ist mit außerhalb des Hauses? Ein Schließfach bei der Bank zum Beispiel."

„Ich schätze, es gab vielleicht eines, aber wir haben keine Papiere oder einen Schlüssel gefunden, und der Anwalt hat nichts erwähnt."

Die Information musste in diesem Raum sein. Ich kroch unter den Schreibtisch und schaute mir die Unterseite an. Nichts war daran genagelt worden, und ich konnte keine zusätzlichen Fächer erkennen. Ich kroch wieder hervor.

„Helfen Sie mir bitte auf, Mrs. McGuire. Wir werden diesen Raum auseinandernehmen."

Sie half mir auf die Beine, dann schaute sie sich im Raum um. „Wo fangen wir an?"

„Klopfen Sie auf die Wände. Wenn ein Abschnitt hohl klingt, dann ist vielleicht eine Aufbewahrungsmöglichkeit dahinter."

Wir klopften die Wände ab, sahen unter dem Sessel nach, im Inneren des Schreibtisches und der Schubladen des Aktenschranks suchten wir nach falschen Böden. Wir rollten den Teppich auf und stapften mit den Beinen über jeden freigelegten Quadratzentimeter Boden. Der einzige Ort, an dem wir nicht einfach so nachschauen konnten, war unter dem Aktenschrank. Er war schwer, und wir konnten ihn zusammen nicht heben.

„Ich habe niemals gehört, wie Möbel über den Boden kratzten", sagte sie.

„Er hat vielleicht gewartet, bis Sie ausgegangen sind." Ich beäugte den Aktenschrank, die Hände auf den Hüften. „Es muss da drunter sein."

Mir kam in den Sinn, Matt, Duke oder Cyclops zu holen, aber

das würde nur Zeit brauchen. Außerdem wollte ich mit diesem Aktenschrank ohne ihre Hilfe fertig werden.

Ich stemmte die Schulter an eine Seite und schob, so fest ich konnte. Der Aktenschrank hob sich ein wenig, nur um wieder zurückzufallen. Ich grinste. „Ich glaube nicht, dass er ihn geschoben hat. Er hat ihn gekippt. Helfen Sie mir, den Schreibtisch an die andere Seite zu holen, damit der Aktenschrank kein Loch in Ihren Boden macht, wenn er zurückfällt."

Als wir den Schreibtisch in Position gebracht hatten, stemmten wir unsere Schultern gegen den Schrank. Wir zählten bis drei und schoben heftig, sodass wir die Seite des Aktenschranks anhoben, die uns am nächsten war. Er knallte auf den Schreibtischen herab, sodass das Holz splitterte.

Keine von uns kümmerte sich darum. Auf dem Boden war ein rechteckiges Paneel mit einem Ring, der in das Holz eingelassen war. Eine Falltür.

Mrs. McGuire zog an dem Ring, und das Paneel hob sich, sodass ein kleiner Hohlraum unter dem Boden zum Vorschein kam. Darin waren zwei Dokumente. Wir falteten eines auf und brüteten zusammen darüber.

„Das ist ein Vertrag für ein finanzielles Abkommen", sagte ich. „Es heißt da, dass Ihr Mann dem Verleiher fünftausend Pfund schuldet."

Mrs. McGuire keuchte. „Wie soll ich jemals eine solche Menge aufbringen?"

„Das spielt keine Rolle." Ich deutete auf die Klausel ganz unten. „Die Schuld ist null und nichtig, wenn er stirbt, ohne sie zu tilgen."

„Das ist eine Erleichterung. Finden Sie das seltsam?"

„Ich weiß es nicht. Die Welt des Geldverleihens ist mir neu." Ich durchsuchte das Dokument nach einem Namen, aber es gab keinen. Wer immer McGuire das Geld geliehen hatte, wollte nicht identifiziert werden. Vielleicht war das der Grund, weshalb der Betrag nach McGuires Tod niemals zurückgezahlt werden sollte.

„Was ist mit dem hier?", fragte Mrs. McGuire, die das zweite Dokument auffaltete. „Das ist was anderes. Es ist kein Vertrag."

Es war ein einzelner Absatz Text mit einer Unterschrift darunter.

Mr. Hubert Stanhope.

Mrs. McGuire las den Absatz laut vor. „‚Hiermit bestätige ich, dass ich Gelder an meiner Arbeitsstelle veruntreut habe, der Ingles Vinegar Company in South Lambert, einen Betrag von eintausend Pfund.' Mehr steht da nicht." Sie reichte das Dokument mir, und ich las es noch einmal. „Was bedeutet das?"

„Es bedeutet, dass Ihr Mann diese unterschriebene Notiz hervorholen konnte, falls Mr. Stanhope seine Schuld nicht tilgte. Sehr wahrscheinlich hätte er sie Mr. Stanhopes Geschäftspartner gezeigt, Mr. Ingles." Es bedeutete, dass Matt richtig lag, und Stanhope einen sehr guten Grund hatte, McGuire zu ermorden. McGuire hatte ihm wohl bei ihrem Treffen am frühen Abend gedroht, dass er das unterschriebene Geständnis Ingles zeigen würde, wenn er die Schuld nicht ganz zurückzahlte. Stanhope hatte ihn später getroffen, vermutlich, indem er McGuire sagte, er hätte das Geld, aber stattdessen hatte er ihn getötet, um zu verhindern, dass sein Geschäftspartner von seinem schändlichen Geheimnis erfuhr.

Es war wohl ein Doppelschlag für Stanhope gewesen an dem Tag, als wir es Mr. Ingles verraten hatten. Nicht nur hatte Stanhope seine Stellung beim Unternehmen verloren, sondern er hatte auch klar erkannt, dass er einen Mord für nichts begangen hatte.

„Vielleicht war das der Grund, weshalb Stanhope ein Sternchen auf seinem Vertrag hatte", sagte Mrs. McGuire. „Es bezog sich darauf, eine Art Erinnerung für meinen Mann."

Ich nickte, aber meine Gedanken waren woanders. Ich war mehr denn je überzeugt, dass Stanhope McGuire ermordet hatte. Aber die unbeantwortete Frage verstörte mich genauso sehr. Ich konnte damit nicht zu Brockwell gehen. Noch nicht. Nicht, bis ich wusste, dass ich nicht einen Unschuldigen verdammte.

Wir brauchten immer noch Beweise, die Stanhope mit Fabian in Verbindung brachten, und es gab auch noch die Frage seines Alibis.

Es war an der Zeit, mit Mrs. Stanhope zu reden. Matt könnte

auch damit richtig liegen, und Brockwell hatte ihre Lüge nicht entdecken können.

Ich bat Mrs. McGuire darum, eine dringende Nachricht an ihn zu schicken, dass er mich bei der Adresse der Stanhopes in Hammersmith treffen sollte, dann fuhr ich selbst in der Kutsche dorthin. Ich wies den Kutscher Woodall an, ein Stück entfernt an der Straße zu halten, in Sichtweite der Eingangstür des Stadthauses.

Ich klopfte an der Personaltür im Keller und sagte dem jungen Dienstmädchen, das öffnete, dass ich erfahren musste, wie viele Angestellte im Haus arbeiteten. „Die Information wird als Teil der statistischen Analyse über die Anstellung häuslicher Bediensteter in London benutzt werden, durchgeführt von der Stiftung für Hausangestellte im Ruhestand."

Sie rümpfte die Nase. „Davon habe ich noch nie gehört."

„Wir sind ein neu gegründetes wohltätiges Institut, das Gelder eintreibt, um häusliche Angestellte zu unterstützen, die bei ihren Arbeitgebern leben, bis ihre Jahre im Dienst zu einem Ende kommen. In dieser Stadt gibt es einen großen Bedarf daran, sich um jene zu kümmern, die sich jahrelang um andere gekümmert haben, und die sich ohne Haus wiederfinden, wenn sie ihren Arbeitgebern nicht mehr nützlich sind."

„Na, es ist verdammt noch mal Zeit, dass jemand was für uns unternimmt. Kommen Sie rein und lernen Sie alle selbst kennen."

„Ich brauche zu diesem Zeitpunkt nur die Zahlen."

„Kommen Sie rein und trinken Sie trotzdem eine Tasse Tee. Das ist das Mindeste, was wir jemanden geben können, der auf unserer Seite steht. Kommen Sie schon, Mrs. ...?"

„Glass", sagte ich, ohne nachzudenken.

„Kommen Sie herein, Mrs. Glass, und wir erzählen Ihnen alles, was Sie wissen müssen, über die Bediensteten auf dieser ganzen Straße."

Ich warf einen Blick über die Schulter und nickte Woodall zu. Es gab keine Spur von Matt, aber ich hatte nicht vor, ohne ihn mit Mrs. Stanhope zu reden. Ein Aufenthalt im Personalbereich wäre allerdings eine gute Möglichkeit, zu erfahren, ob Mr. Stanhope zu Hause war, während ich außer Sicht blieb.

„Wir sind eine kleine Gruppe", sagte das Dienstmädchen Martha, während sie voraus durch den dunklen Flur ging. „Ich bin die einzige Angestellte, die im Haus lebt. Mr. und Mrs. Crupper haben früher hier gewohnt, aber als sie letztes Jahr geheiratet haben, haben sie sich eine eigene Unterkunft gesucht und pendeln jeden Tag her. Er ist der Butler und sie die Köchin. Ich mache sauber und helfe Mrs. Crupper in der Küche." Wir trafen in der Küche ein, wo eine Frau am Tisch saß, zusammen mit einem Mann, der für draußen gekleidet war. „Das sind Mrs. Crupper und Reggie, der Stallbursche, Kutscher und Hausmeister. Man sagt es nur, und Reggie macht es. Er wohnt über den Stallungen."

Ich erzählte ihnen meine Leier von der Stiftung. Mrs. Crupper war so begeistert, wie Martha es gewesen war, aber Reggie kauerte sich nur über seiner Schale mit Suppe zusammen, die er dicht an der Brust hielt, als hätte er Angst, jemand würde sie ihm wegnehmen. Er schien überhaupt nicht zuzuhören. Als er fertig war, stellte er die Schale in das Spülbecken und ging ohne ein Wort.

Mrs. Crupper tippte sich an die Stirn. „Er ist nicht ganz bei sich", sagte sie, während sie mir Tee einschenkte. „Armer Kerl. Er ist aber ein guter Mann, und er arbeitet hart. Ihm werden die Spenden Ihrer Stiftung zugutekommen, das ist mal sicher. Das ist natürlich noch lange hin, da er erst in den Dreißigern ist, aber eines Tages."

„Sind Ihre Arbeitgeber nett?", fragte ich.

„Es geht schon", sagte Mrs. Crupper, die wieder Platz nahm. „Von Mr. Stanhope sehen wir tagsüber nicht viel, wegen seiner Arbeit."

„Wo arbeitet er denn?"

„Einer Essigfabrik. Er ist ein recht wichtiger Mann im Unternehmen. Stimmt das nicht, Martha?"

„Das stimmt", sagte Martha, die ihren Keks in den Tee tauchte. „Mrs. Stanhope ist sehr stolz auf ihn. Sie erzählt gern all ihren Freundinnen, wie wichtig er ist, was vermutlich der Grund ist, weshalb derzeit so wenige Freunde vorbeikommen."

„Martha!" Mrs. Crupper schnalzte mit der Zunge in Richtung des Dienstmädchens. „Das ist nicht der Grund, weshalb sie nicht kommen." Zu mir sagte sie: „Mrs. Stanhope ist krank. Wegen der Schmerzen in ihren Beinen verlässt sie das Haus nicht mehr oft. Die Arme, sie machen ihr derzeit solche Schwierigkeiten."

„Sie hat trotzdem gute Laune", sagte Martha. „Immer fröhlich, das ist Mrs. Stanhope."

„Sie mögen sie beide?"

„Sie ist nett."

„Und Mr. Stanhope?"

Martha zuckte mit den Schultern. „Mit ihm habe ich nicht viel zu tun."

„Er ist in Ordnung, wenn man Hausherren vergleicht", sagte Mrs. Crupper. „Er hat niemals einem von uns wehgetan, niemals jemanden unfair behandelt, und er ist gut zu Reggie. Ich habe nie gesehen, wie er Reggie anschreit, und manchmal muss man den armen Reggie anschreien, oder er weiß nicht, wie der Hase läuft."

Das war kein glühendes Lob, aber ich hatte einige schreckliche Geschichten über die Art gehört, wie Dienstmägde von ihren Herren behandelt wurden, also war es kein Wunder, dass sie Mr. Stanhope für einen wunderbaren Mann hielten, weil er sie einfach nur in Ruhe ließ. Sie wären wohl schockiert, zu erfahren, dass er ein Mörder war.

Schritte erklangen auf dem gepflasterten Flur, und ein Mann in einem schwarzen Mantel und einer Krawatte mit weißen Handschuhen erschien. „Wo ist Reggie?", fragte er. „Er muss die Kutsche rausbringen. Mr. Stanhope kehrt jetzt in die Fabrik zurück." Das war wohl Mr. Crupper, der Butler.

„In den Stallungen", erzählte ihm Martha.

„Wer sind Sie?", fragte mich Mr. Crupper.

„Das ist Mrs. Glass", sagte Mrs. Crupper. „Sie ist bei einer wohltätigen Stiftung, die Personal im Ruhestand hilft. Sie trinkt eine Tasse Tee mit uns, bevor sie weiterzieht."

„Ich hoffe, ihr erzählt keine Gerüchte."

„Würden wir doch nie", sagte Mrs. Crupper mit einem verstohlenen Lächeln.

Ihr Mann brummte sie gut gelaunt an. Er drehte sich um, um zu gehen, nur um wieder innezuhalten und aufrecht zu stehen, als weitere Schritte im Korridor erklangen. „Sir, ich wollte gerade auf die Suche nach Reggie gehen und ihm Anweisung gegeben, die Kutsche vorzufahren."

Mr. Stanhope erschien im Eingang.

Ich erstarrte. Ich hatte nirgendwo, wohin ich konnte. Da ich zur Tür blickte, bedeutete das, dass ich ihm nicht einmal den Rücken zuwenden konnte. Ich konnte nur da sitzen und hoffen, dass er sich nicht die Mühe machte, weiter zu schauen als zu seinem Butler.

„Es gab eine Planänderung", sagte Mr. Stanhope. „Ich werde heute Nachmittag nicht in die Fabrik zurückkehren. Ich habe andere Geschäfte in der Stadt, um die ich mich kümmern muss."

„Ich werde Reggie in Kenntnis setzen, Sir."

Mr. Stanhope drehte sich um, um zu gehen, und dabei ließ er den Blick durch die Küche schweifen. Er huschte über mich, dann riss er ihn zurück.

Ich schluckte und versuchte, ruhig zu wirken.

Sein Gesicht wurde blass, und die schlaffe Haut unter seinem Kinn bebte. Ich erwartete, dass er mir den Befehl geben würde, zu verschwinden, aber das tat er nicht. Er stand einfach nur da, starrte mich an, sein Atem ging fest und schnell. Er wusste nicht, was er tun sollte, wurde mir klar. Wenn er mich zur Kenntnis nahm, würde er erklären müssen, woher er mich kannte, und es war klar, dass er den Angestellten nicht erzählt hatte, dass er nicht mehr in der Fabrik arbeitete. Vielleicht hatte er nicht einmal seine Frau aufgeklärt.

„Das ist Mrs. Glass", sagte Mrs. Crupper rasch, mit einem nervösen Blick zu ihrem Mann. „Sie arbeitet für ein wohltätiges Institut …"

„Dieser Bereich ist nur für die Nutzung durch das Personal", sagte Mr. Stanhope mit angespanntem Kinn. „Nicht für müßiges Geplauder mit Freundinnen."

Martha gab ein protestierendes Geräusch von sich. „Aber sie ist keine …"

„Martha!", zischte Mrs. Crupper. Martha kniff die Lippen zusammen.

Ich lächelte sie an. „Vielen Dank für den Tee", sagte ich und stand auf. „Es war mir ein Vergnügen, Sie alle kennenzulernen."

Ich schob mich an Mr. Stanhope vorbei, erwartete halb, dass er mich am Arm packte und mich zum Stillstand brachte.

Aber er ließ mich ohne ein Wort ziehen.

Draußen gab ich Woodall ein Signal, um zu zeigen, dass er weiter warten sollte, dann bezog ich Stellung zwischen zwei benachbarten Häusern auf der anderen Seite ein Stück die Straße entfernt vom Haus der Stanhopes. Abgeschirmt von den Eingangsstufen eines anderen Hauses, konnte ich ihr Haus sicher beobachten. Da Mr. Stanhope gehen würde, war es die perfekte Gelegenheit, mit seiner Frau zu reden.

Matt sollte auch jeden Augenblick eintreffen. Zusammen konnten wir ihr Fragen über den Abend des Mordes stellen. Aber alles hing davon ab, dass Mr. Stanhope aufbrach. Nun, da er mich gesehen hatte, bestand eine sehr große Wahrscheinlichkeit, dass er sich zum Bleiben entscheiden würde.

Die Eingangstür öffnete sich, aber anstatt Mr. Stanhope erschien der Butler. Er schaute die Straße entlang auf eine Gasse, wartete vielleicht darauf, dass Reggie die Kutsche vorfuhr. Gut. Mr. Stanhope hatte immer noch vor, aufzubrechen.

Mr. Crupper musterte die Straße, sein Blick hielt inne, als er auf mich fiel. Ich hatte gedacht, ich wäre hinter den Stufen gut versteckt gewesen, aber anscheinend stimmte das nicht. Verflixt.

Ich hätte zu diesem Zeitpunkt aufbrechen sollen, ihm vielleicht sogar zuwinken. Aber ich tat es nicht, und für mein Zögern musste ich bezahlen.

Meine einzige Warnung kam in der Form eines plötzlichen und unerklärlichen Läutens der Taschenuhr in meinem Pompadour. Endlich funktionierte sie, wie es meine alte getan hatte. Nein, nicht ganz. Sie läutete, aber sie rettete mich nicht vor dem Angriff.

Gerade als mir die Bedeutung des Läutens klar wurde, ging ein Schmerz durch meinen Schädel. Meine Sicht wurde undeutlich, und ich sank nach vorne an die Stufen.

KAPITEL 14

Durch den feurigen Schmerz in meinem Kopf und das Klingeln in meinen Ohren konnte ich eine Männerstimme vernehmen, die etwas rief, und laufende Schritte. Eine Gestalt stellte sich ins Licht, und etwas klopfte leicht an meine Wange.

„Mrs. Glass?", hörte ich Woodalls panische Stimme. „Mrs. Glass, wachen Sie auf! Verdammt, wenn Sie tot sind, wird Mr. Glass mich umbringen."

„Ich bin nicht tot", brachte ich hervor.

Er half mir, mich hinzusetzen. Der arme Mann wirkte schrecklich besorgt, und ich lächelte, um ihn zu beruhigen, obwohl sich mein Kopf anfühlte, als wäre er aufgebrochen. Ich berührte die Rückseite meines Schädels. Zum Glück kein Blut, allerdings bildete sich bereits eine Beule.

„India?" Matt sprang aus einer noch fahrenden Mietkutsche und rannte auf mich zu. „Mein Gott, bist du verletzt?" Er nahm mein Gesicht und musterte meinen Blick. In seinem stand Sorge.

„Jemand hat mich von hinten auf den Kopf geschlagen", erwiderte ich. „Ich habe sein Gesicht nicht gesehen. Oder ihres."

„Es war ein Mann", sagte Woodall. „Aber es war zu weit entfernt, um zu sehen, wer es war. Er lief in diese Richtung fort." Er deutete die Straße entlang. „Er ist lange weg. Ich bin zu Mrs. Glass gelaufen, sobald ich sie stürzen sah."

„Vielen Dank, Woodall", sagte Matt. „Ihre Aufmerksamkeit für meine Frau lobe ich mir."

„Ich kehre am besten zur Kutsche zurück, Sir."

Matt schaute mich noch einmal an, musterte die Verletzung. „Geht es dir schlecht?", fragte er.

„Nein."

„Schwindlig?"

„Nicht mehr."

„Siehst du richtig?"

„Ja."

Er zog mich sanft in eine Umarmung, als würde er erwarten, dass ich zerbrach. Er atmete tief durch, blies mir in die Haare.

„Ich weiß, was du sagen willst", bemerkte ich.

„Und das wäre?", fragte er, seine Stimme grollte durch mich hindurch wie Donner.

„Dass ich auf dich hätte warten sollen, bevor ich hineingehe."

Er zog sich zurück und schaute mich finster an. „Du bist reingegangen?"

Es war zu spät, es zurückzunehmen und etwas anderes vorzuspielen. „Nur in den Personalbereich."

„Himmel, India, weshalb konntest du nicht warten?"

„Ich dachte, es würde keine Rolle spielen, wenn ich ohne dich mit den Bediensteten spreche. Sie könnten Informationen haben, und es bestand nur eine geringe Wahrscheinlichkeit, dort unten Mr. Stanhope zu begegnen."

„Was ist dann falsch gelaufen?"

„Die Wahrscheinlichkeit hat mir nicht in die Hände gespielt. Mr. Stanhope kam nach unten und hat mich erkannt."

„Du glaubst, er hat dich erwischt?"

„Es wäre ein zu großer Zufall, als dass es jemand anders sein könnte."

Er rieb sich mit der Hand übers Gesicht. Als er sie wegnahm, war die Sorge in seinen Augen brodelndem Zorn gewichen.

„Was Gutes ist allerdings", sagte ich und öffnete meinen Pompadour, „dass meine Uhr geläutet hat, kurz bevor ich getroffen wurde. Sie hat mich gewarnt, Matt. Ist das nicht wunderbar? Meine Magie hat funktioniert."

Er knurrte. „Sie hat dich nicht gerettet."

„Der Pompadour war geschlossen."

Er rieb sich wieder übers Gesicht. „Ich werde ein Wort mit Stanhope wechseln."

„Ich glaube, er ist bereits weg. Hilf mir auf, Matt. Wir reden mit seiner Frau, wie wir es vorhatten."

„Du solltest dich einen Augenblick ausruhen, dann kann Woodall dich nach Hause fahren."

Ich legte den Kopf schief, was eine neue Woge von Schmerzen mit sich brachte, die ich hinter einem funkelnden Blick verbarg. „Ich werde mit ihr reden. Zusammen mit dir. In der Stimmung, in der du bist, hältst du dich vielleicht nicht an die Vorgaben."

„Behandle das nicht so leichtfertig, India."

„Tue ich nicht. Ich will einen Mörder schnappen, und das bedeutet, zu Ende zu bringen, was ich mir vorgenommen habe – festzustellen, ob Mrs. Stanhope eine Lügnerin ist. Jetzt hilf mir auf."

„Du bist störrisch." Er legte die Hände an meine Taille und hob mich hoch. Entweder zufällig oder absichtlich stand ich am Ende ganz dicht bei ihm. „Aber ich bin sehr froh, meine störrische Frau überhaupt bei mir zu haben."

Ich wollte gerade eine schnippische Anmerkung darüber machen, dass er übermäßig dramatisch war, aber mein Blick fiel auf seine harten Züge, seine dunklen, brodelnden Augen, und ich beschloss, es wäre das Beste, es zu lassen. Ich gab ihm stattdessen einen leichten Kuss, dann nahm ich ihn an der Hand.

Wir überquerten die Straße, als Mr. Crupper aus dem Haus der Stanhopes kam. Er wirkte besorgt, als er die Stufen herabtrottete, um uns entgegenzugehen.

„Ist alles in Ordnung, Mrs. Glass?", fragte er. „Meine Herrin sagte, sie sah, wie Sie gestürzt wären."

„Sie ist nicht gestürzt", knurrte Matt. „Ein Angreifer hat sie auf den Kopf geschlagen. Haben Sie ihn gesehen?"

Mr. Crupper trat einen Schritt zurück wegen der Stärke von Matts Zorn. „Ich … ich habe es nicht gesehen, Sir. Ich sah jemanden, der sich Mrs. Glass näherte, aber ich dachte, es wäre eine Bekanntschaft von ihr, darum bin ich nach drinnen zurückgekehrt. Meine Arbeitgeberin Mrs. Stanhope hat mir gerade erst erzählt, dass sie Mrs. Glass auf dem Boden sah."

„Das ist Mr. Crupper, der Butler", sagte ich zu Matt. „Mr. Crupper, darf ich meinen Mann vorstellen, Matthew Glass. Dürfen wir Mrs. Stanhope sprechen?"

„Sie empfängt keine Besucher."

„Sie wird uns in Empfang nehmen", fuhr Matt ihn an.

Mr. Crupper richtete sich zu seiner ganzen Größe auf, was sehr viel weniger war als die von Matt. „Das glaube ich nicht. Mrs. Glass darf zum Kellereingang gehen und eine Tasse Tee vom Personal entgegennehmen."

Matts Blick wurde eisig. „Treten Sie zur Seite."

„Ich bin nicht von einer wohltätigen Stiftung", sagte ich rasch zu Mr. Crupper. „Wir assistieren Kriminalinspektor Brockwell von Scotland Yard. Wir haben seine Erlaubnis, Mrs. Stanhope wegen des Mordes an Mr. McGuire zu befragen."

Mr. Cruppers Augen wurden bei jedem Wort größer, sein Mund stand immer weiter offen. „Aber der Inspektor war bereits hier und hat seine Fragen gestellt. Was kann er denn jetzt noch wissen wollen?"

„Das geht Sie nichts an", sagte Matt.

Mr. Crupper schluckte. „Folgen Sie mir."

Wir begaben uns die Stufen hinauf und in ein Wohnzimmer. Eine Frau mit grauen Strähnen im Haar und todesfahler Haut hieß uns willkommen. Sie lag auf einer Liege am Fenster, eine Decke verhüllte sie von der Taille abwärts.

„Bitte entschuldigen Sie, dass ich nicht aufstehe", sagte sie. „Meine Beine, wissen Sie."

„Mr. und Mrs. Glass sind für Sie da", sagte der Butler. „Sie sind von Scotland Yard."

Mrs. Stanhope zog die Augenbrauen hoch. „Wieder die Polizei? Wozu denn nur diesmal?"

Mr. Crupper ging rückwärts aus dem Raum, die Tür ließ er offen.

„Ich verstehe das nicht", sagte Mrs. Stanhope, während sie uns bedeutete, dass wir uns setzen sollten. „Crupper denkt, Sie arbeiten für eine wohltätige Vereinigung, ich habe Sie auf dem

Fußweg liegen sehen, Sie haben das Haus beobachtet und jetzt behaupten Sie, dass Sie für die Polizei arbeiten. Was ist los?"

„Haben Sie gesehen, wer meine Frau niedergeschlagen hat?", fragte Matt.

„Nein. Ich habe gelesen." Sie griff nach dem Buch auf dem Tisch neben sich. „Ich habe einen Augenblick lang aufgeschaut und sah eine Frau auf dem Boden, und einen Mann, der auf sie zu lief. Ihren Kutscher?"

Ich nickte. „Haben Sie jemanden weglaufen sehen?"

„Ich fürchte nicht. Jemand hat Sie geschlagen, sagen Sie? Das ist schockierend. Sie Arme. Ist alles in Ordnung?"

„Ich fühle mich jetzt ganz gut, vielen Dank."

„Ich lasse von Crupper Tee bringen." Sie griff nach der kleinen Glocke neben dem Buch.

„Das ist nicht nötig", sagte ich, bevor sie läutete. „Ich will keinen Tee. Mrs. Stanhope, wir sind hier, um Ihnen Fragen zu stellen. Ich gebe zu, dass ich Ihre Angestellten belogen habe, um Informationen für die Polizei zu sammeln."

Sie kniff die Lippen zusammen. „Das dachte ich mir schon."

„Es tut mir leid, aber es war nötig, mehr über den Haushalt zu erfahren."

Sie rieb sich über die Stirn und seufzte. „Mein Mann hat diesen Mann nicht ermordet, Mrs. Glass. Ich bin das schon mit dem Inspektor durchgegangen. Hubert war zu Hause, im Bett. Er schläft neben mir. Mir wäre es aufgefallen, wenn er aufgestanden wäre, das versichere ich Ihnen, und er hat es nicht getan."

„Verzeihen Sie uns, wenn wir Ihnen nicht glauben", sagte Matt ausdruckslos. „Aber meine Frau wurde gerade eben draußen vor Ihrem Haus angegriffen, nachdem Sie unten Ihrem Mann begegnet ist. Das ist kein Zufall."

„Weshalb sollte mein Mann sie angreifen? Es ergibt keinen Sinn, wenn sie nur da war, um ein paar Fragen zu stellen. Er wäre verrückt, jemanden bei helllichtem Tage zu verletzen. Was, wenn er gesehen würde?"

Das stimmte schon. Selbst wenn ihm klar wurde, dass ich ihn für des Mordes schuldig hielt, würde er es nicht riskieren, mich anzugreifen. Damit war nichts gewonnen.

„So sind die Fakten, Mrs. Stanhope", sagte Matt. „Und ich mag keine Zufälle."

Sie blinzelte rasch und rieb sich eines ihrer Beine durch die Decke. „Ja, natürlich. Das ist eine schreckliche Angelegenheit. Wirklich schrecklich. Der Mord, die Verdächtigung, die meinen Mann umgibt, und nun der Angriff auf Mrs. Glass. Ich verstehe das nicht. Wirklich nicht."

Wenn sie etwas vorspielte, war sie unfassbar gut darin. Mein Herz wurde weich, und sogar Matts düstere Laune schien zu verfliegen. Er rückte auf dem Stuhl herum und schaute zur Seite.

„Ich glaube nicht, dass Sie alles wissen, was es über Ihren Mann zu wissen gibt", setzte ich an.

Sie stutzte, dann zuckte sie leicht schmerzvoll zusammen. „Ich würde es wissen, ob er ein Mörder ist oder nicht."

„Wussten Sie, dass er nicht mehr bei Ingles arbeitet?"

Sie wurde starr. „Wie bitte?"

„Mr. Ingles hat ihm befohlen, zu gehen, nachdem die Veruntreuung Ihres Mannes ans Licht kam."

„Veruntreuung!" Sie schnaubte. „Das ist lächerlich. Sie können doch nicht so etwas über meinen Mann sagen. Das ist einfach nicht wahr!"

„Sprechen Sie mit Mr. Ingles, wenn Sie mögen", sagte Matt. „Sie wollten Fakten, Madam, und ich lege Sie Ihnen vor."

„Aber er ging heute Vormittag zur Arbeit und kam zum Mittagessen zurück, wie er es manchmal macht." Sie rieb sich wieder über das Bein. „Er fährt gerade dorthin zurück."

„Nein, das tut er nicht. Ich weiß nicht, wohin er stattdessen unterwegs ist, aber die Fabrik ist es nicht. Er und Ingles haben sich wegen der Veruntreuung überworfen. Ingles wird die Partnerschaft auflösen."

Mrs. Stanhope gab ein ersticktes Schluchzen von sich. Matt reichte ihr sein Taschentuch, und sie drückte es sich an die bebenden Lippen. Die Adern auf ihren Wangen waren deutlich sichtbar, tiefblau vor dem hellen Weiß, und ihre Augen wurden rot wegen der Tränen.

„Armer Hubert. Das wird ihn tief verletzen. Das Unternehmen bedeutet ihm alles. Es ist sein Leben." Sie tupfte sich mit dem Taschentuch die Augen. „Weshalb hat er es mir nicht erzählt?"

„Er schämt sich vermutlich", sagte Matt.

„Das ist schrecklich. Einfach schrecklich. Wenn die Nachricht nach außen dringt, wie soll er jemals wieder sein Gesicht zeigen?"

Matt und ich wechselten einen Blick. Ich nickte ihm zu, aber er schüttelte leicht den Kopf. Er wollte, dass ich zunächst die Fragen stellte.

Ich ging neben Mrs. Stanhope in die Hocke und nahm sie an der Hand. „Wie war die Laune Ihres Mannes in den letzten paar Tagen, seit der Inspektor ihn befragt hat?"

Sie hob eine Schulter. „Wie man es erwarten würde. Er war gereizt, machte sich Sorgen, dass die Polizei sogenannte Beweise gegen ihn finden würde."

„Sogenannte?", wiederholte ich.

„Sie mussten es ja jemandem vorwerfen, warum also nicht ihm? Und jetzt diese Veruntreuung … Es wird wirken, als hätte er einen Grund, den Mann umzubringen, oder nicht?"

Sie drückte meine Hand.

„Jetzt weiß ich, weshalb er sich so seltsam benommen hat, bevor die Polizei eintraf", fuhr sie fort.

„Das hat er?"

„Ja. Nervös, getrieben. Er ist beim leisesten Geräusch zusammengefahren. Er machte sich wohl Sorgen, dass Mr. Ingles von der Veruntreuung erfahren würde." Sie tupfte sich wieder die Augen. „Weshalb hat er es getan? Wir haben genug Geld. Mir hat es nie an etwas gefehlt."

„Wettschulden", sagte Matt.

Sie sah aus, als würde sie widersprechen wollen, überlegte es sich aber noch einmal anders. Ich vermutete, Mrs. Stanhope wusste, dass ihr Mann gerne wettete, aber nicht, dass seine Angewohnheit zu einem Problem geworden war.

„Er hat jemandem eine Menge Geld geschuldet", fuhr Matt fort. „Also hat er es aus dem Unternehmen genommen."

„Mit der Absicht, es zurückzuzahlen", versicherte sie uns.

„Natürlich. Aber er wurde bei der Bank erwischt, als das Unternehmen eine regelmäßige Kreditrückzahlung nicht tätigen konnte. Er wusste, wenn er die Veruntreuung geheim halten wollte, musste er es dem Unternehmen zurückzahlen. Also hat er sich Geld von Mr. McGuire geliehen, doch McGuire hat die Schuld zu früh eingetrieben, und Ihr Mann stellte fest, dass er keine Möglichkeit hatte, die Rückzahlung zu finanzieren."

Sie rieb sich erneut das Bein durch die Decke. „Also glauben Sie, er hat den Geldverleiher getötet?" Sie schüttelte den Kopf. „Nein, Mr. Glass, das könnte er nicht. Ich hätte es bemerkt, wenn er aus dem Bett steigt. Ich weiß, Sie glauben, das sage ich nur, um ihm zu helfen, aber ich versichere Ihnen, dass ich nicht lüge. Fragen Sie Martha. Sie hilft mir ins Bett und dann am Morgen wieder heraus. Ich hätte ihr erzählt, dass ich furchtbar geschlafen habe, weil Mr. Stanhope mich geweckt hat. Aber das habe ich nicht. Ich hatte schon sehr lange keine Unterbrechung im Schlaf mehr." Sie nahm die Glocke und läutete sie.

Mr. Crupper trat sofort ein.

„Holen Sie Martha", sagte Mrs. Stanhope, die sich wieder ihr Bein rieb.

„Halten die Schmerzen Sie nicht nachts wach?", fragte ich.

„Ich schlafe darüber weg, Gott sei es gedankt."

Ich warf einen Blick nach hinten zu Matt, während ich zurück zu meinem Stuhl ging. Er schaute allerdings nicht mich an. Er starrte Mrs. Stanhope an, seine Stirn in tiefe Falten gelegt.

Sie war noch immer gerunzelt, als Martha eintrat. Sie machte einen Knicks in Richtung ihrer Hausherrin, warf einen Blick auf Matt und ignorierte mich völlig. Das war verständlich, wenn man bedachte, wie ich sie und die anderen Hausangestellten hereingelegt hatte.

„Martha, erzähl Mr. und Mrs. Glass von unserer Morgenroutine", sagte Mrs. Stanhope.

Martha wirkte verblüfft. „Es gibt nicht viel zu erzählen. Nachdem Mr. Stanhope zur Arbeit geht, bringe ich das Frühstück für Sie auf einem Tablett. Ich komme zurück, wenn Sie fertig sind, und helfe Ihnen aus dem Bett, sich anzuziehen, solche Dinge eben."

„Wie wirkt Mrs. Stanhope am Morgen?", fragte ich. „Erfrischt? Müde?"

„Sie wirkt, als hätte sie gut geschlafen", sagte sie, ihr Blick geradeaus gerichtet.

„War das die ganze Woche so?"

„Ja. Und in den Wochen vorher auch. Mrs. Stanhope beschwert sich nie über einen schlechten Nachtschlaf."

Mir wollten keine weiteren Fragen mehr einfallen, und Matt sah nicht aus, als wolle er etwas hinzufügen. Sein besorgter Blick senkte sich auf Mrs. Stanhope und blieb dort. Mich hätte er alle Nerven gekostet, aber entweder fiel es ihr nicht auf, oder sie tat so, als würde sie es nicht sehen. Sie rieb sich einfach nur durch die Decke ihren Oberschenkel.

„Wie lange haben Sie die Schmerzen in den Beinen schon?", fragte ich.

„Inzwischen ein paar Monate", sagte sie. „Der Arzt sagt, es gibt keine Heilung."

„Das tut mir leid."

„Vielen Dank, Mrs. Glass. Der Schmerz ist manchmal … fordernd."

„Kann der Arzt Ihnen etwas geben, um ihn zu lindern?"

„Er hat mir ein Tonikum verschrieben, aber ich hörte auf, es zu nehmen. Es hat meinen Verstand getrübt, und ich bin lieber bei Verstand, als dass ich nichts mitbekomme."

Was für eine schwierige Wahl, doch ich bewunderte sie dafür. Tatsächlich war meine Bewunderung für Mrs. Stanhope mit jeder Antwort gewachsen, die sie mir gegeben hatte, und durch die Art, wie sie mit dem Personal umging. Es war klar, weshalb sie gern für sie arbeiteten.

„Es ist ein Glück, dass Ihre Beine Ihnen während der Nacht keine Schwierigkeiten machen", sagte ich.

Sie legte die Stirn in Falten, nickte aber.

Martha trat von einem Fuß auf den anderen.

„Sie dürfen gehen", sagte Mrs. Stanhope zu ihr.

„Nur einen Augenblick, Martha." Matt fand schließlich seine Stimme wieder, obwohl dieser besorgte Ausdruck in seinen Augen blieb. „Bitte bleiben Sie, während ich Mrs. Stanhope eine weitere Frage stelle."

Mrs. Stanhope nickte Martha zu, und das Dienstmädchen nahm seine Haltung wieder ein, nur dass sie diesmal die

Hände, die sie vor sich verschränkt hatte, fest umklammert hielt.

„Können Sie uns bitte Ihre Abendroutine beschreiben, Mrs. Stanhope", sagte Matt.

Sie blinzelte. „Natürlich. Aber ich sehe nicht, was das beitragen soll. Ich esse mit Mr. Stanhope zu Abend, außer er arbeitet spät in der Fabrik. Dann lese ich allein, oder wir spielen Karten, bevor ich mich um zehn Uhr zurückziehe. Martha hilft mir ins Bett, und ich lese dreißig Minuten oder etwas mehr oder weniger, das ist dann auch der Zeitpunkt, zu dem Mr. Stanhope ins Bett kommt."

„Nehmen Sie einen Schlaftrunk?"

„Nein", sagte sie. „Wie ich Ihnen bereits gesagt habe, habe ich keine Schwierigkeiten mit dem Schlafen."

Marthas Handknöchel wurden weiß, ihre Augen groß.

„Nehmen Sie in der halben Stunde Lesen irgendetwas zu sich?", fragte Matt.

„Eine Tasse Tee. Es ist Mrs. Cruppers eigenes Rezept, und sie lässt ihn in der Küche stehen, damit Martha ihn mir macht, bevor ich zu Bett gehe."

„Martha?", forderte Matt. „Haben Sie dieser Unterhaltung irgendetwas hinzuzufügen?"

Martha kaute auf der Unterlippe.

„Martha?", fragte Mrs. Stanhope. „Was ist denn?"

„Der Tee." Ihre Augen wurden feucht, ihr Gesicht verzog sich, während sie versuchte, ihre Tränen zurückzuhalten. „Mrs. Crupper hat mir erzählt, es wäre etwas drin, damit Sie besser schlafen."

Mrs. Stanhopes Lippen öffneten sich, als sie scharf nach Luft schnappte. „Sie haben mir eine Arznei verabreicht, ohne dass ich es weiß?"

„Mr. Stanhope sagte, das wäre eine gute Idee, als Mrs. Crupper ihm davon erzählte."

„Mein Mann wusste es?" Mrs. Stanhope drückte sich eine Hand auf den Magen. „Martha, weshalb hast du es mir nicht erzählt?"

„Wir dachten, Sie würden sich weigern." Tränen liefen über Marthas Wangen. „Wir wissen alle noch, wie es Ihnen ging, bevor Sie den Tee tranken. Sie hatten so starke Schmerzen, dass Sie nicht schlafen konnten, und dadurch wurden Ihre Tage noch schlimmer. Sie wären an Erschöpfung gestorben. Bitte, Madam, werfen Sie uns nicht vor, dass wir wollen, was für Sie am besten ist." Sie machte einen Schritt auf ihre Herrin zu, aber Mrs. Stanhope entließ sie mit einem erhobenen Finger.

„Ich spreche später mit dir. Geh. Ich möchte mit Mr. und Mrs. Glass allein sprechen. Bitte schließ die Tür."

Martha gehorchte und weinte lautlos, während sie den Salon verließ.

Mrs. Stanhope sank auf die Liege, ihre Schultern herabgesunken, ihr Körper so schmal, dass er zum Teil der Polsterung zu werden schien. „Ich weiß nicht, was ich sagen soll", flüsterte sie.

„Sie müssen gar nichts sagen", erwiderte Matt sanft. „Es tut uns zutiefst leid, dass es dazu gekommen ist."

„Vielen Dank, Mr. Glass."

„Verzeihen Sie mir", sagte er, „aber jetzt habe ich weitere Fragen."

Sie nickte.

„Glauben Sie gerade jetzt immer noch, dass Ihr Mann meiner Frau nichts antun würde?"

Das war keine Frage, mit der ich gerechnet hatte. Ich hatte erwartet, dass es um unser letztes Puzzleteil gehen würde – die Verbindung zwischen Stanhope und Fabian.

„Das würde er nicht tun", sagte ich. „Aber ich fürchte, ich war bisher nicht ganz offen. Obwohl ich bezweifle, dass mein Mann irgendjemandem körperlich wehtun könnte, ist es bei Reggie etwas anderes."

„Dem Diener?", fragte ich.

„Er ist bis ins Innerste meinem Mann ergeben. Mr. Stanhope hat ihn immer gut behandelt, netter als sonst jemand jemals zu dem armen Reggie war. Zu Einfaltspinseln können Leute grausam sein, und Reggie hat schon mehr Qualen mitmachen müssen, als er verdient hat, bevor er als Junge für uns zu arbeiten begann."

„Er ist schon sehr lange bei Ihnen", sagte ich.

„Zwanzig Jahre."

Ich berührte den hinteren Teil meines Kopfes, wo die Beule

inzwischen die Ausmaße eines Schwalbeneis angenommen hatte. Sie pochte teuflisch.

„Er geriet öfter in Raufereien, als er noch jünger war. Ich habe selbst gesehen, wie gut er darin war, sich zu verteidigen, wenn er sich bedroht fühlte. Wenn nicht mein Mann gewesen wäre, um ihn von der Straße zu holen, wäre er im Gefängnis gelandet."

„Weshalb er?", fragte Matt. „Es gibt unzählige junge Leute, die eine Heimat brauchen, weshalb hat Ihr Mann vor zwanzig Jahren genau ihn eingestellt?"

„Es war ein Gefallen für unseren ehemaligen Kutscher und Mann für alles. Reggie ist sein Schwager. Er und seine Frau, Reggies Schwester, waren verzweifelt wegen Reggie und haben sich Sorgen um seine Zukunft gemacht. Ihre Eltern waren schon längst verstorben, und sie waren Reggies einzige Familie. Als er aus unseren Diensten ausschied, um als Wärter zu arbeiten, bat er Mr. Stanhope, den Bruder seiner Frau einzustellen. Reggie ist seither ein treues und geschätztes Mitglied des Haushalts. Er vergöttert meinen Mann."

Matt rückte nach vorne. „Ihr ehemaliger Angestellter wurde Wärter?"

Sie berührte sich an der Stirn und schloss die Augen, als würde auch ihr der Kopf wehtun. „Die Bezahlung ist ziemlich gut, das hat er uns damals erzählt."

Mein Puls beschleunigte sich, während ich dem Weg folgte, den Matt einschlug. „Wo arbeitet er inzwischen?", fragte ich.

Sie senkte den Kopf und runzelte die Stirn, eindeutig verblüfft darüber, wo unsere Fragen hinführten. „Newgate, glaube ich. Warum?"

Matt und ich erhoben uns gleichzeitig. „Vielen Dank", sagte er. „Ihre Offenheit weiß ich zu schätzen."

„Auf Wiedersehen Mrs. Stanhope", ergänzte ich. „Wir wünschen Ihnen alles Gute." Es klang hohl, aber ich hätte nicht überzeugender sein können. Ihr Leben würde bald in Stücke brechen.

Sie wusste es auch. „Was passiert jetzt?"

„Der Kriminalinspektor wird mit Mr. Stanhope reden wollen, wenn er zurückkehrt", sagte Matt.

Sie drückte sich das Taschentuch an die Lippen, dabei fiel ihr ein, dass es Matt gehörte, und sie hielt es ihm hin.

„Behalten Sie es", sagte er.

Der Butler brachte uns nach draußen, seine Abneigung gegen uns war eindeutig in seinem eisernen Schweigen und der Art zu spüren, wie er die Tür hinter uns zuknallte. Ich machte ihm überhaupt keinen Vorwurf.

„Das war schrecklich", sagte ich und nahm Matt am Ellbogen.

„Stanhope hat es getan", sagte er und musterte die Straße. „Wo ist Woodall?"

Wir schauten in beide Richtungen, aber unsere Kutsche war nirgends zu sehen. Es sah Woodall gar nicht ähnlich, sich nicht an die Anweisungen zu halten.

„Ich habe ein ganz schlechtes Gefühl bei der Sache." Noch während ich es aussprach, fuhr dröhnend eine Kutsche mit voller Geschwindigkeit auf uns zu.

Die Hufe der vier Pferde wirbelten Schlamm und Dreck auf, und die Räder drehten sich gefährlich nahe am Bürgersteig. Der Kutscher, ganz in schwarz gekleidet, mit einer schwarzen Kapuze, setzte mit grausamer Regelmäßigkeit die Peitsche ein.

Matt zog mich aus dem Weg, schubste mich beinahe zur Seite, während die Kutsche vor uns zum Stillstand kam. Er hatte kaum einen Augenblick, um sich in Kampfhaltung hinzustellen, als zwei Männer heraussprangen.

Mr. Stanhope und Reggie.

Reggie stürzte sich auf ihn, doch Matt wehrte den Schlag mühelos ab und landete einen Treffer auf Reggies Magen. Dieser stolperte zurück, fiel aber nicht hin, und ging wieder auf Matt los. Matt duckte sich unter Reggies Schlag weg und wehrte einen Hieb seiner linken Faust ab, nur um von der rechten getroffen zu werden.

„Halt!", rief ich.

Matt fletschte die Zähne und landete einen Schlag auf dem Kinn seines Angreifers. Reggie stolperte in die Kutsche hinter ihm, sodass die Kabine bebte. Er schüttelte benommen den Kopf.

„Es ist vorbei, Stanhope!", sagte Matt, ohne den Blick von Reggie zu nehmen.

Stanhope wandte seinen ausdruckslosen, leeren Blick zu mir. „Ja. Ist es." Er zog eine Pistole aus dem Inneren seines Jacketts und deutete damit auf Matt.

„Nein!", schrie ich. „Nicht!"

„Steigen Sie in die Kutsche, Mrs. Glass, oder ich erschieße ihn."

„Mach keinen Schritt, India", sagte Matt.

Mr. Stanhope spannte den Hahn. „Ich schieße, außer Sie tun, was ich sage."

O Gott, o Gott. „Das ist Wahnsinn." Ich verabscheute das Beben in meiner Stimme. Ich wollte für Matt stark sein, wollte im Angesicht dieses Monsters Widerstand leisten, aber all die Angst, die ich je während Matts schlimmer Krankheit verspürt hatte, strömte in mich zurück. Mir war übel bis ins Innerste.

Die Tür hinter mir öffnete sich. „Zurück nach drinnen, Crupper", blaffte Mr. Stanhope. Die Tür schloss sich wieder. „Steigen Sie in die Kutsche, Mrs. Glass. Ich frage nicht noch einmal."

„Nein, India, nicht." Matts Stimme war herrisch, doch ich hörte einen Hauch Panik darin. „Wenn du mit ihm gehst, kann ich dir nicht folgen."

„Wenn Sie nicht mit mir gehen, bringe ich Ihren Mann auf der Stelle um."

„Matt", brachte ich durch die Tränen heraus, die meine Kehle eng werden ließen. „Ich muss."

„Mach es nicht", stieß er durch zusammengebissene Zähne hervor. „Mir wird es gut gehen. Das weißt du doch." Er sprach davon, dass seine Uhr ihn retten würde. Aber das hatte in der Vergangenheit nur funktioniert, weil er nicht sofort gestorben war, und es mir gelungen war, die magische Taschenuhr in seine Hand zu legen. Wenn eine Kugel durch sein Herz drang, wäre er tot. Wenn ich nicht rechtzeitig zu seiner Uhr gelangte, wäre er tot, und ich schätzte, Mr. Stanhope würde mich nicht dicht genug an ihn heranlassen, um es zu versuchen, ohne die Waffe bei mir einzusetzen.

„Ich habe nichts zu verlieren, Mrs. Glass", sagte er. „Überhaupt nichts. Sie haben mich an einen Punkt ohne Wiederkehr getrieben."

Er hatte recht. Mit ihm ließ sich jetzt nicht mehr vernünftig reden. Ich trat vor.

„Nein, India." Matts Stimme bebte, was meine Nerven völlig mit mir durchgehen ließ.

Ich konnte ihn nicht anschauen, als ich in die Kutsche stieg. Reggie schubste mich, und ich fiel auf den Sitz. Mr. Stanhope stieg hinter mir ein, den Rücken mir zugewandt, die Waffe immer noch auf Matt gerichtet.

„Verletzen Sie sie nicht", knurrte Matt. „Ich tue, was immer Sie wollen, sage, was immer Sie wollen. Verletzen Sie sie nur nicht."

Mr. Stanhope schloss die Tür und sprach durch das offene Fenster zu Matt, die Pistole inzwischen auf Matts Kopf gerichtet. „Bringen Sie die Polizei dazu, anderswo nach dem Mörder zu suchen. Scheitern Sie, und Ihre Frau überlebt es nicht."

Er war ein Narr, wenn er dachte, die Polizei würde anderswo suchen. Die Nachbarn hatten es gesehen, die Angestellten auf jeden Fall, und Mrs. Stanhope auch. Sie starrte uns durch das Fenster an, in ihren Augen standen unvergossene Tränen, ihre Decke war hochgezogen, um ihren Mund zu bedecken.

Mr. Stanhope klopfte an die Decke, und die Kutsche fuhr los.

Ich fuhr herum und beobachtete Matts trostlose Gestalt durch das Rückfenster. Er stand da, mit blutigem Gesicht, die Fäuste an den Seiten geballt, und wirkte völlig verloren.

KAPITEL 15

Die Arbeiter am Royal Victoria Dock waren an diesem Tag schon fertig, und der Bereich mit den Kontoren, die sich von den Anlegestegen bis in die umgebenden Straßen und Gassen erstreckten, war unheimlich still. Über uns krächzten Vögel, die nach Leckerbissen suchten, und irgendwo in der Ferne war eine Zugpfeife hörbar. Die Lampen waren noch nicht entzündet, aber das Tageslicht hatte sich bereits aus der engen Gasse zurückgezogen, in die ich bugsiert wurde. Die Lagerhäuser aus Ziegelsteinen, die auf beiden Seiten aufragten, waren keine der riesigen Gebäude, in denen üblicherweise Wolle und Getreide gelagert wurden. Die befanden sich auf einem lagerhallenähnlichen Gelände und waren mühelos durch Krane und Wagen erreichbar. Die Gebäude hier waren in kleinere Lagerhäuser unterteilt, die Türen mit weißer Farbe durchnummeriert. In eine davon schubste Reggie mich hinein.

„Vorsichtig. Sie ist eine Dame", sagte der Kutscher.

„Vielen Dank", murmelte ich. „Darf ich das Gesicht des Mannes sehen, der mir die Freundlichkeit erweist?"

Seine einzige Erwiderung war es, sich die Hutkrempe tiefer ins Gesicht zu ziehen. Ich vermutete, dass er der Schwager und Gefängniswärter war, wenn man bedachte, wie er Reggie herumkommandierte.

„Hören Sie auf, zu reden", sagte Mr. Stanhope. „Jemand könnte uns hören."

Sein Blick huschte hin und her, bevor er mir nach drinnen folgte. Er hatte in der Kutsche die Pistole eingesteckt, sah keinen Bedarf mehr, sie zu halten. Er wusste, dass ich drei Männern nicht entkommen konnte.

Im Lagerhaus roch es nach Essig. Der bittere Gestank schien aus den Wänden selbst zu kommen, aber viel wahrscheinlicher drang er aus den Fässern, die am gegenüberliegenden Ende aufgestapelt waren.

„Mach Licht", befahl Mr. Stanhope Reggie. „Dann schließ die Tür."

Reggie trollte sich zur Außenwand des Lagers und zündete Laternen an. Er war größer, als ich zunächst angenommen hatte, seine zusammengesunkenen Schultern und der gesenkte Kopf hatten mich getäuscht. Er hatte keine Bedenken gehabt, Matt zu schlagen, und hatte die ganze Zeit über kein Wort gesagt, nicht einmal, um Mr. Stanhopes Befehle zu bestätigen. Er tat einfach, was man ihm auftrug.

Meine Hoffnung lag auf dem Kutscher. Er stand in der Nähe, beobachtete seinen Schwager unter seiner Hutkrempe hervor. Trotzdem nahm er seinen Hut noch nicht ab, obwohl wir im Inneren eines Gebäudes waren.

„Bitte, machen Sie das nicht, Sir", flehte ich ihn an. „Mr. Stanhope ist ein Mörder."

Der Kutscher sagte nichts.

„Mein Ehemann wird völlig durch den Wind sein." Tränen brannten in meinen Augen bei dem Gedanken, dass Matt vor Sorge ganz verrückt wurde. „Bitte, Sir. Nehmen Sie nicht an diesem Irrsinn teil."

„Es ist zu spät", sagte der Kutscher bedrückt. „Ich habe vor einiger Zeit einen Fehler gemacht. Jetzt muss ich weitermachen, oder ich gehe ins Gefängnis. Glauben Sie mir, Lady, Männer wie mich behandeln sie im Gefängnis nicht gut."

Zu einem ehemaligen Gefängniswärter würden die anderen Gefangenen brutal sein. Aber ich gab keinen Kommentar ab, weil ich ihn nicht wissen lassen wollte, dass mir klar war, wer er war, und weshalb er hier war. Wenn er dachte, er könne davonkommen, bestand die Wahrscheinlichkeit, dass er Mitgefühl zeigen und Matt holen würde.

„Sie werden sie gehen lassen, oder?", fragte der Kutscher Mr. Stanhope.

„Sobald ihr Ehemann die Polizei von meiner Unschuld überzeugt", erwiderte Mr. Stanhope.

„Was, wenn er das nicht kann? Was, wenn sie ihm nicht glauben? Nicht alle Inspektoren bei Scotland Yard sind Narren."

Mr. Stanhope zuckte mit den Schultern. „Das sehen wir dann, wenn es so weit ist. Du kannst jetzt gehen."

„Lassen Sie mich nicht mit ihnen allein", flehte ich. „Er wird mich umbringen, genau wie er den Geldverleiher umgebracht hat."

Der Kutscher zögerte, dann schüttelte er den Kopf. „Ist nicht mein Problem."

„Halt die Ohren offen und komm zurück, sobald die Polizei nicht länger glaubt, dass ich es getan habe", sagte Mr. Stanhope.

Der Kutscher nickte, dann ging er. Die Tür fiel hinter ihm zu.

„Das ist Wahnsinn", sagte ich zu Mr. Stanhope. „Wie lange planen Sie, mich hierzubehalten?"

„So lange, wie es nötig ist."

„Jemand wird kommen. Jemand wird diesen Essig wollen, oder eine neue Lieferung bringen."

„Erst nächste Woche."

„Sie haben vor, hier eine ganze Woche zu bleiben? Sie sind wahnsinnig."

„Wenn ich das bin, haben Sie mich dazu getrieben. Sie und Ihr Mann." Er kam zu mir, blieb nur wenige Zentimeter entfernt stehen. Das Licht von der Gaslampe hinter meinem Kopf beleuchtete seine Augen und warf Schatten über seine hohlen Wangen. Mit den gefletschten Zähnen wirkte er wirklich wie ein Verrückter, oder wie ein Teufel, der aus der Hölle aufgestiegen war.

„Wir wollten nur der Polizei helfen", sagte ich so ruhig wie möglich. „Sie können Ihr Schicksal nicht uns anlasten."

„Sie haben Ingles von dem Geld erzählt!" Er packte meine Schulter und schüttelte mich. „Sie haben es meiner Frau erzählt!"

Meine Taschenuhr läutete, nur ein einzelner reiner Ton, der nicht in das trübe, heruntergekommene Lagerhaus passte. Mr. Stanhope ließ mich los. Ich griff nach meinem Pompadour und zog langsam das Zugband auf. Wenn die Uhr geläutet hatte, könnte sie mich vielleicht auch retten, genau wie es meine vorherige Uhr getan hatte. Ich ließ langsam Daumen und einen Finger in die Öffnung gleiten und tastete danach.

Mr. Stanhope riss mir den Pompadour aus den Händen. „Was war das für ein infernalisches Geräusch?"

„Meine Taschenuhr", sagte ich rasch. „Sie ist kaputt und läutet zu seltsamen Zeitpunkten."

Er zog die Uhr heraus und hielt sie ins Licht hoch. Sie läutete wieder.

„Verdammt lästig." Er wollte sie schon wegwerfen.

„Nein!" Ich packte ihn am Handgelenk. „Bitte nicht. Sie war ein Geschenk von meinem Mann. Ich werde das Läuten beenden, das verspreche ich."

Er riss sich los und warf mir die Uhr zu. „Kümmern Sie sich darum, dass sie keine Geräusche mehr macht." Er marschierte hinüber zu Reggie, der in einer schattigen Ecke lungerte. „Wenn diese Taschenuhr noch ein weiteres Geräusch von sich gibt, zerstöre sie. Wenn sie wieder redet, bring sie zum Schweigen. Mir ist gleich, wie."

Ich schluckte mein Keuchen und zog mir die Uhr an die Brust, während Reggie auf mich zu trottete. Die Uhr erwärmte sich unter meiner Berührung, aber es war nicht so beruhigend, wie ich es mir erhofft hatte. Meine vorherige Taschenuhr hatte mich nur gerettet, wenn ich in unmittelbarer Gefahr gewesen war, und ich erwartete nicht, dass es bei dieser anders war. Wenn ich sie jetzt auf meine Häscher warf, während sie mich nicht direkt angriffen, würde sie nichts ausrichten. Womöglich richtete sie auch gar nichts aus, ganz gleich, was sie mit mir anstellten. Ich konnte mich nicht darauf verlassen, dass sie überhaupt funktionierte, ganz zu schweigen davon, dass sie genauso lief wie meine alte.

Reggie bedrängte mich, ließ mich in die Fässer zurückweichen. Ich setzte mich hin, doch er bewegte sich nicht weg. Der Gestank seines Schweißes überwältigte mich genauso sehr wie seine körperliche Anwesenheit, aber es war sein ausdrucksloses Starren, das es mir eiskalt werden ließ. Ohne die Fähigkeit zum Denken konnte er nicht spüren, und wenn er kein Mitleid spürte, dann würde er tun, was immer Stanhope von ihm verlangte.

Zum Glück blieb meine Uhr still. Ich packte sie so fest, dass meine Finger taub wurden, doch trotzdem ließ ich meinen Griff nicht locker. Ich versuchte, so reglos zu bleiben wie möglich, weil ich nicht Mr. Stanhopes Aufmerksamkeit auf mich ziehen wollte. Er ging auf und ab, den Kopf gesenkt, mit den Zähnen kaute er auf der Unterlippe. Seine Schritte und Reggies Atmung waren die einzigen Geräusche im Lager.

Das Licht, das durch die hohen, schmalen Fenster fiel, schwand völlig. Die Laternen hatten Mühe, die Dunkelheit in Schach zu halten, es gelang ihnen nur, tiefere und Unheil kündendere Schatten zu schaffen.

Ich wollte auf die Uhr schauen, aber ich würde das Zifferblatt nicht sehen können. Ich schätzte, dass wir bereits um die vierzig Minuten in dem Kontor waren. Falls Matt Brockwell erfolgreich überzeugt hatte, Mr. Stanhope gehen zu lassen oder so zu tun, könnte es bald vorbei sein. Falls Mr. Stanhope sich an seine Abmachung hielt, mich gehen zu lassen. Und falls Matt irgendeine Möglichkeit fand, ihm die Nachricht zukommen zu lassen.

Zu viele ,falls'.

Eine Bewegung in einem hohen, schmalen Fenster zog meine Aufmerksamkeit auf sich, aber ich bekam keine Gelegenheit, herauszufinden, was es war. Ein Schuss erklang. Stanhope duckte sich. Reggie wirbelte herum, und ich zog mich zurück, versuchte, zu sehen, wer geschossen hatte, und ob jemand verletzt war.

Mein Herz hämmerte, betete, dass Matt gekommen war, wollte aber auch nicht, dass er es war. Wenn er verletzt wurde …

Ein weiterer Schuss erklang, diesmal aus der Pistole von Mr. Stanhope. Das Fenster zerbrach. Es war vorhin geschlossen gewesen, aber nun stand es offen. Glasscherben regneten auf den Boden darunter, zerbrachen in tausende Stücke.

„Schnapp sie dir, Reggie!", rief Mr. Stanhope und zielte erneut auf das Fenster. „Sie ist unsere Versicherung!"

Reggie packte mich am Arm, zog so fest an meiner Schulter, dass sie vor Schmerz brüllte. Ich aber schrie nicht auf. Ich wollte Matt keine Sorgen bereiten, oder ihn dazu bringen, dass er seinen Plan änderte, was immer er vorhatte. Reggie schwang mich vor sich und zerrte ein Messer aus der Jacke. Es kratzte über die Haut an meiner Kehle. Ich versuchte, ruhig zu atmen, vor dem Messer zurückzuweichen, aber das zwang mich nur dazu, mich nach hinten an Reggies Brust zu pressen. Der Arm, der sich um meine Taille gelegt hatte, drückte zu, als wolle er mich zweiteilen. Ich bekam nur mit Mühe Luft, und dadurch drückte die Klinge nur noch fester zu.

Mr. Stanhope blinzelte in die Finsternis, suchte durch das Fenster nach der Gestalt. Aber dort oben regte sich nichts mehr. Kein Lebenszeichen.

Matt!

Plötzlich klickte das Schloss an der Tür, und sie krachte in den Scharnieren zurück. Mr. Stanhope wirbelte herum, die Pistole bereit.

„Achtung!", brüllte ich.

Aber niemand trat ein. Weder an der Tür noch am Fenster gab es ein Geräusch.

Mr. Stanhope bewegte sich zu einer Stelle, wo er durch die Tür spähen konnte. Das war sein Fehler. Derjenige am Fenster schoss ein weiteres Mal ins Kontor.

Mr. Stanhope schoss zurück.

Im selben Augenblick platzte die Gestalt an der Tür herein und lief auf Stanhope zu, krachte in ihn hinein, rang ihn zu Boden. Ich wusste, ohne sein Gesicht zu sehen, dass es Matt war.

Mein Herz schlug in einem heftigen Rhythmus, als die Panik sich breitmachte. Matt mochte ja stärker und jünger sein, aber er war nicht bewaffnet.

Ich hätte mir keine Sorgen machen müssen. Matt zwang Stanhopes Hände über den Kopf, sodass die Pistole nutzlos wurde. Er hätte ihn stattdessen bewusstlos schlagen sollen. Er konnte immer noch Befehle geben.

„Reggie! Töte sie!"

„Nein!" Matt ließ Stanhope los.

Aber es war zu spät. Die Muskeln in Reggies Schultern und

Armen spannten sich an, und die Klinge drang in meine Haut.

„Erschieß ihn!", rief Matt, während er auf mich zu rannte. „Erschieß Reggie JETZT!"

Stanhope richtete die Pistole auf Matt. Er wäre tot, bevor er bei mir ankam.

Ich schwang meine Uhr nach oben. Sie beschrieb hinter mir einen Bogen, außer meiner Sicht.

Ein Schuss erklang.

„Matt!", brüllte ich.

Aber es war Stanhope, der auf dem Boden zusammenbrach. Matt war äußerst lebendig, obwohl sein bleiches Gesicht mir Sorgen bereitete. Doch er blutete nicht.

Reggie ließ mich plötzlich los. Er ließ das Messer fallen und krachte zurück in die Fässer. Sie rollten weg, während auch er zusammenbrach, meine Uhrenkette war um seinen Hals geschlungen.

Nein! Bitte, nein, sei nicht meinetwegen tot. Reggie war Stanhopes Kreatur, zu einfach und treu, um selbst zu denken. Ich wollte ihn nicht töten.

Ich griff nach meiner Uhr und zog. Die Kette ließ ihn los, und er holte keuchend Luft, würgte und hustete, während er herumrollte. Ich schloss meine Augen und stieß erleichtert einen bebenden Atemzug aus.

Matts Arme umfingen mich und zogen mich dicht an ihn. Seine Hände strichen mir über die Haare, berührten mein Gesicht, und seine Stimme füllte mich an. „Ist schon gut", murmelte er. „Alles in Ordnung, es ist vorbei."

Es war beruhigend, seine Arme trösteten mich, aber ich konnte nicht aufhören zu beben. Ich legte eine Hand auf sein rasendes Herz in der Bemühung, es zu beruhigen, und auch meines.

„Ist Stanhope …?" Ich schluckte den Rest des Satzes.

Zur Antwort stöhnte Mr. Stanhope.

„Natürlich ist er nicht tot", ließ sich Willies Stimme vernehmen.

Ich schaute zu ihr auf, um zu sehen, wie sie sich durch das Fenster beugte, ihre Waffe auf Stanhope gerichtet. Sie grinste mich an.

„Wenn ich ihn töten wollte, wäre er tot", fuhr sie fort. „Aber Matt sagte, ich solle ihn nur anschießen, außer es bliebe nur die Möglichkeit, ihn zu töten." Sie wackelte mit der Waffe. „Matt, hol dir seine Pistole, damit ich runterkommen kann."

Matt küsste mich auf die Stirn, dann tat er, wie geheißen. Er schaute nach, ob die Waffe geladen war, und richtete sie auf Stanhope. „Reggie, hier herüber mit dir, damit ich euch beide sehen kann."

Reggie kniete sich neben seinen stöhnenden Herrn, die roten Spuren meiner Uhrenkette waren deutlich über seinem Halstuch sichtbar. Stanhope stöhnte noch einmal und hielt seinen Arm. Blut durchfeuchtete seinen Ärmel und verschmierte den Boden, aber es war nicht so viel, dass man sich Sorgen machen musste.

„Steh auf, Feigling", sagte Willie, während sie durch die Tür kam. „Das ist nur ein Kratzer."

Ich legte die Arme um sie. „Du hast uns das Leben gerettet."

„Ich habe nur das von Matt gerettet", erwiderte sie ruhig. „Ich hatte nur Zeit für einen Schuss, und ich dachte mir, wenn ich ihn rette, könnte er dann dich retten. Es war keine leichte Entscheidung." Sie blinzelte mich aus feuchten Augen an, jedes letzte bisschen ihrer Selbstsicherheit war verschwunden.

„Es war die klügste Entscheidung. Du hast die richtige Wahl getroffen." Ich umarmte sie wieder.

Sie drückte mich fest, dann ließ sie mich los, schob mich beinahe weg. „Sei nicht so weich zu mir, India. Es war nichts."

„Es war nicht nichts. Wir wären in ernsten Schwierigkeiten, wenn dein Schuss nicht getroffen hätte."

Sie schob die vordere Hutkrempe mit einem Finger nach oben. „Ich habe nicht mehr danebengeschossen, seit ich groß genug war, meinen Colt zu halten."

„Ha!", kam Dukes Stimme aus dem Eingang. „Prahlst du schon wieder, Willie?"

Sie grinste. „Du hast den ganzen Spaß verpasst."

Duke betrat das Kontor mit Brockwell und sechs Schutzmännern. Die Augen des Inspektors wurden groß, als er Willie sah, die noch die Waffe hielt.

„Das war ganz wie in den guten alten Tagen damals zu Hause", sagte sie. „Niemand ist gestorben. Schade auch."

Der Inspektor kniff ganz leicht die Augen zusammen. „Du hattest ganz zufällig deine Waffe dabei?"

„Was für einen Sinn hätte es denn, eine zu haben, wenn man sie nicht mitnimmt?" Sie zwinkerte.

Er kratzte sich die Koteletten. „Eine interessante, allerdings gefährliche Philosophie."

Willies fröhliche Laune verflog. „Ich hätte ihn töten können, wenn ich gewollt hätte, aber das habe ich nicht. Ich habe dir die Fragen des Commissioners erspart, *Inspektor*." Sie stürmte aus dem Kontor, gefolgt von Duke.

Der Inspektor gab seinen Männern Befehle, Reggie nach draußen zu bringen, aber nicht Stanhope.

„Sie dachten, wenn Sie das Leben von Mrs. Glass in Gefahr bringen, würde mich das daran hindern, Sie festzunehmen?", fragte Brockwell. „Alles, was Sie erreicht haben, ist ein weiterer Vorwurf gegen Sie, und ein sehr wütender Ehemann."

Matt hatte sich kaum bewegt, seit er sich Stanhopes Waffe geschnappt hatte. Er stand über Stanhope, seine Brust hob und senkte sich, weil er so schwer atmete. Ich nahm seine Hand und rieb mit dem Daumen über seinen. Endlich senkte er die Pistole und nahm mich seitlich in den Arm. Er küsste mich auf die Stirn.

„Bist du verletzt?", grollte er.

„Nein. Du?"

„Ich glaube nicht."

Ich stellte mich auf die Zehenspitzen, um ihm ins Ohr zu flüstern. „Ich werde dich nachher überprüfen. Ganz genau."

Seine Lippen zuckten zum Hauch eines Lächelns.

„Wie haben Sie uns gefunden?", fuhr Stanhope Matt an.

„Ich ging zu Ingles und fragte ihn, ob er einen Ort kennt, an den sie womöglich fliehen würden. Ich dachte, irgendwo in der Fabrik, aber er behauptete, dass er Sie nicht kommen gesehen hätte, und dass er den ganzen Nachmittag da gewesen wäre. Er schlug eines der Kontore vor. Es gibt zwei, in denen Ingles einge- mietet ist", erklärte er Brockwell. „Dieses hier, und ein weiteres an den St. Katherine's Docks. Wir sind erst hierhergekommen, nach einem kurzen Besuch zu Hause, um Willie zu holen und Duke zu Scotland Yard zu schicken."

Seine Hand packte meine fest, während er sie an die Lippen

zog. Er drückte einen tiefen, sehnsüchtigen Kuss darauf.

„Duke hat mir von Ihrem Besuch bei Mrs. Stanhope erzählt", sagte Brockwell.

„Sie hätten meine Frau da raus lassen sollen!", knurrte Stanhope. „Sie ist unschuldig."

„Und Sie haben mit Ihren Taten einfach ihr Leben ruiniert", erklärte ich ihm. „Wie wird sie sich von der Schande erholen?"

Seine Nasenflügel bebten, und er senkte den Kopf.

„Sie haben Mr. McGuire getötet, weil Sie ihn nicht ausbezahlen konnten", sagte Brockwell.

„Und weil McGuire gedroht hat, Ingles von der Veruntreuung zu berichten", fügte Matt an. „McGuire hatte eigene Schulden, die er zurückzahlen musste. Er war verzweifelt und hatte vermutlich Angst vor seinem Geldgeber."

Stanhope knurrte. „Er hätte vor *mir* Angst haben sollen."

„Wer war sein Geldgeber?", fragte Matt.

„Ich sage Ihnen doch, ich weiß es nicht."

„Wer?", fauchte Matt.

„Ich weiß es nicht!"

„Weshalb haben Sie es so eingerichtet, dass man Fabian Charbonneau beschuldigt?", fragte ich. „Was hat er Ihnen je angetan?"

„Ich bin ihm nie begegnet. Er war unwichtig, es hat nur gut gepasst." Er wischte sich mit den Fingern über die verschwitzte Stirn. „Ich habe in der Zeitung gelesen, dass er ins Gefängnis geht. Im Artikel wurde als sein Geldgeber McGuire genannt, und da bin ich zum ersten Mal auf den Gedanken gekommen. Einer der Wärter von Newgate schuldete mir einen Gefallen."

„Reggies Schwager", sagte ich.

Stanhope nickte einmal. „Dean. Ich habe ihn wegen des Franzosen befragt, und er hat mir gesagt, der Mann wäre überzeugt, dass er nicht mehr viel länger dort sein würde. Alle Wärter glaubten, er wäre verrückt, aber ich habe mich gefragt, ob da ein Körnchen Wahrheit dran ist. Und überhaupt habe ich ihn ein paar Stunden lang vergessen. Ich war an diesem Nachmittag nicht ganz bei mir. Erst als Dean zu mir kam und behauptete, der Franzose sei geflohen, habe ich meinen Plan geschmiedet."

„War das bevor oder nachdem Sie sich zum ersten Mal in der

Gasse mit McGuire getroffen haben?", fragte Matt.

„Danach, aber bevor ich ... vor dem zweiten Mal."

„Weiter", sagte Brockwell. „Was haben Sie getan, sobald Sie von der Flucht gehört haben?"

„Es war recht einfach, herauszufinden, wo der Franzose wohnt, nach dem Zeitungsartikel über seine Festnahme. Dort stand sogar die Straße, in der er lebte. Ich brach in das Haus ein und stahl das Taschentuch. Sie können sich erschließen, was den restlichen Abend über vorgefallen ist."

„In der Tat", stieß Brockwell hervor. „Sie haben sich ein zweites Mal mit McGuire getroffen, nach Mitternacht, und ihn getötet, wobei Sie ein Taschentuch dort ließen, um Charbonneau zu beschuldigen."

„Ja", sagte Stanhope ohne einen Hauch Reue. Er erinnerte mich an Reggie, sein ausdrucksloses Starren und die leeren Züge. Sie litten beide an einem Verlust geistiger Kapazität, doch war dieser auf ganz unterschiedliche Art entstanden. Ich fragte mich, ob es bei Stanhope genauso dauerhaft sein würde, oder ob er wieder zu Sinnen kommen würde.

„Haben Sie meine Frau vor Ihrem Haus niederschlagen?", fuhr Matt ihn an.

„Nicht ich. Reggie hat es getan. Ich habe mir Sorgen gemacht, dass sie mit meiner Frau reden würde, und habe ihm das mitgeteilt. Er hat es selbst in die Hand genommen, zu versuchen, sie aufzuhalten, aber Ihr Kutscher ..."

Matt schlug ihm mit der Faust ins Gesicht.

„Glass! Zurück!", rief Brockwell. „Denken Sie daran, dass Sie ein Gentleman sind."

„Nicht jetzt gerade", knurrte Matt.

Ich nahm wieder seine Hand und hielt sie ganz fest.

Der Schlag löste etwas in Stanhope aus. Plötzlich leuchteten seine Augen. „Reggie ist unvorhersehbar. Ich kann ihn nicht kontrollieren. Tatsächlich habe ich vorhin gelogen, als ich sagte, ich hätte McGuire getötet. Reggie hat es selbst in die Hand genommen, nachdem ich ihm erzählt habe, dass ich das Geld zurückzahlen müsse und es nicht könnte."

„Es reicht!", rief Matt. „Übernehmen Sie die Verantwortung für Ihre Taten."

Stanhope neigte den Kopf, kauerte sich zusammen. Als ihm klar wurde, dass Matt ihn nicht wieder schlagen würde, richtete er sich auf. Er hätte wachsam bleiben sollen.

Ich trat an ihn heran, hob meine Röcke und gab ihm einen raschen Tritt ans Schienbein. „Das ist dafür, dass Sie Reggie manipulieren."

Stanhope knurrte und rieb sich übers Bein.

Brockwell befahl seinen Männern, Stanhope und Reggie in einer Polizeikutsche wegzubringen. „Nehmen Sie auch den Wärter von Newgate namens Dean fest."

Wir schlossen uns Willie und Duke draußen an, während Brockwell zurückblieb, um im Inneren des Kontors Beweise zu sammeln. Willie lehnte sich an die Kutsche, die Arme verschränkt, den Hut tief ins Gesicht gezogen.

„Sie hat schlechte Laune", murmelte Duke uns zu. „Weil Brockwell sie gefährlich nannte."

„In dieser Sache liegt er nicht völlig falsch", murmelte Matt zurück. „Aber bei dieser Gelegenheit bin ich froh, dass ich keine Zeit damit verschwenden musste, darauf zu warten, dass sie ihre Waffe holt. Einen Augenblick später, und ..." Er blinzelte mich an. „Das hätte ganz anders ausgehen können."

Ich stellte mich auf die Zehenspitzen und küsste ihn leicht auf die Lippen. Zum ersten Mal seit Tagen lächelte er richtig.

„Wenn Willie Stanhope angeschossen hat, was ist dann mit Reggie passiert?", fragte Duke. „Wie ist er auf dem Boden gelandet?"

Ich öffnete die Finger, um meine Uhr zu zeigen. Ich war noch nicht bereit, sie wegzustecken. „Die Kette hat sich um seine Kehle gelegt, als er mich angegriffen hat."

„Schön zu sehen, dass deine Magie funktioniert wie früher."

„Ha!", keifte Willie, was bewies, dass sie zuhörte. „Und Jasper glaubt, *ich* hätte eine gefährliche Waffe."

Brockwell kam aus dem Kontor, aber er blieb stehen, als er Willie sah. Sie zog ihre Hutkrempe tief ins Gesicht und wandte sich ab.

Er räusperte sich. „Es scheint, als würde ich meinen Bericht sehr sorgsam formulieren müssen."

„Für mich musst du das nicht tun", sagte sie. „Sag deinen

Vorgesetzten, dass ich auf ihn geschossen habe. Mir ist es gleich."

„Das kann ich nicht."

„Warum nicht?"

„Wenn sie herausfinden, dass du und ich … bekannt sind, werden sie mir nahelegen, dass ich dich aufgeben soll. Und dazu bin ich nicht bereit."

Sie verzog den Mund und tippte mit den Fingern in einem schnellen Rhythmus in ihre Armbeuge. Sie knurrte auf eine Art, von der ich annahm, dass es unbeteiligt wirken sollte. Aber ich kannte Willie gut genug, um zu wissen, wenn ihre Gefühle sehr dicht an die Oberfläche kamen. Sie war durchgerüttelt, weil sie sich zwischen Matt und mir hatte entscheiden müssen, und nun hatte sie Mühe, es uns allen nicht zu zeigen, und vor allem nicht Brockwell.

„Bist du bereit, uns aufzugeben?", drängte er. „Mich zu verlassen?"

„Ich weiß nicht."

„Willie", tadelte ich.

Duke stieß sie in die Schulter. „Gib ihm einen Kuss, und wir fahren nach Hause."

Brockwell wirkte entsetzt. „Das ist ein Verbrechenstatort. Und ich muss zurück zu Scotland Yard, um die Papiere fertigzumachen. Vielen Dank für Ihre Bemühungen bei der Ermittlung, Mrs. Glass. Ihnen auch, Glass. Das weiß ich zu schätzen, wie immer."

Er ging. Willie öffnete die Kutschtür und bedeutete mir, dass ich vor ihr einsteigen sollte.

„Willie", zischte ich sie an. „Hör auf, so kleinlich zu sein, und geh ihm nach."

„Das will er doch gar nicht von mir", erwiderte sie, Trotz in der Stimme.

„Natürlich will er das", sagte Matt zu ihr. „Außerdem braucht er eine Mitfahrgelegenheit zurück zu Scotland Yard, und es wird unbehaglich, wenn ihr dicht zusammensitzt, aber nicht redet. Also geh jetzt und bitte ihn nett, mit uns zu fahren, oder komm auf eigene Weise nach Hause. Du hast die Wahl."

Sie starrte Brockwell nach, der sich durch die Gasse zurückzog. „Schätze, zu Fuß ist es ziemlich weit." Sie trottete ihm nach. Nach einer kurzen Unterhaltung nahm sie sein Gesicht in die Hände, zog seinen Kopf nach unten und gab ihm einen Kuss auf die Lippen.

Sie kehrten zurück und stiegen in die Kutsche. Sie grinste breit, während er verdutzt wirkte.

***

DAS ERSTE, was wir taten, nachdem wir Brockwell bei Scotland Yard hinausgelassen hatten, war ein Besuch bei Chronos. Anfangs war er nicht glücklich, uns zu sehen, aber eine rasche Erläuterung der Ereignisse des Abends ließ seine Laune besser werden.

„Das sind hervorragende Neuigkeiten!", erklärte er. „Fabian! Fabian, du kannst jetzt rauskommen. Die Gefahr ist vorbei. Der echte Mörder wurde geschnappt."

Fabian erschien oben an der Treppe. „India? Stimmt das?"

„Ja", sagte ich. „Die Polizei wirft dir den Mord nicht länger vor. Ein anderer Mann wurde festgenommen."

Er kam die Stufen herab und nahm meine beiden Hände. Er küsste sie, dann nahm er Matt und küsste ihn auf die Wangen. Matt nahm es gelassen hin, ohne Zweifel aus seiner Jugend an den europäischen Brauch gewöhnt.

„Das sind wunderbare Nachrichten." Fabian fuhr sich mit den Händen durch seine wilden Haare. Sie hatten unter einem Mangel Pflege und Makassaröl gelitten. Seine Augen wirkten müde und die Wangen ausgehöhlt, aber sein Lächeln war breit und aufrichtig.

„Ihre Männer können jetzt aufhören, mein Haus zu beobachten, Glass", sagte Chronos. „Sagen Sie der Polizei, dass sie mich auch in Ruhe lassen soll."

„Ich bin immer noch ein Flüchtiger", erklärte ihm Fabian.

„Deine Schuld wurde getilgt", sagte ich.

Er runzelte die Stirn. „Wer hat sie bezahlt?"

„Wir vermuten, Lord Coyle."

Er blinzelte. „Nicht mein Bruder?"

„Nein."

„Vorsicht, Charbonneau", sagte Matt. „Coyle wird es eines Tages gegen Sie einsetzen. Er mag es, wenn ihm Leute Gefallen schulden, besonders Magier."

„Sie könnten die Schuld mit einem Stück magischen Eisens begleichen", sagte ich hoffnungsvoll.

Fabian nickte. Ich war nicht mutig genug, ihm zu sagen, dass das vielleicht nicht ausreichte, um Coyle zufriedenzustellen.

„Wie habt ihr den Mörder gefunden?", fragte Chronos.

„Das ist eine lange Geschichte", sagte Matt. „Und dazu gehört Indias Tapferkeit."

„Meine?", warf ich lachend ein. „Ich war entsetzt."

„Das hätte keiner geahnt." Er küsste mich oben auf den Kopf.

Chronos strahlte mich an. „Kommt rein, kommt rein. India, du hast ein starkes Getränk verdient. Ich bezweifle nicht, dass du mutig warst. Du magst jetzt Glass heißen, aber du bist eine Steele durch und durch."

„Sagst du, das habe ich von dir?"

„Himmel, nein. Von deiner Großmutter. Ihr Mut war manchmal furchterregend. Wirklich furchterregend." Als seine Stimme verklang, dachte ich, er wäre in fernen Erinnerungen verloren, aber er zuckte nur die Schultern und lächelte. „Trinken wir etwas."

„Nicht heute Abend", sagte ich. „Ich will nach Hause und mit Matt zu Abend essen. Es gibt allerdings etwas, das ich euch sagen möchte. Euch beiden." Ich holte die Taschenuhr aus meinem Pompadour. „Das ist meine neue Taschenuhr, diejenige, die Matt mir geschenkt hat, nachdem meine alte kaputt ging. Sie hat heute Nacht nicht nur geläutet, sondern mir das Leben gerettet. Genau wie es die alte getan hat."

„Ich wusste es." Chronos schlug die Hände zusammen. „Ich wusste, dass du mächtig bist, und dass es nicht die Magie deines Vaters oder deiner Großmutter in dieser alten Taschenuhr war." Er strahlte und nahm meine beiden Hände in seine. „Meine Enkelin, Meistermagierin."

„Sagen Sie das nicht zu laut", warnte ihn Matt.

„Das sind gute Neuigkeiten", sagte Fabian. „Wirklich gute Neuigkeiten. Bald werden wir unsere Experimente beginnen. Ja?"

Ich lächelte. „Ja.“

* * *

AM NÄCHSTEN TAG fühlte ich mich erfrischt. Es war eine Erleichterung, den Mordfall gelöst zu haben, und dass Fabian frei war. Ich verbrachte den Vormittag mit Matt, indem wir im Hyde Park spazierten und auf dem Serpentine-See Boot fuhren, gefolgt von einem leichten Mittagessen im Café Royal in der Regent Street. Am Nachmittag besuchten Tante Letitia und ich eine Freundin. Obwohl ich begierig darauf wartete, zu meinem Zauberschöpfen mit Fabian zurückzukehren, war heute nicht der Tag, um wieder anzufangen. Er brauchte Zeit, um sich zu erholen und sich nach einem Wohnort umzuschauen, und ich brauchte Zeit zum Nachdenken.

Tante Letitia und ich kehrten spät am Nachmittag zurück, um Duke und Willie zu finden, die am Eingang mit Cyclops stritten. Nachdem sie uns gesehen hatten, wurden sie still. Duke trat nervös von einem Fuß auf den anderen, Willie verschränkte die Arme, und Cyclops wollte uns nicht in die Augen schauen.

Tante Letitia schien die merkwürdige Stimmung nicht aufzufallen, und sie zog sich auf ihr Zimmer zurück, um zu ruhen.

„Ich gehe auch auf mein Zimmer“, murmelte Cyclops.

„Ich gehe aus“, sagte Willie, die sich an mir vorbei schob.

Duke zuckte mit den Schultern und folgte ihr.

Ich stellte mich vor die Tür, verstellte ihnen den Weg. „Keiner von euch geht, bis ihr mir nicht sagt, was los ist.“ Ich deutete auf die Bibliothek. „Da rein. Jetzt.“

Duke und Cyclops fügten sich wortlos, aber Willie murrte die ganze Zeit. „Jetzt, da du verheiratet bist, bist du eine Kratzbürste.“

„Ich bevorzuge es, mich als durchsetzungsfähig zu bezeichnen. Weißt du, ob Matt schon zu Hause ist?“

„Ist er nicht.“

„Dann werde ich auf eigene Faust mit euch dreien fertig werden müssen.“ Ich schloss die Tür zu Bibliothek. „Also, wer fängt an? Weshalb streitet ihr?“

KAPITEL 16

Cyclops setzte sich auf die Tischkante und verschränkte die Arme, seine Lippen waren aufeinandergepresst. Ich bekam keine Antwort aus ihm heraus.

„Cyclops ist störrisch", sagte Duke.

„Das ist nichts Neues", erwiderte ich. „Hat es etwas mit Catherine zu tun?"

„Rycroft. Er hat seine Männer heute noch einmal hergeschickt."

„Was ist passiert? Geht es dir gut, Cyclops?"

Er nickte, dann warf er Duke einen finsteren Blick zu. „Verräter."

„Er ist dein Freund, und er hat vor Augen, was für dich das Beste ist", sagte ich.

„Genau", ließ sich Willie vernehmen. „Und Freunde helfen einander. Du musst dir von uns helfen lassen, Cyclops, oder es könnte eine Katastrophe werden."

„Was wollte Rycroft?", fragte ich.

„Rycroft war nicht hier", sagte Cyclops. „Nur seine Männer. Sie sind mir in die Stallungen gefolgt."

„Haben sie dich angegriffen?"

„Nein."

„Wir haben sie aufgehalten", sagte Willie, die Hände in die

Hüften gestemmt. „Wenn wir nicht da gewesen wären, lässt sich nicht sagen, was sie getan hätten."

Man dachte am besten gar nicht darüber nach. Cyclops war ein starker Mann und konnte sich verteidigen, aber nicht, wenn er in der Unterzahl war.

„Weshalb wolltest du uns nichts erzählen?", fragte ich ihn. „Matt und ich müssen das erfahren, ansonsten können wir dir nicht helfen."

„Ich will nicht zwischen euch und Matts Familie kommen", sagte Cyclops. „Er braucht sie, wenn er sich in die englische Gesellschaft einfügen will. Er kann sich jemanden wie Rycroft nicht zum Feind machen. Nicht um meinetwillen."

„Das ist lächerlich. Matt *braucht* Rycroft nicht. Außerdem war es in ihren Augen ein viel größerer Fauxpas, mich zu heiraten, als mit dir befreundet zu sein."

„Und *wir* sind Matts Familie", fügte Duke an. „Vielleicht sogar noch mehr als sie."

Willie klopfte Duke auf die Schulter. „Sie haben recht, Cyclops, und das weißt du auch, du willst es nur nicht zugeben. Also, was erzählen wir Matt, wenn er nach Hause kommt?"

Cyclops stieß angehaltene Luft aus. „Er wird wütend werden, und dann wird er Rycroft konfrontieren. Das nimmt kein gutes Ende."

„Er ist doch nicht aus dem Mittelalter", sagte ich. „Er wird ihn nicht zu einem Duell herausfordern. Er wird sich einfach darum kümmern, dass Rycroft dich in Ruhe lässt."

Das waren starke Worte, und sie schienen Cyclops zu beruhigen, aber in meinen Ohren klangen sie hohl. Matt hatte versucht und es nicht geschafft, mit dem Innenminister zu reden, nachdem Rycroft angedroht hatte, Cyclops deportieren zu lassen. Er würde es noch einmal versuchen, aber es gab wenig, was er sonst tun konnte. Wir mussten uns darauf verlassen, dass Hope Charity überzeugte, ihren Eltern die Wahrheit zu sagen. Es war eine so gigantische Aufgabe, dass ich bezweifelte, dass sie Erfolg haben würde.

Falls Sie scheiterte, was konnte man tun?

„Bis das gelöst ist, solltest du im Haus bleiben", sagte ich zu

Cyclops. „Wenn du ausgehen musst, nimm Willie und Duke mit.“

„Ich werde kein Gefangener, und ich ziehe dich und Matt da nicht mit hinein.“

„Du ziehst gar niemanden hinein. Außerdem ist es Matts Onkel, darum ist Matt bereits involviert. Man könnte sagen, *er* hätte *dich* hineingezogen.“

„Ich kann nicht hier warten und für Cyclops auf Abruf bereitstehen“, sagte Willie. „Ich habe Dinge zu tun, Freunde zu treffen, Pokerspiele zu gewinnen.“

„Ich bin mir sicher, ihr könnt alle drei zusammen gehen.“

Sie zog eine Augenbraue hoch. „Das wird Jasper gefallen.“

„Oh. Vielleicht kannst du diese Besuche allein durchführen. Sind du und Brockwell wieder, äh, befreundet?“

„Aber klar doch.“ Sie zwinkerte. „Er kann mir nicht widerstehen, wenn ich meine ...“

„Verrat es mir nicht!“ Ich hob die Hände. „Ich möchte es nicht hören.“

„Ich wollte gerade sagen, dass er mir nicht widerstehen kann, wenn ich meinen amerikanischen Charme auspacke.“

Duke schnaubte, und Cyclops kicherte. „Genau, *das* ist es, dem er nicht widerstehen kann“, sagte Cyclops.

Willie wurde rot, was die Männer nur noch mehr zum Lachen brachte. Sie stürmte weg. „So ist es zwischen uns nicht“, rief sie über die Schulter zurück. „Wir sind keine gackernden Turteltauben wie Cyclops und Catherine oder Matt und India. Wir sind nur zwei Menschen, die sich gut vertragen.“

„Genau wie Matt und ich“, sagte ich.

„Wir heiraten nicht, und das wollen wir auch nicht. Das ist der Unterschied zwischen euch und uns.“

„Das sagst du jetzt“, erwiderte Duke. „Aber ich wette, er lässt dich bis nächstes Jahr um diese Zeit vor dem Altar antreten.“

Cyclops stieß Duke mit dem Ellbogen an. „Eher wird *sie ihn* vor den Altar zerren. Glaubst du, wir sollten ihn warnen, bevor es zu spät ist?“

„Ihr seid nicht witzig!“ Sie riss die Tür auf und marschierte aus der Bibliothek.

Duke und Cyclops grinsten wie Schuljungen.

„Was habe ich verpasst?", fragte Matt, sein Blick folgte Willies Abgang. „Warum sieht sie aus, als würde sie gern auf etwas schießen?"

„Jasper Brockwell", sagte Duke.

Matt lächelte. „Kein weiteres Wort." Er legte mir den Arm um die Taille und küsste mich. „Habe ich ein wichtiges Treffen verpasst?"

Duke verschränkte die Arme und schaute mit hochgezogenen Augen zu Cyclops, aber Cyclops wandte sich nur zum Boden. Es sah aus, als würden sie es mir überlassen, es Matt zu erzählen.

Als ich fertig war, setzte sich Matt auf die Tischkante neben Cyclops. „Ich werde mich darum kümmern, dass das ein Ende hat", erklärte er seinem Freund. „Und zwar bald."

Cyclops nickte einmal, dann ging er, gefolgt von Duke. Ich nahm Matts dargebotene Hand und stellte fest, dass er mich sanft an seine Brust zog. Er hielt mich in den Armen und lächelte mich grimmig an.

„Irgendwelche Vorschläge?", fragte er.

„Wir warten auf Hope. Wenn sie scheitert, werden wir uns etwas anderes einfallen lassen."

„Ich kann nicht glauben, dass er es mir nicht erzählen wollte."

„Du weißt doch, wie er ist. Er will dich schonen, dich schützen."

„Ich brauche keinen Schutz."

„Das war nicht immer der Fall. Als deine Taschenuhr nicht mehr richtig funktioniert hat, warst du verletzlich. Sie alle drei haben sich um dich Sorgen gemacht und waren bereit, alles für dich zu tun."

Er gestand diesen Punkt mit einem Schulterzucken ein, die Mundwinkel zu einem Lächeln nach oben gezogen. „Ich bin nicht mehr verletzlich. Tatsächlich fühle ich mich sehr gesund", grollte an meinem Mund. „Wirklich sehr gesund."

* * *

Es FÜHLTE SICH GUT AN, sich wieder mit Fabian hinzusetzen und meine Lektionen erneut aufzunehmen. Er wirkte wie sein übliches gut gepflegtes Selbst, mit glattem Haar, das ihm aus der Stirn gestrichen war, und einem ordentlich gebügelten Anzug. Auf seinem sauber rasierten Kinn und im Strahlen seines Lächelns zeigte sich keine Spur des Elends aus Newgate. Er war begeistert, anzufangen, genau wie ich.

Allerdings war es nicht ideal, unsere Unterrichtsstunden unter Chronos' Dach wieder aufzunehmen. Mein Großvater hatte darauf bestanden, dass Fabian weiter bei ihm wohnte, und da er keine Zahlungen von seiner Familie erhielt, konnte sich Fabian nicht leisten, sich dem zu verweigern. Wir taten unser Bestes im Salon, aber Chronos, der sich herumdrückte und ständig etwas einwarf, wurde mir zu viel. Ich fuhr ihn an und befahl ihm, zu gehen, nur um festzustellen, dass er entweder nicht darauf hörte oder nach ein paar Minuten wieder da war.

„Ich werde einfach nur still hier sitzen und zuhören", sagte er, nachdem ich ihn noch einmal gebeten hatte, zu gehen. „Du wirst mich nicht mal bemerken."

Fabian und ich besprachen weiterhin eine Frage der Aussprache, versuchten, ein bestimmtes Wort mit verschiedenen Akzenten und Betonungen zu sagen. Es war fast unmöglich, zu erkennen, ob man es richtig aussprach, bis wir das Wort in einen bekannten Zauber einbauten. Falls es funktionierte, sprachen wir es richtig aus, aber falls es das nicht tat, mussten wir es anders versuchen. Das Vorgehen aus Versuch und Scheitern war unfassbar langsam, besonders, da wir nicht wussten, wie das Ergebnis ausfallen würde.

Die Größe der Aufgabe ragte vor uns auf wie ein Berg, einer, von dem ich mir nicht ganz sicher war, dass ich ihn erklimmen konnte. Ich wusste allerdings, dass ich es versuchen wollte. Die Sprache zu lernen und neue Wörter zu üben, um neue Sprüche zu schöpfen, erfüllte mich auf eine Art, wie es nur wenige andere Dinge taten. Es war wie das Basteln an meinen Uhren. Irgendwie fühlte es sich natürlich an, richtig.

Chronos wusste es auch, und er beobachtete mich mit einem wissenden Lächeln. Er war es gewesen, der mir gesagt hatte, dass ich aktiv in das Schöpfen von Zaubern und die Welt der

Magie eingebunden werden musste, oder ich würde die Leere empfinden, die daraus resultierte, wenn man all das hinter sich ließ. Ich hatte ihm nicht gesagt, dass er recht hatte, und ich hatte es auch nicht vor. Er war ohnehin schon selbstgefällig genug.

Es klopfte an der Tür, und Chronos' Haushälterin öffnete. Einen Augenblick später stapften schwere Schritte durch den Gang. Die Schritte wurden begleitet vom dumpfen Klicken eines Gehstocks.

„Guten Morgen", sagte Lord Coyle. „Ich habe nicht erwartet, Sie hier zu treffen, Mrs. Glass."

„Ich Sie auch nicht, mein Lord."

„Bringen Sie Tee", trug Chronos der Haushälterin auf. Sie knickste unbeholfen vor Lord Coyle, doch seine Lordschaft schaute sie nicht an. Er sah zu den Papieren, die wir auf dem Tisch ausgebreitet hatten.

Ich räumte sie rasch weg. „Sind Sie hier, um meinen Großvater zu treffen?", fragte ich.

„Ich will mit Mr. Charbonneau reden. Unter vier Augen."

„Sie dürfen vor meinen Freunden sprechen", sagte Fabian, der den königlichen Tonfall von Coyle nachahmte. Er wirkte nicht im Mindesten eingeschüchtert von Coyle. Vielleicht war das die französische Art, oder es kam einfach von einem Leben im Reichtum und mit Privilegien, die denen von Coyle beinahe gleichkamen.

Lord Coyle ließ sich in einem Sessel nieder, ohne dazu eingeladen worden zu sein, und bedeutete uns, dass wir alle wieder Platz nehmen sollten. Chronos sah ihn mit gerunzelter Stirn an, setzte sich aber wortlos hin. So sehr sich mein Großvater auch aufgrund seiner Magie als überlegen betrachtete, er war ein echter Engländer der Mittelklasse und irgendwie eingeschüchtert vom Adel.

„Sind Sie hier, um Fabian zu erzählen, dass er Ihnen etwas schuldet, weil Sie seine Schuld getilgt haben?", fragte ich. „Leugnen Sie es nicht. Wir wissen, dass Sie sie bezahlt haben."

Lord Coyle kniff die Lippen zusammen, sodass sie unter seinem weißen Schnurrbart verschwanden. „Sie haben mir den Wind aus den Segeln genommen, Mrs. Glass." Zu Fabian sagte er: „Meine Freundin hat Ihnen gesagt, dass ich etwas im Gegenzug dafür möchte, dass ich Ihnen geholfen habe?"

„Ich bin nicht Ihre Freundin", warf ich ein.

„Ohne Zweifel hat sie Sie davor gewarnt, dass Sie in meiner Schuld stehen könnten."

Fabian schaute ihm in die Augen. „Ich werde Sie ausbezahlen, sobald ich es kann. Bis dahin wird meine Dankbarkeit genügen müssen."

Lord Coyle hob abwehrend einen Finger von seinem Gehstock. „Natürlich, natürlich. Ein kleines Symbol der Dankbarkeit reicht aus."

„Was für ein Symbol?", wollte ich wissen.

„Nichts allzu Außergewöhnliches. Ein Stück Eisen mit Ihrer Magie darin, Mr. Charbonneau. Das ist alles. Sollen wir sagen, der Schlüssel, den Sie zu Ihrer Flucht aus Newgate nutzten?"

Fabian runzelte die Stirn, als könne er es nicht ganz glauben. Genauso wenig konnte ich es. Wo war die Forderung nach einem Gefallen, der später eingetrieben werden konnte?

„Sehen Sie, Mrs. Glass?" Lord Coyles Lächeln ließ es mir übel werden. „Das ist alles, was ich will. Nur ein Stück magisches Eisen von Mr. Charbonneau." Er wippte zurück und nach vorne in seinem Sessel, dann schob er sich auf die Beine. „Ich hole es mir ein andermal. Genießen Sie Ihre Studien." Er nickte zu dem Stapel Papiere und den Büchern auf dem Tisch hin. „Mrs. Glass, bringen Sie mich nach draußen, bitte."

„Das mache ich", sagte Chronos, der vortrat.

Ich schüttelte den Kopf in seine Richtung und ging voraus. „Was möchten Sie mir sagen?", fragte ich seine Lordschaft an der Eingangstür.

Er nahm sich seinen Hut vom Hutständer und tippte mir damit auf die Schulter. „Dachten Sie, ich würde mir die Mühe machen, ihn um einen Gefallen zu bitten?" Er schüttelte den Kopf. „Der Mann könnte bald zurück in Frankreich und außerhalb meiner Reichweite sein. Dann hätte ich gar nichts. Der Schlüssel wird wunderbar gehen. Sorgen Sie dafür, dass er von seiner Abmachung nicht zurücktritt."

„Nur wenn meine Zustimmung dazu mich von meiner eigenen Verpflichtung Ihnen gegenüber befreit."

Er lachte leise. „Ein guter Verhandlungsversuch, Mrs. Glass. Wirklich sehr gut. Einen schönen Tag."

Er öffnete die Tür, nur um zurückzuschrecken, da er auf der anderen Seite einen Mann sah, der gerade klopfen wollte. Es war Fabians Bruder Maxime. Lord Coyle konnte die Familienähnlichkeit wohl kaum entgangen sein, während er zur Seite trat, um Maxime hereinzulassen.

„Sie sind wohl Mr. Charbonneau", sagte er und streckte eine Hand aus. „Fabian Charbonneaus Bruder."

Maxime schüttelte sie mit gerunzelter Stirn. „Und Sie?"

„Lord Coyle."

Als ein Titel erwähnt wurde, zögerte Maxime. Sein Blick huschte zu mir, dann wieder zurück. „Es freut mich, Sie kennenzulernen, mein Lord. Sind Sie ein Freund von Fabian?"

Fabian kam aus dem Salon, gefolgt von Chronos. Die Haushälterin erschien auch, ein Tablett mit Teekanne und Tassen dabei, sodass es in der kleinen Eingangshalle ziemlich eng wurde. Chronos scheuchte sie weg, und sie zog sich in den Salon zurück, um das Teetablett abzustellen.

„Er ist nicht mein Freund", sagte Fabian zu Maxime.

„Und er wollte gerade gehen", fügte ich an, öffnete die Tür weiter.

Lord Coyle brummte. „Wie schade, dass wir keine Freunde sein können, Mr. Charbonneau, wenn man alles bedenkt, was ich für Sie getan habe, für so wenig im Gegenzug. So außerordentlich wenig."

Fabian richtete sich auf. „Ich habe Ihnen den Schlüssel versprochen. Das ist alles, was Sie bekommen werden."

„Er hat etwas für dich getan?", fragte Maxime. „Ist er der Grund, weshalb du frei bist, Fabian? Hat er der Polizei geholfen, den Mörder zu fangen?"

„Sie wussten es nicht?", fragte ich.

„Das ist das erste Mal, dass ich meinen Bruder sehe", erklärte mir Fabian. „Er weiß noch nicht von der großen Hilfe von dir und deinem Mann."

„Ah, ich verstehe." Maxime nahm meine Hand und tätschelte sie. „Im Namen meiner Familie möchte ich Ihnen danken, Mrs.

Glass. Wenn es irgendetwas gibt, was ich tun kann, was auch immer es ist, fragen Sie mich nur."

Lord Coyle stieß ein knurrendes Lachen aus.

„Darf ich fragen, inwiefern Sie meinen Bruder unterstützt haben, Sir?", fragte Maxime Coyle.

„Das geht Sie nichts an", sagte Coyle.

Maxime plusterte sich auf. „Er ist mein Bruder, meine Familie. Es geht mich durchaus etwas an."

„Wenn Sie sich solche Sorgen um ihn gemacht haben, weshalb kamen Sie ihm nicht zu Hilfe?"

„Jetzt bin ich hier."

„Sie sind zu spät, um etwas Gutes zu tun."

Ich schluckte mein Keuchen. Diese beiden Männer waren in ihren eigenen Ländern mächtig. Sie wurden vermutlich selten herausgefordert oder angezweifelt. Keiner würde aus dieser Schlacht der Willenskraft zurücktreten.

„Lord Coyle hat recht", sagte Fabian zu seinem Bruder. „Du bist zu spät, Maxime. Du kannst nach Frankreich zurückkehren. Ich bin aus dem Gefängnis entkommen, außer Gefahr, und möchte nur meine Studien der Magie mit India fortführen."

Maximes Nasenflügel blähten sich, dann sprach er rasch auf Französisch. Fabians Antwort bestand darin, dass er den Kopf schüttelte. „Fabian!", rief Maxime.

„Diese beiden scheinen einige Familienprobleme zu lösen zu haben", sagte Lord Coyle. „Ich werde sie dem überlassen."

Fabian und Maxime sprachen weiterhin auf Französisch, diesmal richteten sie den Blick auf Lord Coyle. Coyle hatte sie wohl verstanden, denn er blieb im Eingang stehen.

Chronos hielt die Luft an. „Auf Englisch", befahl er. „Damit India es verstehen kann. Deine Eltern hätten dir etwas über die Sprache beibringen sollen", murmelte er mir zu.

„Jetzt ist nicht der richtige Zeitpunkt", flüsterte ich zurück.

„Mein Bruder hat mich gefragt, weshalb ich Lord Coyle etwas schulde", erklärte Fabian. „Ich habe ihm gesagt, dass Coyle meine Schulden abbezahlt hat, damit ich nicht zurück ins Gefängnis muss. Dann hat er vorgeschlagen, dass ich Coyle ausbezahle."

„Und ich werde die Rückzahlung ablehnen", erwiderte Lord Coyle fröhlich.

Maxime legte den Kopf schief und lächelte angespannt. „Nein, Sir, Sie können sich nicht weigern. Ich werde meiner Bank die …"

„Ich sagte, ich lehne ab", stieß Coyle hervor, seine Fröhlichkeit war verflogen. „Das ist meine Entscheidung. Sie werden sie akzeptieren."

„Weshalb?", fragte Fabian. „Ich werde Ihnen aus Dankbarkeit trotzdem noch meinen Schlüssel geben, und Sie werden obendrein Ihr Geld bekommen."

Lord Coyles Finger legten sich fester um den Knauf seines Gehstocks.

„Weil er den Schlüssel nicht will", sagte ich. „Oder das Geld. Er hat vorhin gelogen. Er hofft, dass deine Dankbarkeit weiter besteht, Fabian, und dass du dich eines Tages verpflichtet fühlen wirst, ihm einem Gefallen seiner Wahl zu tun. Ist es nicht so, mein Lord?"

Lord Coyle bekam nicht die Gelegenheit, zu antworten, bevor Maximes Laune durch die Decke ging.

„Nein! So benimmt sich kein Gentleman. So führt meine Familie keine Geschäfte durch."

„Das ist kein Geschäft", erwiderte Lord Coyle leichtfertig. „Es ist etwas sehr viel Substanzielleres."

Maxime stieß einen Finger in Richtung Coyle. „Ich werde Sie ausbezahlen. Mein Bruder wird Ihnen nichts schulden, nicht mal diesen Schlüssel, von dem er redet. Haben Sie das verstanden?"

Lord Coyle fegte Maximes Finger beiseite. „Ich lehne Ihr Angebot ab."

„Sie können nicht ablehnen!"

„Maxime", warnte Fabian ihn. „Dein Temperament …" Er sprach mit seinem Bruder in einem ruhigen, friedlichen Tonfall auf Französisch, doch auf Maxime hatte es keine Wirkung.

Maximes Brust hob und senkte sich in schweren Atemzügen, er ballte die Fäuste. Würde er Coyle schlagen? Ich stellte fest, dass ich nur wenig Lust verspürte, mich einzumischen, und ich wünschte mir fast, Fabian würde sich heraushalten, um zu sehen, wie die Situation weiter verlief.

Lord Coyle wirkte wenig betroffen von dem Ausbruch, der sich da anbahnte. „Jetzt sehe ich, weshalb Sie Ihrer Familie entkommen wollten", bemerkte er zu Fabian. „Ich kann mir nicht vorstellen, welchen Druck dieser Kerl auf Sie aufgebaut hat, um die Frau zu heiraten, die er gewählt hat."

Fabian zuckte zusammen und warf einen nervösen Blick auf seinen Bruder.

Maximes Gesicht wurde rot, und eine Ader in seine Kehle pochte über seinem Kragen. Er trat näher an Coyle, blieb nur wenige Zentimeter vor ihm stehen. Coyle regte sich nicht, sondern lächelte immer weiter auf diese garstige, eitle Art, die er oft an den Tag legte. Er war vielleicht nicht so jung wie Maxime, aber er war ein stämmiger Mann, der einen Gehstock in der Hand hielt. Er war außerdem einflussreich und könnte Maxime im Nu ins Gefängnis werfen lassen, weil er ihn angegriffen hatte.

„Sie werden meine Rückzahlung der Schuld annehmen", sagte Maxime durch zusammengebissene Zähne. „Ich werde Sie nicht noch einmal bitten."

Coyle nahm seinen Gehstock in beide Hände und schob ihn seitwärts an Maximes Brust, sodass er ihn aus dem Weg schubste.

Maxime stolperte zurück, erholte sich aber schnell. Er gab etwas auf Französisch von sich, spukte jedes Wort aus, als wäre es Gift.

„*Non!*", rief Fabian, der sich panisch umsah.

Das Geräusch von mahlendem Metall kam von draußen. Es zerrte an meinen Nerven, tat mir in den Ohren weh und ließ es mir eiskalt den Rücken hinablaufen. Ich schaute durch die Tür auf die Quelle des Geräusches und stieß ein lautes Keuchen aus. Ein fast ein Meter langer Stab aus schmiedeeisernem Zaun flog auf mich zu.

Maxime sprach kein Französisch, er sprach einen Zauber.

Ich duckte mich, aber er veränderte die Flugbahn, bevor er bei mir ankam, und krachte Lord Coyle in die Brust, mit so viel Wucht, dass er einen Schritt zurück in den Hutständer stolperte, der krachend zu Boden ging. Er wankte an die Wand, die ihn zum Glück auffing. Er starrte Maxime an, der Mund stand ihm offen, seine Backen bebten, entweder vor Empörung oder vor Entsetzen, ich war mir nicht sicher, was es war.

Fabian half ihm beim Aufstehen. „Bitte, Sir, nehmen Sie meine Entschuldigung an. Mein Bruder hat ein schreckliches Temperament, wenn er seinen Willen nicht bekommt."

Ich hatte plötzlich ein Bild der beiden vor Augen, wie sie als Jungen rauften, eiserne Geräte aufeinander schleuderten. Ihre arme Mutter.

„Da draußen gibt es noch mehr Eisen", spie Maxime aus. „Verleiten Sie mich nicht, es einzusetzen."

Lord Coyle beäugte den Zaun und schickte sich an zu gehen.

„*Non*", sagte Maxime. „Nehmen Sie mein Geld an."

Coyle räusperte sich. „Ich akzeptiere Ihr Angebot." Er zog eine Karte aus der Tasche und wies Maxime an, sich mit seinem Geschäftsführer in Verbindung zu setzen. Dann ging er, aber nicht, ohne den Zaun zu inspizieren.

Ich schloss die Tür und lehnte mich mit dem Rücken daran. Mein Herz hämmerte in meiner Brust. Das fliegende magische Stück Gusseisen erinnerte mich zu sehr an die Papiere, die Melville Hendry vor ein paar Wochen auf mich geschleudert hatte. Die Situation hätte sehr viel schlimmer ausgehen können, wenn Maxime es so gewollt hätte.

Fabian hob den Pfosten auf. „Ich entschuldige mich demütigst, Mr. Steele. Das hätte nicht bei Ihnen zu Hause passieren dürfen. Bitte verzeihen Sie uns."

„Verzeihen Sie mir", sagte Maxime mit einer Verbeugung vor Chronos. „Das ist mir vorzuwerfen. Bitte nehmen Sie meine Entschuldigung an."

„Sie haben ein ziemliches Temperament." Chronos klang beeindruckt, überhaupt nicht besorgt über die Macht, die er bezeugt hatte. „Es ist kein Wunder, dass Ihre Firma so erfolgreich ist." Er deutete mit dem Finger in Richtung des Eisenpfostens. „Dieser Zauber ... lässt er nur Eisen fliegen? Oder nutzt man ihn auch, um Eisen zu verbiegen?"

„Dieser Zauber ist anders", sagte Maxime.

„Sie sollten versuchen, die Worte in andere bekannte Zauber einzubauen", sagte Chronos zu Fabian. „Maxime, wussten Sie, dass meine Enkelin tun kann, was Sie können, nur *ohne* einen Zauber?"

Maxime schüttelte den Kopf, schien aber kein Interesse an meinen Fähigkeiten zu haben. Ich nahm an, die Kunst und Wissenschaft der Magie begeisterten ihn nicht auf dieselbe Art wie seinen Bruder.

„Mrs. Glass, Sie wirken blass", sagte Maxime. „Habe ich Ihnen Angst gemacht?"

„Mir geht es gut", sagte ich. „Ich bin ein wenig … überrascht, aber ansonsten geht es mir gut."

Maxime neigte den Kopf. „Mein Temperament geht nicht oft mit mir durch."

„Was für ein Glück."

„Ich lasse mich nicht gern manipulieren."

„Genauso wenig ich", sagte Fabian düster zu ihm. „Und doch war es das, was du getan hast, als du mir gesagt hast, dass ich die Frau heiraten muss, die du auswählst."

„Das ist etwas anderes."

„Nein, ist es nicht. Ich werde nicht mit dir zurückkehren, Maxime. Ich will hier in London sein, mehr über die Magie mit India herausfinden."

Maxime warf die Hände in die Luft. „Und was ist mit deiner Familie? Deinen Verantwortlichkeiten? Du bist ein Charbonneau, Fabian. Du kannst nicht tun, was dir gefällt."

Fabian verschränkte die Arme, völlig reglos. Im Lichte des Temperaments, das sein Bruder kürzlich an den Tag gelegt hatte, war es ziemlich mutig von ihm, sich weiterhin den Wünschen der Familie zu verweigern.

Maxime knurrte etwas auf Französisch, bei dem Fabian schluckte. Er blieb allerdings reglos, und das schien Maxime nur noch mehr aufzubringen. Wenn ich nicht rasch etwas unternahm, könnte Chronos' Zaun ganz ruiniert werden.

„Der Tee wird kalt", sagte ich leichtfertig. „Kommt mit in den Salon, und unterhalten wir uns freundlich und *ruhig*."

Der Tee schien eine beruhigende Wirkung auf die Brüder zu haben. Die Zeit, die ich brauchte, um ihn einzuschenken und die Plätzchen anzubieten, gestattete ihnen, ein paar Mal tief durchzuatmen. Nun blieb nur noch, sie zu einer Übereinkunft zu bringen.

„Ich werde sie nicht heiraten", wiederholte Fabian. „Du kannst mich nicht dazu zwingen."

Maxime schüttelte enttäuscht den Kopf. „Die Familie wird deine Zahlungen einbehalten. Wie wirst du leben?"

Fabian zuckte mit den Schultern. „Ich werde Arbeit finden."

„Du bist doch nicht qualifiziert für irgendwelche Arbeiten."

„Ich kann Französischunterricht geben. Ich bin auch ein guter Tänzer."

„Französische Tanzlehrer sind gerade unter den Debütantinnen von London hoch in Mode", sagte ich, obwohl ich nichts dergleichen wusste. „Fabian wird keinerlei Schwierigkeiten haben, Arbeit zu finden. Die Familie meines Mannes wird sich darum kümmern."

Chronos grinste.

Maxime nippte an seinem Tee und knabberte an einem Plätzchen. „Du willst deine Familie für das hier aufgeben? Deine Freunde?"

„Ich gebe niemanden auf", sagte Fabian. „Ich liebe dich und unsere Eltern. Was ich nicht liebe, ist die Gesellschaft der Amerikanerin, von der du willst, dass ich sie heirate."

„Das könntest du aber, wenn du sie nur kennenlernen würdest."

„Ich werde sie nie mehr lieben als die Magie." Er deutete auf den Stapel Papiere, die wir studiert hatten. „Ist das fair ihr gegenüber? Oder mir?"

Maxime seufzte. „Du warst immer seltsam, schon als Junge."

„Weil ich das Geld nicht so sehr mochte wie du und Vater? Weil ich die Magie am liebsten mag?"

Maxime hob das Kinn ein winziges Stück weit. „Bist du sicher, dass du das willst, Fabian?"

„Bin ich, aber ich will dich nicht verlieren, Bruder. Ich will nicht die Familie aufbringen. Bitte, sag, dass du es verstehst und mir verzeihst, und wir werden uns zu guten Bedingungen trennen."

„Ich verstehe dich nicht." Maxime stellte seine Tasse ab und stand auf. „Aber ich verzeihe dir."

Fabian erhob sich, und sie umarmten sich, küssten einander auf die Wange. Als sie sich trennten, strahlte Fabian, doch Maximes Lächeln war weniger fest. Ich schätzte, es bereitete ihm Sorgen, wie er der Familie von Fabians Entscheidung erzählen würde, und was er wegen der Verlobung tun sollte.

„Ich werde deine Zahlungen erneut einrichten", sagte Maxim, der sich wieder hinsetzte. „Es gibt nur eines, was ich im Gegenzug von dir möchte."

„Ja?"

„Gib diesem Coyle nicht den Schlüssel. Es ist mir gleich, ob es ihn wütend macht. Gib ihm nichts."

Fabian lachte und nickte. „Wie du wünschst."

„Er wird erwarten, dass du ihm etwas schuldest", warnte ihn Chronos.

„Das hat er doch immer", sagte ich. „Der Schlüssel war nur ein Symbol. Die echte Rückzahlung wird in der Form eines Gefallens kommen, den er eines Tages einfordern wird."

„Ich werde ihm keinen Gefallen zukommen lassen, den ich ihm nicht geben möchte", versicherte mir Fabian.

Seine Zusicherung war bewundernswert, und etwas, das auch ich aufrechterhielt, was den Gefallen betraf, den ich Coyle schuldete. Aber wenn man Coyle kannte, wusste man, dass er uns keine Wahl lassen würde.

* * *

FABIAN und ich nahmen unsere Studien nicht mehr auf, nachdem Maxime aufgebrochen war. Keiner von uns war in der richtigen Stimmung, um sich still hinzusetzen und nachzudenken. Ich schlug vor, dass wir gemeinsam jemanden aufsuchen sollten, dem er ebenfalls für seine Freiheit zu danken hatte.

„Nimm den Schlüssel mit", sagte ich. „Wenn es dir nichts ausmacht, ihn zu spenden, meine ich."

Mr. Delancey war zum Mittagessen zu Hause, und es war noch nicht aufgetragen worden, als wir eintrafen. Er und seine Frau luden uns begeistert ein, sich ihnen anzuschließen, aber wir lehnten ab.

„Ich wollte Ihnen dieses Zeichen meiner Dankbarkeit anbieten." Fabian öffnete die Hand, um einen krummen, verbogenen Schlüssel zu zeigen, den er aus einem Stück der Gitterstäbe in seiner Gefängniszelle gemacht hatte.

Mrs. Delancey keuchte. Ihr Mann griff nach dem Schlüssel, er lächelte bis über beide Ohren. „Das ist er? Das ist der echte Schlüssel?", fragte er.

„Ebendieser", sagte Fabian leicht erheitert.

„Außerordentlich", murmelte Mrs. Delancey. „Er ist herrlich."

Ich presste die Lippen aufeinander, um mein Lächeln zu verbergen.

„India sagt, Sie haben ihr wichtige Informationen gegeben, die dazu führten, dass der Mörder gefunden wurde", sagte Fabian. „Ich wäre nicht frei, wenn Sie nicht wären, Mr. Delancey. Vielen Dank."

Mr. Delancey schüttelte ihm die Hand. „Ein Vergnügen. Ich würde es wieder tun."

„Ich habe geholfen", sagte Mrs. Delancey. „Er wollte gar nichts sagen, aber ich habe ihn dazu gedrängt. Ich wusste, dass es wichtig war."

Fabian nahm ihre Hand und gab ihr einen anhaltenden Kuss. „Sie sind äußerst großzügig und freundlich, Mrs. Delancey. Ich danke Ihnen von ganzem Herzen."

Sie wurde rot und kicherte. „Er ist so französisch, oder nicht, India? So exotisch und *fremdländisch*."

Ihr Mann musterte den Schlüssel auf seiner Handfläche. „Wo sollen wir ihn aufstellen, meine Liebe?"

„Irgendwo, wo man ihn gut sieht. In eine Glasvitrine natürlich, mit einem Schild."

„Einem silbernen Schild."

„Gold. Auf jeden Fall in Gold. Es ist immerhin das beste Metall."

„Eine andere Art Magie", erklärte ihr Fabian. „Meine Magie liegt bei Eisen und Metallen, die einen gewissen Anteil an Eisen enthalten."

„Ja, Gold sieht aber besser aus."

Wir überließen sie ihrem Mittagsmahl und kehrten zum Haus von Chronos zurück, aber ich stieg nicht mit Fabian aus der Kutsche. Wir verabschiedeten uns, und ich ging nach Hause, um im Esszimmer Sandwiches zu essen.

Die anderen hatten bereits gegessen, schlossen sich mir aber an, als ich ihnen erzählte, dass ich einen sehr ereignisreichen Vormittag hinter mir hatte. Die Geschichte von Maximes Temperament sorgte für verschiedene Reaktionen. Willie fand es spannend, Duke und Cyclops weniger, und Tante Letitia hob die Nase.

„Die Franzosen sind alle wahnsinnig", murmelte sie.

Matt jedoch blieb still. Er setzte sich nur neben mich, strich sich träge und nachdenklich über die Oberlippe, sein Blick verhüllt.

„Maxime hatte die völlige Kontrolle", versicherte ich ihm. „Der Eisenpfosten hätte niemals etwas anderes als das beabsichtigte Ziel getroffen. Du musst dir keine Sorgen machen, Matt. Außerdem bricht er morgen auf, und du weißt, dass Fabian nicht wie sein Bruder ist. Er hat überhaupt kein Temperament."

Er lächelte mich grimmig an. „Ich habe nicht über die Charbonneau-Brüder nachgedacht. Ich habe über Coyle nachgedacht."

„Ach?"

„Erinnerst du dich noch, was er als erstes gesagt hat, nachdem wir ihm von dem Mord erzählt haben? Er war es, der uns auf die Idee brachte, dass jemand McGuire Geld geliehen und es eingetrieben hat, und er hat angedeutet, dass der Mörder womöglich verzweifelt gewesen war, weil er McGuire davon abhalten wollte, Informationen zu enthüllen, die ihn ruinieren könnten."

„Ich weiß es noch", sagte ich. „Das Gespräch mit ihm hat uns geholfen, unsere Bemühungen auf Stanhope zu konzentrieren."

„Ganz genau. Man könnte sagen, dass er uns in diese Richtung gelenkt hat."

Willie fluchte, was ihr einen bösen Blick von allen im Raum einbrachte. Sie war zu sehr damit beschäftigt, Matt anzuschauen, als dass es sie gekümmert hätte. „Du denkst, er wusste damals bereits, dass Stanhope der Mörder war?"

„Es ist möglich", sagte Matt.

„Wie hätte er es wissen können?", fragte Duke.

Matt hatte darauf keine Antwort. Die hatte keiner von uns.

„Spielt es eine Rolle, dass er es wusste?", fragte Tante Letitia. „Stanhope hat sich immerhin als Mörder erwiesen. Der Zweck heiligt doch sicher die Mittel."

„Das ist etwas machiavellistisch", sagte Cyclops.

Willie rümpfte die Nase. „Etwas was?"

„Weshalb hat er euch nicht einfach gesagt, dass er wusste, dass es Stanhope war?", fragte Duke.

„Weil Coyle wollte, dass wir unsere eigenen Schlüsse ziehen", sagte ich. „Vielleicht, damit wir nicht herausfinden würden, dass er derjenige war, der McGuires Schuld eingetrieben hat, sodass Stanhope sich zum Mord aufgerufen fühlte."

„Er hat euch manipuliert", sagte Cyclops, mit einem Kopfschütteln. „Oder es versucht. Ihr habt es trotzdem herausgebracht."

„Ich werde nicht gern manipuliert."

Matt spannte das Kinn an. „Genauso wenig ich, aber wir können ihn nicht konfrontieren."

„Warum nicht?", fragte Willie. „Mein Colt wird ein starkes Argument liefern."

„Behalt deine Waffe bei dir", sagte Duke zu ihr. „Du kannst nicht drohen, Coyle zu erschießen, oder er wird dich ins Gefängnis werfen lassen."

Willie verschränkte die Arme und sank in den Sessel. „England hat zu viele Gesetze."

Duke lachte leise. „Sag das nicht zu Brockwell. Er lebt und atmet die Gesetze."

„Weshalb wirst du Lord Coyle nicht zur Rede stellen?", fragte Tante Letitia Matt.

„Weil er zu gefährlich ist", sagte ich.

„Weil ein Spieler niemals sein Blatt zeigt", entgegnete Matt.

* * *

Hopes Ankunft mitten am Nachmittag war willkommen. Sie ersparte es mir, sie aufzusuchen, wo ich versuchen müsste, mit ihr zu reden, ohne dass Lord und Lady Rycroft es mitbekamen.

Ein Blick auf ihr Gesicht verriet mir allerdings alles, was ich wissen musste.

Es waren keine guten Neuigkeiten.

„Charity wird kein Wort zu unseren Eltern sagen", erklärte sie Matt und mir im Salon.

Die anderen waren am Nachmittag ausgegangen, was vermutlich auch gut so war. Willie und Tante Letitia konnten kaum im selben Zimmer mit Hope sein, ohne schnippische Bemerkungen abzugeben, und Duke war nur wenig besser.

„Dann hast du ein Problem", sagte ich. „Unsere Abmachung lautete, du würdest sie überzeugen, ihnen die Wahrheit zu sagen, und ich würde Lord Coyle überzeugen, dass er dich nicht heiraten soll. Ich werde meinen Teil erst erledigen, wenn du deinen erledigt hast."

Ihre Stirn legte sich in nervöse Falten. „Bitte, India, du musst mir helfen. Meine Eltern sind darauf erpicht, dass ich ihn heirate, und er hat es auf mich abgesehen. Er schickt mir jeden Tag Nachrichten und Liebesbekundungen. Heute Vormittag hat sein Diener eine Halskette aus Amethyst gebracht."

„Unsere Übereinkunft ..."

„Ich weiß, was wir für eine Übereinkunft haben!" Sie rieb sich über die Stirn. „Matt, wirst du für mich sprechen, oder mit meinen Eltern?"

„Sobald Charity wegen Cyclops mit deinen Eltern redet, mache ich es, aber bis dahin nicht", sagte er.

„Bitte."

Ich verschränkte die Hände im Schoß und wagte es nicht, Matt anzusehen. Ich war ihrem Flehen gegenüber nicht immun. Weit gefehlt. Meine Gefühle für ihre Lage waren verständnisvoll, trotz allem, was sie uns in der Vergangenheit angetan hatte. Mit Lord Coyle verheiratet zu sein, wäre ein unvorstellbares Urteil für ein Mädchen wie Hope.

Aber das würde ich nicht aussprechen.

„Es tut mir leid", sagte ich. „Du musst nach Hause gehen und es noch einmal versuchen."

„Meine Eltern haben mir nicht geglaubt! Nicht, wenn Charity ihnen das Gegenteil erzählt."

Ich zuckte nur mit den Schultern.

„Sie wird ihre Geschichte nicht ändern. Nicht für mich. Sie hasst mich. Sie kann es nicht erwarten, dass ich diesen Mann heirate, und sich über mein Unglück lustig zu machen."

„Versuch's noch einmal", sagte Matt, der sich erhob.

Sie verstand den Hinweis und ging, in ihren Augen standen Tränen.

„Glaubst du, sie ist wirklich so aufgelöst?", fragte ich ihn. „Oder ist das alles nur vorgespielt?"

„Bei ihr ist es schwer zu sagen, obwohl es ihr widerstrebt, Coyle zu heiraten."

„Äußerst widerstrebt. Sie tut mir ein wenig leid. Ich würde Coyle auch nicht heiraten wollen."

„Zum Glück musst du das nicht." Er berührte mich am Kinn, neigte mein Gesicht nach oben und küsste mich.

Ein paar Minuten später wurden wir von der Rückkehr von Willie und Tante Letitia gestört.

„Bristow hat uns erzählt, dass Hope da war", sagte Tante Letitia. „Was wollte sie denn?"

„Uns sagen, dass Charity nicht nachgibt, und uns bitten, für sie bei Lord Coyle einzutreten", sagte ich.

Willie knurrte. „Ich hoffe, ihr habt ihr gesagt, dass du wegen Coyle nichts unternimmst, bis Cyclops vom Haken ist."

„Das haben wir."

„Was sollen wir tun, wenn sie keinen Erfolg hat?", fragte Tante Letitia schwach. „Sollen wir Cyclops wegschicken, an einen Ort, an dem er in Sicherheit ist?"

Matt setzte sich mit einem heftigen Seufzen hin. „Das will ich nicht."

„Dann wird der Innenminister ihn nach Amerika deportieren lassen."

„Rycroft wird ihn erst verprügeln lassen", fügte Willie an. „Ich kenne solche Kerle, und ich habe ihren Hass auf Menschen wie Cyclops gesehen. Rycroft wird ihn das Land nicht verlassen lassen, ohne die Nachricht zu übermitteln, dass er seine Tochter nicht hätte anfassen dürfen."

Sie hatte recht, und wir alle wussten es.

KAPITEL 17

illie platzte am folgenden Morgen beim Frühstück ins Esszimmer, ihre Augen leuchteten, ihre Wangen waren rot. „Ich hab's!", rief sie.

„Bist du gerade erst heimgekommen?", fragte Duke, der nicht einmal von seinem Teller mit Spiegelei aufschaute.

„Nein, du Esel. Ich bin vor ein paar Stunden heimgekommen." Sie stand mit den Händen auf den Hüften da, eine Einladung, ihr Fragen zu stellen.

„Also, was hast du denn nun? Eine Krankheit?"

Sie schaute ihn finster an. „Eine Idee. Ich weiß, was wir tun müssen, um Rycroft dazu zu bringen, Cyclops in Ruhe zu lassen."

„Misch dich nicht ein", sagte Cyclops vom Buffet aus. „Ich werde mit Rycrofts Männern fertig."

„Hier geht es nicht darum, dass Rycroft seine Schlägertypen vorbeischickt. Es geht darum, dich für immer in Ruhe zu lassen." Sie schaute zu Matt, der nickte, damit sie fortfuhr. „Er hat mit dem Innenminister geredet, damit du deportiert wirst."

Cyclops stellte seinen Teller mit einem dumpfen Geräusch und einem finsteren Blick zu Matt ab. Matt schaute ihm in die Augen, doch in seinem Blick stand Mitgefühl, kein Tadel.

„Schau mich nicht so an", murmelte Cyclops. „Ich hasse es.

Ich hasse euch alle, dass ihr euch in meine Angelegenheiten einmischt. Ich kann mich um mich selbst kümmern."

Ich berührte ihn an der Hand. „Wir wissen, dass du das kannst, aber es geht doch darum, dass du es nicht musst."

Cyclops wirkte nicht überzeugt.

„Du hast dich um mich gekümmert, als ich krank war", sagte Matt. „Jetzt lass zu, dass ich mich um dich kümmere, wenn ich das kann." Er nahm seine Kaffeetasse, seine Stirn war gerunzelt. „Das Problem ist, mir fällt nichts mehr ein. Wenn Hope Charity nicht überzeugen kann, die Wahrheit zu sagen ..." Er beendete den Satz mit einem Schulterzucken.

„Hört mir denn keiner zu?", rief Willie. „Ich habe eine Idee. Und es ist eine gute."

„Lass uns das beurteilen", sagte Duke. „Aber mach weiter. Die Bühne gehört dir."

Sie richtete sich auf und straffte die Schultern. „Niemand hat gesehen, was in den Stallungen passiert ist, oder nicht, Cyclops?"

„Sie hat gewartet, bis ich allein war", sagte er.

„Ja, aber sie war so auf dich konzentriert, dass sie nicht gesehen hätte, wenn jemand anderes dazukommen wäre und es auch gesehen hätte."

„Da war aber niemand. Es gab keine Zeugen, Willie." Cyclops hob seine Gabel auf und bohrte sie in ein Würstchen.

„Du bist zu ehrlich, Cyclops, das ist dein Problem. Du musst denken wie ein unehrlicher Mensch. Wie Charity. Du musst lügen."

Duke wackelte mit den Fingern in ihre Richtung, sein Lächeln wurde größer. „Jemand wird so tun, als hätte er oder sie es gesehen, und Rycroft sagen, dass Charity ihn bedrängt hat, nicht umgekehrt. Guter Gedanke, Willie. Aber wem von uns wird er glauben?"

„Es kann keiner von uns sein", sagte Matt, der sich nach vorn beugte. „Es muss jemand sein, den sie nicht kennen, jemand unparteiisches."

„Oder jemand, den sie für unparteiisch halten", ergänzte ich. „Jemand, der überzeugend lügen wird, und wie du sagst, Matt, jemanden, den sie nicht kennen."

Willie schaute mich an. „Catherine", sagten wir beide.

* * *

CYCLOPS HIELT MICH ZURÜCK, als ich nach Catherine aus der Kutsche aussteigen wollte. „Mir gefällt es nicht, sie hineinzuziehen", flüsterte er.

„Das spielt keine Rolle", flüsterte ich zurück. „Alle anderen, darunter auch Catherine, halten es für eine wunderbare Idee." Ich nahm Matts Hand und gestattete ihm, mir den Tritt auf den Bürgersteig hinab zu helfen.

„Lass dich von niemandem sehen", sagte Matt, während er die Tür schloss.

Cyclops war bereits mit den Schatten der Kutsche verschmolzen.

Catherine fasste ihren Pompadour mit beiden Händen, während wir die Stufen zur Eingangstür des Stadthauses der Rycrofts hinaufgingen. Sie zeigte den perfekten Grad an Nervosität, nicht so viel, dass es gespielt schien, aber gerade genug, um es aussehen zu lassen, als wäre sie beeindruckt von den glanzvollen Adligen, die sie gleich treffen würde.

„Du bist eine exzellente Schauspielerin", sagte ich zu ihr.

„Ich spiele nicht. Ich habe Angst, dass ich alles ruiniere."

Matt hatte eine Nachricht geschickt, um sicherzustellen, dass sowohl Lord als auch Lady Rycroft zu Hause waren, wenn wir vorbeikamen, darum wurden wir zum Salon durchgewinkt, als wir eintrafen. Der Tee wartete bereits darauf, serviert zu werden. Lady Rycroft schenkte ihn ein, ohne uns auch nur zu grüßen, obwohl sie sowohl Matt als auch mir erst zunickte. Catherine widmete sie keinerlei Aufmerksamkeit.

„Setzen wir uns und bringen wir es hinter uns", sagte Lord Rycroft, der auf seine Taschenuhr schaute. „Ich muss in meinen Club."

„Wir haben auch darum gebeten, dass Charity da ist", sagte Matt. „Wir werden auf sie warten."

Lord Rycroft seufzte und setzte sich.

„Das ist lächerlich", murmelte seine Frau. „Was kann dieses Mädchen denn zu der Situation beizutragen haben?"

275

„Das werden wir euch mitteilen, sobald Charity herkommt", sagte Matt.

Lady Rycroft lud Matt und mich ein, uns hinzusetzen, aber nicht Catherine. Wie ein pflichtergebenes Dienstmädchen, das sich an seine sogenannten Respektspersonen richtete, blieb sie stehen, den Kopf gesenkt und die Hände locker vor sich verschränkt. Matt weigerte sich, sich hinzusetzen, während sie noch stand, aber seinem Onkel schien es nichts auszumachen.

Schließlich rauschte Charity herein, summte tonlos, nur um stehenzubleiben, als sie uns sah. „Was ist denn los? Weshalb bin ich hergerufen worden?"

„Das würden wir auch gern erfahren", sagte Lord Rycroft trocken.

„Das ist Catherine", sagte Matt. „Sie arbeitet als Dienstmädchen bei einem meiner Nachbarn. Sie hat euch etwas zu sagen über den Tag, an dem Charity Cyclops in den Stallungen begegnet ist."

Lord und Lady Rycroft wechselten einen Blick.

„Das geht sie nichts an", spie Charity aus.

„Ich war dort", sagte Catherine mit bebender Stimme. „Ich habe bezeugt, was zwischen Ihnen und dem einäugigen Riesen vorgefallen ist."

Charity machte ein schnaubendes Geräusch. „Das kann nicht sein", erklärte sie ihren Eltern. „Ich habe niemanden gesehen."

„Lass sie fertig erzählen", sagte Matt.

Catherine schluckte. „Ich habe an unseren Kutschen in den Stallungen neben denen von Mr. Glass eine Nachricht geliefert. Ich wollte gerade gehen, als ich sie kommen sah." Sie deutete auf Charity. „Mir war klar, dass sie jemand Wichtiges ist, darum wollte ich ihr nicht im Weg sein. Ich dachte, es wäre am besten, wenn ich sie einfach durchließe. Sie schien zu wissen, wohin sie wollte. Also blieb ich in den Ställen, außer Sicht."

„Was ist dann passiert?", fragte Matt.

„Sie ist in Ihre Stallungen gegangen und hat sich dem Riesen genähert."

„Cyclops", verbesserte sie Matt.

„Cyclops", wiederholte sie. „Die Stallungen sind dicht an denen meines Herrn, und ich habe jedes Wort gehört." Zu

Charity sagte sie: „Sie haben Cyclops gesagt, dass Sie … ihn mögen."

Lord Rycroft schloss die Augen.

„Das ist lächerlich", murmelte Lady Rycroft.

„Das habe ich nicht gesagt", erwiderte Charity mit einem selbstgefälligen Lächeln. „Du warst nicht da. Du denkst dir das alles aus."

„*Mögen* ist auch nicht das Wort, das Sie benutzt haben", stimmte Catherine zu. „Aber … ich will nicht aussprechen, was Sie gesagt haben. Es ist kein Wort, das ich jemals in meinem Leben benutzt habe, und ich will es nicht wiederholen. Bitte lassen Sie es mich nicht aussprechen, Mr. Glass."

„Das musst du nicht", versicherte er ihr. „Liege ich richtig, wenn ich annehme, dass die Worte, die Charity gebraucht hat, nahelegten, dass sie ihn begehrte?"

Catherine wurde rot. „Gewissermaßen."

„Ihn auf körperliche Art wollte?"

„Das reicht, Glass", fuhr Lord Rycroft ihn an.

Catherine nickte. „Es stimmt. Sie hat ein vulgäres Wort benutzt."

„Eine weitere Lüge!", rief Charity, die sich hochschob. „Man kann nicht glauben, was sie sagt!"

Ihre Mutter kniff die Lippen zusammen, und ihre Hand ging flatternd zu ihrem geröteten Hals.

„Setz dich", blaffte Lord Rycroft. „Ich will den Rest hören."

„Was ist dann passiert?", sagte Matt zu Catherine.

„Ich wollte wieder zurück in die Gasse gehen, blieb aber vor Ihren Stallungen stehen, Sir, denn ich … ich gestehe ein, ich war fasziniert von dem, was dort vorging. Ich sah, wie die Dame hier versuchte, Cyclops zu küssen."

Charity schüttelte den Kopf. „Alles gelogen."

„Er schob sie weg und wollte gehen, aber sie hat ihm den Ausgang verstellt. Um an ihr vorbeizukommen, hätte er sie verletzen müssen." Das war kein Satz, den wir eingeübt hatten, aber es war eine schöne Ausschmückung, die Catherine sich selbst ausgedacht hatte. „Dann hat sie noch einmal versucht, ihn zu küssen."

„Ihr könnt kein Wort davon glauben", stieß Charity hervor.

„Sie ist eine schmutzige kleine Kanalratte. Sie würde alles für ein paar Schilling tun, darunter auch lügen."

„Nein, Miss, ich lüge nicht. Meine Herrin ist in solchen Dingen sehr streng, und ich würde es nicht riskieren, ihren Zorn auf mich zu ziehen. Sie wollte nicht, dass ich heute überhaupt herkomme, aber Mr. Glass hat darauf beharrt, dass ich etwas sage. Meine Herrin trug mir auf, die Wahrheit zu sagen. Und das ist es eben, die ganze Wahrheit, was ich an diesem Tag gesehen und gehört habe. Sie haben versucht, Cyclops zu küssen, und ihm gesagt, dass Sie mehr von ihm wollen, und er versuchte wegzukommen. Er hat Sie abgewiesen und sich die ganze Zeit wie ein Gentleman benommen."

Es waren genau die Worte, die Matt sie angewiesen hatte, zu sagen, mit genau der richtigen Menge Ehrerbietung. Menschen wie die Rycrofts glaubten an ihre absolute Überlegenheit gegenüber der Klasse der Hausangestellten, aber sie verlangten Ehrlichkeit von ihren Bediensteten mehr als alles andere. Es war wichtiger, als effizient zu sein, und auf jeden Fall wichtiger als die Fähigkeit, selbst zu denken. Tatsächlich glaubten sie oft, Dienstmädchen wären zu dumm, um sich eine eigene Meinung zu bilden oder gar überzeugend zu lügen.

„Sie hat es sich ausgedacht!", rief Charity, die ihre Eltern anflehte.

„Sei still", bellte Lord Rycroft.

Charity ließ sich auf den Sessel fallen und verschränkte mit einem empörten Geräusch die Arme.

Lady Rycroft wandte sich an Catherine. „Nichts, was du gesagt hast, beweist, dass du uns die Wahrheit sagst. Weshalb sollten wir dir glauben?"

„Weil es noch etwas gibt", erwiderte Catherine, die den Kopf neigte, um ihre Röte zu verbergen. „Etwas, von dem ich hoffte, ich würde es nicht sagen müssen."

„Was ist es denn?", fragte Matt. „Uns kannst du es sagen. Tatsächlich musst du die ganze Wahrheit erzählen. Was hat Charity noch gesagt?"

„Es ist nicht, was sie gesagt hat, sondern was sie als nächstes tat." Ihr Blick huschte zu Charity, dann wieder zu Boden. „Sie ist auf ihn gesprungen."

Charitys Reaktion verriet sie. Statt des kurzen Augenblicks verblüffter Stille hätte sie es leugnen können. Aber das tat sie nicht. Sie wirkte, als säße sie in der Falle.

Dann strömten schwallartig die Leugnungen von ihren Lippen, bis ihr Vater ihr befahl, aufzuhören. „Es reicht! Charity, geh mir aus den Augen. Ich kann es nicht ertragen, dich anzusehen."

„Aber ..."

„Geh!"

Charity stieß sich aus dem Sessel und landete vor ihrer Mutter auf den Knien. „Mama, bitte, du glaubst mir, oder nicht? So etwas würde ich nie tun. Das Mädchen lügt. Sie ist eine Schauspielerin. Sie macht es für Geld."

„Legst du nahe, ich würde jemanden bezahlen, um für mich zu lügen?", fragte Matt, der sowohl beleidigt und gleichzeitig auch herrschaftlich klang.

„Mama!", rief Charity, die sich nach ihrer Mutter streckte.

Lady Rycroft schlug die Hände ihrer Tochter weg. „Es ist zu spät. Man hat dich erwischt." Sie wirkte weder schockiert noch angeekelt von Catherines Geschichte. Hatte sie die ganze Zeit über gewusst, dass Charity log? Hatte sie bei dieser Lüge mitgespielt, weil es ihre Art war, Matt und mir wehzutun?

Charity schluchzte. „Nein, nein, nein! Du musst mir glauben. Er ... er hat mich verletzt. Er wollte mich. Das will er noch immer."

Ihr Vater packte sie am Arm und riss sie hoch. Er brachte sie zur Tür, dann schob er sie hindurch und schloss sie hinter ihr. Ihr Heulen wurde leiser, als sie wegrannte.

„Weshalb sprichst du erst jetzt, Mädchen?", fragte Lady Rycroft Catherine. „Weshalb nicht früher?"

„Ich wusste nicht, dass es ein Problem gab, Ma'am. Ich mische mich nicht gern in die Angelegenheiten anderer ein. Ich bin am liebsten für mich. Aber als unsere Köchin sagte, sie hätte von Mr. Glass Köchin gehört, dass Cyclops wegen des Vorfalls Schwierigkeiten hatte, bin ich vorgetreten und habe Mrs. Glass die Wahrheit gestanden. Es ist nicht richtig, dass ein guter Mann leiden sollte."

Lady Rycroft hob eine Hand. „Erspar mir die Predigt." Zu

Matt sagte sie: „Das wird nicht mehr weiter erwähnt. Verstanden? Wenn ich auch nur ein Flüstern darüber höre, werde ich dafür sorgen, dass der Mann ausgepeitscht wird."

„Du wirst ihn nicht anfassen", erwiderte Matt düster. „Mein Zorn ist sehr viel gefährlicher als das Gesetz, und du kannst nicht ahnen, welche Form er annimmt. Ist das klar?"

Lady Rycroft wurde blass, dann nickte sie. Ihr Mann stieß gemessen Luft aus.

„Wir sind uns einig, dass von diesem Vorfall niemals wieder gesprochen werden sollte", sagte ich und erhob mich. „Von keinem der Beteiligten."

„Und Charity darf nicht mehr in die Nähe von Cyclops", fügte Matt an. „Wenn ich ihr wäre, würde ich sie ganz genau im Auge behalten."

Wir gingen allein hinaus, nur um uns in der Eingangshalle von Hope aufhalten zu lassen. Sie rannte aus den Schatten und warf einen Blick die Treppe hinauf. „Ich habe alles gehört", flüsterte sie. „Was bedeutet das für unsere Abmachung, India?"

„Ich …"

„Du hast es nicht geschafft, uns zu helfen", ging Matt dazwischen. „Die Übereinkunft ist nicht länger gültig."

„Aber ich hatte *vor*, zu helfen!", sagte sie. „Reicht das nicht?"

„Cyclops hatte vor, deiner Schwester aus dem Weg zu gehen, und sieh dir an, was ihm das gebracht hat. Einen schönen Tag noch, Hope. Und viel Glück."

Sie stürzte sich auf ihn. „Hilf mir, oder ich werde Patience verraten, dass ihr Cox erpresst habt, damit er sie heiratet."

Mein Herz blieb stehen. Meine Kopfhaut prickelte. Ich musste mir eine Antwort einfallen lassen, die sie von der Wahrheit abbrachte, doch alle klaren Gedanken ließen mich im Stich.

„Niemand hat ihn erpresst", sagte Matt, der sich an ihr vorbeischob.

„Ich weiß, dass du das getan hast! Ich weiß nur nicht, was für einen Hebel du benutzt hast. Aber ich werde es herausfinden!"

Matt begleitete mich mit Catherine ein Stück hinter uns hinaus, was ihrer angeblichen Stellung als Dienstmagd entsprach. Er hielt jedoch die Kutschtür für uns beide auf und half uns den Tritt hinauf.

„Wie ist es gelaufen?", fragte Cyclops, während wir abfuhren.

„Sehr gut", sagte Matt. „Du hast nichts, worüber du dir noch Sorgen machen musst."

Cyclops legte den Kopf zurück an die Wand und schloss die Augen. „Gott sei es gedankt."

Catherine nahm seine Hand zwischen ihre beiden und lächelte ihn an.

„Du warst wunderbar", sagte ich zu ihr. „Du hast deine Rolle perfekt gespielt."

Cyclops legte seine Hand über ihre. „Vielen Dank, Catherine. Ich schulde dir so viel."

„Du schuldest mir gar nichts", erwiderte sie fröhlich. „Ich habe es gerne getan, und ich würde es wieder tun, wenn es nötig ist."

Er küsste sie auf die Wange, und sie wurde rot. Dann wandten sie sich beide ab und starrten jeweils aus ihrem Fenster. Ihre Hände blieben jedoch verbunden.

„Was ist mit Hope?", fragte ich Matt. „Wirst du sie wirklich Coyle überlassen, nach dem, was sie gerade gesagt hat?"

„Sie blufft. Sie hat wohl erraten, dass wir ihn erpresst haben, aber sie wird nie herausfinden, wie du Cox überzeugt hast. Ohne dieses Wissen kann sie nichts tun oder sagen." Er lächelte mich beruhigend an. „Wir können sie denken lassen, dass wir nichts tun, was Coyle betrifft. Lass sie eine Weile zappeln."

„Aber du wirst mit Coyle reden und versuchen, ihn zu überzeugen, dass sie keine gute Frau abgibt, oder?"

„Das werden wir beide. Ich schätze, er wird deine Meinung mehr als meine schätzen."

Ich hoffte nur, dass er recht hatte und sie keine Möglichkeit besaß, die Wahrheit über Cox' Vergangenheit zu entdecken. Falls sie sie herausfand, würde sie nicht lange zappeln. Sie würde handeln, und es ließ sich nicht sagen, was für einen Schaden sie mit der Information anrichten könnte.

* * *

LORD COYLE SCHICKTE mir am folgenden Morgen eine Nachricht, in der er sich erkundigte, ob wir ihn später am Tag empfangen könnten. Als Bristow dann um genau drei Uhr einen Besucher ankündigte, dachten wir, es wäre seine Lordschaft.

Es war allerdings Oscar Barratt. „Ich hätte gern eure Erlaubnis, mit Fabian Charbonneau zu sprechen", kündigte er an, während er sich mit Matt und mir in den Salon setzte.

„Du brauchst unsere Erlaubnis nicht", sagte ich. „Fabian ist ein freier Mann und kann selbst annehmen oder ablehnen."

„Ich weiß nicht, wo er ist. Du schon."

„Weshalb willst du mit ihm reden?"

„Mein Herausgeber will, dass ich einen Artikel über den Verdacht von Scotland Yard schreibe, dass er in den Mord an McGuire verwickelt war. Es gibt einige unbeantwortete Fragen über seine Flucht und andere Dinge."

„Er ist geflohen, indem er seine Magie einsetzte", sagte Matt. „Werden Sie das schreiben?"

„Ah. Das war mir nicht klar. Nein, ich kann die Magie nicht erwähnen. So ein Artikel ist das nicht. Allerdings würde ich auch gerne mit ihm wegen meines Buches reden."

„Geht es immer noch voran?"

„Natürlich."

Bristow trat ein und kündigte Lord Coyle an. Seine Lordschaft zögerte im Eingang, als er Oscar sah. „Barratt", grüßte. „Mir war mir nicht klar, dass Sie bereits Gesellschaft haben, Glass."

„Ich wollte gerade aufbrechen." Oscar erhob sich, sein Blick wich niemals von Coyle.

Obwohl sie beide begeistert von Magie waren, stimmten ihre Interessen nicht überein. Oscar wollte die Magie mit der Welt teilen, und Coyle wollte sie zu seinen eigenen Zwecken verborgen halten. Falls Coyle herausfand, dass Oscar vorhatte, ein Buch zu schreiben, und Louisa ihm den Druck finanzierte, würde er sich große Mühe machen, das zu verhindern.

„Es gibt noch eine Sache, die ich erzählen wollte, als ich herkam", sagte Oscar, der die Brust reckte. „Es ist eine persönliche Angelegenheit, aber es ist mir gleich, ob Lord Coyle es auch hört. Es wird sowieso sehr bald in den Zeitungen stehen."

„Doch kein weiterer Artikel über Magie", sagte ich.

Oscar lachte leise. „Außer du betrachtest Liebe als magisch. Ich werde heiraten."

„Ich gratuliere", sagte ich. „Kennen wir sie?"

„Tatsächlich schon. Es ist Lady Louisa Hollingbroke."

„Oh!"

Er neigte den Kopf. „Du wirkst nun nicht mehr erfreut."

„Ich bin etwas überrascht", sagte ich durch mein hartes Lächeln. „Mir war nicht klar, dass ihr euch so gut kennengelernt habt."

„Es ist plötzlich, aber ich finde sie faszinierend. Sie hat eine ziemlich einzigartige Perspektive, und sie hat ihren eigenen Kopf, was ich mag."

„Sie hat auch ein Vermögen", ergänzte Coyle. „Ich gratuliere, Barratt. Mit der werden Sie alle Hände voll zu tun haben." Er ging an Oscar vorbei.

Oscars Blick folgte dem eintretenden Earl. „Ich heirate sie nicht wegen ihres Geldes. Ich liebe sie. Wir sind sehr glücklich."

Lord Coyle setzte sich mit einem Knurren auf einen Sessel.

Ich schaute zu Matt, weil ich hoffte, er würde den ersten Schritt machen und Oscar sagen, was wir über Louisa und ihre Suche nach einem magischen Ehemann wussten. Aber er wirkte so verblüfft von den Neuigkeiten wie ich und blieb still.

Oscar verabschiedete sich und ging nach draußen.

„Ich weiß nicht, wer von ihnen der größere Narr ist", sagte Lord Coyle. „Sie will ihn nur wegen seiner Magie, und er will sie nur wegen ihres Geldes."

„Sie ist charmant", sagte ich, nicht ganz sicher, ob ich Oscar oder Louisa verteidigte. „Sie ist intelligent und unabhängig. Ich glaube, er könnte sie wirklich lieben. Was *ihre* Motive angeht … ich bin mir ziemlich sicher, in dieser Sache liegen Sie richtig."

Lord Coyle knurrte wieder. „Wo wir schon von der Ehe sprechen. Deshalb bin ich gekommen, um mit Ihnen zu reden. Mrs. Glass, ich würde gern meinen Gefallen einfordern."

Meine Beine fühlten sich plötzlich schwach an, und ich ließ mich auf den Sessel fallen.

Matt stellte sich neben mich, seine Hände lagen auf meiner Schulter. „Fahren Sie fort", sagte er.

„Ich will, dass Sie Hope ermutigen, mich zu heiraten."

Ich war auf irgendetwas vorbereitet, das mit Magie zu tun hatte, etwas, das die moralischen Grenzen überschreiten würde, die ich für mich gezogen hatte, oder vielleicht sogar etwas Illegales. Seine Bitte war … nun ja, ich war mir nicht ganz sicher, was ich davon halten sollte.

Auf jeden Fall wusste ich nicht, was ich tun sollte. Matt und ich hatten zugestimmt, dieses Treffen zu nutzen, um Coyle davon zu überzeugen, dass Hope nicht gut zu ihm passte. Wir planten, all ihre Schwächen aufzulisten, die Art und Weise, auf die sie uns manipuliert hatte, und ihm sogar von ihren gierigen Eltern zu erzählen. Wir würden nicht lügen müssen, sondern ihm einfach nur zeigen, wie sie wirklich war.

Aber ich vergaß jedes Wort unserer Rede. Das Bedürfnis, mich von der dunklen Wolke zu befreien, die in der Form von Coyles Gefallen über meinem Kopf hing, war stark. Ich konnte von ihm frei sein, von seinem Einfluss, seiner bedrohlichen Anwesenheit und der Art, wie er mich im Griff hatte. Alles, was ich tun musste, wäre es, ein paar Worte zu Hope zu sagen.

Ich würde sie nicht davon überzeugen können, sich in Coyle zu verlieben, aber ich konnte versuchen, sie zu überzeugen, dass es das Richtige war, ihn zu heiraten. Das wäre alles, worum ich sie gebeten hätte.

„India?", drängte Matt sanft. „Brauchst du Zeit, um deine Antwort zu überdenken?"

Ich nickte taub.

Er drückte mir die Schulter. „Sie wird Ihnen Ihre Antwort in einer Woche geben", sagte er zu Coyle.

„Drei Tage." Coyle stemmte sich aus dem Sessel. „Mehr nicht."

* * *

„Lass sie leiden", erklärte Willie. „Sie hat es verdient, mit diesem fetten, alten Tyrannen verheiratet zu sein."

Wir saßen nach dem Abendessen mit Willie, Cyclops, Duke und Tante Letitia im Salon. Als wir ihnen den Grund für Lord Coyles Besuch erzählt hatten, war es nicht mehr möglich gewesen, über etwas anderes zu reden. Bisher war ich die Einzige, die nicht entscheiden konnte, was zu tun war. Alle anderen dachten, ich sollte Hope ermutigen und mit Lord Coyle reinen Tisch machen. Ich war mir nicht sicher, ob ich ihr das antun konnte. Es war eine Entscheidung, mit der ich den Rest meines Lebens leben musste.

„Sie wird nicht allzu viel leiden", sagte Duke. „Er wohnt in einem großen Haus, hat ein großes Anwesen, Berge von Geld und einen Titel. Sie wird Lady Coyle sein und kann jeden Abend Gesellschaften geben, wenn sie möchte."

„Aber er ist ein Ungeheuer", sagte ich und nahm ein Glas Sherry von Matt entgegen.

„Ein Ungeheuer, das ihr alles geben kann, was sie sich wünscht", erwiderte Tante Letitia. „Nicht nur das, er ist alt und wirkt ziemlich ungesund. Er wird vermutlich nur noch wenige Jahre durchhalten, dann kann sie eine reiche Witwe sein, während sie immer noch jung ist."

Willie deutete auf sie. „Guter Gedanke, Lettie. Ich schätze, ich könnte bis dahin mit ihm klarkommen, wenn ich das müsste."

„Bei dem Dinner an diesem einen Abend sind sie gut miteinander ausgekommen", fügte Cyclops an. „Ihr war seine Gesellschaft nicht zuwider."

Ich schaute zu Matt, aber er zuckte nur mit den Schultern. Das einzige Mal, dass er seine Meinung abgegeben hatte, war, als er bemerkt hatte, dass es bedeuten würde, dass ich Coyle keinen Gefallen mehr schuldig war, und das war alles, worauf es ihm ankam.

„Hören wir auf, über sie zu reden." Willie stand auf, ihr Glas Whiskey erhoben. „Feiern wir, dass Cyclops endlich von Charity befreit ist."

Wir hoben alle unsere Gläser, um anzustoßen.

„Und Catherine für ihre Hilfe", fügte Cyclops an.

„Ich hoffe, du hast ihr anständig gedankt", sagte Duke grinsend.

Willie kicherte. „Oder gehst du später heute Abend vorbei, um ihr zu danken?"

„Willemina!", rief Tante Letitia. „Anders als du hat Cyclops nicht die Moral eines Flittchens."

Willie hob abwehrend die Hände. „Ich habe in vielerlei Dingen Moral. Etwa Freundschaft und Familie, Ehre und Wahrheit. Aber wenn es um meinen Körper geht, bin ich von den Regeln der Gesellschaft befreit."

Tante Letitia verzog das Gesicht. „Erwähne dieses Wort nicht in meiner Gegenwart. Es ist vulgär."

„Körper ist ein schlimmes Wort?"

„In der höflichen Gesellschaft schon." Tante Letitia deutete auf uns alle. „Was wir hier auch sind."

„An den beiden ist nichts höflich." Sie deutete auf Cyclops und Duke.

„Es ist was Englisches", erklärte ich ihr.

„Nein. Ist es nicht. Wenn es das wäre, würde Brockwell meinen Körper nicht sehen wollen, und ..."

„Nicht!", rief Matt. „Ich will es nicht hören."

Duke stürzte den übrigen Inhalt seines Glases hinunter und stand auf. „Ich brauche noch einen, um dieses Bild wegzubrennen."

Willie lachte leise und hielt ihr leeres Glas hin. „Ich auch, bitte."

* * *

ZWEI TAGE später hatte ich immer noch nicht beschlossen, was ich wegen Hope unternehmen sollte. Jedes Mal, wenn ich dachte, ich hätte es mir überlegt, entschied ich mich wieder um. Meine Arbeit an meiner Taschenuhr oder der schwarzen Marmoruhr half nicht so gut, wie ich es mir erhofft hatte. Alle gaben mir weiterhin den Ratschlag, zu tun, worum Coyle mich gebeten hatte, und Hope zu ermutigen. Alle, bis auf Matt. Seit seinem einen einzigen Kommentar zu der Angelegenheit hatte er mir die Entscheidung überlassen. Es war zum Verrücktwerden.

„Du siehst aus, als würdest du etwas Frischluft brauchen", sagte Matt, der sich an den Rand des Tisches in der Bibliothek lehnte, wo ich arbeitete. Er nahm ein winziges Zahnrad hoch und hielt es ins Licht, das durch das Fenster fiel. „Du hast den Großteil des Tages über an dieser Uhr herumgebastelt."

„Es soll meine Gedanken klären und mir gestatten, meine

Probleme besser zu durchschauen. Aber dieses Problem lässt sich nicht leicht lösen. Mein Kopf sagt mir, ich soll Hope in Coyles Richtung beeinflussen, aber mein Herz sagt mir, dass ich das einer jungen Frau nicht antun kann. Ganz gleich, was sie uns angetan hat, sollte sie frei sein, ihre eigene Entscheidung zu fällen, mit wem sie ihr Leben verbringt."

Er legte das Zahnrad ab und berührte mich am Kinn. Ein geisterhaftes Lächeln spielte um seine Lippen und wärmte seine Augen. „Das ist einer der Gründe, weshalb ich dich liebe. Dein Herz ist gütig."

Ich stand auf und schlang meine Arme um seinen Nacken. Er legte die Hände auf meine Hüften, ein hoffnungsvoller Blick löste die Wärme in seinen Augen ab. „Vielleicht hilft es mir beim Denken, wenn du mich küsst", sagte ich.

Sein Lächeln wurde größer. „Das ist seltsam, denn mein Verstand wird völlig leer, wenn wir uns küssen. Na ja, nicht völlig leer. Er wird sich deiner mehr bewusst."

„Bist du etwa vulgär und redest von meinem Körper?", neckte ich ihn.

Er brachte sein Lächeln ganz nah an meines. „Daran gibt es nichts Vulgäres. Ich liebe jede Kurve, jedes Grübchen."

Eine Bewegung an der Tür ließ uns auseinanderfahren. Bristow räusperte sich.

„Ein Brief ist für Sie angekommen, Mrs. Glass. Er ist als dringend markiert."

Ich schaute auf den Namen des Absenders, und mein Herz kam pochend zum Stillstand. „Er ist von Lord Cox." Ich schaute zu Matt auf. „Was kann er nur wollen?"

Er las über meine Schulter mit. Er stand so nahe an mir, dass ich hörte, wie ihm der Atem stockte, als er es las, und ich spürte, wie sein Puls schneller ging. Genau wie meiner.

„O Gott", flüsterte ich. „Er wirft es mir vor."

Die Schrift war eng, klein und kaum lesbar. Es schien hastig geschrieben zu sein. Ohne Zweifel war Lord Cox in Panik ausgebrochen. Sein älterer Halbbruder, der den Titel und das Anwesen ihres Vaters hätte erben sollen, hatte ihm geschrieben und verlangt, dass Cox aufgab, was rechtmäßig sein war.

Das Letzte, was ich gehört hatte, war, dass der Halbbruder

nichts von seinem Vater wusste, und gewiss wusste er nicht, dass er hätte erben sollen. Seine Mutter war arm gewesen, doch ihre Ehe mit dem ehemaligen Lord Cox war rechtens gewesen, wenn auch insgeheim durchgeführt. Er hatte Bigamie begangen, als er jemanden geheiratet hatte, den er für würdiger hielt, was bedeutete, dass der derzeitige Lord Cox unrechtmäßig war.

„Er glaubt, ich hätte es seinem Bruder verraten", sagte ich schwach.

„Die Frage ist, wer hat es ihm verraten?"

Hatte Hope es herausgefunden und ihre Drohungen wahr gemacht? Sie war klug und könnte die Wahrheit entdeckt haben, aber war genug Zeit geblieben, um den Halbbruder aufzuklären, damit er Cox zur Rede stellen konnte, der dann an mich geschrieben hatte? Das glaubte ich nicht. Damit blieb nur ein möglicher Verdächtiger.

Coyle.

UM MATTS und Indias Geschichte weiterzulesen, suchen Sie nach:

Das Erbe des Hochstaplers
Buch 9 der Reihe Glass & Steele von C.J. Archer

Abonnieren Sie den Newsletter von C.J., um über neue ins Deutsche übersetzte Bücher informiert zu werden. Abonnenten erhalten außerdem einen exklusiven Zugang zu einer **KOSTENLOSEN** GLASS UND STEELE-Kurzgeschichte. Abonnieren: WWW.CJARCHER.COM

HOLEN SIE SICH EINE KOSTENLOSE KURZGESCHICHTE.

Ich habe eine Kurzgeschichte zur Reihe *Glass & Steele* geschrieben, die vor DIE TOCHTER DES UHRMACHERS SPIELT. Sie heißt DAS SPIEL DES VERRÄTERS und folgt Matt und seinen Freunden ins Wildwest-Städtchen Broken Creek. Sie enthält Spoiler für DIE TOCHTER DES UHRMACHERS, das sollte man also vorher gelesen haben. Das Allerbeste ist aber, dass die Geschichte KOSTENLOS ist, exklusiv für Abonnenten meines Newsletters. Tragen Sie sich jetzt auf meiner Webseite ein, falls Sie das nicht bereits getan haben: WWW.CJAR-CHER.COM

Wenn Sie bereits Abonnent sind, finden Sie die Anleitung in meinem Newsletter.

EINE NACHRICHT DER AUTORIN

Ich hoffe, Ihnen hat **Der Schlüssel des Gefangenen** genauso viel
Spaß gemacht wie mir beim Schreiben. Als Indie-Autorin ist es
für den Erfolg des Buches entscheidend, es bekannt zu machen.
Wenn Ihnen dieses Buch gefallen hat, sagen Sie es doch bitte
weiter und schreiben Sie eine Rezension in dem Shop, in dem Sie
es gekauft haben.

AUSSERDEM VON C. J. ARCHER

REIHEN MIT 2 ODER MEHR BÄNDEN

The Glass Library

Cleopatra Fox Mysteries

After The Rift

Glass and Steele

The Ministry of Curiosities Series

The Emily Chambers Spirit Medium Trilogy

The 1st Freak House Trilogy

The 2nd Freak House Trilogy

The 3rd Freak House Trilogy

The Assassins Guild Series

Lord Hawkesbury's Players Series

Witch Born

EINZELTITEL

Courting His Countess

Surrender

Redemption

The Mercenary's Price

ÜBER DIE AUTORIN

C.J. Archer begeistert sich für Geschichte und Bücher, seit sie denken kann, und wähnt sich glücklich, dass sie beides vereinen konnte. Sie verbrachte ihre frühe Kindheit in der dramatischen Schönheit des Outbacks von Queensland, Australien, lebt inzwischen aber mit ihrem Mann, zwei Kindern und einer frechen schwarzweißen Katze namens Coco in Melbourne.

Abonnieren Sie C.J.s Newsletter auf ihrer Webseite, um informiert zu werden, wenn sie ein neues Buch herausbringt: http://cjarcher.com/deutsch/

f facebook.com/CJArcherAuthorPage
twitter.com/cj_archer
instagram.com/authorcjarcher